KB143476

창립 30주년 한국수필작가회 작품집

헤세와의 조우

사단법인 한국수필가협회

한국수필작가회 30집
헤세와의 조우

초판 발행 2016년 12월 2일
지은이 한국수필작가회 이사명 외 116인
펴낸이 한국수필가협회출판부
편집위원 최원현(편집주간) 김의배(편집장) 김혜숙 문육자
　　　　　 박원명화 서현성 신현복 이진화
펴낸곳 코드미디어 **북 디자인** Micky Ahn **교정 교열** 백이랑

등록 2005년 3월 22일
등록번호 제 2011-000098호
주소 서울시 마포구 양화로 156 엘지팰리스 1906호
전화 02-532-8702~3 **팩스** 02-532-8705
전자우편 kessay1971@hanmail.net
공급처 코드미디어 T 02-6326-1402

ISBN 979-11-87221-06-7 03810

정가 15,000원

헤세와의 조우

창립 30주년 한국수필작가회 작품집

사단법인 한국수필가협회

수필문학을 위한 새로운 세계로의 여행

새벽하늘을 덮었던 구름이 걷히고 아침 해가 해맑다. 까치가 땅과 하늘을 번갈아 보며 잔디를 쪼아대고 잔디는 고향 바다 갯바위 파래가 되어 일렁인다. 바닷물을 헤치며 파래를 뜯고, 친구들과 단풍놀이를 하던 기억이 교차되어 투영된다. 자연과 어우러지며 보여주는 색의 신비는 우리 작가들에게도 삶의 아름다운 무늬다.

2016년은 동서를 막론하고 천재지변과 기상이변, 각종 사건들로 인해 어느 해보다 복잡하고 시끄러운 해였다. 눈이 시리고 귀가 괴로워 신문과 뉴스를 대하기조차 버거웠다. 그러나 계절의 시계추는 어김없이 또 다른 시간을 향해 돌고 있다.

우리 한국수필작가회가 창립 30주년을 맞이했다. 거기 맞춰 매년 내오던 우리의 작품집 역시 30호를 맞게 되었다. 우리 한국수필작가회 회원들은 대내외의 여러 어려운 환경 속에서도 작가 본분을 지키며 글을 써왔고 그 결과 올해도 어김없이 서른 번째의 작품집 『헤세와의 조우』를 출간했다. 회원들의 창작 열의가 어느 해보다도 높아 조기 마감을 했음에도 117명이나 참여했다. 회원들의 작품에 대한 애착과 관심이 얼마나 뜨겁고 큰지를 알 수 있다.

헤르만 헤세는 알을 깨고 새로운 세계를 연 작가다. 수레바퀴 아래서 · 데미안 · 유리알 유희 등은 우리의 문학 교과서였다.

'새는 알에서 나오려고 싸운다. 알은 곧 세계이다. 태어나려고 하는 자는 하나의 세계를 파괴하지 않으면 안 된다.' 고 헤세가 데미안에서 말했던 것처럼 우리 한국수필작가회 또한 창립 30주년을 맞으며 알에서 나와 새가 되려 한다. 새로운 세계를 열고자 한다. 기존의 것들을 과감하게 버리고 새로운 것의 세계를 열고자 한다. 수필문학이 모든 문학의 중심이 되게 하고자 한다.

우리들의 작품집 『헤세와의 조우』가 탄생하기까지 많은 분들이 수고를 했다. 그러나 그 결실을 보면서 우리는 함께 뜨거운 함성을 터트린다. 즐겁다. 문학을 위한 우리의 노력들이 독자와 만날 설렘과 기대로 가득한 것처럼 우리는 이 작업을 결코 쉬지 않을 것이다. 30집이 60집이 되고, 30년이 60년이 되기까지 더욱 박차를 가할 것이다. 자신 있게 『헤세와의 조우』 일독을 권한다.

제19대 한국수필작가회 회장 이사명

Contents

1
사람다운 사람

2
빙긋이 웃기만 하지요

Contents

3

어디로 갔을까

4

행운의 커피스틱

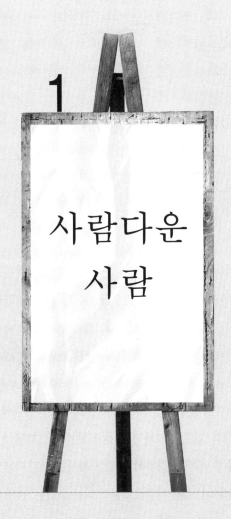

1

사람다운
사람

소라껍질 이야기

한영자

해 질 녘 해변가, 겨울 바다는 숨찬 소리로 급히 달려온다. 무슨 말이 하고 싶을까, 하얀 파도이빨이 심상치 않다. 아니나 다를까, 파도는 무언가를 입에 물고 오더니, 내 발등에 휙 내어 뱉는다. 깜짝 놀라 그것을 주워들었다. 예쁜 소라껍질이 아닌가. 나는 소라껍질을 찬찬히 살펴보았다. 그러고 보니, 소라껍질은 그 모양새가 마치 사람의 귀 모양을 닮지 않았는가.

순간, 하늘을 바라본다. 조물주는 왜 하필 소라 속에 수많은 삶과 이야기를 담아주었을까, 궁금하다. 예부터 소라껍질을 귀에다 대고 있으면 무슨 이야기 소리가 들린다고 하지 않는가, 나는 반사적으로 소라껍질을 내 귀에 대어보았다. 그때 무슨 말인지는 알 수 없지만 분명히 가물가물 말소리가 들려오는 듯했다.

문득 어젯밤 그녀가 떠올랐다. 바닷물에 온몸을 적시며 생선노점상으로 남편을 사별한 그녀는 외동딸 하나를 희망으로 걸고 대학까지 공부시켜서 시집을 보냈다. 그러나 그녀의 딸은, 장모가 천한 일을 한다며 그녀를 학대하는 남편에게 끝내 이혼을 당한 후, 행방을 감추어 버렸다. 하여 그녀는 외롭고 빈 가슴을 채울 길이 없어서였을까. 어느 날, 시장바닥에서 떠돌고 있는 고아 아들들 둘을 만나, 자신의 빈 가슴에 품고 초등학교, 중학교를 공부시켜 보았으나, 병들어 쓰러지니, 빚만 늘어나 집도 잃고 갈 곳이 없게 되었다. 할 수 없이 그녀는 마을 이장과 사회복지사의 주선으로 요양병원 나의 환자가 되었다.

회진 때마다 그녀의 폐렴과 심근경색증 치료에 안간힘을 썼더니, 열도 내리고 호흡도 다소 고르게 호전되는 듯하였다. 정신이 돌아오자, 그녀는 애타게 딸 한 번만 보고 죽게 해달라고 매달린다. 나는 간호사와 의논 끝에 이장과 사회복지사에게 전화를 했다. 얼마 후, 이장의 연락을 받고 찾아온 사람은 의외로 일용직 떠돌이 두 양자들이었다. 그래도 반가워하는 노모를 찾아온 게 기특해 보였다.

하지만, 이들은 빚과 노모를 떠맡게 될 게 두려워 쩔쩔매면서 자기들은 친자가 아니다, 친딸이 있으니까 앞으로는 그 딸에게 연락하란 말만 남기고 가버렸다. 그녀는 다시 열경기에 떨면서도 딸만 계속 찾았다. 사회복지사는 방방곡곡 딸을 찾아 노모의 소식을 전했다. 하지만 딸은 재혼해서 아이를 낳았기 때문에 올 수가 없다는 소식을 남긴 후 전화를 받지 않았다. 우리는 그녀가 운명하기 전에 한 번이라도 꼭 와주기를 바랐지만, 딸은 끝끝내 엄마를 찾지 않았다.

결국 그녀의 병세가 악화되어 위기에 이르렀다. 임종이 임박했으니, 보호자들이 꼭 다녀가도록 해달라고, 간호사와 나는 다급히 딸에게 전화를 했다. '위독하신 엄마가 딸에게 꼭 하고 싶은 말이 있다고 애타게 보고 싶어 하시니, 마지막 임종만이라도 좀…' 말이 채 끝나기도 전에 딸은 전화를 끊었다. 그녀가 산소호흡기 속으로 달막거리며 눈물만 흘리는 모습이 너무도 안쓰러워서 밤 12시까지 그녀 곁에서, 무슨 말인지 받아 적으려고 노력해 보았지만, 노모는 끝내 눈을 감지 못한 채, 새벽 4시 25분에 호흡이 멈췄다. 나는 이케이지EKG 모니터에 남은 심음의 잔음이나마 끊을 수 없어서 차마 청진기를 그녀의 가슴에서 뗄 수가 없었다.

다시 나의 손에 들린 소라껍질을 들여다본다. '소라야, 소라야, 네 살과 피는 어디로 갔느냐?' 마음속으로 외치고 있었다.

■■ 한영자 ■■■

『한국수필』 82년 등단. 『한국문인』 평론 등단. 동의대학교 대학원 문학박사 취득. 사)영호남수필문학협회 창립회장. yhess38@naver.com

인생의 봄

허정자

인생의 봄은 여고시절이다. 언젠가 내가 졸업한 여고의 교문 앞을 지날 때였다. 방금 수업이 끝났음인가. 우르르 몰려나오는 한 떼의 여학생들을 보았다. 봄날 이제 막 벙그는 꽃송이 같았다. 푸른 꿈으로만 가득한 연초록 숲을 떠올리게 하는 풋풋한 모습들이다. 나에게도 저런 꽃다운 날들이 있었던가. 문득 여고시절을 떠올려 본다. 지금은 너무 멀리 떠나와 기억조차 희미해진 고향 집 같은 느낌으로 다가오는 그 시절. 정든 친구들과 수없이 드나들었던 교문은 입구부터 변해있었다. 쉴 새 없이 오가는 차들로 붐비는 대로변이 아니라, 훨씬 작고 좁은 길이 아니던가.

끝없이 뻗어 오르는 생명의 환희와 기대와 부푼 꿈으로 젖어 있던 그때. 세상을 알기에는 너무 어린, 겁이 없던 시절이기도 했다. 그 당시 대구의 경북여고에 다닌다는 것은 축복받은 일이었다. 지금은 사라져 버린 검은 상의에 흰 칼라가 눈부시게 빛나던 교복, 그러나 무엇보다 단연 돋보이는 것은 치마 옆에 단 흰 선이었다. 일명 흰 칼이라고 부르기도 했던 그 백선의 위용은 대단했다. 다른 학교 여학생들에겐 선망의 대상이었고 우리들에겐 자존심과 긍지 그 자체였다.

지금도 동기들을 만나면 가끔 여고시절, 무엇이 가장 기억나느냐고 물어본다. 특히 잊혀 지지 않는 것은 졸업반 때 백합관에서의 합숙생활, 백제를 찾아 부여로의 비에 젖은 수학여행, 배구대회, 소풍, 교내의 연못에 앉아 사진 찍기, 월요일 아침이면 어김없이 실시하던 운동장 조회며 학예회 등 모든 친구들이 함께 공유 했던 행사들이었다. 요즈음처럼 성적만이 전부인 듯 공부만 채근하던 분위기가 아닌 것이라고도 했다. 그러나 그때 우리들은 그 나름대로 드러나지는 않았지만 공부를 열심히 했다. 우수한 성적의 많은 친구들.

옛날 대구에는 유난히 직조 공장이 많았다. 기계 돌아가는 소리로 늘 시끄러운 집에서 생활해야 했던 친구가 있었다. 그래도 불평을 몰랐다. 너무 가난했던 그때, 학교에 다닐 수 있는 환경만으로도 감사하게 생각했다. 뛰어나게 공부를 잘했던 그 친구는 집에만 오면 항상 귀에 솜을 막아 놓고 공부를 했다던가. 어느 날 그 친구의 어머니가 학교에 찾아오셨다. 제발 공부 좀 그만하고 자라고 하면, 숙제를 끝내야 한다며 공부에 또 공부를 했단다. 생각다 못한 어머니는 학교에 오셔서 제발 숙제 좀 많이 내지 말아 달라고 부탁하러 오신 것이다. 그만큼은 공부를 하지 않았던 우리들은 부끄러움과 민망함에 고개를 숙이고 웃을 수밖에 없었다. 지금 생각하면 꿈같은 이야기다. 고등학생임에도 건강 걱정으로 학교를 찾은 어머니가 있었던 순수한 여고 시절. 오늘날 현실은 초등학교부터 입시전쟁이다. 많은 초등학생들이 학원 숙제하느라 자정까지 잘 수가 없단다. 우리들 고삼 때같이 공부하는 모습을 본다. 이곳저곳 학원에다 공부에다 어린아이들은 피곤할 수밖에. 다른 친구들이 하니까 안 하면 안 된다며 바쁜 아이들이다.

우리들의 여고시절엔 상상도 못 했던 이야기다. 그때는 성적도 성적이지만 행동에 통제받는 일이 많았다. 극장에 가도 안 되고 연애를 해서도 안 되고 학생 신분에 벗어나는 행동들은 하지 말아야 하는 규율이 엄격했다. 바꾸어 말하면 성적도 중요하지만 성적 못지않게 중요한 것이 올바른 행동과 인성임을 가르쳐 준 교육이었다. 올곧은 사회인으로서의 인격형성에 밑받침이 되는 가르침을 받은 것이다.

오래전, 중국의 곡부시를 여행한 적이 있다. 공자의 고향으로 널리 알려진 곳을 우리 동창생 36명이 환갑기념여행을 한 것이다. '친구가 먼 곳에서 오셨는데 얼마나 기쁜가.' 라는 공자님 말씀을 인용해 '친구와 먼 곳을 가니 얼마나 기쁜가.' 라며 소녀처럼 깔깔대기도 했다. 청도에서 곡부까지 긴 시간 이동이었지만 여고시절 수학여행처럼 마냥 즐겁기만 했다. 꽃다운 젊음의 한 때를 같이 했던 인연으로 동행한 친구들. 비록 사는 곳이 다르고 하는 일이 다르지만 여고시절로 돌아가 얼굴엔 웃음이 떠나질 않았던 여행도 이제 추억이 되었다.

가장 밝고 행복했던 여고시절, 살아온 날들 속에서 잊고 싶지 않은 인생의 봄이었다. 몰래 숨겨 둔 보물처럼 두고두고 기억하고 싶다. 지금은 백세시대. 이제 건강한 삶을 생각할 나이가 되었다. 늙어 간다는 것은 무엇인가. 잃어 가는 것, 젊음, 건강, 꿈 등 그래도 꿈과 건강은 삶이 끝나는 날까지 가꾸어 가야 하지 않을까.

"여섯 달 죽어라고 공부해서 60년을 편하게 살아라." 지금도 가끔 담임선생님의 힘찬 음성이 백합 향기에 묻어오는 듯하다.

■ 허정자 ■

『한국수필』 천료(1984). 국제펜한국본부·한국수필가협회 이사, 한국문인협회·한국여성문학회 회원, 대구수필가협회 부회장, 한국수필작가회·영호남수필문학회 대구경북지역회장 역임. 신곡문학상(1997)·한국수필문학상(2004)·영호남수필문학협회 공로상(2006) 수상 외. 수필집 『강물에 비친 얼굴』『나를 닮지 않은 자화상』『작가의 방』외. hurjungja@hanmail.net

해체된 사랑

류인혜

　　사람의 소유에 집착하는 본능은 눈앞에 원하는 것이 있으면 그 본질이 뚜렷하게 드러난다. 손아귀에 잡힌 것이 없어도 주먹을 꼭 잡고 태어날 때부터 이미 결정된 현상이다. 내 것은 당연히 내 것이고, 네 것도 물론 내 것이라는 우스개에 공감이 가듯 놀부가 아니더라도 사람의 욕심보는 타고났다.

　이웃집에서 분양받은 후 20여 년이 되자 게발선인장의 밑동이 오래 묵은 고목을 보듯 단단해졌다. 말 없는 화초도 물먹은 값, 나잇값을 하는지 여러 번 속아내어 다른 곳에 갈라주어도 끊임없이 새순을 돋아냈다. 또 해마다 꽃을 무수히 달아 겨울 한 철은 그 화분의 꽃만으로도 집안이 화사했다.

　지난해에는 예년보다 늦게 꽃이 피더니 꽃잎이 떨어지고, 금세 날씨가 따뜻해지면서 새순이 무더기로 돋아났다. 무겁게 늘어지지 말라고 가지치기를 하고 난 다음이라서 더욱 많은 순이 올라오는가 보았다. 어린 순의 연록 빛이 기존의 초록 빛과 조화를 이루어 자꾸 눈이 가도록 아름답다. 혼자 보기 아까워서 밖에 내다 놓았다. 그 어리석고 순진한 생각을 비웃듯이 게발선인장의 수난이 시작되었다.

　이제 그 이야기를 하려는데 어쩐지 숨이 막히고 머리끝이 선다. 다정하게 지내던 화초를 방치한 결과가 자못 비장해지는 것이다. 처음 손이 탄 모습을 사진으로 남겼는데, 화분 한쪽이 이갈이하는 아이의 앞니가 빠진 듯 비어있다. 그것은 전조였다. 다음 날, 다시 살피니 군데군데 억지로 뜯어낸 자국이 선명하다. 워

낙 가지가 무성했던 터라 그리 보기 싫지는 않다. 며칠 후에는 밑동 가까이의 단단한 줄기를 손으로 뜯어내기에는 역부족이었던지 삭둑 베어간 흔적이 여러 곳에 새로 나타났다. 어깨를 비비며 어울려 있던 가지들이 듬성듬성 휑하다.

드디어 흠이 있는 것과 생기 없는 작은 줄기만 남았다. 그 패잔병 같은 줄기들에게 미안하고 또 안타까워서 화분 옆에 쪼그리고 앉았다. 옆에서 살피니 보이지 않던 밑쪽에도 베어간 흔적이 뚜렷하다.

다시 집안으로 들여놓을까, 말까. 무참히 해체된 게발선인장의 처참한 모양을 다시 사진으로 찍었다. 누군가 손이 나쁜 사람을 현장에서 잡으면 그것으로 증거 삼아 응징하리라. 또 다른 사람들에게 사진을 보내어 이런 경우에는 어떻게 하는 것이 옳은 것인가, 묻고 싶었다. 과장해서 발등을 찍고 싶을 정도이고, 분하다는 생각이 얽혀 풀어지지 않는다. 마음을 가라앉히며 생각을 바꾸었다. 이웃과 생판 모르는 사람들에게까지 구경을 시킨다는 자랑이 솟았으니 그 탓이 크다. 사람들의 잔잔하고 맑은 마음에 견물생심을 조성한 결과이다.

사람의 일이 그렇다. 남의 소유물이라도 내게 좋게 보이고 필요하다면, 내 것으로 만들고 싶은 것이다. 어느 누구가 가져갔던지, 게발선인장은 우리 집으로 처음 왔을 때 그 생경하던 시간을 기억해내며 다시 적응하려고 애를 쓸 것이다. 새로운 환경에 적응이 되면 더욱 많은 곁가지를 낼 것이고, 부지런히 새잎을 돋우면 그들의 눈이 더 즐거울 것이 아닌가. 그렇지만 남의 화분을 손상시키는 일을 서슴지 않은 그 누구들에게 화초 사랑의 마음을 기대하지 말아야 된다.

마침 전화가 와서 말 좀 들어달라고 한다. 답답한 심정으로 말은 내가 하고 싶지만 일단 들어보자고 귀를 열었다. 그는 어떤 이의 전화를 받은 후 일방적으로 강요를 당한 일에 대해 신경이 곤두서 있다. 불가능한 입장을 충분히 설명했는데도 무시하고 자기가 원하는 것만 계속 강조하며 그것에 따르라고 하니 이것이 과연 옳은 일인가, 라는 내용이다. 그의 마음이 전화를 건 사람의 완강한 생각에 부딪쳐 어지간히 시달린 모양이다. 처참해진 게발선인장 화분을 대하는 듯 정신의 일부에서 공감이 일어난다.

　순간 '악을 선용하시는'이라는 말씀이 생각났다. 마음이 해체된 사람을 위로한다며 "그것은 사랑한다는 증거예요." 라고 말해버리고 나니 그럴듯한 해결책이다. '그래, 강한 자의 욕심을 사랑이라고 생각하자. 나약한 우리가 사는 방법이야.' 사랑하는 상대방을 무조건 소유하여 자기의 의사로 조절하고 싶은 것이 사랑의 맹점인 것이다. 소유하려는 의욕이 강한 사람은 상대의 마음도 내 것이 된다. 욕심으로 맹렬하게 꿈틀거리는 본능을 어찌 막을 것인가.

■ **류인혜** ■

1984년 『한국수필』 봄호 수필 「우물」로 추천완료. 국제PEN클럽 한국본부, 한국문인협회, 한국여성문학인회 이사. 수필선집 『마당을 기억하며』, 인문서 『아름다운 책 ~류인혜의 책 읽기』. 제18회 한국수필문학상, 제23회 펜문학상, 제11회 한국문협작가상 수상. inhea@hanmail.net

돌아다니는 꽃밭

이상인

우리 집 마당은 무지 넓었다. 우리 같이 마당 넓은 집은 근동엔 없었다. 그래도 누나와 내겐 한갓 좁은 마당이나 다를 바 없었다. 마당 한쪽에 근사한 꽃밭 하나 만들고 싶어 아버지에게 떼를 써보았지만 소용없는 일이었다.

우리 집은 막걸리 만드는 시골 주조장 집이었다. 그래서 하루에 쌀 한두 가마니씩은 쪄내야 하기 때문에 거기에 알맞은 큰 가마솥과 대형 나무 찜통을 준비해 놓고 소비되는 땔감도 챙겨야 했다. 그때는 땔감이란 게 장작이나 나뭇가지밖에 없는 때였다. 그리고 당시 형편상 땔감은 일 년 분을 한꺼번에 구입해야 했다. 일 년 치 땔감을 마당에 쌓아 놓으면 웬만한 산 덩어리만 했다.

아무리 크고 넓은 마당일지라도 산덩이만 한 나무 노적이 마당 한가운데를 점령하고 나면 다른 곳 쓰임새는 형편없이 좁고 불편할 수밖에 없었다. 그래서 우리 집은 예쁜 꽃밭 만들기는 영 틀린 터여서 돌아다니는 꽃밭밖에 만들 수가 없었다. 형편에 따라 어느 해는 장독대 모퉁이를 남겨 놓으면 그 자리가 꽃밭이 되었고 어느 해는 창고 뒤 곁을 겨우 남겨 주면 그 자리에다 꽃모종 하느라 누나와 나는 분주하게 서둘곤 했었다.

그러던 차 누나는 먼 곳으로 시집가게 되었고 나는 중학교 다니느라 도회에 나와서 살게 되었다. 그 후 우리들 꽃밭은 점차로 사라지는 판이 되더니 어느 해 여름방학 때 누나와 나는 꽃밭 사라지는 우리 집에서 아주 오랜만에 여러 날을 함께 지내게 됐다. 그때 우리들이 만들었던 옛 꽃밭 자리를 둘러봤더니 다른 꽃들은 흔적 없이 보이지 않는데 오직 봉선화 꽃만 여기저기 꽤 많이 피어있었다. 그날 밤 누나는 봉선화 꽃잎을 뜯어 꽃물 들인다며 열 손가락에 죄 물들이고 나더니 내게는 새끼손가락 끝에 달랑 한 점 물들여 주었다. 그런 추억을 나누던 누나께서 수년 전 돌아가셨다.

무엇이 그리 바빠서였던지 누나 장례식 날 참석지 못한 게 그다음 유택마저도 찾아뵙지 못한 채 지내고 있다가 누나 막내딸 만난 김에 "니네 어머니 한 번 뵙게 해 달라." 부탁해 오늘 시간 잡아 누나 계시는 공원묘지에 찾아온 것이다. 누나 막내딸 안내 따라 비탈길 좀 오르다가 이게 웬일이랴 들풀 틈 사이에 봉선화한 무대기 빨갛게 꽃 핀 게 보이지 않는가, 그 봉선화 꺾어 누나 무덤 앞에 바쳤다. '봉선화 꽃은 저승길 밝게 한다는데 누나 저승길은 얼마나 밝으실까', '그래 밝구나' 하는 듯 꽃잎 바로 밑에서 꽃 씨방 하나 톡 튼다. '어라, 봉선화 씨 벌써 여물었네' 그 씨 받아 우리 집 뜰 앞에 가득 뿌리고파 씨방 몇 개를 더 땄다.

돌아다니는 꽃밭, 여기 산비탈에도 또 하나 생겼나 싶다,

■■ 이상인 ■■

『한국수필』천료(1985), 『월간문학』시 부문 당선(1987). 한국문인협회·미래시동인회·한국수필가협회 회원·한국수필작가회장·고창문인협회장 역임. 고창문학상·한국수필문학상 수상 외. 수필집『꽃 베개』외.
lsiing@yahoo.co.kr

아픈 치유

신일수

5년 전, 300여 평에 달하는 밭에 반송盤松 500여 그루와 행운을 가져온다는 황금 소나무 100여 그루를 심었다. 지내오면서 여가도 선용하고 키우는 재미도 쏠쏠한 데다, 여기저기서 찾는 사람들이 많아 판로에는 별반 걱정이 없었다.

그런데 어느 순간 사정은 갑자기 돌변하고 말았다. 나무 재배가 꽤 많은 수익을 올리다 보니, 농민들은 다투어 벼농사나 밭작물 대신 농지에다 여러 종류의 관상수를 심게 되었다. 일이 이렇게 되다 보니, 나무의 과잉생산으로 판로가 막혀 난감한 처지에 놓이게 되고 말았다. 수요와 공급의 균형이 한꺼번에 무너지다 보니 몇 년씩이나 애써 키우던 나무를 뿌리째 뽑아 없애기도 하고, 아예 불을 질러 태워 없애는 판국으로 돌변하고 말았다.

이런 와중에서 인터넷 나무 판매 사이트에 올렸던 것이 계기가 되어, 가까운 거리에 있는 순천에서 농장을 경영하는 사람에게 시집보내게 되었으니 그나마 천만다행이었다. 인부 여덟 명이 달려들어 이틀이나 걸려 작업을 마치고 목적지까지 무사히 운송을 마치고 나니, 그제야 안도의 한숨을 몰아쉬게 되었다.

텅 빈 땅에 무얼 심을까 하고 고심하고 있던 차에, 가까이 지내는 지인의 권유로 다시 반송을 심기로 작정을 했다. 트랙터를 동원하여 밭을 갈아엎고, 관리기로 이랑을 만든 후, 묘목 1,000여 그루를 60cm 간격으로 표시된 눈금대로 한 그루 한 그루 정성껏 심었다. 기상대의 예보대로 이튿날 봄비는 흡족히 내렸고, 촉촉이 젖은 땅 위로 비를 머금은 새순들이 제각각 키 자랑을 하며 서 있는 것이 대견스럽기만 했다.

'농작물은 주인의 발자국 소리를 듣고 자란다.'는 말이 있듯이, 나무를 심은 그날 이후 하루도 거르지 않고 아침저녁 부지런히 농장을 오가며 돌보곤 했다. 그런데 자세히 살펴보니 그게 아니었다. 한창 새순이 나오면서 자라야 할 나무들인데 이상한 조짐이 하나둘 나타나기 시작했다. 묘목을 심은 다음 날 비도 흡족히 내렸고, 경험대로 한 그루 한 그루 정성껏 심었는데, 어찌 된 영문인지 시간이 흐를수록 묘목들은 점점 생기를 잃어갔고, 새순은 고개를 숙인 채 발갛게 타들어 가기 시작했다.

하루가 멀다고 영양제에다 물을 길어다 흠뻑 뿌려주곤 했지만 아무런 소용이 없었다. 아무리 생각을 거듭해도 영문을 알 수 없었다. 하도 답답한 나머지 묘목을 건네받은 농장 주인에게 되물었더니, 분명히 심기 전날 오후에 캐낸 싱싱한 묘목이라 그럴 리가 없다는 퉁명스런 대답뿐이었다.

이유도 모른 채 힘없이 죽어간 나무를 뽑아내기에 바쁜 시간들을 보냈다. 달포를 넘기다 보니 거의 70% 이상이 뽑혀 나가고, 그나마 남은 것도 별로 성한 게 없었다.

생각 끝에 나무를 전문으로 재배하는 사람을 찾아가, 자초지종 얘기를 했더니, 도저히 이해가 가질 않는다며 농장까지 동행을 하게 되었다. 연신 고개만 갸우뚱거릴 뿐 아무런 말이 없다. 한참 있다 하는 말이 "묘목을 심었을 때 대개의 경우 3.4% 정도는 고사枯死할 수는 있어도, 이런 현상은 처음 본다."며 그만 말끄리를 흐리고 만다.

영문도 모른 채 달포를 지났을까. 아뿔싸! 입제로 된 농약, 그 농약 때문이었음을 뒤늦게 깨닫는다. 나무를 심은 후, 잡초 제거를 하기 위해 모래알처럼 생긴 제

초제를 나무를 심은 뒤 뿌려 주어야 하는데, 나무를 심기 전에 입제를 미리 흩뿌려 준 뒤, 나무를 심은 것이 화근禍根이 되었던 것임을 뒤늦게 깨닫는다.

한창 푸름을 자랑하는 싱그러운 5월인데, 듬성듬성 뽑혀나간 자리를 대할 때마다 자꾸만 마음이 아려오고 상실감만이 앞을 가린다. 지난 시간들을 되돌아보면 한여름의 불볕더위도 마다하지 않고 부지런히 농장을 오가며, 나뭇가지 하나에도 신경을 써가며 부지런히 가꾸어 오면서, 탈 없이 자라는 나무들의 모습을 보는 것이 유일한 즐거움이며 보람이었는데…….

순간에 저지른 조그마한 실수 하나가 이렇게 큰 상처를 안겨 줄 줄이야 미처 예견하지 못했다. 그나마 다행인 것은 이토록 모진 시련과 질곡 속에서도, 강한 생명력을 유지하며 안간힘을 다해 죽지 않고 살아남은 것들만이라도, 사랑으로 보듬고 정성껏 가꾸어나가야겠다고 마음을 고쳐먹는다.

생生과 사死가 하늘의 이치라 한다면, 그동안 마음 아파한 것도 절망과 상실감도 모두 잊고, 짙푸른 물결로 넘실거릴 내년 봄을 기약하기로 하자. 구름에 가려진 해가 환한 얼굴로 다가선다. 내일의 밝은 터전을 예감하는 것은 우리네 삶은 언제나 미래에 있기 때문이리라.

■■ 신일수 ■■■■■■

1985년 『한국수필』등단. 진주문인협회장·경남수필문학회장·한국수필작가회장 역임. 경남수필문학상·한국수필문학상·수필문학상·파성예술인상·한국예총예술문화상 수상, 항조근정훈장 수훈. 수필집 『내 작은 뜰에는』 외 7권. ilsooshin@hanmail.net

고향 사람

변영희

초등학교 6년 과정을 한 학년에 단 두 반뿐이던 국립 청주교대부설초등학교에 다닌 것은 어쩌면 운명이었을까? 혹은 교육받은 신여성이었던 내 어머니의 허영심이었을까. 한 동네 엄마들이 결의해서 남주동 근방의 어린이들을 한꺼번에 시내와 동떨어진, 산과 논, 밭으로 둘러싸인 먼 학교를 보낸 것일까. 소위 입학시험이라는 관문을 통과한 우수한? 어린이에게 입학의 영광이 주어지는, 미술실·음악실·과학실험실 등 시설 면에서 매우 양호한 학교에 어린 우리가 간 것이다.

청원군 대머리 방향으로 해찰부리지 않고 곧장 걸어가도 1시간이 더 걸리는 학교였다. 학교가 너무 멀다 보니 위에 형제들, 언니나 오빠 또는 한 동네 애들끼리 짝을 지어 학교에 다녔다. 시내를 빠져나와 무심천 둑길을 걸어 남다리를 건넌 다음, 거기서부터는 신작로를 지루할 만큼 오래 걸어서 갔다. 운 좋은 날은 소가 끄는 구루마에 올라타고 가기도 하고, 비 오는 날은 오빠들이 우산을 받쳐주었다. 혼자보다는 노상 여럿이 함께 행동하던 시절이었다.

쌀 나무가 어떻게 생겼는지, 쟁기로 밭을 갈면 올미나 까치밥 같은 먹어도 괜찮은 뿌리 식물이 얽혀 나온다든지, 논물에서 쌀 방개와 물뱀, 올챙이가 한데 어울려 헤엄치는 것이라든지, 산야에 지천으로 피어나던 들꽃, 풀 나비 종류들이 자연 풍물과 함께 가지각색으로 변화해가는 모습을 일부러 보려 하지 않아도 등

하굣길에 눈 시리게 볼 수 있었다. 가히 축복받은 천혜의 환경이 6년 동안 우리들 앞에 무진장 펼쳐졌다.

이제는 고향이라고 해도 서울로, 서울로 죄다 떠나 일가친척도 없다. 특히 나에게는 6·25 전쟁 중에 겪었던 황당한 가정사 말고는 평소에 색다른 감회를 품어 볼 엄두도 나지 않던 고향이었다. 아열대 지방에 자생하는 무슨 가시나무처럼 을씨년스럽게 웃자라 무서움을 자아내던, 명아주 댑싸리 나무 그 위로 따각! 따각! 풀무치와 송장메뚜기가 기세 좋게 날던, 이십 대 장정의 키보다 더 크게 자란 잡풀 속에서 발견한 군화 신은 다리시체, 산비탈에 팔을 허공에 내지르는 형상의 팔 시체, 아군인지 적군인지 분간이 안 가는, 논둑길에서 산언덕에서 들판에서 마주치던 6·25의 처참한 죽음들.

그럼에도 불구하고 우리는 뭐가 그리운 것인가. 왜 그리운 것이 그곳에 있다고 생각하는가. 무엇이 그리 안달이 나게 사무쳐서 팍팍한 일상 속에서도 종내 한 번은 가봐야 한다고 굳게 다짐했던 것일까. 점점 희미해져 가는 그다지 아름답지도 애틋하지도 않은 추억뿐인데 말이다.

지금은 병으로 사고로 대부분 타계하고(이상하게 많이 요절함) 불과 몇 명 남지 않은 초등 동창 몇 명이 의기투합하여 청주행을 단행하기로 결정했다. 봄날 아침. 강남터미널에서 만난 우리는 청주행에 대해서 구체적인 계획도 세우지 못한 채 고속버스에 올랐다.

"얘. 청주에 도착하면 어디를 먼저 갈 거니?" 버스에 오르자 J는 호기심 가득한 눈길을 나에게 보내며 신나는 표정이다. "중앙공원엘 먼저 가도 좋고 베카리 빵집 골목을 나와서 청주시의 명동 본정통을 걸어보고, 라스꼴리니코프를 만났던 옛 공보관에 가든지. 그냥 가는 거야."

그랬다. 딱히 어디랄 것이 없었다. 고향 떠난 지 수십 년이 흐른 지금 어디가 어떻게 변했는지 알 수 없는 것이다. 남다리 아래로 송사리 떼가 훤히 보여서 송

사리 잡는다며 학교 가다가 뛰어들던 무심천도 예전의 그 맑은 물일 수가 없을
것. 흐드러진 벚꽃 그늘에서 깔깔거리며 사진 찍던 그때 그 추억은 내쳐 간직해
두는 게 차라리 나을 지도.

　나는 깊은 생각에 잠긴다. 누구나 그렇겠지만 내게는 초등학교 시절 그 여름
이 초연할 수 없는 상처투성이로 각인돼 있기 때문이었다. 고향에 간다고 들떠
보이는 친구들이 이방인처럼 느껴졌다. 공연히 선동한 것이 아닌가하고 새삼 후
회하는 마음도 들었다.

　"애! 누가 우리를 마중 나온다고 했다며? 그게 누구니?"M이 불쑥 나에게 질문
했다. 고향 방문의 동기는 그렇게 '마중'으로부터 신속하게 형성되었다. 전화로
편지로 우리 일행을 청주에 초청한 그 사람, 바로 고향 사람이었다.

　"그분이 나와 계신다면 우리를 몰라볼 수도 있대!" 뻔한 사실을 일깨우는 J를
나는 벙벙한 채 바라보았다.

　"S 말에 의하면 우리랑 동창이었을 것 같아."

　"이름은 알아?"

　"…."

　"S는 왜 안 왔어?"

　"…."

　우리는 고속버스터미널에 마중 나올 사람이 고향 사람이라는 인연에 기대를
걸어 보기로 했다. 청주행 고속버스는 고향 사람에 대한 막연한 그리움을 안고
달리기 시작했다.

■ 변영희 ■■■■■■■■■■

무궁화문학상 대상, 손소희 문학상, 한국수필문학상 수상. 소설 『마흔넷의 반란』, 『황홀한 외출』, 『영혼사
진관』, 『오년 후』, 수필집 『엄마는 염려 마』, 『뭐가 잘 났다고』, 『거울 연못의 나무 그림자』, 『갈 곳 있는 노
년』, 『몰두의 단계』, 『나의 삶 나의 길』, 『비오는 밤의 꽃다발』, 『애인 없으세요?』, 『문득 외로움이』

봄이 오는 길목에서

하재준

오늘은 비가 촉촉이 내린다. 그간 목마른 대지라서 언제나 비가 오려나 애타게 기다렸는데 대지에 단비가 내리니 몹시 반가운 마음이 앞선다. 이왕이면 해갈이 될 정도로 흡족히 내렸으면 좋겠다. 이제 3월의 첫 주를 맞이했으니 이 비 그치면 봄이 성큼 다가오겠지. 벌써부터 마음이 설렌다.

3월의 봄은 아직 수줍기만 한 소녀의 미소와 같다. 아직 쌀쌀한 공기, 꽃샘추위가 가슴을 움츠리게 하는데도 산과 들은 초록으로 바꿀 채비하기에 분주하다. 먼 산의 아지랑이도 희부연 장막을 걷어 제치고 있고, 그간 얼어붙었던 흙이 물기를 머금은 채 파릇한 새싹을 돋아내려고 도도록한 모습이다. 나무는 나무대로 뿌리에서 뽑아 올리는 자양분을 나르기 위해 수피가 부풀어 오르는가 하면 잎이 곧 터지려고 망울진 것도 보인다. 이러한 봄의 정경을 조용히 바라보고 있노라니 어느덧 봄이 내 마음속에 자리 잡는다.

그런데도 인간세계는 여전히 겨울이다. 봄을 맞이할 줄 모른다. 주도권 싸움에 혈안이 된 정치권은 서로들 헤게모니를 쥐기 위해 여·야를 막론하고 당이 갈라지고 골이 깊어지는 등 서로 물고 뜯고 헐어내는 바람에 정치꾼들은 언제 봄이 올지 모르겠다. 요즘 총선거판을 보면 더욱 그러하다. 저마다 성공과 출세를 위해 경쟁과 대립의 싸늘한 바람이 오고 갈 뿐이다. 이것은 마치 인격과 인격끼리, 부드러운 정서와 부드러운 정서가 오가는 것이 아니라 오직 적대와 긴장감의 소용돌이일 뿐이다. 국민들은 안중에도 없으니 정치의 근본이념이 실종된 상태라고 말해도 좋을 듯싶다.

또 북한 김정은은 조만간 핵탄두 폭발실험, 로켓 발사하겠다고 으르렁대고 있고 박근혜 대통령도 북이 계속 도발할 땐 자멸의 길을 걸을 것이라고 강력히 경고하는 등 초강수를 펴고 있다. 이것을 어찌 과학의 혜택이라 믿을 수 있을까? 죽음의 불안과 자멸의 공포가 우리를 기다리고 있는데 이 어찌 인류역사 발전을 기약한다고 보겠는가?

나는 생명의 창조주에게 조용히 묻고 싶다. 우리가 어떻게 살아야 오늘의 불안과 공포에서 벗어날 수 있을까? 그리고 봄철 같은 희망의 삶을 살 수 있을까? 참으로 답답한 마음에서 기도하는 마음으로 고요히 눈을 감았다.

그때 눈앞에 펼쳐지는 영상이 있었다. 칠흑 같은 어둠 속이었다, 그 공간 중심에 작은 바늘이 꽂아 있었다. 그런데 그 바늘에 누가 손을 댔는지는 알 수 없으나 그것을 쏙 뽑아내는 것이 아닌가? 그동안 그렇게 흑암으로 가득 차 분별할 수 없었던 그곳인데도 그 작은 구멍에서 쏟아져 나오는 강한 빛이 광채가 되어 비치는 곳마다 요동치듯 꿈틀거리고 있었다. 자세히 바라보니 광채는 곧 생명력이었다. 무슨 형체인지는 자세히 모른다. 그러나 분명한 것은 광채를 받는 순간부터 생명체로 변하여 꿈틀거리고 있었다. 나는 타고르의 시詩 한 구절이 떠올랐다. "빛이여, 내 빛이여, 세상을 채우는 그 빛이여."라고 외친 그 감탄이 내 감탄이 된 듯했다.

내 눈 앞에 펼쳐진 그 영상이 무엇을 말해주려는 것일까? 그것이 상징하고 있고 암시하고 있는 의미는 좀 더 깊이 생각해 봐야겠다. 그러나 분명한 것은 칠흑 같은 어둠이 점차 사라지더니 마침내는 대낮같이 밝아온 것은 분명 '상서로운 기운'임은 말할 나위 없다.

앞으로 한 달여 뒤인 4월 13일은 우리나라 총선을 치르게 된다. 현재 총선 결과를 예측하기가 어려울 정도로 흙탕물이 뒤범벅이다. 그러나 국민들은 이러한 상황을 언제까지 지켜만 보겠는가? 예리한 심판이 이루어져 밝은 미래로 이어질 것만 같았다.

세상이야 어찌하든 봄은 여전히 찾아오기 마련인가 보다. 아직도 피부엔 싸늘하게 느껴지지만 역시 봄바람은 겨우내 가라앉았던 사념^{思念}의 찌꺼기를 말끔히 씻어 내린 듯 상쾌한 기분이다. 봄바람 속에 싸여 온 새싹들의 보드라운 미소는 지난날의 아쉬웠던 그리운 마음까지도 불러일으키게 한다. 생명을 일으키는 활력소와 같은 봄바람이다. 우리나라에도 이런 봄바람이 불었으면 참 좋겠다.

■ 하재준 ■

『한국수필』 천료(1986). 한국문인협회·국제pen한국본부 회원. 한국수필가협회·한국수필작가회 이사. 인천수필가협회·익산수필가협회 고문. 백제문학상·노산문학상·전북문학상·국제펜전북문학상·크리스찬문학상 대상·한국수필문학상·한국문인상본상 수상. 수필집 『그 큰 아픔이 사랑이런가』(92) 『천국의 미소』(2000) 『어머니의 눈물어린 기도』(96) 『아름다움이 피어오르기까지』(2003) 『냉수 한 잔이라도』(2013) 외. hajun41@hanmail.net

잔치국수 사랑

임재문

　　요즘 들어 잔치국수가 우리 집 식탁의 단골메뉴가 되었다. "여보! 오늘 우리 잔치합시다!" 하면 아내는 벌써 알아차리고 잔치국수를 서두르게 되었으니 말이다. 잔치국수는 그냥 쉽게 되는 것이 아니다. 잔치국수는 아내의 온갖 정성과 사랑을 듬뿍 곁들인 우리 집 단골 메뉴이다.

　　아내는 잔치국수를 만들기 위해 다시마와 양파와 멸치를 넣고 정성껏 끓여 육수를 만든다. 육수가 되는 동안 아내는 애호박, 당근, 양파를 각각 살짝 데쳐서 채썰어 놓고, 곁들여 먹을 묵은김치까지 잘게 썰어 준비해놓는다. 거기다가 노오란 계란말이를 채썰어 따로 준비하는 것도 잊지 않는다.

　　이제 마지막 단계! 국수를 삶아내어 맑은 물에 흔들어 건져낸 다음 예쁘장한 대접에 알맞게 나누어 담고, 그 위에 애호박의 푸른 빛깔과 당근의 빨간 빛깔 그리고, 양파의 하얀 속살을 아름답게 수놓고, 맨 마지막으로 한가운데 노오란 계란말이 채썰어 놓은 것과 묵은김치 잘게 썬 것을 올려놓고, 다시마, 양파, 멸치를 끓여 만든 육수에서 건더기를 걸러내어 따뜻한 육수를 적당하게 그릇에 부으면 잔치국수는 완성되는 것이다.

　　그래서 잔치국수는 아내의 온갖 정성과 사랑이 가득 담긴 우리 집에서 가장 사랑받는 메뉴로 탄생한다. 잔치국수의 그 맛은 또 어떤가? 혀끝에 와 닿는 매끄럽고도 보들보들한 감촉과 삼킬 때 목구멍을 간질거리며 넘어가는 그 맛! 그래서 잔치국수는 그 달달하고도 간질거리는 그 맛 때문에 그렇게 감미로운 사랑을 하라고 결혼축하연의 음식으로 등장하기도 하는가 보다.

인터넷 검색창에 '잔치'를 치니 잔치국수가 1위로 떠오른다. 그렇다. 그래서 우리는 일등 음식인 잔치국수를 먹고 있는 것이다. 잔치국수를 먹으면 다시마 냄새 멸치가 곁들인 바다 냄새가 나서 좋다. 잔치국수는 여러 가지 재료들이 혼합되어 이루어지는 음식물 종합선물세트라고 해도 과언이 아니다. 모든 것들이 어울려진다고 붙여진 이름이 잔치국수가 아니겠는가?

"여보! 잔치합시다." 나는 그렇게 외치며 잔치국수를 먹는다. 사실이 그렇다. 잔치국수 먹는 날 우리 집은 잔칫집이 된다.

직장생활을 할 때 잔치 분위기로 회식을 한다. 이제 정년퇴임한 지 십여 년이 다 되어가니 회식할 일도 거의 없게 되었다. 아이들도 결혼해서 분가해 아내와 나 단둘이 함께하는 잔칫집이다. 맥주나 소주, 막걸리가 없으면 또 어떠랴! 아내와 내가 식후에 마시는 커플 커피로 땡! 하며 건배를 하고 마시는 그 맛 또한 잔치 분위기가 아닌가?

세상 살아가면서 잔치만 하고 사는 세상은 없다. 어려운 시련도 그 얼마나 많았던가? 가장 어렵고 힘들었던 때를 들라면 내가 중이염으로 귀 수술을 받았을 때이고, 아내가 대장에 용종이 생겨 수술을 받았을 때라고 해야 하나.

가장 힘들었던 내 귀 수술! 보통사람이면 한두 시간이면 끝이라는데 나는 장장 여덟 시간 동안을 생사의 갈림길에서 헤매었으니 말이다. 밖에서 기다리는 아내의 심정은 어떠했을까? 그 심정을 알아차리라고나 하는 듯 아내가 입원을 하여 대장 수술을 받는 그 날! 나는 그날이 이별 연습의 날이라고 생각을 했다. 왜냐하면 수술실 밖과 안은 철저하게 단절된 곳이고, 또 아무리 쉬운 수술이라 하더라도 수술은 생사의 갈림길에서 최종 선택의 길이기에 더더욱 그렇다.

밖에서 울며 떨며 초조해하는 나를 위로라도 하는 듯 아내는 이별 연습을 무

사히 마치고 수술실을 나와 빠른 속도로 회복되어 오늘의 잔칫상을 마련한 것이
아니겠는가?

"여보! 이제 당신과 나는 어려운 시련을 다 이겼으니 앞으로는 잔치할 날만 남
았네요! 아무 때든지 내가 '잔치합시다!' 하는 날 우리는 주저 없이 잔치를 합시
다. '더더더 좋은 날들을 위하여! 커플 커피 건배!'도 힘차게 외칩시다. 여보!"

■■ 임재문 ■■

전남 해남 출생. 『한국수필』 천료 등단. 2007년 강릉교도소 복지과장 정년퇴임. 한국수필작가회 회장 역
임. 수필집 『담너머 부는 바람』(1993) 『사형수의 발을 씻기며』(2000). sullbong@hanmail.net

해 질 녘

한동희

　　서너 명의 여인들이 모인 자리에서 하루 중 가장 좋은 때가 언제
인가 물으면 '해 질 녘'을 우선으로 꼽을 것 같다. 해 질 녘의 느낌은 각자의 환경
과 기분에 따라 다르겠지만, 나에게 해 질 녘의 낭만적 요소들은 문학의 근원이
되었고, 석양의 황홀함은 처음 받은 충격적인 아름다움이었다. 그러나 해가 갈
수록 힘든 현실로 내면은 공허해지고 차츰 꿈과 희망은 등 뒤로 밀려나고 있었
다. 더 이상 멍한 눈동자로 살지 않기 위해 나는 다시 순수한 사랑을 찾아가듯,
내게 꿈과 희망을 안겨 주었던 몇 편의 '해 질 녘' 풍경을 떠올려본다.

　　소녀 시절, 부모님이 서해 바닷가에서 염전을 하실 때였다. 나는 서울에서 공
부를 하며 여름방학이면 그곳에 내려가는 것이 일 년 중의 큰 행사였다. 방학하
는 당일로 못 내려가면 몸살이 났는데, 그건 어머니에 대한 그리움과 수평선에
내려앉는 석양과 하늘을 붉게 물들이는 노을 때문이었다. 해 질 녘, 석양 아래 펼
쳐지는 아름다운 정경에 날마다 꿈꾸는 것 같았다. 수평선에 점점이 박힌 섬들
을 동경하며 낙도의 여교사가 되고 싶기도 했고, 선홍색 노을이 펼쳐지는 하늘
아래 내 또래 아이들의 줄넘기하는 모습이 환영으로 비쳐와 평화스런 그 마을이
보고도 싶었다. 꿈과 이상은 멀리 있다는 것은 모르고 해 질 녘의 아름다운 광경
에 그저 황홀할 뿐이었다.

　　해 질 녘, 수평선 가까이 태양이 내려앉으면 바다에 나갔던 맛꾼들은 밀려오는

물살에 잡힐세라 하루 종일 잡은 맛살을 머리에 이고 등에 지고 무릎까지 빠지는 개펄을 부지런히 빠져나온다. 맛꾼들이 동네 언덕에 이르러 맛살을 장사꾼에게 넘겨줄 때면 하루를 무사히 보낸 감사함을 알리는 듯 어디선가 두레패들의 두레 소리가 은은히 들려온다. 산 아래 외딴 초가집 굴뚝에선 저녁밥 짓는 연기가 모락모락 피어오르고, 하얀 연기는 나를 기다리며 어서 오라는 어머니의 손짓처럼 정답게 느껴졌다. 어머니의 품 안처럼 안온하고 평화로운 해 질 녘이었다.

중년의 빛깔이 저녁노을처럼 스러져 갈 때, 홍은동 돌산 옆에서 산 적이 있다. 돌산을 깎아내린 자리에 아파트를 지었기 때문에 돌산 한 면은 아파트를 둘러싼 폭넓은 병풍 같았다. 해 질 녘이면 석양이 병풍 같은 넓은 벽면에 반사되어 소진되어 가는 빛을 신열처럼 내뿜고 있었다. 외출에서 돌아올 때면 석양을 마주하게 되는데, 벽면에 반사된 광채가 허무와 공허함으로 느껴져 목젖이 아려 왔다. 우리의 삶에서 열정과 환희가 빠져나가면 울분도 광폭할 일도 함께 빠져나가듯, 그 모든 것이 빠져나간 자리에는 허무의 빛깔만이 감돌고 있었다. 그때 석양의 스산한 빛을 바라보면서 얼마나 많은 눈물을 흘렸던지….

그러나 돌이켜 생각해 보면, 태양은 제 할 일을 다 하고-하루 종일 온 세상을 밝혀 주고- 비움의 자리에 와 있거늘, 자연의 순리에 순응하지 못하고 세월의 허망함에 안타까워했던 내게 각성의 빛이 되어 주었다.

이순耳順이 될 즈음, 여동생들과 차를 몰고 여행을 떠났다. 전라도와 경상도 일대를 5박 6일간 여행하고, 돌아오기 전날 해인사를 향해 달리며 바라본 어느 농촌의 해 질 녘 풍경이 잊혀지지 않는다. 햇살은 스러지고 산그늘이 내려앉은 시골 마을은 고요하고 한가로웠다. 저녁밥 짓는 알싸한 냄새의 연기조차 피어오르지 않는 마을은 말 그대로 무상무념의 상태였다. 해인사를 향해 가는 여행객의 발길도 뜸하고 바람마저 잠든 8월 중순경의 인적 없는 산마을은 사진틀에 들어앉은 한 폭의 그림처럼 움직임이 없었다. 마을이 잠든 듯 고즈넉한 평화로움이

인상적이었다.

이때 옆에 있던 오십 초반의 여동생이 하는 말.

"나는 해 질 녘이 좋아."

해 질 녘은 편안하면서도 애잔한 슬픔이 느껴진다. 그 어떤 그리움이 가슴에 스멀거려 눈물이 난다.

칠순의 어느 날, 후배 신 선생과 주고받은 카카오톡.

"지금 버스 타고 서울 가는 중이에요. 해 질 녘 산길이 좋네요. 내가 좋아하는 해 질 녘 시간!"

"그 시간을 여자들은 좋아하지요. 그 기분 만끽하세요."

"알코올 중독자가 이 시간을 못 견딘다는 말을 들었어요."

"알코올 중독자가 왜 이 시간을 못 견뎌 할까요?"

신 선생과의 문자 메시지는 여기에서 끝났고, 나는 곰곰이 생각에 젖어 나름대로 그 이유를 유추해 본다.

알코올 중독자는 해 질 녘이 되면 술의 유혹에 걸려든다는 걸까? 해 질 녘의 쓸쓸함 때문일까? 술에 빠져든다는 것은 자기 자신을 잊기 위한 수단이 아닐까. 아니, 가장 순수하고 진실 된 자기 자신과 만나고 싶어서일까. 그도 아니라면 붉은 태양 속으로 빨려 들어가 자신의 존재를 불태우고 싶은 걸까. 하지만 이 시간을 못 견뎌 하는 것은 유독 알코올 중독자만은 아닐 것이다.

직장에 다니는 샐러리맨 중에는 퇴근 후 곧장 집으로 향하지 않고 습관적으로 회사 주변을 서성이며 방황하는 사람들이 많다고 한다. 결국은 회사 근처의 포장마차에 도달하게 되고, 그곳에는 이미 서너 명의 직장 동료들이 소주잔을 기울이고 있다. 그들은 숯불 위에 북어새끼나 곰장어를 올려놓고 매캐하게 올라오는 연기와 알코올에 취해 누가 먼저랄 것도 없이 인생의 고달픔을 토해 낸다. 자신의 고민과 갈등을 한 잔 술에 의지해 소통의 길을 찾아 나서는 사람들. 마음속의 오르고 내리는 감정의 기복으로 나 아닌 내가 되어 가슴에 묻어 둔 사연을 꺼내어 깃발처럼 흔들어 보는 시간이 해 질 녘이 아닐까. 아침을 희망으로 시작하지만 해 질 녘엔 허탈과 초조와 불안을 느끼는 현대인의 자화상에서 희망이 멀어져 가는 이 시대의 아픔이 느껴진다.

어느덧 빌딩의 그림자는 어깨 위로 내려앉고, 그들은 어둠 속에서 편안해진다. 오늘이 고달픈 삶이었다 해도 또다시 내일의 희망을 품어보는 해 질 녘 시간. 나도 그들처럼 마음속의 걱정과 근심을 내려놓고 해 질 녘의 노을처럼 살아야겠다.

■■ 한동희 ■■

1986년 『한국수필』 등단. 한국수필가협회 부이사장, 고양시 문인협회·한국수필작가회 회장, 미리내수필문학회 초대회장, 한국여성문학인회 이사, 국제펜클럽 한국본부 이사 역임. 한국문인협회·문학의 집 회원. 제17회 한국수필문학상(조경희), 고양시 문화상 문학 부문 수상. 작품집 『사람, 그 한사람』 『느낌표처럼 사랑했다』 『소금꽃』 『숙제 그리고 축제』, 수필선집 『퀼트와 인생』. hdhhw@naver.com

노래자랑과 목청자랑

임창순

    나는 음치에 가깝기 때문에 노래자랑을 즐기는 일이 많다. 생활의 갈증을 남의 노래로 풀고 있는 것이다.

    일본에 살면서도 그랬다. 일본의 국영방송인 NHK의 목청자랑을 즐겨 들었다. 목청자랑이란, 한국 KBS의 노래자랑과 비슷한 '노도지망'을 내가 직역한 말이다. 이는 NHK에서 매주 일요일 정오 뉴스가 끝나는 15분에 시작하여 오후 1시까지 진행된다. 아마 한국 노래자랑의 '원형'일 것이다.

    목청자랑은 우리의 노래자랑과 같은 시간대에 시작하여 15분쯤 일찍 끝난다. 끝나는 장면을 보고 있노라면 화면에서 칼바람이 난다. 화면이 채 사라지기도 전에, 기관총처럼 지체 없이 뉴스를 쏘아대는 아나운서의 성급한 목청이 그런 분위기를 만든다. 공연 장소 또한 전국을 돌아다니는 것이 원칙이고, 큰 행사 때만 본사에서 한다. 출연자의 선발 방식도 우리 쪽과 같아, 응모한 개인이나 그룹을 심사하여 보통 스무 팀 정도를 뽑는다. 다만, 출연자 모두를 미리 무대에 올려놓고 시작하는 것만 다르다. 이는, 개개인들이 무대로 들고 나는 시간을 절약하려는 의도이다.

    목청자랑의 백미는, 촌닭처럼 무대에 올라오는 출연자들의 어색한 행동이다. 이들의 어수룩함이 나의 우월감과 대비되어 내 깊은 곳에 있던 쾌감을 우려내곤 했었다.

목청자랑의 시작은, 우리나라에서도 오래전부터 존재하던 유랑극단이 그 시작이었다. 유랑극단이 노천극장의 연기로 안착되면서 일반인의 참여가 시작되었다. 연기는 문명의 진화와 함께 중앙집권화 형태로 굳어갔다. 광대를 더 전문화된 연예인으로, 유랑을 더 짜임새 있는 행정조직으로, 딴따라를 현대인의 입맛 따라 감미롭고 우아하게, 관중을 동네 조무래기 수준에서 유명가수와 함께하는 주민동원령 방식으로 조직화하고 기계화하고, 스마트화하였다.

목청자랑을 베꼈을 것으로 생각되는 한국의 노래자랑은, 자유분방한 방향으로 진화하였다. 이런 자유분방함이 한국에 돌아온 나를 사로잡았다.

지금의 TV는 UHD 방송을 시험할 만큼 고급화되었다. 같은 화면에서 여러 채널을 같이 볼 수도 있다. 눈은 두 장면을 같이 볼 수 있어도 귀는 한쪽 소리밖에 들을 수 없는 것이 흠이지만, 마음이라고 하는 또 하나의 청각기관을 활용하여 그런 대로의 감상이 가능하다.

이 두 나라의 노래자랑과 목청자랑은 각각 장단점이 있으면서도 잠시나마 나를 잡념으로부터 벗어나게 한다. 아마도 대중성의 마력일 것이다. 때로는 나보다 못난 것처럼 보이는 사람이 나름대로의 솜씨와 재능을 뽐내다가 민망해하는 것을 보는 것도 재미의 하나다. 목청자랑에서의 경우가 특히 그렇다. 노래자랑의 출연자들은, 약간의 실수가 있어도 민망한 표정을 짓는 일이 거의 없다. 사회자의 여유 때문이다. 목청자랑의 경우는 사회자의 여유가 다르다. 그래서 일본인을 단순한 사람들로 만들어간다는 생각이다.

한국의 노래자랑은 사회자가 오랫동안 독단하고 있다. 아흔에 가까운 연세라는데, 스스로 청춘임을 자처하면서 점점 노련미를 더하고 있다. 특이한 체구와 목청이 경력의 힘을 받으며 날로 인기를 더한다. 그분이 만약 백수白壽쯤에서도 이 프로의 진행이 가능하다면, 그 인기는 하늘을 찌르고도 남을 것이다. 어찌 생각하면 좋은 일이다. 남녀노소를 가리지 않는 어울림으로 갓난이의 오빠가 되기도 하고, 맨바닥에 드러누워 버둥거리는 난역도 마다하지 않는다. 그는 밴드마스터를 조역으로 내세워 유머의 시간을 만드는가하면, 심사위원을 하늘까지 추켜세워 그들을 민망한 척하게도 하는 쇼맨이다.

일본 목청자랑의 사회자는 복수다. 조직의 경직성을 벗어날 수 없는 고정 사회자와 게스트라는 가수 두어 사람이 등장하여 무대로 단체 입장하는 출연자들을 유도한다. 출연자들은 시작부터 끝날 때까지 무대에 올라와 동료 출연자를 응원해야 한다. 20여 명 중에서 칠팔 명 정도가 합격점을 얻는데, 인기상은 불합격자에게서도 나올 수 있다. 상품은 없다. 최고상으로 챔피언 한 사람에게만 트로피를 주고 급히 끝낸다. 사회자의 재량도 지극히 제한된다. 실수를 인정하지 않는 진행이다. 이는 매스컴에 등장하는 일본문화에서 일관되게 볼 수 있는 단순명료함이다. 무사가 칼로 베어 버리듯이, 생선을 잘라내는 요리사의 솜씨처럼, 한 송이 꽃을 꽂아 두고 마음을 다듬듯이, 다다미 두 장 정도의 한 평짜리 공간에 앉아 수필을 쓰던 방장기方丈記의 가모초메이鴨長明처럼 단순하고 명료하다. 그것은 지도자를 도락에 빠지지 못하게 하는 문화의 모태일지도 모른다.

그렇지만, 나는 역시 한국의 노래자랑이 좋다. 집에 있는 일요일만 되면 채널이 거기에 고정된다. 놀 때는 화려하게 노는 것이 좋다는 생각을 점점 굳혀가기 때문이다.

■■ 임창순 ■■■■■■■■■■■■

보령에서 출생. 2006년 서울의 관악고등학교에서 퇴임하고, 향리 보령에서 산다. 1985년 일본 체류기 『볼티산36경』(명문당)과 2001년 『한국의숨결』(청조사), 2016년 『고향』(한국수필가협회)이 있으며, 네 번째, 『천방지축』과 다섯 번째 『혼자 걷는 도봉 · 북한산 33봉』을 준비하고 있다. imcs@lycos.co.kr

외가댁이 있던 고창으로의 나들이

류동림

　　전북 고창으로의 문학 동인 소풍날인데 길을 나서기 전부터 세차게 비가 쏟아진다. 하지만 아침 비에 서울 길을 떠나랴 하던가. 다들 비가 금방 개리라는 믿음을 갖고 있는지 동인들이 모두 나와서 관광버스를 가득 채웠다. 고창은 옛 고을이면서 나의 외가가 있던 곳이어서 아련한 향수를 떠올리게 하는 이름이다.

　　목적지에 왔을 때는 우리 모두의 바람대로 비도 꺼끔해졌다. 고창 토성과 미당 기념관을 둘러보았다. 곳곳마다 역사의 숨결이 고여 있어서 이 고장이 거쳐 온 시대 상황의 흐름을 엿볼 수 있었다. 토성을 쌓을 때 여자들도 협력했다고 한다. 토성 곁에 세 명의 여인이 무거운 돌덩이를 머리에 인 모습이 동상으로 만들어져 있다. 저 힘겨움이 시간을 거슬러 내게도 전해진다. 여성이 돌을 머리에 이고 열심히 일하는 걸 묘사한 동상은 아마 지구촌에서도 오직 이곳뿐일 거라는 설명에 괜히 나까지 자부심이 생겨서 그 자리를 떠날 때도 몇 번이고 뒤돌아보았다.

　　지난해에 미당 선생께서 오랫동안 살면서 문필활동을 했던 서울의 집을 문학 펜클럽pen club 회원들이 방문하게 되었다. 시인의 명성답지 않게 주거지는 평범했다. 마당도 뜰도 내놓고 자랑하기에는 어림없다. 화초도 흔히 눈에 띄는 수수하고 소박한 것들이었다.

서울 집에는 손님이 잦은 데다가 다과상을 들고 좁은 계단으로 이층을 오르내리느라 사모님 고생이 많았다는 이야기가 기억에 남는다.

서정주 선생의 고향에서는 일제에 협력했던 선생의 과오는 덮어두고 아무도 흉내 낼 수 없는 아름다운 시를 지은 공로만을 부각시킨 셈이다. 선생 또한 그 점이 떳떳하지 못해 숨고 싶었을 것이다. 그때의 시대상황이 어쩔 수 없었다 해도 역사 앞에 민족 앞에 그리고 후손들에게 당당하지 못한 과거가 부끄럽고 후회도 많았으리라 생각하니 안타깝다. 여기저기 세운 시비詩碑마저도 약간은 빛을 잃은 듯 느껴지는 것은 친일 행적에 대한 선입견 때문이 아닐까.

이곳 출신 원로이신 이상인 선생님의 영접을 받았다. 이 선생님은 맑은 빛으로 씻어낸 듯한 순수한 느낌으로 가득한 분이다. 그런 분과의 해후는 충만한 행복감을 가져다줬다. 광주에서 올라온 문우 몇 사람과의 만남도 반가웠지만, 오랫동안 단절되었던 최은정 선생과의 만남은 특히 기뻤다. 마음바닥에 머물러 있는 묵은 정이 더 깊은가 보다. 마지막 순서로 선운사를 둘러보는데 기이한 나무가 눈에 들어왔다. 들여다보는 내 발바닥이 땅에 붙어있다. 문우인 최원현 선생이 그 나무를 보더니 반색을 하면서 "연리지가 여기 있었네. 여기서 연리지를 만나다니." 하며 감동을 숨기지 않았다.

나는 평소에도 색깔이 곱고 모양이 아름다운 꽃보다 꿋꿋하고 우람한 나무가 더 믿음직하고 끌렸었다. 내가 글을 쓸 때도 꽃같이 아기자기한 대상을 섬세하게 묘사하기보단, 투박하고 소박한 것들을 주로 쓰는 것도 그러한 내 기질 때문일 것이다.

나무를 좋아하고 관심은 있으면서도 정작 나무 이름들도 잘 모르고 나무에 대한 지식도 부족하다. 이런 것도 다 섬세하지 못하고 건성이어서 여식답지 않다고 지청구를 듣던 내 성품 탓일 것이다. 연리지라는 말도 귀에 아주 낯선 단어는 아니라서 전에 어디선가 들었을 테지만 건성으로 그냥 흘려들었음이 분명하다.

하지만 웬일일까. 이번에는 '연리지'라는 단어의 묘한 울림이 고막을 뒤흔들더니 그것에 대해 알아보고 싶은 마음이 강하게 들었다. 나중에 집에 가서 인터넷을 뒤져서 정보를 얻는 것보다 막 호기심이 생겼을 때 바로 옆 사람의 생생한 설명을 통해 듣는 것이 훨씬 좋을 거라고 생각했다. 그래서 귀경길에 최 선생 옆자리라도 앉게 되어 연리지에 대해 물어본다면 친절한 선생은 자세히 알려주리라고 기대했지만, 다른 자리에 앉게 되어 아쉽게도 기회는 오지 않았다.

돌아오는 길에 쉴만한 자리를 찾아 최은정 선생이 해준 찰밥을 맛있게 먹었다. 우선 그 양에 입이 벌어졌다. 60명이 다 자기 몫을 먹고도 많이 남아서 각자한 덩이씩 집에 싸가는 여유를 누릴 수 있었다. 과연 부잣집 맏며느리다웠다. 나는 원래 찰밥을 잘 먹지 않는데 그날은 웬일일까. 맛있어서 한 봉지를 다 먹었다. 정과 성의를 함께 버무려서 그렇게 맛이 좋았나 보다.

고창에서 먹었던 조갯살 맛을 어찌 잊으랴. 그 토실토실한 살집이 입안에서 씹힐 때마다 달착지근한 참맛이 입을 즐겁게 한다. 그렇게 알이 큰 바지락은 처음 보았다. 거금을 내어 점심을 대접해 준 이 선생님의 특별한 부탁이었을까. 각자 앞에 놓인 껍질 없는 조개탕 일인 분이 네 사람이 먹을 만큼 알차고 실속 있어서 이곳의 넉넉한 인심까지 음미하며 포식을 했다.

이번 여행은 입이 행복했고 눈이 기뻤으며 몸도 즐거웠다.

■■ 류동림 ■■
1987년 『한국수필』천료, 1994년 『세계일보』신춘문예 당선. 청구문화제 산문 최우수상, 한국수필문학상, 구로예술인상 수상. 수필집 『유리병 속의 시간』. nabidr@hanmail.net

사람다운 사람

고동주

　　아내의 생일을 축하하기 위해서 둘이서 외식을 하고, 내친김에 평소에 잘 가지 않았던 극장으로 갔다. 지정된 관람석에 앉아 주변을 둘러보았더니, 우리 또래의 노인은 찾아볼 수 없었고, 젊은이들뿐이었다.

　　영화가 시작되자 배역들 입에서 심한 욕설부터 서슴없이 터지기 시작했다. 재벌 회장을 비롯한 유력 정치지망생과 그들을 돕는 주먹세계까지 합세하여 영화의 주제를 얼른 파악할 수 없을 정도로 혼돈스러웠다. 얼마 후 남녀 나체들만 모인 목욕탕 같은 데서 성性 상납의 분위기도 있었고, 형틀에 묶인 채로 손목을 톱으로 끊는 잔인한 장면도 나왔다. 그 장면들을 본 아내는 그 자리에서 질겁하는 눈치였다. 그냥 나가자고 옆구리를 찔러서 영화가 채 절반도 진행되기 전에 극장을 빠져나오고 말았다.

　　다 보지는 못했지만 우리가 살고 있는 이면에는 그런 현실이 존재할 수 있을 것 같기도 했다. 끝까지 살피지는 못했지만, 이러한 사회 악순환을 끊고 정의로운 사회를 구현하기 위한 목적으로 만들어진 작품이겠지만 부분적인 잔혹한 분위기가 아내의 시각을 너무 크게 자극했나 보다.

　　이런 소재가 다루어지는 것을 보면 그동안 세상이 많이 변한 탓도 있겠지만, 기왕이면 밝게 변해야 하는데 어둡게만 변하고 있으니 어쩌랴. 지금부터라도 치밀한 근절 대책이 있어야 마땅할 것 같다.

제발 우리 후손들만이라도 인성^{人性} 교육에 집중하여, 다시는 이런 극단적인 퇴폐 분위기만은 물려주지 말았으면 싶다. 죄악이 만연^{蔓延}한 세상이라 당장에 물리칠 수 없다면 세월 따라 조금씩이라도 나아져야 되지 않을까?

예부터 전해오는 말 가운데 '사람이면 다 사람이냐? 사람이 사람다워야 사람이지!'라는 말이 있다. 그러니 우리는 특히 어린이들에게 사람다운 기초적인 모습부터 가다듬도록 노력해야 마땅하리라 생각된다.

지나친 욕심과 투쟁보다는, 사랑과 희생을 앞세우면서, 감사할 줄 알고, 윗사람을 공경할 줄 알고, 땀으로 보람을 쌓을 줄 아는 모습으로 길러야 하리라. 또 우리 생활 주변의 자연이나 사물을 예사롭게 보지 말고, 의미를 찾아보면 위대한 가치를 찾아볼 수 있지 않던가. 우선 해와 빛과 공기가 없고, 물마저 없다면 이 땅의 생물은 존재할 수 없으니 창조주의 섭리가 얼마나 감사한 일인가.

또 나를 낳아서 길러준 부모에게 감사해야 하고, 의지하고 살아갈 형제나 이웃이 있다는 것도 서로 사랑하고 감사해야 할 대상들이 아닌가. 그 길만이 사람다운 길이지, 밤낮 일확천금을 노리면서 권력이나 휘두르고 사기 치고 비방하면서 투쟁만을 일삼는다면 사람다운 길이라 할 수 없지 않겠는가.

그런데 날이 갈수록 영화 장면과 유사한 사례들이 온 나라를 뒤흔들고 있으니 이 일을 어쩐단 말인가.

인류의 은인으로 알려진 독일의 슈바이처 박사는 재능이 뛰어난 분이셨다. 그는 신학자요, 음악가요, 시인이며 의사였다. 다재다능한 그는 모든 영화를 다 버리고 아프리카 미개지에 있는 나환자촌에 병원을 개설하고, 죽어가는 흑인의 고통을 나누었다. 일반적인 상식으로는 판단하기 어려운 일이기도 하다. 그러나 그 값진 보람으로 세계적인 위인이 되었고, 드디어 인류의 은인이라는 빛나는 위치에 우뚝 서지 않았던가.

자신의 안일만을 위한 투쟁보다는 어려운 이웃을 위한 봉사, 지역사회나 나라를 위한 봉사에 앞장서서 이루어낸 보람이야말로 사람답게 사는 길이 아니겠는가. 그러나 우리 주변의 현실은 그런 이상理想과는 너무도 먼 거리로만 달려가고 있으니 심히 답답한 일이다.

매일같이 '사람답기'를 수없이 반복 다짐해도 결코 부족할 것만 같다. 어떤 방법을 동원해서라도 우리 모두 사람다움으로 성숙되기를 간절히 기원해본다.

지나친 소망인지는 모르지만 나 자신을 포함한 이 나라 국민 모두가 하나같이 '사람다운 사람'이 될 수만 있다면, 지상천국도 이루어지고, 만물지영장萬物之靈長의 위치에도 당당히 서지 않을까 싶기 때문이다.

■ 고동주 ■■

『경남신문』 신춘문예 수필 당선 및 『한국수필』 추천완료 등단. 수필집 『달빛 닮은 흔적』 외 12권, 수필 교재 1권, 시집 2권. 제16회 한국수필문학상 외 9건 수상. kdj3608@hanmail.net

손편지

김의순

　　우리 시대 사람들은 가끔씩 수 세기를 살아온 것처럼 느껴질 때가 있다. 세계대전이 한참 치열할 때 태어나서 유년기를 보냈고 좀 자라서 해방을 맞았으나 그땐 너무 어려서 기뻐할 줄도 몰랐다. 그렇게 나는 겨우 유년기를 벗어날 즈음에 6·25를 겪은 전후 세대다. 그리고 얼마 후에 휴전이 되었으나 전화의 흔적은 곳곳에 낭자하고 평화를 갈망할 즈음에 4·19가 일어났다. 그리고 좀 지나서 5·16을 겪었으니 소용돌이치는 세파 속에서 이 눈치 저 눈치를 보면서 가슴 조이고 살았다.

　누구나 없이 가난할 때였으니 음식이며 온갖 물자가 부족했다. 먹고사는 생활이야 어른들 몫이라 해도 새 옷 한 벌 새 신 한 켤레 얻어 신기겠나. 그래도 잊을 수 없는 것들이 많다. 그중에 단연 으뜸은 손편지였다. 손편지 중에도 연서라면!

　그때는 통신 사정이 극심히 어려울 때여서 일반인은 전화는 구경도 못 해본 사람이 많았다. 웬만한 학교에는 전화가 없어서 종 치는 소사가 자전거를 타고 다니며 학교 간에 소식을 전했다.

　내 친구 중에 아주 부잣집이 있었는데 그 집은 1,000여 평 되는 대지에 온갖 정원수가 4계절 화려하고 정원에는 그네도 매여져 있었다. 그 애 아버지는 법원의 판사였고 인천에서 제일 큰 건재국이며 양조장과 냉동 공장에 몇몇 사업체도 있는 집으로 그 집에는 전화가 있었다. 그 집은 대문 앞에 커다란 셰퍼드가 있었다. 그 집 사람들의 이름을 부르는 이는 아무도 없었고 셰퍼드 이름을 불렀다. 셰퍼드 이름은 쫑이였다.

"애, 쫑이네는 전화두 있대, 넌 개하구 친하니까 봤지?" 난 그 집에서 전화 거는 걸 본 것만으로도 으스댔다. "차-암 재밌다. 너~ 따르릉따르릉하니까 개네 엄마가 전화를 붙들고 어떤 때는 여보세요! 여보세요! 할 때도 있고 어떨 때는 일본 말로 모시모시- 할 때도 있는데 차-암 재밌다. 너~"하면서 본 것만으로도 으쓱거렸다.

1960년대 중반부터 일반에게 전화 신청을 받았는데 전화국에 접수를 해놓고도 당첨하여 사고팔 때였다. 값이 서울의 작은 아파트 한 채 값이라고 했다. 그랬으니 60년 전의 통신 사정은 어떠했을지 설명할 필요도 없다. 그래서 가장 중요한 통신 수단은 편지였다.

대략 7~8일 걸려서 받아보는데 내용에 따라서 그 반가움이란 이루 말할 수 없지만 그중에서 제일 반갑던 편지는 단연코 절절한 연서였다. 어른들 눈을 피해서 몰래 받아보던 연서, 가슴 두근거리며 뜯어보고 읽고 또 읽고 몇몇 줄은 암기하던 연서! 깨알 같은 글씨로 7, 8매를 밤새워 썼다던 글, 훈련소에서 30촉짜리 전구에 언 손을 녹여가며 썼다던 뜨거운 연서! 어땠을까?

세월은 유수와 같다고 한다. 참으로 우리나라에 태어난 우리세대야 말로 유수와 같다기보다 마치 타임머신을 타고 몇 세기를 넘나든 것처럼 느껴진다.

세월만큼이나 노쇠한 지금 정서 또한 메마르고 산성화되었으나 지금 참으로 오랜만에 가슴 뜨거운 손편지를 받아들었다. 근 10년 가까이 절필했다가 신앙 체험 몇 편을 모아서 제5집으로 출간하였는데 책을 받아본 몇몇 분이 격려의 편지를 보내왔다. 축전도 있었고 격려의 통화도 있었으며 메일이며 문자 메시지까지 분에 넘치는 격려를 받고 깊이 감사한 마음이 가득하다.

그중에서 손편지 몇 통이 있었다. 그리고 어느 한 분은 손편지를 먹을 갈아서

글씨 자체를 정성을 담아서 써 보낸 편지를 받았는데 난 그 편지를 여러 번 거듭해서 읽었다.

손편지의 감격은 보낸 이의 정성을 받는 이가 똑같이 느끼기 때문이 아닐까. 내게 감동을 주는 손편지를 보내온 그분들에게 나도 손편지로 답을 해야겠다.

■ 김의순 ■

『한국수필』 천료(1988). 한국문인협회·국제펜한국본부·한국수필가협회 회원. 한국수필작가회 이사. 수필문학상 수상(2007). 수필집 『고양이의 후예』 『학이 열리는 내 작은 전설』 『아버지의 치마』 『아직도 그곳에는』 외 다수. k7771358@naver.com

두 개의 의자

이진화

오늘도 늦은 시간에 혼자 의자에 앉아있다. 한 시간 전까지 마주 앉았던 남편은 9시 뉴스를 본다며 소파로 자리를 옮겼다. 이 식탁은 원래 육 인 용인데 겨울에 춥거나 여름에 덥지 않아서 언제부턴가 글 쓰고 책 읽는 공간이 되었다. 함께 사는 아들과 셋이 모여 식사를 할 때 외에는 남는 의자보다 빈 의자 가 더 많다. 자리를 크게 차지하는 장방형 탁자를 치우고 의자 네 개짜리 작은 식 탁으로 바꿀까 하다가 혹시 결혼한 아들네가 오면 함께 앉아야지 하며 남겨 놓 았다. 가족이 다 앉아도 남는 의자는 미지의 손님을 위해 비워 두었지만 주부 역 할이 적어지다 보니 손님 치르는 횟수도 점점 줄어든다.

이상하게 사람이 앉았다가 비워진 자리는 새 의자와 달리 쓸쓸하다. 궁궐의 천장 높고 어두운 방에 있는 용상이나 시골에 여행을 하다가 빈집 마당에 버려 진 짝 안 맞는 나무의자나 외로워 보이긴 마찬가지다. 언젠가는 의자에 온기가 있고 마주 보며 이야기 나누는 사람도 있었겠지만 먼 길을 가는 주인은 쓸 만한 의자도 종종 버리고 간다. 그런 의미에서 고흐가 남겼던 그림 속 한 개의 의자는 외롭지만 잊히지 않고 가장 오랜 사랑을 받는 의자일지 모른다.

그동안 가장 많이 앉았던 자리는 학습자의 자리였지만 최근 들어서는 혼자 서 있고 수강자들 다수가 나를 바라보거나, 상담실에서 고객과 둘이 마주 앉는 시 간이 늘고 있다. 얼마 전 모 교도소에 인생설계 강의를 하러 갔다. 무채색의 똑

같은 옷을 입은 40~60대의 중장년 남성들이 한 방향으로 앉아 무표정하게 나를 바라보는 모습이 무척 낯설게 느껴졌지만 그들은 시간이 지남에 따라 옆으로 돌아앉아 동료와 대화를 나누기 시작했다. 아무리 많은 사람이 함께 앉아 있어도 소통이 없으면 홀로 앉아있는 것과 다를 바 없는데, 수형생활을 마치고 남은 삶을 계획하고 준비해야 한다는 공통의 관심사가 그들의 마음을 움직였는지 경직되었던 분위기가 풀어지고 순간적으로 물결치는 느낌이 들었다.

나이가 들면 두 개의 의자와 한 개의 의자에 익숙해야 된다는 말이 있다. 두 개의 의자는 가장 가까운 관계를 상징한다. 각별한 사이가 아니면 둘이 앉아서 오랜 시간 깊이 있는 대화를 나누기 어렵다. 젊은 연인들이나 친구들은 카페에 앉아 시간 가는 줄 모르고 이야기를 주고받지만 오랜 세월 함께 살아온 부부와 가족은 오히려 마주 앉아 긴 이야기를 나누기가 쉽지 않다. 나는 종종 돌아가신 친정아버지의 일인용 의자와 여러 명이 둘러앉을 수 있는 응접세트가 남아있는 시골의 빈집을 생각한다. 아버지는 서울에서 큰살림할 때 쓰던 소파를 고향집에 그대로 가지고 가서 아버지의 자리에 두고 앉아계셨다. 늘 사 남매와 손자손녀들의 방문을 기다리셨지만 자식들은 은퇴 후 고향으로 내려가신 아버지를 자주 찾아뵙지 못했다. 든 자리는 몰라도 난 자리는 안다고 돌아가신 후 아버지의 빈 자리가 너무 크게 느껴지고 빈집에 홀로 지내기 힘든 어머니는 서울로 다시 올라오셨다. 살아생전 마주 앉아 대화를 나누기가 쉽지 않았지만 빈자리를 바라보는 것은 더욱 곤혹스러운 일이었을 터이다. 훗날 어머니에게 들은 이야기로는 두 분이 가장 오래 대화를 나눈 것이 아버지를 간병하는 기간이었다고 한다. 병상에 계신 동안 부모님의 관계는 어느 때보다 평화로워 보였다. 어째서 사람들은 사랑하는 대상이 떠나야 그 존재를 비로소 깨닫게 되고 미처 하지 못한 말이 뒤늦게 생각나는 것일까.

가장 가까운 사람과 하지 못한 이야기를 때로는 별다른 이해관계가 없는 사람과 나눌 때가 있다. 두 개의 의자에서 가장 밀도 있는 대화가 오가는 곳은 상담과 코칭을 하는 작은 방이다. 구조적으로 만들어진 공간이기는 하지만 꼭 해결하고 싶은 일에 대해 귀담아듣고 공감하며 해법을 얻도록 돕는 과정에서 고객은 평생 아무에게도 하지 못했던 말들을 꺼내놓는 경우가 많다. 일상생활 속에서 가까운 사람들로부터 잦은 비난과 질책을 받았을지 몰라도 약속된 공간은 수용과 지지를 얻을 수 있는 안전한 곳이기에 가능한 일이다.

어릴 때는 대청마루나 툇마루, 마당에 놓인 평상에서 자연스럽게 대화를 나누었다. 벽이나 담장이 없는 열린 공간에서 편안한 옷차림과 자세로 나누는 시간은 나른하고 평화로웠다. 날씨가 쌀쌀해지면 꽃무늬 잔잔한 포플린 호청의 이불 아래 발을 묻고 토닥대며 소담하게 쌓여가던 이야기는 형제들이 성장하여 뿔뿔이 흩어져 살면서 봄눈 녹듯 사라졌다.

결국은 둘러앉은 의자가 하나씩 사라지고 한 개의 의자에서 견뎌야 하는 시간이 다가온다. 하지만 그런 자리조차 연연하지 않고 삶의 터전을 옮겨 다니는 디지털 유목민의 시대가 되다 보니 손바닥만 한 접이 의자를 가지고 다니며 아무 데서나 펴고 앉아 차를 마시는 중국인들의 지혜와 실용성에 마음이 끌린다. 가족이나 혈연끼리 더불어 살아갈 수 없다면 남남끼리라도 밥상공동체를 이루거나 또 한 개의 의자를 만나기 위해 내가 먼저 작은 의자를 들고 다가가서 앉는 것은 어떨까.

━ 이진화 ━

『한국수필』천료 등단. 한국문인협회·한국수필가협회 회원. 주부편지 편집위원. 경기도문학상. 한국수필문학상 수상. 수필집 『신을 신고 벗을 때마다』『마음의 다락방』외. khgina@naver.com

봄 바라기

최원현

동행

문학 강좌를 마치고 나오면서 세상은 동행의 장이구나 하는 생각을 했다. 글을 쓰고, 좋은 글을 쓰기 위해 공부하는 그들을 통해 동병상련同病相憐의 정을 느낌과 함께 동행자임을 발견한 것이다.

나이들이 서로 많은 차이가 나는데도 하나의 목표와 목적을 갖고 나아가는 모습들이 참으로 아름다워 보였다. 세상은 크고 작은 동행의 장이었던 것이다. 그러나 마음이 맞아 더없이 즐겁고 큰 기쁨의 동행도 있겠지만, 그렇지 못하더라도 동행을 거부할 수 없는 게 또한 인생일 것 같다.

조병화 시인의 시에 「동행同行」이 있다.

> 서로 먼 다른 곳에서 와서/ 서로 먼 다른 곳으로 떠나야 할/ 하얀 새 두 마리
>
> 지금 낯선 이 이승의 초원에서/ 고요한 사랑으로, 한 세월을/ 서로의 따뜻
> 한 동행을 한다

인생이란 우연히 만났다 우연히 사라지는 것이요, 산다는 것 자체는 따뜻한 동행이지만 언젠가 맞게 될 이별을 준비함이기도 하다. 그러나 이러한 일들이 어찌 우연이겠는가. 만남도 동행도 이별도 결코 우연이 아니다. 인간을 향한 특별한

사랑을 품은 조물주의 아름다운 섭리와 계획 속에서 이루어진 일들일 것이다.

자칫 누군가와의 동행이 순간적 마주침이라고 소홀히 해 버릴 수는 있으나 그 것은 세상에서 가장 아름답고 소중한 만남의 기회를 놓치는 일일지도 모른다. 무엇 하나 가벼이 할 수 없는 것이 삶이다. 우리는 무수한 인연들 속에서 은혜로 운 삶을 살고 있음이다. 오늘 나와 함께 하는 당신을 위해 축복한다. 지금의 당신 과 나는 이 세상에서 가장 가까운 상대가 아닌가. 그리고 우리 모두는 동행자들 이다. 오늘 당신과 따뜻한 동행으로 함께하게 되어 참으로 기쁘다. 당신을 사랑 한다.

봄날은 온다

우렁이계단을 오르는데 목련나무의 가지가 손에 잡힐 듯하다. 그런데 아직은 쌀쌀하기만 하여 온몸이 으스스하건만 3월을 맞은 목련나무 가지엔 어느새 봉 긋봉긋 목련의 꽃봉이 앙증맞게 맺혀있지 않은가.

날이 춥다고 해봐야 이미 겨울은 더 이상 머무를 수 없을 것, 목련은 급한 마음 으로 꽃봉을 맺혀 올렸나 보다.

오늘 아침에도 나는 양복 위에 바바리를 걸쳐야 하나 그냥 가야 하나로 한참 을 고심했는데 목련은 봄은 벌써 시작되었다고 자신 있게 꽃봉부터 밀어 올린 것이다. 사람은 일기예보를 듣고도 체감온도를 생각하며 불안해하는데 질서에 대한 자연의 믿음은 그토록 큰 것이었다. 그러고 보면 사람은 만물의 영장이라 고 하면서도 한결같이 그들로부터 배우며 사는 존재이다.

겨우내 죽은 듯 말라 있던 목련나무는 한겨울 내내 생명을 키워내고 있었으며 봄이 되자 잎보다 먼저 꽃을 피워 올리는 열정을 보였다. 목련 꽃봉을 보며 새삼 지난겨울의 내 삶을 돌이켜 본다. 과연 나는 얼마나 생산적인 겨울을 맞았는가. 춥다는 핑계로 해야 할 일을 미루거나 안 한 것은 아닌가. 그러나 추운 겨울을 잘 보내게 하시고 따스한 새봄을 맞게 하심에 대한 감사가 먼저 솟아난다.

아직은 추운 날씨건만 목련나무의 맺힌 꽃봉을 통해 봄이 온 것을 알게 해 주시니 감사합니다. 목련의 꿈은 눈부시게 꽃을 피워내는 것이듯, 내게도 부시도록 찬란한 희망의 봄을 열어 주시니 감사합니다. 지난해에 이어 새롭게 꽃봉을 머금은 목련나무에 가장 따스한 햇살의 봄을 주시고 나 또한 희망의 새 꽃봉을 어우르게 하심을 감사합니다.

목련의 꿈처럼 그렇게 봄이 오고 있다. 약동하는 우주의 리듬을 햇살로 받은 목련나무는 꽃봉 속의 시를 깨워 우주의 소리를 담을 노래로 꽃을 피워 낼 것이다. 꽃샘바람 속에서도 어김없이 봄이 오고 있다.

▬ 최원현 ▬

『한국수필』천료 및 『조선문학』평론 등단. 한국수필창작문예원장. 사)한국문인협회·사)국제펜한국본부 이사. 사)한국수필가협회 사무처장. 강남문인협회 회장·한국수필작가 회장 역임. 한국수필문학상·동포문학상대상·현대수필문학상·구름카페문학상 수상 외. 수필집 『날마다 좋은 날』『오렌지색 모자를 쓴 도시』등 14권. 중학교 교과서『국어1』『도덕2』및 고등학교『국어1』『문학 상』등 여러 교재에 수필 작품 실림. nulsaem@hanmail.net

철없는 아내

최은정

배꽃이 피었다기에 나주 금천면으로 달려갔다. 그곳은 흰 구름이 내려온 듯 먼 산, 가까운 들이 모두 배꽃으로 덮여 있었다. 굽이굽이 산을 돌고, 고샅고샅을 돌아 마을은 온통 배밭이었다.

배꽃 한 가지를 꺾어 왔다. 가까이 보는 배꽃은 순백의 기품이 순결하고 우아했다. 화병에 꽂힌 꽃망울은 진주처럼 영롱했고, 활짝 핀 꽃은 성숙한 여인의 기품처럼 청순하고 우아하다. 저 연둣빛 좀 보아라. 붉은 듯 속살이 비치더니 연둣빛 잎사귀가 터져 나왔다. 진주 같은 꽃망울에 순백의 배꽃이 연둣빛과 어울려 봄처녀처럼 싱그럽고 아름답다.

그 기억은 어디서 오는 것일까. 불현듯 반백 년, 아니 오십여 년 하고도 다섯 해의 긴 세월 속에서 사라졌다 솟구치는 기억이 떠올랐다. 나는 종가의 육 형제 맏며느리로 시집왔다. 신혼여행에서 돌아온 후 시댁에서는 며칠을 두고 잔치를 벌였다. 나는 그때 다홍치마에 초록저고리를 입고 남편도 한복 차림으로 어머니 친구들 앞에서 노래 불렀던 장면이다. 그때 내가 부른 노래는 아무리 생각해 보아도 기억나지 않는데, 남편이 내 손을 잡고서 부른 그 모습이 그대로 떠오른 것이다. '봄처녀 제 오시네. 새 풀옷을 입으셨네. 하얀 구름 너울 쓰고 진주이슬 신으셨네. 꽃다발 가슴에 안고 뉘를 찾아오시는고.' 내 손 꼬옥 잡고 불러 준 그 노래, 싱그러운 봄처녀 같은 배꽃을 보며 잊어진 신혼으로 돌아갔다.

철없는 나는 살면서 성실하고 과묵한 남편에게 "당신이 나 사랑하고 있다는 물리적인 현상이 없잖아. 당신 나 사랑해? 변한 게 아니야?" 하고 졸라대며 칭얼대었다. 남편이 말했다. "애초에 우리 둘이 똑같은 보라색을 나눠 가졌어. 그걸 나는 깊이 간직하고 있는데, 당신은 마구 꺼내 퇴색시킨 거야, 변하지 않은 나의 색을 변한 거라고 우기고 있어. 알았지? 꿈만 변치 마. 나는 당신 꿈을 밟고 살아가니까. 내 눈에 흙이 들어가도 당신 꿈을 실현시켜 줄 거야." 했다. 남편이 꿈 운운한 것은 내가 예이츠의 「꿈」을 읊은 일이 있었기 때문이다.

> 금과 은과 밝은 빛의 수놓은 옷감을 가졌으면…/ 가난한 내라, 오직 내겐 꿈이 있을 뿐 그대 발아래 이 꿈을 깔아 드리오니 사뿐히 밟으시라/ 내 꿈 깨울세라.

그는 내 꿈을 고이 밟았으며 내 꿈을 깨우지 않았던 것이다.

또 공무원의 아내로서 풍요가 널려 있는 주위를 볼 때, 못난 마음의 병을 앓는다. 남의 풍족한 환경에 부러움을 금치 못하고 남편에게 또 닦달 댄다. 그런 어느 날, "봄가을에만 물이 나오는 샘을 가질 텐가 여름에만 많은 물이 나오는 샘을 가질 것인가. 그리고 가을 한 철의 샘을 가질 것인가 겨울의 샘을 가질 텐가. 그렇지 않으면 사시사철 먹을 만큼 나오는 샘을 가질 것인가." 하고 물었다. 나는 선뜻 "그야 사시사철 물 나오는 샘을 갖지 누가 한 철만 나오는 샘을 갖나." 했다. "그렇지, 그게 바로 나야. 봄 여름 가을 겨울 사시사철 먹을 만큼 나오는 샘, 걱정 마. 물은 절대 끊이지 않을 테니." 하였다. 남편은 목마르지 않게 사시사철 목을 적셔 주었다. 나는 어리석고 철없는 바보였었다.

어떤 때는 깔끔 떨기로 이름난 나도 손가락 하나 까딱하기 싫은 날이 있었다. 어느 일요일, 아침 먹고 그릇을 담가 둔 채 점심을 맞이했다. 새 그릇을 내어 점심을 먹고, 그 그릇도 물에 담갔다. 단독 주택에 살던 때 겨울 추위가 너무 매서워 아무 일도 하기 싫어 이불 속에서만 뒹굴었다. 또 금방 저녁이 되어 남편이 식사 때 내게 말했다. "이런 때를 생각해서 나무젓가락을 사 두라." 그릇은 넉넉했는데 수저가 딸려서 그런 생각을 했나 보다. "우리 집 그릇은 물속에서 노는 걸 좋아하니 좀 담가 둬라." 이렇게 내 마음을 편하게 했다.

이런 남편이 갑자기 내 곁을 떠난 것이다. 나는 치마폭에 가득 한 보물을 탁 쏟아버린 느낌이었다. 허무를 관통한 날이었다. 내 남은 삶도 다 털어버렸다. 귀중하고 소중한 걸 몰랐던 나는 울지도 못했다.

실의에 빠졌을 때 며느리를 맞이하고 또 사위를 맞이했다. 며느리는 나보다 훨씬 많은 것을 겸비한 여인이었으며, 사위는 내가 낳은 두 아들보다 더 내 남편을 닮은 성실하고 준수한 청년이었다.

그가 떠난 날, 주위 사람들이 말하기를 "저런 사람 세상에 드물다."며 안타까워했는데 그와 꼭 닮은 사위를 맞이하여 다시 힘을 찾았다.

'그대 두고 떠난 내 마음 어이 아니 슬프리. 사랑은 영원한 것. 배꽃 같은 순결한 사랑 남겨두고 왔노라.'

나를 떠나버린 그대인 줄 알았다.

사랑아, 영원하라.

■ 최은정 ■

1989년 『한국수필』 「다듬이 소리」로 등단. 한국문협 · 한국수필작가회 · 광주문협 회원. 광주문학상(2003, 16회), 한국수필문학상 (2005, 23회) 수상. 수필집 『황금연못』, 『황금언덕』

경작금지 팻말을 보고

임병식

　　내가 살고 있는 아파트 앞 도로 건너편 둔덕에 어느 날부터 누군가가 텃밭을 일구기 시작했다. 처음에는 윗부분 평평한 곳에 작물을 심더니 경작지를 점점 넓혀서 급기야는 아래쪽 경사면까지 침범하기에 이르렀다.

　　그것을 보면서 옛날 어렵게 살던 시절에 밭뙈기를 넓히기 위해 산비탈을 일구던 생각을 떠올리며 '무척이나 억척스럽게 땅을 활용하는구나.' 하는 생각도 안 든 건 아니지만, 어찌 미관상 좋아 보이질 않았다. 거기다가 무너질 우려까지 있었다.

　　그런 걸 목격했는지 어느 날 보니 그곳에 '경작금지' 경고팻말이 세워져 있었다. 주민자치센터에서 취한 조치 같았다. 누군가 신고를 했거나 아니면 담당 공무원이 순찰을 하다가 발견하고서 해놓은 것 같았다.

　　누가 보나 거기는 경작할 곳은 아니다. 평상시에 차량통행이 많기도 하지만 시내 쪽 관문이기도 해서 미관에 신경을 써야 할 곳이기 때문이다. 아무튼 그것을 보자 나는 그 '경작금지'가 경고의미를 넘어서 퍽이나 반가웠다. 무엇보다 '경작'이란 글자가 신선하게 다가왔다. 농업학교 다닐 때 많이 들어왔고, 한때는 농군이 되기를 결심한 적도 있어서인지도 모른다. 하지만 나는 그 글자에서 어떤 특정한 상황을 떠올렸다.

　　그것은 다른 것이 아니다. 박영준의 단편소설 「모범 경작생」이 그려졌던 것이다. 청소년 시절 나는 이 작품을 읽으면서 나중에 성년이 되면 작품 속의 배경처럼 농촌에 살면서 농촌을 부흥시켜보겠다는 야무진 꿈을 꾸고 있었다. 서로 돕는 상부상조 정신을 되살리고 미풍양속인 '두레'의 풍속도 이어가고 싶었다.

하지만 「모범 경작생」의 줄거리는 그다지 아름다운 내용은 아니다. 순박한 농민들이 서로 어울려 농사짓고 사는 배경을 보여주기는 하지만, 주인공인 김길서는 마을의 젊은 영농지도자이긴 해도 이기적인 인물로 그려진다.

선진 농법을 배워서 농사를 지으면서도 마을사람들의 편을 드는 게 아니라 관청에서 밀어붙이는 호세를 적극 찬성한다. 그래서 결국은 배척을 당하고 만다.

나는 그런 사람이 아닌 참 농군이 되어볼 생각을 했다. 해서 한때는 가나안 농군학교를 다녀볼 생각까지 했다. 한정된 농토에서 소득을 올리자면 다양한 선진 기술을 배울 필요가 있었던 것이다. 하지만 결국은 그렇게 하지도 못하고 농촌을 지키지도 못했다.

나는 집 앞에 웅덩이를 파서 미꾸라지를 사육해본 적이 있다. 규모를 제법 크게 파서 미꾸라지를 입식시켰는데 결국 실패하고 말았다. 시멘트로 수조를 만들거나 비닐 포장으로 바닥의 흙과 분리를 시켜야 하는데 그렇지를 못하고 물의 양도 일정하게 유지를 시키지 못해서였다. 책자에 보면 미꾸라지는 말똥과 메밀대를 좋아하는데 그것도 구하기가 쉽지 않았다. 고장에서는 말을 키우는 사람도 드물고 메밀 농사를 짓는 사람도 거의 없었기 때문이었다. 무엇보다도 실패 원인을 찾자면 미꾸라지가 튀어나가는 걸 방지할 수 없었다. 날씨가 끄물거리고 비라도 내리면 길바닥이나 마당에 탈출한 미꾸라지들이 입을 뻐끔거리고 있었는데 어떻게 집안의 마당까지 뛰어들었는지 불가해 하기만 하다.

아무튼 나는 한때 농부가 되기를 원했고, 그래서 부모님으로부터 가장 기름진 옥토도 물려받았지만 농부도 되지 못했고 그 논마저도 팔아먹고 말았다.

그렇지만 「경작」이라는 그 푯말의 글씨를 보는 순간에는 가슴이 뛰었다. 첫사랑을 생각하면 가슴이 뛰듯이 한때는 그 경작의 꿈을 실현시켜보자는 열망을 가졌기에 그랬는지 모른다.

　나는 그 경작금지의 푯말을 보면서 당연히 그곳은 미관상으로 경작을 금지시키는 게 옳다고 생각은 하면서도 마음속으로는 그 '경작'이라는 글씨가 정겹게 다가왔다. 그것은 어느 시기 한때는 정말로 농군이 되고 싶었고 농촌에 머물며 농촌계몽을 해보고 싶었던 추억이 뇌리를 스치고 지나서인지도 몰랐다.

■■ 임병식 ■■

1989년 『한국수필』 등단. 여수문협지부장 역임. 한국수필작가회장 역임. 한국수필문학상, 한국문협작가상 수상. 수필집 『꽃씨의 꿈』 외 11권. rbs1144@yahoo.co.kr

축복일까 재앙일까

박영자

흑장미 빛깔의 승용차가 내 앞에 대령해 있다. 기분 좋게 차에 오른다. 자리에 앉자 음악이 흐르고, 나는 부산에 있는 친구집 주소를 명령한다. 출발하겠다는 멘트와 함께 차는 미끄러지듯 주차장을 빠져나와 고속도로를 쾌적하게 달린다. 어제 읽던 시집을 꺼내 읽다 차창 밖을 내다보니 하늘이 바다처럼 푸르다. 좋은 영화 한 편 감상하며 가야겠다. 운전하지 않아도 잘도 달리는 무인자동차를 타고 부산으로 달리는 내 모습을 상상해 본 것이다.

무인자동차가 우리나라에서도 고속도로 시험주행에 성공했다. 서울대 연구팀이 개발한 차가 고속도로로 진입해 40km를 달렸는데 운전석에 사람이 앉기만 했을 뿐 자율주행 프로그램이 알아서 운전한다. 스스로 차량 흐름에 따라 자연스럽게 차선을 바꾸고 앞뒤 차량 간격도 알아서 척척이라니 늘 위험을 느끼며 운전하는 내 운전 실력도 이제 걱정 끝이 될 날도 머지않았다는 희망이 보인다. 서울대 연구팀은 2020년까지 모든 구간을 자율주행으로 달릴 수 있도록 무인차를 발전시킬 계획이라니 불과 4년 후면 나도 무인자동차를 탈 수 있을 것인가 기대해 본다.

세계 최대 차량 공유 서비스 업체 우버Uber가 펜실베이니아 주 피츠버그에서 무인자동차 시험 운영을 실시했다고 한다. 빠르면 오는 7월에 미국 도로교통안전국이 무인자동차 운행 허가 법안을 통과시킬 것으로 예상되고, 앞으로 급격한 자동차 산업의 변화가 찾아올 것으로 보인다. 하긴 몇 년 전만 해도 스마트폰이 지금처럼 발달하리라고 누가 예상이나 했던가.

인공지능AI 알파고가 바둑으로 이세돌 9단을 꺾고 명예 프로 9단 단증까지 받은 이후 AI의 활동 영역이 빠르게 확산되고 있다. 이제 사람들의 관심은 인공지능에 쏠리고 '4차 산업혁명'이라는 새로운 세계를 내다보며 놀라운 일들이 벌어지고 있다.

인간만이 할 수 있다고 생각했던 법률서비스에 도전하는 AI가 등장했다. 100년 역사를 가진 뉴욕의 대형 로펌 베이커앤드호스테틀러가 최근 미국의 스타트업 로스인텔리전스가 개발한 AI 변호사 로스ROSS를 취업시켰다는 외신보도가 있었다. 충격이 아닐 수 없다.

로스는 사람의 일상 언어를 이해하고 초당 10억 장의 법률문서를 분석해 질문에 맞는 답변을 만들어 낸다니 놀랍지 않은가. 미국인들도 80% 이상이 변호사가 필요하지만 형편이 어려워 고용하지 못한다. 변호사들은 전체 시간의 30%를 자료 조사에 소비하는데 로스를 이용하면 변호사들이 짧은 시간에 더 많은 일을 할 수 있게 돼 많은 사람이 혜택을 볼 수 있다니 반가운 일이다.

법률서비스에 AI를 도입하려는 시도는 국내에서도 이뤄지고 있다. 인텔리콘 메타연구소는 5년 연구 끝에 지난해 지능형 법률정보시스템 아이리스i-LIS 개발에 성공했다. 내년에 시범서비스를 시작해 이르면 2020년 상용화할 계획이란다. 아이리스를 활용하면 일반인도 변호사에게 자문하는 것과 비슷한 결과를 얻을 수 있을 것이라니 기대해볼 만하다. 하지만 AI의 역할이 커지면 변호사의 입지는 좁아질 것은 뻔한 일이다.

4차 산업혁명이 오면 제일 먼저 사라질 직업이 법조인이란다. 법도 창의적, 창조적이 아니면 살아남기 어렵다는 것이다. 법적, 윤리적 문제만 해결된다면 5~10년 사이에 법정에서 AI 변호사를 활용해 소송을 진행하고 로봇 재판장이 판결하는 시대가 될 것으로 전망되니 흥미로운 일이기도 하다.

그뿐인가. '캡션봇', 에스원의 CCTV, 중장기, 예술분야, 빅데이터 분석, 범죄자 식별, 게임 등 AI는 우리 생활 곳곳을 파고들고 있다. 지난 1월 발간된 '유엔 미래보고서 2045'는 30년 후 AI에 대체될 위험성이 큰 직업으로 의사, 번역가, 회계사, 변호사를 꼽았다. 한국고용정보원은 국내 주요 직업 406개 중 콘크리트공, 정육, 도축원, 고무·플라스틱 제품 조립원, 청원경찰, 조세 행정 사무원 등이 AI와 로봇으로 대체될 수 있다고 발표했다.

무인자동차처럼 AI가 인간의 삶을 편리하게 해 주는 반면 일자리를 빼앗는 것은 물론 인간을 공격하거나 지배할 수 있다는 우려가 고개를 들며 부정적 영향에 대한 우려도 커지고 있다. 일자리 부족으로 청년실업이 우리의 큰 걱정거리인데 AI는 벌써 의학과 기상, 법률상담 등 고차원적인 분야에서 인간을 일부 대체하고 있어 인간보다 더 똑똑한 로봇이 나올 것이라는 관측도 나온다.

AI의 개발이 축복이 될 것인가 위협이 될 것인가. 인간이 인간의 두뇌를 뛰어넘는 인공지능 개발은 흥미롭고 신기하지만 엄청난 재앙이 될 수도 있으니 참으로 신중해야 할 문제임에는 틀림없다.

■ 박영자

『한국수필』로 등단(1990). 한국문인협회·국제펜한국본부 회원. 한국수필가협회·한국수필작가회 이사. 충북수필문학회 회장 역임. 청주시 1인 1책 펴내기 강사(현). 한국수필문학상, 충북문학상, 충북수필문학상, 청주문학상, 제1회 충북여성문학상, 청주시 여성상(예능부문) 수상. 수필집 『은단말의 봄』 『햇살 고운 날』 『해자네 앞마당』, 칼럼집 『춤추는 바람개비』. pyjjp@hanmail.net

삐비

오덕렬

　　어쩌다 재를 넘을 때는 한낮에도 뒤에서 다리를 잡아당기는 것 같았다. 그렇다고 뒤를 돌아볼 수도 없다. 초분(草墳)이 있는 산비탈에선 꾸무럭한 날엔 도깨비가 논다고 믿었기 때문이다. 재를 넘기 전에 도깨비가 산다는 도깨비새암을 지나야 했다. 새암 가 고목, 버들가지는 도깨비가 당겨서 활(弓)이 되었다. 수심은 천야만야 아무도 모른다. 하늘 같은 수면엔 몰이 덮였다.

　　악동들은 메를 감으면 도깨비가 두 다리 쑤욱 잡아당긴다는 말에 벌벌 떨었다. 손으로 두 눈을 가려도 손가락 새로 도깨비불만 번쩍거렸다. 봄비 내리는 해름참이면 파르스름한 도깨비불이 날곤 했다. 하나인가 하면 둘로, 둘은 넷으로, 또 갈라지고 갈라져 순식간에 온 산이 도깨비불로 번졌다. 분산(墳山)에서 번쩍, 안산(案山)에서 번쩍, 재에서 번쩍번쩍, 도깨비불 세상이었다. 시공을 초월하는 것 같은 도깨비불….

　　도깨비새암 둘레의 걸창 말뚝엔 널장이 받쳐 있었다. 송장이 담겼던 널(柩)을 떠올린 아이들은 무섭기만 하였다. 도깨비가 두 눈을 부릅뜨고 두리번두리번 사방을 살피면서 외다리로 춤을 춘다는 생각을 했다. 봄비가 버들가지에 구슬방울로 맺히면 도깨비들은 불놀이 재주를 부리기 시작했다. '봄비와 도깨비불은 누가 이길까.'하고 생각하고 있을 때였다. 두 정령이 두 손을 잡아당기는 것이 아닌가. 깜짝 놀라 꿈에서 깨었다. 꿈이기에 다행이었다.

긴 봄날, 악동들의 불놀이도 시작되었다. "봄 불은 도깨비불, 봄 불은 여시불!" 악동들은 노래를 부르며 학교 앞 들판으로 내달았다. 논둑에 불을 놓자 바람을 타고 도깨비불처럼 번졌다. 한패는 불을 지르고, 다른 한패는 불을 끄는 악동들의 하굣길 불놀이는 논둑에서 장못재까지 이어졌다. 재에는 마른 띠풀이 많았다. 여기에 불을 놓으니 새빨간 불기둥이 솟아 도깨비불처럼 날았다. 겁이 났다. 눈썹을 태우며 생솔가지로 불길을 겨우 잡았다. 남은 불티는 연기를 따라 하늘로 오르고, 아지랑이는 고갯길에서 아롱아롱 피어났다. 도깨비불 같았다. 수극화 水克火라 하여, 결국에는 불은 물을 이기지 못한다는 할아버지 말씀이 떠올랐다.

밤새 내리던 비는 아침이 되자 개고, 또 며칠이 지났다. 산과 들에는 산뜻한 새싹들이 돋아났다. 봄날 악동들의 간식거리 삐비도 새싹들과 함께 돋았다. 불을 놓았던 자리에서 새뜻하고 통통하게 솟아난 삐비들이 더 많았다, 악동들을 부르는 듯. 장못재 언덕의 띠밭도 그랬다. 나는 하굣길에 삐비를 뽑아 주머니가 빵빵하게 담았다. 봄비의 정령들이 도깨비불과 겨루다 지쳐서 땅속에 숨었다가 삐비로 돋아났다고 생각했다.

---

1) 꾸무럭하다: '끄무레하다'의 방언(전라).
2) 새암: '샘'의 방언(전라).
3) 몰: '모자반'의 방언(전라).
4) 메: '목욕'의 방언(전라).
5) 해름참: '해거름'의 방언(전라).
6) 여시: '여우'의 방언(강원, 경남, 전라, 제주)
7) 삐비: '삘기(띠의 애순)'의 방언(전라).

■■ 오덕렬 ■■■■■■■■

『방송문학상』 수필 당선, 『한국수필』 천료, 『창작문예수필』 『창작에세이』 『창작에세이 평론』 등단. 光高문학관 · 광고문학상백일장 운영위원장(현), 『전라방언 문학 용례사전』 편찬 위원장(현). 수필집 『항꾸네 갑시다』(2013, 선우미디어) 외, 박용철문학상(2010) 외 수상. ohdl@naver.com

운악산 휴양림

김희선

운악산에 갔다. 웅장한 산세가 가파르고 푸르다. 서울에서 가까운 경기도의 포천과 가평에 걸쳐있는 935.5m의 산이다. 경기도의 5악은 운악산과 화악산, 송악산, 포도가 유명한 감악산, 그리고 서울대가 자리 잡은 관악산이 있다.

운악산과 가까이 있는 강씨봉에 등산했던 기억이 있다. 굽이치는 물길을 따라 계곡 주변에 단풍나무가 많았다. 단풍이 들면 경치가 좋을 듯하여 가을이 오면 다시 보리라 마음먹었지만, 단풍 고운 가을을 몇 번이나 그냥 보내버리고 말았다. 몇 년 전, 그때도 장마가 시작되던 시기였고 비가 오락가락했던 날이다. 정상에서 점심만 먹고 내려오는데, 올라갈 때와는 다르게 계곡 물이 불어나 손에 손을 잡고 조심조심 건너던 기억이 있다. 종아리에 느껴지던 물의 흐름은 대단했다. 손을 놓치면 큰일이다. 성질이 급한 사람은 등산화를 신은 채 물을 건너기도 하면서 서둘러 산에서 내려왔던 일이 있었다.

자연을 가까이할 수 있음에 늘 감사하는 마음이다. 나이가 들면 무릎을 아껴야 하기에 체중을 줄여야 한다. 걷기 운동도 부지런히 해야 하건만, 우리 동네는 끊임없이 밀려드는 자동차 매연에 휩싸인 동네이므로 자유롭게 다니는 것은 포기한 지 오래되었다. 마스크를 해도 매연을 막을 수는 없다. 시내를 오가는 것이 가까워져서 그런대로 살고 있으니 어쩔 수가 없다.

배추를 사느라 동네를 한 바퀴 걸어 다닌 적이 있었다. 골목길인데도 자동차의 매연은 줄을 잇는다. 그날 저녁 기침을 하느라 고생을 했다. 토할 만큼 기침을 하게 되니 고통이 따로 없다. 8년 전 이곳에 이사 올 때만 해도 공기가 좋았는데 몇 해 전부터 공해가 점점 심해진다. 맑은 공기에 굶주리면서 사는 셈이다.

서울 복판에서 사는 사람들은 자연의 휴양림으로 나올 때 부지런히 따라나서야 한다. 운악산은 경기도에 있는 금강이다. 2008년 3월에 문을 연 휴양림은 새로 지은 숙소답게 깨끗하다. 샤워장이나 부엌도 예쁘다. 부엌 창문으로 내다보니 저만치에 고래등 기와집이 있어 이채롭다. 인터넷으로 신청하면 가능한 기와집 숙소란다. 베란다에서 내다보는 숲이며 산세가 속세를 떠난 아름다움이다. 서울에서 2시간도 안 되는 거리.

형이상학을 꿈꾸는 문학인들의 행사는 자연을 벗 삼아 진행되고 있었다. 앞마당 소나무 사이로 낮달이 우리를 내려다본다. 시낭송을 들으면서도 디카를 꺼내 낮달을 찍는다. 화면 속에서는 말간 반달이 눈짓할 뿐이다.

슬슬 시장기가 돌 때쯤 만찬이 시작된다. 숲에서의 음식은 푸짐하다. 돼지고기가 넘치도록 구워지고 상추며 채소도 싱싱하다. 우리는 목이 탄다고 밥보다는 수박을 먼저 먹으며 담소를 나눈다. 후식이든 주식이든 생각하기 나름이다.

밤 10시는 잠을 자기에는 이른 시간이다. 숙소보다는 산속의 맑은 공기를 마시며 자연을 즐긴다. 이곳은 모기가 없어 더욱 지낼 만하다. 피톤치드의 역할을 하는 잣나무 덕분이라고 한다.

숲 해설가께서 특별히 보여주었던 난초과의 꽃, 은난초는 풀숲 나무 밑자락, 덤불 속에서 맑은 빛깔은 푸르스름한 녹색을 감춘 흰빛으로 꽃을 무수히 달고 있었다. 날아갈 듯 꼬리가 사뿐히 올라간 모습, 자연 속에 그대로 두어야 생명을 유지할 터인데. 욕심이 사나운 모진 손이 꽃을 탐해 채취해 가면 어쩌나 자꾸 걱정된다.

밤 12시가 되니 숲 속의 가로등을 소등한다. 그래도 어둡지는 않다. 방에 들어와 보니 모두가 자리에 누웠다. 나까지 9명이다. 꼭대기 다락방은 젊은이가 셋, 마루에는 날씬한 회원이 둘, 방에는 나를 비롯하여 넷, 하룻밤의 추억을 쌓으며 아침을 맞이한다. 상쾌한 아침, 새소리가 은쟁반을 구르듯 상쾌하고 곱다. 공기가 좋으니 새소리도 가깝고 몸도 가볍다.

아침 일찍, 빈속에 커피를 마신 게 부대껴 오전 내내 힘이 들었지만, 평강식물원에서의 점심은 짭조름한 장아찌와 매표소의 안내원이 준 소화제 덕분에 그런대로 지낼 만했다. 까맣게 익은 버찌를 따 먹으니 입맛이 살아나고 있었다. 자연의 순수는 그렇게 나를 살려낸다. 광릉 국립수목원을 들러 설명을 들으며 숲 속 나무들과 함께 지냈다. 나무는 우리에게 맑은 공기를 준다. 한 사람이 평생 천 그루의 나무를 심어야 맑은 공기를 누릴 수 있다는데 과연 1인당 천 그루의 나무를 가꾼 적이 있는지?

천 그루의 나무를 내가 심지 못했다면 자연을 아껴주고 남이 심어준 나무를 소중히 여겨야 한다. 남이 기르고 있는 나무에 함부로 손을 대거나 탐하지 말아야 한다.

휴양림의 하루는 모처럼의 보너스이다. 후~아, 시원한 공기를 맘껏 마신다.

■ 김희선 ■

『한국수필』 천료(1991). 한국문인협회 이사. 국제펜한국본부 기획위원. 한국수필가협회 운영이사, 한국수필작가회장·신사임당문학시문회장·문학의향기 회장(역임). 에세이문학 이사. 계간문예작가회 · 한국식물연구회 부회장. 畵로多독독서포럼 회장. 충헌문학상본상 수상. 수필집 『모음이 피는 웃음꽃』『잠깐!』외. heesun0222@hanmail.net

나는 한국인입니다

이사명

　　단일민족이었던 우리나라에도 이젠 다문화가족이 거리마다 꽃수를 그리고 있다. 2016년 현재 다문화가족의 인구가 86만을 헤아리고 있다니 놀랄밖에 없다. 앞으로 이십 년 후를 내다본다면 지금의 양상과는 비교도 안 될 만큼 달라져 있을 것이다. 우선, 가까운 일가친척에게서도 쉽게 볼 수 있을 것이고 거리에서는 혼혈가족을 더 많이 만나게 될 것이다. 아마 그때쯤엔 그들도 우리화 되어 예사로 여기면서 살게 되리라.

　　그래선지 오늘 자 신문의 '나도 한국인입니다' 란 기사가 가슴을 뭉클하게 한다. 그 사연은 1930년에 김익손(멕시코 명 호아 김)이라는 사람이 하와이로 이민을 가 살았는데, 그의 후손인 아렐리 구티아레스 비리에그라 라는 빨간 머리 소녀가 기자를 향해 소리친 말이었다. 그녀가 우리 대한민국을 얼마나 알고 있는지 모른다. 하지만 한류 붐을 타고 관심이 높아지고 있으니 더 잘 알 수도 있을 것이다. 뿌리를 내세우며 증조부가 몽매에도 잊지 못했던 대한민국을 기억하고 대답해준 말이 고마워서였을까. 동족애의 발로일까. 활자 몇 줄에 불과한데 나도 모르게 솟아나는 눈물을 훔쳐야만 했다. 아그라 역시 그녀 자신이 외쳤듯 한국인의 피가 그것도 독립유공자의 피가 흐르고 있었기 때문이리라.

　　아그라의 증조부 김익손 씨는 1919년 상해 임시정부 시절에 독립의연금을 보낸 공로로, 1999년 건국훈장 애족장을 받았던 사람이다. 당시 김익손 씨는 하와이에서 식당을 경영했으나 셋돈을 내지 못할 정도로 어려웠다고 한다. 그런데도 조국 광복을 위해 독립자금을 보내주었단다. 그러나 8·15광복의 기쁨도 잠시 6·25라는 청천벽력 같은 전쟁소식이 들려왔다. 그는 피눈물을 흘리면서 동족상 잔의 비극을 속절없이 바라보아야만 했다. 그런 그가 1955년 숨을 거둘 때까지 조국 대한민국은 절망으로 기울어지는 듯했다. 하지만 우리는 반세기 만에 희망으로 상징되는 나라, 선진국 대한민국(KOREA)으로 다시 살아났다.

김익손 씨의 조국사랑은 증손녀 비리에그라의 태도에서도 알 수가 있다. 그가 만리타국에 이민을 갔던 1930년대는 일제의 핍박이 극에 달했던 시기였다. 그때의 잔혹상은 말과 글, 영상으로도 수없이 보고 들었기에 짐작하고도 남음이 있다. 그가 비록 못 견뎌 떠나온 땅이었고 소수민족으로 살아가야 했지만, 태어난 조국 대한민국만은 결코 잊을 수가 없었다. 해서 후손들에게 조국(KOREA)에 대한 긍지와 그 근본인 뿌리를 알고 또 잊지 않고 살아가게끔 가슴에 새겨주면서. 염원했던 그의 간절함은 그렇듯 자연스레 녹아들어, 증손녀의 입을 통해 '나는 한국인입니다.'라는 말로 대변되어 나타났던 것이다. 그것은 마치 일본이 우리 땅 독도를 자기네 땅이라고 우길 때마다 재일동포를 생각하면서 참았던 아픔을 반감되게 해주는 기쁨의 소리이기도 했다.

그래서 나는 과연 한국인으로서 우리나라의 역사에 대해 얼마나 알고 있으며 어느 정도의 애정과 긍지를 느끼면서 살아왔을까? 라는 의문에서 고민해야만 했다. 사실 나는 지금껏 말로 노래로 '우리 대한민국'을 밥 먹듯이 부르짖으며 살아왔다. 그리고 대한민국의 딸로 태어난 사실에 안도하며 감사하기도 했다. 그리고 일본의 심심찮은 망언에 분개도 하면서 살아왔지만, 아직껏 내 나라 역사에 대해선 깊이 사색하고 공부해본 적이 없다. 그런데 멕시코 이민 5세대라는 빨간 머리 어린 소녀가 나를 부끄럽게 하고 역사의식을 깨우쳐주었다. 늦었지만 지도를 펼쳐놓고 감사의 묵념으로 역사의 선구자들을 돌아본다. 그들은 각각의 분야에서 시대의 기치를 높이 들고 세기를 뛰어넘는 안목으로, 무지몽매無知蒙昧한 백성을 각성覺醒시켜 이끌면서 나라를 구했던 시대의 주역들이었다.

　서재로 들어선다. 역사에 좀 더 심취해보고자, 혹여 내가 외국에 나가 살게 될 지라도 김익손 씨처럼 나의 후손들에게 교육하고 전수해야 될 의무감과 사명감에서, 또한 국민 된 사람으로 역사의 뿌리는 뒷전으로 하고 너무나 안일하게 살아온 내 나라에 대한 미안함과 내 나라 대한민국을 향한 사랑으로, 그리고 우리나라를 두고 강대국 간의 편치 않은 힘겨루기를, 동북공정이나 일본의 독도 빼앗기 행위를 생각하면서 책을 펼쳐 든다. 아렐리 구티아레스 비리에그라에게 고마움을 느끼며.

━ 이사명 ━

『한국수필』 등단. 한국방송통신대학교 국어국문학과. 건국대학교 언론홍보대학원 석사. 전 광진예술문화단체총연합회 회장. 한국수필가협회 · 국제펜클럽 · 한국문인협회 · 한국여성문학인회 회원. 제31회 한국수필문학상 수상. 수필집 『함께하는 행복』 『굽은나무가 선산을 지킨다』 『백제를 가다』. 논문 「노년층의 인터넷이용에 따른 사회심리적 경험연구」(2012). cmsamyoung@hanmail.net

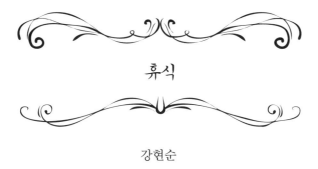

휴식

강현순

 며칠 동안 좀 바빴다 싶더니 기어이 몸살이 나고 말았다. 오늘 하루만이라도 외출을 삼가고 집안일도 잠시 모른 체하기로 했다. 무심코 향긋한 차 한 잔과 시집을 양손에 들었다가, 소파에 드러누워서 티브이로 영화감상을 하였다.

 내 머릿속에 있는 영화의 여주인공은 매사에 손해만 보고 그래서 상처를 입은 채 묵묵히 살아가는 어질고 착한 여인이었다. 우수에 젖은 듯한 그 눈에서 눈물방울이 뚝뚝 떨어지는 모습을 보노라면 괜스레 내 눈에도 뜨거운 눈물이 그렁그렁해지곤 했다. 그런데 이번엔 달랐다. 놀랍게도 아주 표독한 성격으로 그것도 너무나 자연스럽게 열연하고 있는 것이 아닌가.

 누군가가, "이 세상에 신기한 것은 많지만 인간만큼 신기한 것은 없다."고 한 말에 절로 고개가 주억거려지는 순간이었다. 밀림왕 사자와 호랑이도 과연 온순한 성격으로 잠시 변할 수 있을까. 순하디순한 토끼와 양의 포악한 모습이란 도저히 상상이 안 된다.

 잠시 혼돈이 왔다. 자신이 맡은 배역을 소름 끼치도록 천연덕스럽게 잘 소화해내는 여배우를 보자 그녀의 본래 모습이 궁금해지는 것이다. 하긴 평범한 사람 중에도 배우 못지않게 훌륭한 연기를 펼치는 사람을 우리는 주변에서 어렵지 않게 본다. 늑대가 양의 탈을 쓴 것처럼 선량한 척, 학처럼 고고한 체하는 짓을 볼 양이면 정말이지 속이 거북해진다.

　사람에겐 희로애락의 감정이 있기에 누구에게나 어떤 배역을 맡겨도 잘 해내는구나 싶은 생각에 이르자, 문득 나도 배우가 되고 싶다는 충동이 일었다. 내가 만일 배우가 된다면 꼭 해보고 싶은 역할이 서넛 있다.

　먼저 '투명인간'이다.

　정계에서 재계에서 부당하게 돈을 벌어 넣어둔 금고를 슬며시 들고 가 원래의 자리에 갖다둘 것이다. 약한 자에게 상처를 주는 야비한 사람들에겐 무술을 익혀두었다가 펀치를 날려서 혼쭐을 내주고 싶다. 나쁜 짓 할 때마다 꼼짝 못 하게 밧줄로 손을 꽁꽁 묶거나, 몹쓸 말을 내뱉을 땐 입에다 접착제를 갖다 붙이면 속이 후련해질 것이다.

　다음으로, 로맨스영화의 주인공도 해보고 싶다. 짧은 생을 불꽃처럼 뜨겁게 살다간 '로미오와 줄리엣'의 줄리엣이거나 '러브스토리'의 제니 같은 여주인공은 아니더라도 가슴 따뜻한 사람과 사랑에 빠지는 역을 한 번 해봤으면 좋겠다. 사랑하는 사람끼리 마주 보는 눈빛은 부드럽기 이를 데 없고 주고받는 목소리도 감미롭고 나직할 것이다. 하늘에서 무덤덤하게 내리는 눈도 함께 바라보면 예쁜 꽃잎이 되고 장마철 빗소리조차 같이 있으면 좋은 음악처럼 경쾌하게 들릴 것 같아서다.

　마지막으로 '의인義人'의 역할을 해보고 싶다. 지극히 위험하거나 힘든 일이어도 정의를 위해 내 한몸 기꺼이 불사르고 싶다. 혹 영화를 찍다가 실수로 죽게 되는 한이 있더라도 그것을 숙명으로 받아들일 것이다. 언젠가 마른잎처럼 스러져갈 목숨, 멋지게 의롭게 떠나고 싶다는 마음은 진심이다. 인간은 잘 죽기 위해서 잘 살아가야 한다는 말이 있지 않은가.

　곰곰 생각해 보니, 지금 내가 젊은이라면 힘을 필요로 하는 '투명인간' 역을 제대로 해 볼 자신이 있지만 그렇지 못하여 아쉽다. 또한 빼어난 미모가 아니기에

로맨스영화의 주인공엔 더더욱 어울리지도 않는다.

단지 눈을 감고 영화 속의 주인공이 되어 멋지게 열연하는 상상이나 해볼 뿐이다. 대리만족을 느꼈음일까. 마음이 한결 가뿐해지는가 싶더니 몸도 편안해진 것 같다.

오늘 하루 참 잘 쉬었다. 오랜만에 만난 꿀맛 같은 휴식이었다.

■■ 강현순 ■■■■■■■■

1993년 『한국수필』 등단. 경남수필문학회·가향문학회 회장. '경남문학' 편집장. 경남문협 부회장. (현) 한국수필작가회, 창원문협, 경남문협 이사. 수필집 『좋은 예감』 『세 번째 나무』 『꿈꾸는 섬』. 남명문학상 신인상, 경남문학상신인상, 경남문협우수작품집상, 부산한국수필문학상, 시민불교문화상(문학부문), 한국수필문학상 수상. hyunsoon52@hanmail.net

거울

장정식

　　아침 출근 시간 서울의 지하철은 승객이 초만원을 이루었다. 그러나 나는 시발역에서 탔기 때문에 다행히 자리에 앉아 갈 수 있었다. 이때 바로 내 앞에 어금지금한 젊은 여인 서너 사람이 서 있었다. 그중 한 여인이 선 채로 콤팩트의 거울을 들여다보며 분 솔로 얼굴을 토닥였다. 아침 출근 시간에 늦을세라 달려오느라 얼굴 화장할 겨를도 없이 달려온 모양이다. 어린 것들을 보살펴 떼어놓고 오기에 오죽 바빴으면 얼굴 화장도 못 하고 달려왔겠는가. 직장에 나가는 여자로서 화장도 못 하고 그대로 갈 수 없는 일. 그것이 마음에 걸려 이 좁은 틈새에서 남이 보든 말든 찍어 바르며 성급히 토닥이고 있다고 생각하니, 여인에 대한 속 깊은 동정심이 우러났다.

　아닌 척 여인의 얼굴을 훔쳐본 나는 그녀는 화장을 안 해서는 안 되겠다는 내심 판정을 했다. 그런데 속성으로 끝낸 화장이지만, 화장을 끝내고 난 여인의 얼굴은 환골탈태換骨奪胎의 미모로 변화했다.

　'화장은 여자의 제2의 생명'이라 했던가. 저 여인의 미모를 경각에 꾸며낸 수단(도구)은 바로 저 거울이란 생각이 스쳤다.

　거울은 자기를 객관화하여 볼 수 있는 유일한 수단이다. 거울이 없다면 사람마다 자기 얼굴이 어떻게 생겼는지 거울에 비추어보지 않으면 자기 얼굴의 미추美醜를 어떻게 판단하랴. 자기가 자기를 알지 못하고 한세상 산다면 얼마나 답답하고 서글픈 일이겠는가. 사진은 문명화의 산물이지만 실물을 바탕으로 각색을 하여 꾸미기 때문에 거짓이 끼어든다. 거울은 세상의 삼라만상森羅萬象을 거짓 없는 피사체로 객관화하여 볼 수 있는 생활문화의 요체가 아니랴. 이는 가장 평범하고 보편적인 진리이면서 생활문화의 원론적 예지라 할 것이다.

거울을 면경面鏡이라 했던가. 면경의 사전 풀이를 보면 "얼굴을 비치는 작은 거울"이라고 했다. 거울은 얼굴을 비치는 데 사용되는 기본적인 도구란 뜻일 게다. 사람마다 대중 앞에 설 때나 접견을 할 때는 사전에 예외 없이 거울 앞에 서기 마련이다. 몸단장의 첫째는 얼굴 화장이고 다음은 옷매무새를 거울에 비추어 단장하는 일이 필수적이다.

여자의 화장법은 고대 사회에서부터 생활화된 오랜 전통으로 내려왔다고 한다. '클레오파트라'나 '양귀비'는 그 미색을 가꾸기에 얼마나 많은 시간을 거울에 비추며 얼굴을 다독였겠는가. 상상만 해도 여인의 미모는 거울에서 비롯된다는 느낌이다. 얼굴을 아름답게 가꾸는 여인일수록 거울 앞에 좌정한 시간은 많아진다. 이들에게 거울이 없었다면 그 아름다운 얼굴을 어떻게 가꾸었을까 생각하면 저들에게 가장 소중한 생활의 필수 도구는 거울이었을 것이 아닌가.

클레오파트라나 양귀비의 기념관에도 거울이 빼놓을 수 없는 전시품으로 돋보였다니, 예나 지금이나 '화장은 여자의 제2의 생명'임은 과시 저들의 생활신조가 아니겠는가 말이다.

화장의 동기는 거울이 그 원천이라 하여 빈말이 아님을 되뇌어본다.

■ 장정식

1932 전남 승주 출생. 『한국수필』 등단(1994). 한국문인협회·광주,전남문인협회 회원, 국제펜한국본부·한국수필가협회 이사, 광주수필가협회 회장. 광주광역시 동부교육장(역임), 광주광역시 교육위원. 영호남수필문학상 본상, 한국수필문학상 수상. 수필집 『다도해 천백일』 『묵은 의자의 변』 『원로교사 k가 퇴직하던 날』 『역사의 현장에서』 외 다수. jang061@naver.com

행복 잡는 웰빙 파인더

김영희(영이)

　　행복한 웰빙의 삶은 어떤 것인가를 저자가 의도한 대로 따라가며 정리해볼 수 있었고 내 삶의 한 자락에 쉬고 있는 행복을 일깨워야겠다는 생각까지 절로 생기게 한 책은 "웰빙 파인더"이다.

　이 책은 세계적인 베스트셀러인 톰 레터와 갤럽의 국제기업경영 및 웰빙 부문의 수석 연구원으로 일하는 짐 하터가 공동 저작을 하였다. 수준 높은 웰빙을 누리기 위해서는 어떤 것에 관심을 가져야 하며 어떻게 살아야 할지를 알려주는 것이 이 책의 요점이다. 주제는 행복한 웰빙의 삶 찾기라고 하겠다.

　책 속에 담긴 유익한 정보들을 살펴보노라면 좀 더 저자의 의도를 가까이 느낄 수가 있고 독자들은 행복한 웰빙 파인더가 되지 않을 수 없을 것 같다. 결국 사회적 웰빙이 충만한 사람들은 훌륭한 인간관계를 맺고 있으며, 이는 그들에게 매일같이 긍정적인 에너지를 제공한다고 저자는 피력하고 있다.

　저자가 소개하는 육체적인 웰빙을 높이기 위한 세 가지 조건을 살펴보는 것도 재미있다. 첫째는 하루 최소 20분간 운동하라는 것이다. 가장 이상적인 방법으로 오전에 운동하면 하루 종일 좋은 기분이 유지된다고 한다. 둘째로는 푹 쉬었다는 느낌이 들 정도로 수면을 푹 취하되(일반적으로 7~8시간), 너무 오랫동안 (9시간 이상) 자는 것도 삼가라고 한다. 셋째는 슈퍼에서 식품을 살 때 긍정적인 디폴트를 설정하라고 한다. 건강에 유익하지 않은 것은 과감히 제하고 대체로 짙은 붉은 색과 녹색을 띤 천연식품을 구매하라고 제안한다. 항산화력이 강한 색깔 채소를 선택하고 영양 섭취를 골고루 하는 것이 건강한 삶에 도움이 된다는 의미이다.

웰빙 파인더를 요약할만한 웰빙의 중요한 다섯 가지 요소는 다음과 같은 것들이다. 첫 번째는 직업적 웰빙으로, 자신에게 주어진 시간을 얼마나 좋아하며 어떻게 채워나가고 있는지에 관한 것이다. 두 번째는 사회적 웰빙으로, 정을 나누며 자주 만나고 싶거나 시간을 함께하고 싶은 사랑하는 사람들이 곁에 있는가에 관한 것이다. 세 번째는 경제적 웰빙으로, 재정 상태를 효과적으로 관리하여 좋은 경험과 소중한 만남을 위해 돈을 쓸 수 있는가에 관한 것이다. 네 번째는 육체적 웰빙으로, 건강을 효과적으로 관리하기 위해 적절한 운동과 좋은 식사와 만족한 수면을 취하여 에너지를 높게 유지해주어 좋은 기분으로 지내는가에 관한 것이다. 다섯 번째는 커뮤니티 웰빙으로, 자기가 살고 있는 지역사회에 관심 있게 참여하고 봉사하며 좋은 환경 속에 살도록 노력하므로 삶의 질을 풍요롭게 하는가에 관한 것이다.

웰빙 파인더 책을 읽고 한 페이지 원북에 담으며 소감도 빼놓을 수 없기에 적어 본다. 객관적으로 어떤 상태를 웰빙이라고 하는가가 잘 정리되어서 좋았고 웰빙의 삶을 누리기 위한 방법을 명쾌하게 제시해 놓아서 유익했다. 최근 50년간, 150개 나라, 15,000만 명을 대상으로 행복과 웰빙에 관해 조사한 미 갤럽 연구소의 연구를 대상으로 한 것이라서 제시 방법이나 주장하는 바가 역시 확신 있으며 구체적인 제시로 보여 주어서 설득력이 있구나 하는 생각이 들었다.

다섯 가지 웰빙 테마를 내게 적용시켜 본다. 젊은 날 직업적 웰빙도 비교적 잘 해 냈고 취미생활이나 봉사활동을 하면서 사회적 웰빙도 그런대로 잘한 것 같고 신체적 웰빙을 위해선 늦게나마 정신 차리고 요즘 거의 매일 운동도 하고 있어서 다행이구나 싶다. 커뮤니티 웰빙도 신앙생활하면서 잘하고 있는 셈이다. 나의 제일 부족한 것은 아무래도 경제적 웰빙에 관한 문제가 아닌가 싶다. 젊은 시절에 경제적 웰빙에 적극적인 관심을 가지고 잘 실천했으면 좋았을 텐데 하는 아쉬움이 남는다. 자신에게 비춰 보니 부족하고 허점투성이지만 지난 시간을 돌이킬 수도 없으니 어쩌겠는가. 나름대로 노력해 온 편이라고 우기듯 스스로를 위로 해보는 수밖에…. 앞으로 사는 날까지 저자가 제시한 웰빙의 필수 요소들을 다시 살펴보며 행복한 웰빙의 삶으로 재정비해 나가노라면 미래 행복은 절로 잡혀지리라 기대해 본다.

그 무엇보다 행복은 마음으로부터 피어나는 꽃이니 영적으로 충만한 삶을 추구하며 마음을 다스릴 때 행복지수는 더 한층 높아지지 않겠는가.

■ 김영희(영이) ▬▬▬▬▬▬▬▬▬▬▬▬▬▬

1995년 『한국수필』 천료, 2003년 『문학저널』 시 신인상 등단. 한국수필작가회 이사, 한국수필가협회·경희문인회 회원. 서울 상도여중과 강서중, 통진중고등학교 교사, 구립 일원청소년독서실, 개봉독서실 관장, 맥키니 한글학교장, 한국어린이육영회 지도교사 역임. 2004년 수필집 『하늘로 열린 창』. 문학저널 제1회 창작문학상 수상

먼 길

신현복

길게 뻗은 고속도로에 버스가 달리고 있다. 아득히 멀리 보이던 길 끝의 풍경이 가까이 다가오나 싶더니 뒤로 물러서는 순간 나를 지나쳐 간다. 그리고 곧이어 다가와서 잠깐 머물다 스쳐 가는 차창 밖의 풍경 풍경들….

버스가 복잡한 도심을 빠져나와 서서히 고속도로로 진입하게 되면서, 맨 앞자리에 앉은 나는 넓은 차창으로 와 닿는 풍경들을 보며 비로소 안도한다. 길게 뻗어 있는 고속도로처럼 일상을 벗어난 사유의 날개가 한없이 자유로워지는, 나만의 시간을 가질 수 있기 때문이다. 가능하면 나는 그 시간이 길어지길 원한다.

먼 길을 갈 때는 고속열차보다 버스를 이용할 때가 많다. 정해진 시간에 맞추어야 하는 부담감과 먼 거리를 단숨에 달려 목적지에 닿는 그 짧은 시간에 대한 못마땅함 때문이다.

중·고등학교 시절 학교 가까이에 살았던 나는 친구들이 버스 타고 등교하는 것을 무척 부러워했다. 무거운 책가방과 도시락을 챙기며 빼곡 들어찬 버스에서 힘겹게 내려서는 친구들의 모습이 좋아 보여 우리 집도 먼 곳으로 이사를 갔으면 했었다.

서울에서 대학을 다니면서 나의 그 바람은 이루어졌다. 그 무렵 고속도로가 처음 개통되고 고속버스 이용을 많이 하였는데, 방학이면 고향집으로 간다는 기쁨보다는 먼 길을 가는 그 시간을 즐기는 것이 나에게는 더 큰 의미가 있었다. 방학이 끝나고 집을 떠나는 맏딸을 어머니는 울면서 배웅하셨지만, 나는 길게 뻗은 고속도로를 달리며 또 하나의 다른 나를 꿈꾸는 희열을 만끽할 수 있음에 들떠 있곤 했다. 먼 길을 가는 차 안에서의 나는 모든 것이 다 가능했고 자유로웠기에….

어렸을 때 나의 바람이 간절해서였을까. 결혼하고 서울에 살면서 친정과 시댁을 오가는 것이 거의 일상사가 되다시피 해서 서너 시간 정도 고속도로를 달릴 때가 많다. 요즈음은 남편의 사업장이 있는 지방으로 가는 일이 많아졌지만, 먼 거리를 오가는 것이 지루하거나 힘들다고 생각하진 않는다.

언제나처럼 고속버스 맨 앞자리에 앉아서 넓은 차창을 통해 새로운 모습으로 커다랗게 나에게 다가오던 풍경들을 감상한다. 그리고 차창으로 지나치는 순간의 풍경들에서 이렇게 먼 길을 가는 것이 우리네 삶의 여정과 흡사함을 문득문득 느끼곤 했다.

아득히 멀게 보이던 고속도로를 달리며 보이는 여러 가지 풍경들이 가까이 다가오나 싶다가도 어느 순간 스쳐 지나가듯, 우리가 살면서 겪을 수밖에 없는 크고 작은 일들-때로는 슬픈 때로는 아름다운-이 힘겹게 우리 어깨 위에 덮쳐 왔어도 돌아보면 그것은 어느새 지난 시간이 되어 있는 것이다.

젊은 날 나에게 다가온 삶은, 끝이 안 보이는 아득한 먼 길을 가는 것이라 생각했었는데 지나온 길이 어느새 너무 많이 와 있음을 본다. 까마득하게 가물거리던 봄날의 아지랑이 같은 삶의 여정이 가을의 문턱쯤에서 서성이고 있지 않은가.

일탈을 꿈꾸며 자유로움을 갈망하는 나는 오늘도 달리는 버스에 앉아 창밖을 본다. 길게 뻗은 고속도로가 끝없이 이어지길 바라며.

■ 신현복 ■

『한국수필』 등단(1992). 한국문인협회, 한국수필가협회, 이대문인회, 문학의집 · 서울, 수필문우회, 한국수필작가회 회원. 한국수필문학상, 한국문인수필상 수상. 수필집 『초록에 관한 기억』 『나의 사랑하는 금붕어』 외. happy7239@naver.com

부화한 병아리

김미정

따스한 봄날 오후였다. 오랜만에 두 딸네 식구들과 함께 재첩국이 맛나다는 광안리 바닷가 식당에서 저녁식사를 했다. 식후에 잠시 바닷가를 거닐었다. 광활한 수평선의 바다는 언제나 그랬듯이 막힌 가슴을 탁 뚫어주는 신비한 힘으로 우릴 반겼다.

나는 힘 있게 파도치는 바다를 바라보며 모래사장을 밟고 손녀들은 파도가 밀려드는 모래사장에서 파도 따라 쫓아갔다가 물살이 기어오르면 되돌아 달음박질치며 즐거워했다. 그런데 큰딸이 모래를 몇 줌 비닐에 담고 있다. 아마도 애들을 위해 도화지에 풀을 붙여 뿌리는 모래그림 과제라도 도우려는 것인가 하고 짐작만 했다. 몇 컷의 사진을 폰으로 찍고 우린 다 함께 큰딸의 집으로 갔다. 그런데 초등생 저학년 손녀들이 재빨리 상자 하나를 거실로 내왔다. 그 속에 노란 병아리 두 마리가 삐악대고 있었다.

"어머나. 이놈들을 어디서 샀니?" 하고 물으니 슈퍼에서 유정란을 사 와서 집에서 직접 부화시킨 것이라 한다. 비로소 아하! 하고 한 기억이 떠올랐다.

두어 달 전이다. 서울서 오는 길에 딸네 집에서 하룻밤을 묵었다. 품으로 파고드는 두 손녀를 양팔에 안고 누워, 얘기를 조르는 애들에게 곳간에서 쥐가 물어 나르는 곡식이야기를 끝없이 펼쳐 놓았다. 그러자 저들도 '또 한 알 물어 나르고'를 합창처럼 따라 하며 웃어대다가 다 잠든 후다. 적막한 어둠 속에서 소리 하나가 살아 있었다. '사그락사그락' 시계 초침 소리보다는 조금 큰 소리였다. 어디에 선지 무슨 소리인지 궁금한 채, 다 소등한 후라 그대로 잠에 빠져들었다. 다음날에 보니 책상 위에 놓인 자그만 기계에서 나는 소리였다. 인공부화기가 계란 세 개를 품고 골고루 온도를 전하느라 계란을 이쪽저쪽으로 돌려놓는 소리였던 것이다. 복어 독에 신경이 침해받으면 잠든 사이에 죽을 수도 있어서 잠들지 못하게 수레에 태워 덜컹거리며 달린다고 하는데 마치 내 눈엔 잠을 깨우는 동작처럼 보였다.

계란이 부화할 때까지 21일간을 손꼽아 기다렸으나 첫 부화는 실패하였고 두 번째 시도로써 다행히 세 알 중 두 개가 부화한 것이라 한다. 마침내 신비한 생명의 탄생을 보게 되었으니 얼마나 설레었을까. 노란 병아리가 푸른 배춧잎을 쪼아 먹고 노란 조를 먹는다. 아이들은 병아리를 두 손바닥 모아 올려놓고는 입맞춤까지 하며 시간 가는 줄 모른다. 사위가 더러워진 배설 신문지를 갈아주고 물과 모이를 다시 넣어주며 "어머님, 그런데 애를 거두는 일이 모두 제 일이 되어버렸습니다." 하고 허허 웃는다. 그리고 덧붙여서 "두 달쯤 키우면 잡을 만할 테니 그때 오세요." 라고 농담을 던지니 아이들이 "아빠 안 돼요." 라고 동시에 벼락비명을 지른다. 그런데 큰딸이 해변에서 담아온 모래를 정성스레 비벼 씻고 있다. 병아리들에게 조개껍질을 먹여야 하는데 대신에 모래를 먹여보려 한다는 것이다. 병아리 때문에 거둬온 해변 모래였다니, 나는 딸의 마음에 미소가 머금기며 불현듯 옛일을 떠올렸다.

둘째를 가졌을 때다. 그때 나는 부른 배를 안고 시장에서 시골할머니의 함지에 담긴 햇병아리 열 마리를 샀다. 이 중에 여덟 마리가 살아서 잘 커 주었다. 친정아버지께서 마당 한편에 간이용 닭장을 만들어 주신 까닭인지 몰랐다. 해산이 다가왔을 때 더 돌볼 수 없을 것 같아서 닭들을 친정에 보냈다. 그 후 출산한 둘째를 안고 친정에 갔을 때다. 뜻밖에도 아버지께서 계란이 소복이 담긴 알바구니를 내주셨다. 닭들이 어느새 알을 낳아서 모아둔 거라 하셨다. 우리가 자랄 적에 아버지는 여고교사로 지내면서도 '빠다링'이라는 닭 아파트를 집 마당에 지어서 이백 마리가 넘는 닭을 키우셨다. 일언니는 시장에서 조개껍데기를 모아오고 우리 형제들은 닭풀을 뜯으러 들녘을 다녔는데 그때의 기억이 참 풋풋한 그림으로 남아 있다. 그런 양계 실력으로 아버지는 나의 닭을 잘 건사하신 것이었다.

오늘 아침에 큰딸이 택배로 선물을 보내와서 고맙다는 말과 함께 병아리들의 안부를 물으니 다행히 잘 크고 있다는 답변이다. 그새 한 달도 넘었으니 꽤 자랐을 성싶은데 이내 핸드폰으로 보내온 사진을 보니 제법 의젓한 중닭 모양새다.

한 생명의 탄생을 기다리며 지켜보고, 돌보며 사랑하는 일들은 내 어린 손녀들의 삶에 말 없는 영향을 주리라 생각한다. 더불어 존재하는 모든 생명들의 존귀함도 뿌리내리면서. 그러나 그 병아리들은 앞으로 어떻게 될 것인가. 결코 이 가족의 식용이 되진 않을 것이므로 기록되지 않은 그다음 페이지가 자못 궁금하다. 아마도 아는 농장으로 보내질 것이다. 그때 손녀들은 눈물을 글썽일 것이다. 그러나 애초에 헤어짐이 준비된 만남이다. 생각만 해도 맘 구석이 저리다. 어느 경우든 이별은 아프니까.

■ 김미정 ■

1987년 『경남신문』 신춘문예 당선. 1990년 『한국수필』 등단. 경남수필문학회 및 한국신문학인협회 회장 역임. 현대시인협회 및 국제펜클럽 위원. 수필집 『안개바람』(순수문학상 본상), 시집 『흙을 훔치다』(한국문인상 본상 수상). mj2000k@hanmail.net

반푼이의 실토實吐

권석하

우리 아파트 단지에 오래 묵은 등나무 몇 그루가 있다. 그 나무 밑에는 주로 노인들이 모여 앉아 한담閑談을 즐기는 노락당老樂堂이 있다. 여기에 연보랏빛 등꽃이 포도송이처럼 드리워진 5월 어느 날이었다. 모두들 온통 머리는 호호백발이지만 이야기꽃은 구성지게 피고 지는데, 그 틈에 연세가 아흔 된 분이 등꽃을 쳐다보며 말했다. "하루는 지루해도 일 년은 참 빠르네." 라고. 지난해 등꽃을 본 지 어제만 같은데 어느새 일 년이 가버렸는가 해서 아쉬워하는 넋두리로 들렸다. 그 말씀이 어찌나 실감이 나든지 하마터면 "그러네요." 하며 추임새를 넣을 뻔했다.

내가 경로우대증을 받은 지 올해로 20년째이다. 이 증서야말로 인생이 석양길에 드는 첫발이 아닌가. 그럼에도 나이 듦은 뒷전이고 그 우대증 가진 자가 무척 부러웠다. 그 우대증이 있으면 웬만한 곳은 무료입장이 되고 온갖 혜택도 받을 수 있고 지하철도 무임승차이다. 그뿐인가, 노인복지금이라 해서 서울 거주자는 매월 3만6천 원, 경기도는 3만 원씩 은행 통장에 자동 입금되니 얼마나 좋은가. 마침내 기다리던 65세 내 생일날이 되었다. 재빠르게 그날로 동회 가서 노인우대증을 받아나오며 우쭐했다. 남들도 나이 차면 다 받는 것을 나만이 큰 과업을 이룬 증표마냥 뿌듯하기까지 했으니 그때를 떠올리면 65년 동안 나이를 헛먹었구나 싶고, 인생을 한참 모르는 바보였구나 싶다.

어린 시절 친구들과 어울리다 약은 아이들에게 어리석게 속고 억울함을 당하기 일쑤였다. 집에 와서 어머니께 실토하면 대뜸 "아이고, 이 반푼아, 반피야."하며 꾸중하셨다. 어느 어머니나 자식이 남들처럼 총명하게 자라나서 인생을 순탄하게 잘살기를 바라듯 내 어머니도 그랬을 것이다.

사람은 자랄 때 성품을 일생 버리지 못함인가. 내 살아온 길을 되짚어 보면 그러하다. 어릴 적에야 몰라서 남들한테 속고, 지고 살았겠지만 나이 들어서까지 알면서도 모르는 척 손해 보고 지고 속아주는 자세로 처세함이 편했다. 그러함이 역으로 유익하고 승리가 되기도 했으니 후회스럽지는 않다고 자부自負한다.

그런데 인생이란 노년기에 이르러서도 고통과 고뇌가 뒤따르기 마련이다. 더욱이나 젊은 시절에는 상상도 못 한 신체적인 노쇠는 어떤 방법으로도 치유 불가의 상황이 수학에서 소수점 이하 수 같이 줄줄이 닥친다. 나는 이런 처지를 극복하는 방편方便으로 일정 때 수학 시간에 익힌 '씨씨야고뉴' 셈법으로 마음을 다독인다.

이 씨씨야고뉴シァゴゥ란 한자로 사사오입四捨五入의 일어日語이다. 나는 한글을 전폐한 일정 때 초등학교에 다녀 일어로 학습한 탓이겠지만 사사오입이 우리말로 '반올림'인 것을 미처 몰랐음을 부끄럽지만 여기에 실토한다.

얼마 전 오랫동안 힘들게 중병을 앓고 있는 분의 병문안을 가서다. 그는 사회적인 신분으로나 생활 수준으로 봐서 상류층에 속한지라, 입원한 병원도 우리나라 굴지의 병원이기도 하지만 병실이 넓고 주위가 산만치 않은 독실이라 중환자의 고통이야 오죽하겠는가만은 호사스럽게 보였다. 그리고 얼마간 지나서 재차 문병 가서다. 그때 병실 문을 열자 환자의 입과 코에 산소호흡기가 덮여있어 가슴이 철렁했다. 돌아서 나오며 '매정한 마음보였나. 사람도 못 알아보는 저런 인생이란 소수점小數點 이하의 삶이 아닌가.' 했다. 나는 평상시 죽음이 가까이 다가온 생명을 의료기기에 의지해서 억지로 연명함을 못마땅하게 여기어 왔기 때문일 것이다. 수학에서 보면 소수점 이하의 수도 숫자이기는 하나 셈법에서 불필요하면 반올림하게 된다. 인생도 죽음이 가까워지면 의료기기나 약물로 목숨을 소수점 이하의 숫자를 늘어놓듯 말고 자연스럽게 순리를 따르는 계산법을 고려함이 환자도 괴로움을 덜게 되는 게 아닌가.

내 나이 칠십 줄에 들면서 세상만사 소수점 이하는 다 버리고 정수만으로 셈하듯 깨끗이 살려고 노력해 왔다. 그 세월도 잠깐이고 이제 구순이 가까워오니 그 정수마저 다 버려야 하는 셈법을 익혀야 함을 절감한다. 그뿐이 아니다. 영원히 떠날 때면 아무것도 가진 것 없는 무수無數의 털털이가 되어 가야 하는데 구차하게 익혀온 반올림이고 사사오입이고 씨씨야고뉴인들 무슨 소용이 있으랴

인생에서 후회 없는 삶이 있을까마는 나는 일생 반푼이로 살기는 했지만 이승 떠날 때 미련 없이 가는 셈법으로 살았다고 하겠다. 그 까닭은 어린 시절 어머니께서 나를 '반푼이', '반피'라고 하는 말씀을 면해보려고 숨차게 열심히 살아왔으나 이제 다 잊어야 할 때가 되지 않았나 한다. 앞으로 여생은 나 자신이 반푼이보다 더 둔하게 바보처럼 살 작정을 하니 마음이 푸근하다. 내 이 심경을 어머니께 실토하면 저승에서 꾸중하실까? 이제 철들었다고 칭찬하실까?

오늘은 다 잊고 일전에 연세가 아흔인 분이 "하루는 지루해도 일 년은 참 빠르네."라고 설파說破하던 그 푸념을 상기하면서 등나무 밑 노락당에 연보랏빛 등꽃이나 만나러 가야겠다.

■ 천석하 ■

1995년 『한국수필』 등단. 한국문인협회·한국수필가협회 회원. 한국수필작가회 이사. 수필집 『파꽃』.
sukha032@gmail.com

잠깐의 휴식

김자인

　　　황토로 지어진 펜션에서 하룻밤을 묵고 버스로 이동하여 편백숲으로 향했다. 친환경 지역으로 알려진 전남 장흥 억불산 기슭 우드랜드는 가는 것만으로도 마음이 설레었다.

　자연 휴양림에 들어서니 하늘을 찌를 듯 곧게 뻗은 편백들이 4월의 하늘을 뒤덮고 있었다. 봄이 짙어지니 잔뜩 물오른 나무 향내가 자꾸 심호흡하게 한다. 천천히 걷다 보니 맑은 공기, 솔바람이 봄 향기를 몰고 와 〈요한슈트라우스의 봄의 소리 왈츠〉가 들려오는 것 같았다.

　고개를 들면 나뭇가지 사이로 아침 햇살이 눈부시게 쏟아지고 새소리도 들려와 몸이 저절로 리듬을 타고 흘렀다. 오감을 자극하는 자연 속에 있으니 한순간에 마음이 정화되는 느낌, 이것이 힐링인가 싶었다.

　가는 길목에 노송나무로 가득 채워진 목재 문화체험관에 들러 해설사의 안내를 받았다. 숲길은 말레길로 처음부터 정상까지 편백을 대패로 밀어 깔았다고 한다. 그래서인지 나무 향이 진동했다. 목재에서 나오는 향기는 심신의 피로를 풀어주고, 나무로부터 발산되는 미량의 테르펜 성분인 피톤치드를 통하여 생리적 및 심리적 활성 효과를 느낀다고 한다.

　실지로 생쥐를 마취시키고 깨어나는 시간을 측정했더니 대팻밥을 깔아준 상자에 있던 생쥐가 더 빨리 깨어났다고 한다. 그만큼 삼나무 대팻밥에서 발산되는 향이 쥐의 간에서 분비되는 약물 대사 효소의 활성을 2~3배 증가시켜 마취약의 분해가 빨리 일어났기 때문이라는 것이다.

전시장은 나이테 별로 편백을 전시해놓아 눈길을 끌었다. 여러 가지 나무 종류, 목조 건축물, 아이들이 좋아할 목제 레일, 나무로 만든 표고버섯 마스코트 등을 돌아보니 나의 나이테도 해를 더할수록 결이 고와야겠다는 생각이 든다. 그곳의 나무가 불과 40여 년 되었다고 하니, 자연 친화적인 환경을 조성한 앞서간 이의 발자국이 후세 사람들에게 어떤 영향을 미치는지, 설립자의 사진을 보면서 고개가 끄덕여졌다.

다음은 크고 작은 나무들이 죽죽 늘어서 있는 길로 안내되어 걸으니 노송나무에게 호위를 받고 있다는 느낌이었다. 그 길은 대팻밥을 깔아 스펀지처럼 폭신폭신했다. 맨발로 걷고 싶은 충동이 일자 나무 부스러기를 한 움큼 떠서 만져보고 코에 대보니 나무 향이 물씬 풍겨 나온다. 청정한 초록 향기를 배불리 먹으니 몸도 즐겁다고 신호를 보내는 것 같았다.

삼림욕으로 몸이 호강하니 내 안의 에너지가 솟아나는 것 같다. 몸과 마음에게 언제 이런 여가로 휴식을 주었는지, 잡목이나 활엽수보다는 소나무 잣나무, 편백 등의 침엽수에서 더 많은 양의 피톤치드가 나온다고 하니 한여름 녹음이 우거질 때 아이들과 다시 오고 싶었다.

풍욕할 수 있다는 곳에 다다르자 누군가가 몸에 걸친 옷을 다 벗어야 하느냐고 짓궂게 묻자 다들 까르르 웃었다. 해설사도 웃으며 예전엔 그렇게 하였으나 종교단체에서 말이 있어 요즘은 종이옷 한 장 걸치는데 지금은 날씨가 추워서 중단한 상태라고 한다. 알몸의 모습을 상상해서인지 여기저기서 쿡, 쿡, 웃음 참는 소리가 들렸다.

그 안은 넓고 크게 울타리가 쳐져 있는 가운데에 작은 동굴이 있었다. 몸을 웅크리고 들어가면 천장, 바닥, 벽면이 전부 나무로 돼 있고, 가운데 커다란 평상

역시 나무로 짜여 있었다. 긴 의자도 여러 개 있어 여기저기 앉아서 편안히 쉴 수 있었다.

얇은 무명천을 걸치고 앉아 있으면 저절로 피로가 풀릴 것 같은 몽환적인 느낌, 아늑했다. 마치 찜질방에 들어와 휴식을 취하고 있는 듯한 착각이 들어 30여 명의 일행은 동굴 속 의자에 앉아 일어설 줄 모르고 심신의 피로를 풀며 즐거워했다.

요즘 자연 휴양림을 찾는 인구가 부쩍 늘고 있다. 인간이 살아가면서 먹는 것도 중요하겠지만, 자연 속에 머물러 느리게 걸어보며 자연의 일부가 돼 보는 것도 좋은 휴식이 될 것이다. 그동안 살아온 지난날을 돌아보며 한 박자 쉬어가는 여정은 일상생활에서 느껴보지 못했던 그 무언가를 얻을 수 있는 기회도 된다.

편백숲은 각종 체험 학습관이 있어 가족들과 함께 좀 더 여유롭게 산책한다면 일상에 지친 심신의 안정과 스트레스 해소, 아토피 치유 효과를 체험할 수도 있겠다.

장흥 편백숲 우드랜드에서 자연의 고마움, 참 기쁨, 잠깐의 휴식이 주는 여유, 평안 등으로 그동안의 스트레스 싹 날려버렸다. 편백숲이 너그러운 마음으로 날 품어주었으니 힐링 한번 잘한 것 같다.

■ 김자인 ■

한국수필가협회·한국문인협회·국제펜클럽한국본부 회원, 한국수필작가회 편집주간 역임, 동대문문인협회 편집위원, 실버넷뉴스 문화예술관장. 수필집 『그땐 정말 미안했어』. appleinja@hanmail.net

고맙소, 고마워요

심정임

　　조리 있게 말을 잘한다든가 다정다감한 말로 듣는 이에게 정을 표하는 일은 찾아볼 수 없는데 어쩌다 코미디 같은 행동으로 주위 사람을 웃기는 게 남편의 말솜씨이다. 그렇다고 그가 메마른 가슴을 가지고 있다고는 생각이 들지 않는다. 내가 알고부터 지금까지 그의 손에서는 책이 떨어진 적이 없었다. 소설책이건 무협지건 하다못해 시사 월간지일망정…. 국문학을 전공하고 독서량도 누구한테 뒤지지 않는 것을 보면 가슴도 촉촉하련만 도대체 분위기 있는 말 하고는 젬병이다.

　　〈11월의 왈츠〉에서 그녀는 결혼 후 남편한테서 사랑한다는 말을 들어 본 적이 없다고 투정을 한다. 우리 나이에 그런 달작지근한 말을 몇이나 듣고 살까. 그저 눈빛과 몸짓으로나 확인하는 것을.

　　한참 아이들이 커갈 때 지방을 오가며 주말부부 생활을 했다. 토요일에 올라와 월요일 아침 일찍 온양으로 내려가니 아이들의 교육은 내가 전담했다. 가장은 식솔들의 입이나 책임지면 되는 것인지 일벌처럼 묵묵히 꿀만 물어다 줬다. 그래도 졸업식 때는 만사 제치고 참석해 주는 것으로 아버지의 역할을 한 셈이다.

　　아이의 노력과 어미의 기도발이 들었는지 큰아이가 S대에 턱 하니 합격한 날, 조촐한 축하의 만찬 밥상에서 무덤덤하고 말재주 없는 남편이 내 손을 꼭 잡고는

　　"그동안 애 많이 썼소 고맙소"

잡은 손등을 토닥여 주는데, 헐~ 골 깊은 설산의 봉우리가 한꺼번에 와르르 무너져 녹아내린다. 혼자서 버거웠던 뒷바라지에 뒤통수에 대고 눈 흘기던 뱁새 눈에 흥건히 눈물이 고인다.

두 아이를 한 해에 시집을 보내고 나니 그때도 "수고했소. 고맙소."라고 한다. 아이들을 이만큼 반듯하게 길러 결혼까지 시켰는데 "고맙소." 그 말로 땜질할 건가 첫 번째는 감동받았지만 두 번째는 상투적인가 싶어 고개가 갸웃거려진다. 그래도 쓸어주는 손의 온기와 뿜어져 나오는 말의 뉘앙스에서 남편의 진심 어린 맘을 읽었다. 돌아보면 힘들었던 고비마다 그 말을 징검다리 삼아 사십여 성상을 함께 해로 한 것이 아닌가 싶다.

지금, 그의 주술적 이미지에 끌려 암 투병을 하고 있는 남편에게 오늘은 어떤 반찬으로 입맛을 돋워줄까 걱정하는 할 수 없는 여편네가 되었다.

여기까지는 그의 생전의 에피소드입니다. 이제 나는 그의 영전에서 가슴의 언어로 수없이 말해줬습니다. 평소 계면쩍어서, 낯 간질어서 우물우물했던 말들을 눈물범벅으로 이별식을 하며 속삭였습니다.

'사십사 년 동안 내 곁에 있어 줘서 고마워요. 그동안 수없이 당신 맘 섭섭하게 했을 터인데 한 번도 타박하지 않고 잘 참아줘서 고마워요. 둘이서 여행 가면 평소보다 더 잘 챙겨줘서 고마웠고 글을 쓴다는 핑계로 당신 외롭게 했을 때도 오히려 좋은 자료 스크랩해줘서 고마웠어요. 죽을 정도로 아픈데도 주위 사람 괴로울까 봐 혼자서 참아내는 것을 보면 고맙다고 해야 할지 미안하다고 해야 할지.

생명이 다해가면서도 배려하는 것을 보면 당신이 얼마나 가족을 사랑하고 있는지 알 것 같습니다. 고마워요, 여보. 부딪치는 물건마다 당신의 모습이 떠오르니 나도 꽤나 당신을 사랑했나 봅니다.

당신과 같이했던 시간들, 잔잔한 행복을 외로움으로 내 삶이 덜컹거릴 때 하나씩 기억하며 열심히 살게요. 당신을 만나 사십여 년 동안 평범한 행복으로 살아와 고마웠어요. 많은 추억을 줘서 고마워요. 고마워요 여보 안녕히.'

■ 심정임 ■
1997년 『한국수필』 신인상 등단. 한국수필가협회 공영이사, 한국수필작가회 부회장, 문학의 집·서울 회원. 한국수필문학상 수상. 수필집 『햇볕 훔치다』 외 공저 다수. gracejungim@hanmail.net

남편과 능소화凌霄花

강연홍

　　며칠 전 나는 남편이 오랫동안 투병하던 병원으로 정기검진을 받으러 갔다. 병원 울타리에는 진초록 줄기마다 등황색으로 단장한 능소화가 매달려 있었다. 능소화를 좋아했던 남편은 그 꽃이 피는 것도 보지 못하고 나를 남겨두고 눈을 감았다. 나는 남편과 살던 옛집의 마당을 둘러보려고 행장을 꾸린다. 아마 지금쯤 그 옛집의 마당엔 능소화가 활짝 피어있을 것이다. 그 새를 못 참아 살던 집 마당을 눈으로 본다. 능소화 꽃이 밭을 이루다시피 한 그 마당을 남편이 무척이나 좋아했기 때문이다.

　남편은 그 능소화에 쇠기둥 받침대를 대주고, 대문 슬라브 위 시멘트 바닥에 뿌리를 내리며 잘 뻗어 나가도록 끈도 연결해 주곤 했다. 그런 능소화를 자세히 살펴보면 수술 다섯 개가 꽃 속에서 마치 장난꾸러기처럼 노는 것 같았다. 붓으로 그린 듯 두 눈과 코와 입을 그린 얼굴로 나에게 윙크를 던지곤 했다. 바람에 늘어진 줄기가 흔들리면 합죽이처럼 볼우물을 만들어 실룩대며 웃기도 하였다. 남편과 내가 늦게 들어오는 밤에도 능소화는 언제나 반갑게 맞아주곤 했다. 향기는 별로 없었지만, 우리는 그 꽃이 좋기만 했다. 그래도 나비와 벌들이 모여드는 걸 보면 분명 그들에겐 인기 있는 꽃이었던 모양이다. 향기를 듬뿍 풍기진 않았어도 그들에게 풍부한 꿀을 제공해 줄 수 있는 장점이 많은 능소화였다.

　그런 능소화는 비가 오면 물의 무게를 피하려고 모두 아래를 향하고 있다가 햇볕만 나면 언제 그랬느냐는 듯 고개를 뻣뻣이 쳐들었다. 그러다가도 살랑거리는 모습을 보일 때면, 마치 풍부한 음량을 지닌 여가수가 입을 크게 벌리고 높은음을 내는 모습과 같았다. 내가 음악을 좋아해서 그런지 정열적인 오페라 〈카르멘〉의 아리아를 부르는 여주인공을 연상하게도 하였다. 능소화는 시들기 전에 통꽃으로 떨어졌다. 젊은 나이에 이 세상을 하직한 사람 같았다. 1년 동안 병마와 싸우고 있는 남편이 능소화 꽃처럼 어느 날 나도 모르게 낙화될까 봐 두려웠다.

이 년 전의 남편 모습이 스쳐 간다. 그전 집 정원 전체에 뿌리를 내려 새파란 줄기가 쑥쑥 올라오는 능소화처럼 남편의 세포가 다시 살아나기를 얼마나 고대했는지 모른다. 백혈구 수치가 내려가면 가슴이 덜컥 내려앉았다. 남편은 밤에도 아파서 늘 잠을 이루지 못했다. 나는 점점 여위어가는 그의 손을 잡고 새벽녘까지 기도하며 남편이 다시 정상으로 되돌아오기만을 기원했다. 나는 신음하는 남편의 모습을 바라보기가 안쓰럽고 가슴이 아파, 그가 잠들기를 기다려 밖으로 나와 별을 보며 울면서 빌었다. 주님! 저는 어떻게 해야 합니까? 제가 할 수 있는 일이라곤 남편의 신음소리 듣는 일뿐이옵니다. 주님! 남편을 살려주소서. 그도 아니면 고통이라도 좀 덜어주소서. 이 세상을 당신이 원한대로 남편이 살지 못했을지라도 불쌍히 여기소서!

나는 평소 능소화가 혼자 서지 못하고 담에 기대어 오르는 게 탐탁지 않았다. 그러나 요즘은 원예기술이 발달하여 능소화 곁에 대나무를 심어 3년 동안만 놓아두면 받침목을 치워도 스스로 혼자 서서 자란다고 한다. 나도 대나무 같았던 남편이 떠나 홀로서기에 들어갔지만, 아직 3년이 되지 못해서인지 혼자서기가 버겁기만 하다. 그래서 남편이 더 그리워지는지도 모른다. 정기검진을 끝내고 돌아오다 능소화 곁에서 한참동안이나 서 있어야만 했다. 그리곤 남편과 같이했던 옛집의 마당을 멀리 서서 바라본다. 남편의 모습이 이리저리 흔들리며 왔다 갔다 한다. 그러다간 나에게 또 능소화 꽃을 잘못 다룬다고 야단도 한다. 나는 최선을 다해 꽃에 물도 주고 가지도 잘 뻗어 지붕으로 올라가라고 조심스레 다리도 받쳐주었다고 말했다. 남편은 늘 듣기만 하고 소리 한번 안 하는 아내가 이상한 듯 말없이 한동안을 넋을 놓고 바라본다.

남편이 하늘나라로 간지 벌써 2년이나 되었다. 내 곁에 있을 때 그가 하던 이야기를 들려주듯 남편의 환영이 내 주위를 맴돈다. 주말쯤 두 딸과 능소화 터널이 있다는 부천 중앙공원에 가보려고 한다. 남편을 만나서 그간의 추억을 되새기며 그동안 하지 못했던 말을 전하고 싶다.

"당신이 그토록 좋아했던 능소화를 나도 지금은 좋아해요. 그리고 젊어서는 당신에게 바른말도 했지만, 이제는 지주가 있어야만 하는 능소화처럼 나도 당신이 그리워지면 당신을 보는 것처럼 자식들을 의지하고 살겠어요. 당신이 보고 싶으면 또 올게요."

■ 강연홍 ■

경희대학교 일반대학원 아동학 석사. 경희대학교 사회교육원 '수필교실' 10년 수료. 1997년 『한국수필』 등단. 한국수필가협회·한국문인협회·경희문학회 회원. 한국수필작가회 이사. 동대문문인협회 부회장. 종교문예지 『가슴이 따뜻한 사람들』 홍보부장. 수필집 『우리집 오선지』. rhyeonhong@naver.com

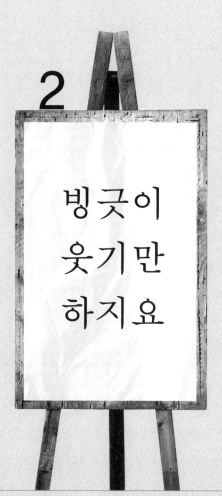

2

빙긋이
웃기만
하지요

자운서원

김영월

  우리나라의 통용 화폐 중 최고의 5만 원 고액권과 5천 원권에 각각 모자지간인 신사임당과 율곡 이이의 초상화가 자리한다. 이것은 누가 뭐라 해도 그들 가문의 영광이 아닐 수 없다. 율곡 선생님의 탄생도 하늘의 뜻이 아니었으면 어찌 가능했으랴 싶을 만큼 극적인 요소가 담겨 있다. 부친(이원수)이 경기도 파주에 거주하면서 멀리 강릉 오죽헌에 있는 부인을 찾아가는 중이었다. 날이 저물어 대관령에 있는 어느 주막집에서 하룻밤을 묵게 되었다. 그는 주모의 미모에 반해 객고를 풀고 싶은 유혹을 가까스로 참아냈다. 만약 그리되었다면 부인과의 합방에서 4남 3녀 중 셋째인 율곡이라는 인물을 얻지 못했으리라는 가이드의 설명에 고개가 끄덕여진다.

  파주시 법원읍에 가면 자운서원이라는 율곡 이이(1536년~1584년)의 유적지가 나온다. 율곡栗谷이라는 호는 이곳의 자운산 기슭에서 어린 시절을 보낸 밤골에서 나왔다고 한다. 신사임당이 율곡을 낳던 밤에 검은 용이 바다에서 침실로 날아와 아이를 안겨주었다고 한다. 실제로 강릉 오죽헌에 몽룡실夢龍室이란 방이 그대로 보존돼 있다. 자운서원紫雲書院에 있는 이이 유적관에 들어가 보면 율곡의 천재성이 드러나 감탄하게 된다. 그는 3살 때 이미 글을 깨우쳤고 8살 때 '화석정시'와 '경포대부'를 지었고 13세 때 진사 초시에 합격했다. 무려 9번의 과거에 장원급제하여 구도장원공九度壯元公이라 일컬어졌다. 말하자면 고시를 보는 족족 모두 수석 합격했다는 얘기이니 얼마나 부러우랴. 16세 때 모친상을 당하여 3년 동안 시묘살이까지 하셨고 계모도 끝까지 잘 모셨다 하니 얼마나 효성이 지극하랴. 그러나 인생의 허무감이었는지 유교 이념에 충실한 조선 시대에 불경 연구에 관심을 갖고 19세 때 금강산에 들어가 일 년 만에 하산했다. 그 후 스스로 경계한다는 뜻으로 마음을 다잡고 자경문自警文을 지어 다시 성리학 공부에 전념하였다. 그가 만약 불교에 심취하여 정진했다면 큰 스님이 되었으리라고 믿는다. 23세 때 이미 학문의 경지를 이루어 그 당시 성리학의 최고봉인 58세의 퇴계 이황을 만나 뵈었다고 한다. 퇴계 선생도 35년 차이가 나는 아들 같은 젊은이지만 인물됨을 알아보고 격려도 하고 존중해 주었다 하니 그의 학식에 따른 인품도 얼마나 훌륭한지 짐작이 간다.

성리학의 이기론理氣論 논쟁에서 율곡은 일원론적 이기론으로 이와 기의 조화를 주장했다. 율곡의 이러한 학문경향은 공리공담空理空談이 아닌 실천적 학문으로 정치, 경제, 교육, 국방 등에 걸쳐 구체적인 개선책을 제시했다. 선조 임금 때 임진왜란이 일어나 결국 국토가 짓밟히고 전란에 휩싸일 것을 예측하고 십만양병설을 주장한 것은 너무나 탁견이었음에도 조정에서 받아들여지지 않았다. 아직도 북한과의 살얼음판 같은 대치상황에서 율곡의 정신은 살아 있어 해군의 이지스 군함이 '율곡호'로 명명된 것도 우연이 아닌 듯싶다.

자운산의 양지바른 기슭에 소나무 군락지가 운치 있게 조성된 가운데 얼핏 봐도 명당자리에 율곡의 가족묘역이 아담하게 자리하고 있다. 묘역 맨 위에 율곡과 부인 곡산 노 씨 묘소가 있고 그의 맏형 이 선과 부인 곽 씨의 합장묘, 그 아래로 율곡의 부모인 이원수와 신사임당의 합장묘가 자리했고 맨 아래쪽에 율곡의 맏아들 경림의 묘가 보인다. 율곡 선생은 부인 셋을 두었는데 첫째 부인 (곡산 노 씨)에게 아들이 없어 둘째 부인을 얻었다. 그분도 아들을 못 낳게 되어 다시 셋째 부인을 얻었는데 마침내 아들이 태어났고 나중에 둘째 부인한테도 아들을 얻게 되었다고 한다. 조선 시대의 사회에서 가문의 대를 잇지 못하면 불효라는 관념이 못 박혀 남아선호사상은 어쩔 수 없었다. 나라는 존재도 선친이 첫 부인한테 아들을 얻지 못하여 재혼하였기에 이 세상에서 빛을 보고 아름다운 삶을 누리고 있으니 얼마나 감사한 일이 아니랴.

율곡의 인간적인 다른 측면이 내게 감동을 준다. 황해도 감사 시절에 알게 된 황주 기생 유지柳枝와의 절절한 러브스토리가 전해진다. 소문난 미모와 재능을 겸비한 그녀가 율곡이 머물고 있는 숙소의 방문을 두드렸다. 방문을 열어주지 않아야 하지만 인仁으로 대하기에 허락하고 몸을 섞는 일은 의義로 대하기에 밤새도록 환히 촛불을 켜놓고 오로지 대화로 끝냈다. 그녀의 간절한 사모의 정을 알지만 절제하고 자존심을 건드린 죄책감인지 몰라도 율곡은 그녀에게 헤어지면서 마지막 그의 마음을 한 편의 시로 전하였다. 다음 생에서 극락세계가 있다면 우리 다시 만나 사랑을 나누자는 안타까운 마음을 표현한 것이었다. 둘의 관계는 서로에 대한 존경심이 느껴지는 그윽한 난향 같은 여운이 배어난다. 자운서원 유적지를 둘러보며 오늘 같은 어지러운 세태에서 큰 인물에 대한 그리움에 흠뻑 빠져들게 한다.

■ 김영월 ■

1996년 『한국수필』 등단. 1997년 『시와산문』 시 등단. 한국수필가협회 감사, 한국수필작가회 18대 회장, 한국문협 도봉지부 회장 역임. 한국수필문학상 수상. 수필집 『내 안의 하이드』 외 7권, 시집 『오로라의 얼굴』 외 7권. weol2004@naver.com

여전히 꽃은 피고 지고

송미심

개구쟁이 찬수가 짝꿍 성재에게 장난을 걸었다. 미술 수업 중에는 조용히 하자고 여자아이들이 몇 번 제지를 해도 말을 듣지 않았다. 마침내 세향이가 벌떡 일어서 찬수의 등짝을 쳤다.

찬수가 통증으로 한동안 말이 없더니 주먹을 불끈 쥐고 덤벼들었다. 세향이는 찬수가 무서워 내 뒤로 숨었다. 씩씩대는 찬수를 진정시키려 했지만 그는 책상 밑으로 숨어들었다. 어르고 달래도 눈물과 땀이 범벅인 채 나오려 하지 않았다. 손을 잡아끌어도 녀석은 자석처럼 그 자리로 되돌아갔다. 세향이는 무안했는지 내 손을 잡고 말이 없었다.

잠시 무관심한 것도 좋겠다 싶어 나는 다른 아이들이 색칠 마무리 작업을 하도록 도왔다. 소담스런 수국 꽃들은 여러 가지 색으로 도화지 위에 곱게 피었다. 꽃잎 하나하나에 정성을 들여 그린 그림들이었다. 각각 다른 색 꽃잎이라도 뭉실뭉실한 꽃은 예뻤다. 나는 간간히 찬수와 세향이를 지켜보았다.

한참 후에 기척이 없는 찬수가 궁금해 책상 밑을 살펴보았다. 녀석은 꼼짝도 하지 않고 나를 응시하기만 했다. 아직도 화가 풀리지 않아 그러는 줄 알았다. 그가 여러 친구들 앞에서 무참을 당한 마음의 상처를 살펴 감싸주려 했다.

그와 눈높이를 맞추려고 책상을 밀었을 때, 성재가 달려들어 나를 붙잡았다.

"쉿, 지금 범인놀이를 하는 중이에요."

"찬수가 말을 해도 안 되고 움직이면 더욱 곤란한 놀이에요."

아뿔싸! 찬수는 벌써 그 사건을 잊고 또 다른 놀이에 빠져 있는데 세향이와 나는 여전히 안절부절못하고 있었다.

'이게 아닌데.' 정작 떠들어대며 교실 분위기를 망친 사람은 찬수인데 반성은 커녕 천연덕스레 놀이에 빠져있다니! 누그러진 찬수를 불러 세향이와 화해를 시켰지만 내 마음은 떨떠름했다.

'이게 아닌 일'이 내게도 있었다. 오래된 동네 이야기를 쓰기 위해 그 지역의 토박이 어른과 인터뷰 약속을 했다. 오전 수업이 조금 늦게 끝나 서둘러 약속 장소로 가던 중이었다. 우회전을 하려는데 걸음걸이가 시원찮은 노인이 가던 길을 되돌아 차도로 내려와 내 차가 가는 곳으로 흐느적거리며 걸어왔다. 일부러 멀리 돌아 횡단보도를 막 지나려는 순간 무엇인가 내 차 뒷문을 스치는 듯한 느낌을 받았다. 꺼림칙해서 다시 뒤돌아와 보니 그 노인은 발을 부여잡고 구부려 앉아 있었다.

우선 병원으로 모시고 가야 한다는 생각밖에는 없었다. 신호등도, 횡단보도도, 주변 상황도 확인할 겨를이 없었다. 사람이 다쳤다는 것만으로 당황을 해서 보험회사에도, 경찰에도, 미처 신고를 하지 못했다. 추레한 노인을 다치게 했다는 알량한 동정심까지 나의 이성을 혼미하게 했다.

가벼운 타박상이라던 사고는 네 발가락 골절로 둔갑하여 고소가 들어오고 블랙박스가 없던 나는 아무런 증거를 찾을 수 없었으니 횡단보도를 거의 다 건너는 노인을 파란 신호등에 치게 하는 최악의 운전자가 되어 버렸다.

법정은 나와는 전혀 무관한 곳이라 생각하며 살았다. 철 따라 아름답게 피는 꽃이 고와 보였던 법원을 나는 심란한 마음으로 드나들었다. 원인보다는 결과가 더 확실한 증거가 되었기에 그 결과를 인정하고 보속하는 시간들이었다.

'이게 아닌데.' 마음이 무거웠다. 한순간 멈춰 서지 못한 조급함이, 황망할수록 침착하지 못했던 나 자신이 한없이 한심하다 싶었기 때문이었다.

살아오면서 예기치 못한 사건이 일어나고 그 속에서 정답을 찾을 수 없는 일이 더러 있었다. 내 생각이 제대로 소통되지 않아 생기는 불편한 진실들도 있었다. 대거리를 해볼 수 없는 일들. 난감하고 막막하던 사건들을 통해 난 절망하며 아파하곤 했다.

그러나 고통을 통해 깨우치는 깨달음도 컸다. 그것들을 헤쳐 나오면서 인내심을 배우고 순리의 해결점을 찾아가곤 했다. 뜻밖의 손길이 도움을 주기도 하고 스스로 깨달음을 통해 이해와 관용이 생기기도 했다. 시간이 흐르면서 자연스레 실마리가 풀려 '세월이 약'이라는 말을 실감했다. 이 신열의 통증이 사라질 때 쯤 지혜로운 대처법을 터득하게 될 터, 따끔한 예방주사를 맞았으니 세월에 묻혀 무연히 기다릴 일이다.

'이게 아니라고' 허탈해 할 때도 꽃은 여전히 피고 세월은 간다. 숨이 막힐 것 같은 울혈도 흘러가는 시간에 용해되어 사라지게 마련이다. 서로 다른 꽃잎으로 핀 수국도 곱고 화사하다. 나와 다른 사람들을 이해하는 아량도 사랑이다 싶다.

■ 송미심 ■

『한국수필』 등단. 현) 광주 YWCA 영어 강사, 광주문흥중앙초등 돌봄교사, 가톨릭 평생교육원 영어 강사. 광주문협 회보 편집인. 가교문학회·무등수필문학회·한국수필작가회·한국문협 회원. 수필집 『여덟 봉우리에 머문 눈길』. 제23회 광주문학상 수상. elegant-song@hanmail.net

호송설이 있는 솔향

김남석

　소나무는 다른 이름이 솔이다. 솔이란 단어에는 우두머리 으뜸이란 뜻이 있는 것과 같이 소나무는 우리나라의 대표 수종이다. 소나무의 고장은 강원도이다. 그중 영동지방의 소나무가 으뜸이다. 도로변의 소나무를 보면 강원도 소나무가 훨씬 좋아 보인다. 대관령을 넘어 영동에 이르면 나무에 윤기가 흐르고 잎이 더 진녹색으로 생기가 감돈다. 그래서 강릉은 솔향이다.

　영동지방의 소나무는 옛적부터 식목해 기른 기록이 많이 있다. 고려 충숙왕 때 공주가 강릉 최문한 공에 시집올 적에 소나무 8그루를 가져와 심어 팔송정이 되었다는 고사도 있다. 지금의 강릉고등학교 부근은 조선조 중엽까지 물이 흐르던 넓은 하천이다. 강릉 남대천 주류가 화부산 마지막 줄기 도토리산 밑으로 돌아 북쪽으로 흘러 강문 바다로 들어가던 하천이다. 이 하천을 안목으로 직선화하고 하천이 점유했던 넓은 지역을 식목하여 울창한 소나무 숲이 되었다. 그 숲속에 강릉교육대학이 있다가 강릉고등학교로 이어졌다. 강릉고등학교 교정에 호송설 비를 근래 이이를 존경하고 소나무를 사랑하는 학교장이 세웠다.

　율곡(1536.12. 26-1584.1.16)이 호송설을 작성하게 된 경위는 성산면 금산리 명주군왕 24대손으로 출사하지 않은 선비 임경당 김열金說가를 방문하였을 시, 김열이 율곡을 보고 '뒤 정산鼎山에 부친(김광헌金光軒)이 소나무를 심어 우리 형제 모두 이 집에서 저 소나무를 울타리로 잘 지내고 있는데, 후손들이 온전하게 보존하지 못할까 두려우니 교훈 될 만한 몇 마디를 써 주면 걸어두고 자손들이 가슴 깊이 새기게 하겠다!'고 하여 이이가 써준 소나무를 사랑하라는 글이 호송설이다.

호송설 내용 중에는 '아버지가 돌아가신 후 그 서책을 차마 읽지 못함은 손때가 묻어 있기 때문이고, 선조의 물건에 대하여는 토막 난 지팡이나 신짝이라 하더라도 오히려 귀중하게 간수하고 공경할진대 하물며 손수 심은 집 주변의 나무는 더 잘 보호해야 할 것이 아닌가!'의 뜻이 담겨 있다.

소나무는 우리와 삶을 같이 했다. '남산 위에 저 소나무 철갑을 두른 듯' 하고 애국가 가사에도 나온다. 북악산(일명 백산) 아래 도읍을 정한 조선조는 태조 때부터 경사스러움을 이끌러 온다는 뜻을 가진 인경산引慶山을 남산으로 불렀고, 서울의 안산으로 울창했다. 근세에 그 아름다운 남산이 중턱까지 훼손되었다. 다행히 90년도 초 남산에 있던 주공외국인 아파트와 개인주택 등 수많은 건물을 철거하고 소나무를 심고 녹지대로 복원했다.

남산을 복원할 때 각 도의 소나무를 옮겨 심었다. 나무 형태 줄기의 빛깔 등 군계일학의 나무가 강원도 소나무이다. 강원도가 자랑하는 소나무는 적송이다. 적송은 껍질이 붉은색으로 윤기가 나며, 송진으로 속 재질이 채워졌기 때문이다.

강원도 적송은 우리의 문화재를 복원할 때는 제일 먼저 찾는 나무다. 굵고 곧으며 송진으로 육질이 다져진 향긋한 적송은 문화재 복원에 중요한 자재이며 일명 황장목으로 부른다. 황장목을 함부로 벌채하지 말라는 옛 금표비가 울창한 소나무 숲이 있는 여러 곳에 있다. 굵고 큰 장목만이 좋은 것이 아니다. 굽고 휘고 꼬부라지며 퍼진 것은 관상목으로 더없이 좋다. 그래서인지, 별별 구실을 달아 굴착된 소나무가 수없이 수도권으로 운반된다.

채취당한 소나무는 아프다. 차량이 넘쳐나는 도시의 가로수로 옮겨 심겨진 소나무는 공해를 먹으며 울고 있다. 돈 있는 건물과 호화주택 주변의 관상목 소나무는 외양이 애처롭다. 겨울 혹한기에 보다 햇빛을 더 받도록 해야 하는 도로 가로수로 낙엽수가 아닌 상록수 소나무를 옮겨 심은 행태는 절로 헛기침을 토하게 한다.

국권을 상실한 식민지 시대에 소나무도 수난을 당했다. 우리영토의 모든 가치 있는 것을 수탈해 갈 때, 백두대간의 좋은 적송赤松을 수없이 많이 벌채해 일본으로 가져감으로 산야를 헐벗게 했다. 또 광복 직전에는 전쟁물자 조달을 위해 굵은 소나무 그루에 V자로 톱질해 소나무의 수액 송진까지 뽑아갔다. 쓰라린 아픔을 겪은 그런 소나무도 국권이 회복되고 70여 년이 되니 치유되어, 아픈 흔적이 많이 가려졌다.

으뜸가는 솔, 소나무를 인간이 못살게 하더니 지금은 병충해에 수난을 당하고 있다. 잎이 말라죽는 솔잎혹파리는 수간 주사와 방제로 고비를 넘겼으나, 소나무의 육질 속까지 침범해 고사시키는 재선충은 현재까지의 구제 방법이 없다. 재선충이 번식하지 못하도록 고사된 나무를 벌채 제거하거나, 그 유충이 접근하지 않게 생태계를 보호하는 노력을 경주하고 있다.

기후의 온난화로 소나무 삶의 터전도 점점 작아진다. 일제 수탈 후 일부 남은 적송은 백두대간의 아늑한 곳에 자라고 있다. 조상의 삶과 같이한 솔의 보존과 보호를 위해 인위적 가해를 하지 말고 있는 그대로 생육하도록 보살피자. 자연이 만들어 준 보물 적송을 소나무의 고장에서 자식같이 보살피면서, 재선충 공포를 현대과학으로 극복할 수 있기를 기다린다.

■ 김남석 ■

86년 『한국수필』 등단. 전) 한국수필 운영이사. 전) 한국수필작가회 이사. 강원한국수필 문학상 수상. 작품집 『순라꾼의 넋두리』, 『직승기가 구한 인생』, 『사계절 꽃피는 봄내』. nsk1219@hanmail.net

삶의 노래를 부르고 싶다

최복희

새싹이 움트는 봄날, 남편의 보호를 받으며 병원 문턱을 들어서는 순간 알 수 없는 불안감이 온몸으로 엄습했다. 얼마 전 건강보험공단에서 실시한 종합검진 결과 유방에 의문점이 있으니 정밀검사를 받으러 오라는 연락을 받고 왔기 때문이다.

"설마 암은 아니겠지?"

떨리는 마음을 진정시키며 진료를 기다렸다. 창밖 세상을 보면 아픈 사람이 없을 것 같은데 그날따라 왜 그리도 아픈 사람들이 많은지. 지루함과 초조함을 달래보려고 가방에서 책을 꺼내 펼쳤다. 읽는 데 열중하려 애써 보지만 도통 머릿속에 들어오질 않았다.

30여 분쯤 지났을까, 내 이름을 부르는 소리에 귀가 번쩍 열렸다. 간호사가 시키는 대로 웃옷을 벗고 침대에 누웠다. 팔을 위로 올리자 가슴에 투명한 물질(젤)을 바르더니 의사는 내 가슴을 쉴 새 없이 촬영기로 문지르며 눈은 모니터를 뚫어지라 바라보고 있었다. 기계는 압박을 가하며 겨드랑이와 유방 사이를 반복해 오갔다. 무언가 이상한 것이 발견된 것인지 갑자기 가벼운 통증이 일어났다. 가슴이 콩닥콩닥 뛰었다. 암이면 어쩌나! 하는 방정맞은 생각에 숨이 멎을 것처럼 입술이 바짝 말랐다.

'지금 지구의 종말이 와도 아쉬운 게 없고, 죽음이 닥쳐도 두렵지 않다.'고 장담하던 내가 아닌가. 내 인생의 반도 훨씬 더 살았고, 아이들도 이제는 다 자라 제 갈 길을 잘 가고 있으니 무슨 여한이 남아 있으랴 싶었다. 근래에 이르러 평균 수명이 길어진 것을 생각하면 조금은 아까운 나이지만, 그래도 이만큼 행복을 누리며 살아왔으니 얼마나 감사한 일인가.

머리는 그렇게 자위하면서도 가슴으로는 받아들여지지 않았다. 나는 겁이 났다. 살고자 하는 욕망이 내 몸을 에워쌌다. 아니 그보다도 병마로 인해 겪어야 할 고통? 사랑하는 사람들과의 이별? 등 오만가지 생각들이 꼬리에 꼬리를 물고 일어나 공포의 파도가 밀려왔다.

몇 해 전, 문단 후배가 유방암으로 세상을 떴다. 처음엔 믿기지 않았다고 했다. 나는 그런 그녀를 위로해주고 싶어 식사라도 함께하자고 약속했다. 그녀는 유방암이라는 확정이 내려지고부터 입맛이 사라져 밥알이 모래알 씹는 것 같다며 두어 숟가락 뜨곤 상을 물렸다. 그런데 지금 내게 그런 진단이 내려진다면 어쩌나? 온갖 잡생각들이 머릿속에서 뒤엉켰다. 바로 그때 의사가 "검사가 끝났어요!" 라며 일어섰다. 나도 모르게 불쑥 의사에게 결과를 물었다. 대답도 않고 의사는 곁방으로 들어가고 곁에 있던 간호사가 밖에 나가 기다리다 부르면 다시 들어오라고 했다.

대충 옷을 입고 밖으로 나와 내 이름 부르기를 애타게 기다리고 있었다. 1초 2초 시계 초침은 왜 그리도 더디 가는지, 10여 분이 10년쯤 긴 세월처럼 느껴졌다.

"최복희 님! 들어오세요."

황급히 영상의학과 진료실 문을 박차고 들어가 의사 앞에 앉았다. 의사는 모니터를 한참 들여다보더니 "걱정 많이 하셨죠? 깨끗하네요." 했다. 그 한마디가 지옥을 헤매던 나를 천당으로 인도해주었다. 순간 나도 모르게 "주여 감사합니다."라는 말이 절로 튀어나왔다.

"그럼 1차 검사에서 도대체 어떤 이상이 보였다는 건가요?"

"네. 사람이 나이가 들면 유선에도 노화가 와서 석회질이 생기거나 거칠어지거든요. 아마 그것이 엑스레이 촬영할 때 겹쳐지면서 종양처럼 영상에 나타난 건가 봅니다."

천당과 지옥은 그리 먼 데 있지 않았다. 내가 가진 한 생각에 천당과 지옥이 달려 있었다. 조금 전 바들바들 떨던 나는 어딜 가고 병원 문을 나서는 발걸음은 그 어느 때보다도 가볍고 기운찼다. 동행한 남편도 마음이 편해졌는지 미소 띤 얼굴로 내 손을 잡아 주었다.

금방 죽을 것처럼 비참하게 갈팡질팡하던 나를 생각하면 나 자신이 그렇게 부끄러울 수가 없었다. 평소에는 성인군자도 아니면서 세월의 무게를 겸허하게 받아들여야 한다거나 죽음으로 가는 길 또한 당연한 순서라고 자부하던 내가 아니던가. '개똥밭에 굴러도 이승이 좋다'라는 말이 왜 생겨났는지 조금은 알 것도 같았다. 유한한 인생 알차게 살아볼 일이다.

따뜻한 봄볕을 머리에 이고 귀가하면서 삶의 노래를 힘껏 부르고 싶었다.

■■ 최복희 ■■■■■■■■■■■■■■■■■■■■■■■■■■■■■■■■■■■■■■
1997년 『한국수필』 등단. 작품집 『새들이 찾아오는 집』, 『호랑이 놀이(할미의 육아 일기)』.
bokhee48@naver.com

잘하리라

김의배

살아가면서 나에게 오기를 몹시 바라는 것도 있지만 제발 오지 말기를 간절히 바라는 것도 있다.

아내는 내가 밖으로 나돌면서 활동하는 것을 탐탁해 하지 않았다. 수필가로 등단할 때도 반기지 않았다. 등단하는 식장에 남들은 가족이 참석하여 축하해줬지만, 아내는 참석하지 않았다.

내가 사진 활동한다며 젊을 때부터 밖으로 나돌았으니 좋아할 리가 없었다. 쉬는 날이면 아이들과 놀아주고 집안일도 도우며 가족을 위해 일하기를 바랐을 것이다. 그러나 나밖에 모르고 내 멋대로 밖으로만 돌았으니 쌓인 한이 태산 같았을 것이다.

사진 찍는다며 나가서 이성들과 희희낙락하는 게 눈에 밟혔을 텐데, 게다가 글 쓴답시고 또 나가서 여성들과 어울릴 게 뻔하니 그랬을 것이다. 요즘엔 하나 더하여 실버넷뉴스 기자라며 취재한답시고 또 밖으로만 나도니 불만이 앞을 가로막는 산 같았을 것이다.

아내는 내가 사진이나 문학상을 받는 자리엔 한 번도 참석하지 않았다. 민주신문사에서 주최한 2016 한국을 빛낸 21세기 韓國人物大賞 시상식에 참석하지 않겠다고 했다. 가족이나 친지 8명까지 초대할 수 있다고 했다. 남들은 가족이 참석하여 기념촬영도 할 텐데 나만 외톨이가 될 것을 생각하니 쓸쓸하다 못해 허무하기까지 했다.

큰딸에게 엄마 모시고 올 수 있겠냐고 했더니 다음 날 아침 일찍 일본에 간다며 참석하기 어렵다고 했다. 엄마를 설득하여 엄마라도 참석하게 해달라고 했다. 엄마가 워낙 완강히 거절하니 어쩔 수 없다고 했다. 자식이 넷이나 있지만, 자식도 마누라도 모두 소용없다는 푸념의 문자를 큰딸에게 보냈다. 다른 자식들은 직장 관계로 바라지도 않지만, 큰딸은 시간을 낼 수 있을 거로 생각했는데 하필 외국 스케줄에 걸리고, 경기도 용인에 사니 어렵겠다고 생각했다.

떼쓴다고 될 일도 아니고 포기했는데, 큰딸에게서 문자가 왔다. 엄마 모시고 4시 반에 와서 제 차로 엄마와 함께 모시겠다고 했다. 그가 하던 일을 내려놓고 와서 우리를 태우고 세종문화회관으로 갔다. 5시 반부터 식전행사가 시작되어 6시에 시상식이 진행되었다. 행사가 끝나려면 너무 늦을 것 같아 도중에 엄마 모시고 먼저 가도록 했다.

며칠 후 딸이 엄마 모시고 병원에 가봐야겠다고 했다. 지난 2월에 병원에서 이상 없다고 했는데 또 가느냐고 했다. 전에 아내가 길에서 넘어져 앞니가 부러지고 자주 넘어진다고 해서 빈혈인가 하여 빈혈에 좋다는 약을 먹게 했다. 동네 주치의가 큰 병원에 가보라고 해서 큰 병원에서 MRI 촬영을 했는데 이상 없다고 했다.

"아빠 시상식에 다녀온 날 엄마를 집 앞에 내려드리고 주차하는데 엄마가 갑자기 반대편 길로 뛰어가서 어디 가느냐고 했더니, '우리 집이 없어졌다. 어디로 갔니?' 하데요"

그동안 내가 아내에게 너무 스트레스를 줘서 그런 일이 생겼나 보다. 아내가 기억력도 좋고 지금까지 그런 일이 한 번도 없었는데… 순간 눈앞이 캄캄했다. 제발 오지 말랬는데 그것이 아내에게 왔나 보다. 내 주위엔 그런 분이 제발 없기를 바랐다. 그런데도 지인의 어머니가, 문우의 아내가 그로 약을 먹는 분이 있어서 안타까웠다. 그런데 그가 내 곁으로 바짝 다가왔다. 그는 외돌아 걸어오지도 않고 지름길로 달려오고 있다.

2월에 갔던 병원으로 전화하여 알츠하이머 전문의에게 예약하고 진료를 받았다. 인지능력 테스트를 한 후 이상 없다며 11월에 다시 보자고 해서 예약했단다.

누구나 다 같은 마음이겠지만 갈 땐 가더라도 가는 날까지 맑은 정신으로 살았으면 하는 바람이리라. 아내가 큰딸과 함께 병원에 갈 때 차 안에서 "요즘 너의 아빠가 너무나 잘해준다. 진작 그랬으면 얼마나 좋았겠니." 하더란다. "엄마가 그동안 바쁘게 사셨으니까 이젠 휴가받은 거예요. 편히 쉬셔야 해요. 그리고 아빠의 사랑을 받으세요."라고 말했단다.

그동안 아내에게 잘해주지 못한 빚을 열심히 갚아야겠다. 나에게 그런 기회를 주기 위해 하느님께서 그를 아내에게 보냈나 보다. 아내에게 진 빚을 갚을 기회가 온 것이다. 그를 진정으로 배려하고 아껴주리라. 검사 결과와 관계없이 그간 진 빚을 갚는 마음으로 잘하리라.

■ 김의배 ■

1998년 『한국수필』 등단. (사)한국수필가협회 부이사장, (사)한국문인협회·국제펜클럽 한국본부 회원, 미리내수필문학회 회장. 포토에세이 『고향의 푸른 동산』, 『독도의 해돋이』, 사진집 『韓國의 四季 그리고 海外旅行』. 제33회 한국수필문학상, 한글문학상 대상, 세종문학상 대상, 2016 한국을 빛낸 21세기 韓國人物大賞 수상. saesaem@daum.net

죽을 준비

성철용

80 산수傘壽 나이에 들어서니 육순六旬과 칠순七旬을 맞던 때와 감회가 사뭇 다르다. 무엇보다 나나 아내가 이 80대에 죽을 확률이 70% 이상이로구나 하는 부질없는 생각이 든다. 그러다 보면 나도 죽을 날이 7~8년 남은 거 아닌가 하는 방정맞은 생각도 난다. 그도 그럴 것이 부귀영화를 누리며 현대를 살던 김대중(86세), 김영삼(89세) 전직 대통령이나 김일성(83세) 등이 80대에 가지 않았는가. 곰곰이 생각해 보니 80대란 죽을 확률이 가장 높은 나이에 나도 들어선 것이다.

그래 그런가. 60 이후에는 기념일이 많다. 60세(六旬)-61세(回甲, 進甲)-70세(七旬)-71세(望七)-77세(喜壽)-80세(傘壽)-81세(忘八)-88세(米壽)-90세(白壽)-99세(白壽). 거기에다 내 나이는 결혼 50주년인 금혼식金婚式이나 회혼례回婚禮가 드는 나잇대고 보니 이를 하나하나 챙긴다는 것은 죽을 날을 둔 어버이를 위해서 자식이 베푸는 이별의 잔치 같다. 옛날 "환갑 진갑 다 지냈다"는 말은 어지간히 오래 살았다는 뜻인데 100세 시대인 요즈음 세상에서는 천만의 말씀이 된다.

지난 3월 나의 팔순八旬 잔치는 직계 가족끼리 회식會食하는 것으로 조용히 보냈다. 옛날 우리네 부모는 조혼早婚하던 세대라서 부모님 회갑回甲 무렵에는 자식들이 그들의 친구나 직장 동료들을 불러서 회갑연回甲宴을 베풀어 드리는 것이 유행으로 이런 일들이 서로 간의 품앗이가 되었었는데, 요즈음에는 회갑은 물론 칠순, 팔순 잔치라고 우리를 부르는 사람들이 없어졌다.

　부모의 칠순, 팔순 무렵은 자식들이 사회에서 어느 정도 경제적인 자립을 한 시기라서 자식들이 부모의 친구를 불러서 대접해야 하는 건데 거기서 축하객들에게 부조금扶助金을 받는다는 것은 부모와 자식을 욕되게 하는 일이라서 없어진 것 같다. 설령 자식이 여유가 있다 해도 모든 부모는 자식들의 경제적인 지출을 하는 것을 꺼려하는 부성애와 모성애 때문이기도 하리라. 나는 삼 남매를 두었는데 둘째 딸의 생활 형편이 그중 나은 편이어서 팔순 생일 직전에 둘째 딸네 식구와 함께 배낭여행으로 대만臺灣을 일주일간 다녀왔다.

　'나의 죽을 준비'로는 다음과 같은 세 가지 일을 금년 봄에 마쳤다. 지금까지 나의 사후死後 준비로 완성한 것은 충북 옥천沃川에 마련해 놓은 납골묘納骨墓다. 납골당納骨堂은 지상에 석물을 지어 가족이나 친족 수십 기를 모실 수 있도록 마련한 것이지만 나는 옥천의 '창녕성씨 종중 묘'에 우리 조부모, 부모 그리고 우리 형제 내외 8기를 모신 납골묘를 마련한 것이다. 납골묘를 마련하는 길에 그 묘에 넣을 납골 항아리까지 마련한 것 등은 내 일생 중 그중 잘한 일 중의 하나일 것 같다. 자식들에게 폐가 되는 최소한의 준비를 마쳤다고 생각하기 때문이다.

　거기에다 금년 봄에 세 가지 죽음의 준비를 마쳤다. 내가 죽을 때까지 편안하게 거居할 주택을 수리한 것이다. 이에 열중하느라고 나는 그동안 거의 글을 쓰지 못하였다. 아파트의 문지방을 없애서 늙다리인 내가 만약의 경우 실내에서도 휠체어를 타고 편히 드나들 수 있게 하였고, 도배를 하고, 집 전체의 전등을 LED로 바꾸고, 침대에서는 리모컨으로 전등을 조절하거나 켜고 끄게 할 수 있게 하였고 침실에서도 편히 TV를 시청할 수 있게 하였다. 페인트칠을 해서 새집처럼 꾸민 것은 물론이다. 그리고 성공한 제자의 도움으로 염가로 고가의 편한 고급 소파로 교체하고 그동안 써오던 14인치 컴퓨터 모니터를 버리고 32인치로 교체하였다. 이 소파에 편히 누워 여생을 살다가 가기 위해서다. 책 정리하는 길에 버릴 것은 과감히 버리고, 내 전공이 되어 버린 여행 관계 서재를 새롭게 꾸미기도 하였다.

두 번째 한 준비로는 나의 저서『한국 국립공원 산행기』에 이어 세 번째로『한국 도립공원 산행기』를 발간한 것이다. 글쟁이들이 할 수 있는 행복 중의 하나인 저서를 후세에 남기게 된 것이다. 오자誤字를 없애기 위해서 수십 번을 교정하였으나 벌써 다섯 군데나 마음을 아프게 하는 곳이 발견되었다. 이 책은 개인보다는 전국의 도서관, 대학도서관, 내가 근무하던 직장 등에 보내어 나의 마지막 흔적을 남기게 하고 싶다.

그리고 지난 2월 '대만臺灣'에 이어 아내의 생일이 든 5월에는 아내와 함께 하와이Hawaii를 다녀올 생각이다. 하와이에는 나의 친척 형이 살고 있어 형수님 내외분을 뵙고, 함께 남들이 못 가는 하와이의 비경秘境 곳곳을 한 일주일간 누비고 올 생각이다. 그리고 10월 3일은 개천절이자 우리 내외의 50주년 금혼식金婚式이 되는 결혼기념일이니 그 무렵이 오면 불교국인 스리랑카Sri Lanka에 다녀올 생각이다.

지금 나는 '앞으로 매달 100만 원씩을 더 여유 있게 쓴다 해도 90세까지 1억2천만 원을 다 못 쓰고 가겠구나!' 하는 생각이다. 그 돈이 있어서가 아니라 그렇다는 것이다.

부모에게 건강이라는 유산을 물려받았다고 자랑으로 살던 나인데, 지금 나는 하루에 약을 3가지나 복용하고 있다. 고혈압 약, 전립선 약, 어깨 통증 약이다. 머리는 백발이고, 눈은 원시遠視에 난시亂視가 와서 돋보기안경을 꼭 써야 하고, 치아齒牙는 흔들리는 윗어금니를 포함해서 위에 4개뿐이어서 틀니를 하고 있고, 아래는 1개가 빠진 채로다. 임플란트를 하고 싶지만 언제 갈지 모르는 인생이라서 망설이고 있다.

산다는 것은 등산하는 것 같다고 생각해 왔다. 젊어서는 능선을 만나 오름길을 오르다가 정상을 만나서는 하산길에 들어서 내리막길을 가게 된다. 그 길에서 누구나 절벽을 만나 헤매게 된다. 그 절벽이 병원이라 그곳을 헤매다가 죽게 되는 것이 인생이라고 생각해 왔다. 지금 나도 절벽을 만나 헤매고 있다고 생각한다. 그래서 늙음도 병이로구나 하는 것이 요즈음 나의 서글픈 화두話頭가 되었다.

■ 성철용 ■

1998년『한국수필』, 1995년『시조문학』으로 등단한 여행작가. 저서『하루가 아름다워질 때』, 『국립공원 산행기』, 『도립공원 산행기』 외. ilman031@naver.com

반려 묘

유연선

출가해서 사는 큰딸이 어린 고양이를 한 마리 안고 왔다. 방바닥이 미끄러워 어기적거리며 걷는 모습이 징그럽기도 하고, 앙증맞았다.

구경시키려고 데리고 온 줄 알았더니, 반려 묘伴侶 猫로 기르라고 했다. 누군가가 어린 고양이를 상자에 담아 버린 것을 가져왔는데, 한 달 동안 분유를 먹였더니, 이제는 먹이를 잘 먹는다고 했다.

아내가 손사래를 치며 펄쩍 뛰었다. 집에 쥐도 없는데 고양이는 왜 키우느냐고 했다. 집안에 고양이 털이 날릴 게 뻔하고, 오줌똥 가려주기도 귀찮다고 했다. 딸아이는 벌써 고양이 사육법이라도 터득했는지, 개처럼 식탐도 안 하고, 용변도 가릴 줄 안다고 했다. 몸치장을 열심히 해서 털도 날리지 않고, 목욕을 시켜주지 않아도 된다며, 고양이가 가지고 놀 장난감까지 한 아름이나 쏟아놓았다.

아내는 딸이 두고 간 고양이를 며칠을 두고 못마땅해서 흘금거리더니, 관심을 보이기 시작했다. 먹이를 꼬박꼬박 챙겨주면서 눈에 얼른 띄지 않으면 찾았다. 나도 야생의 도둑고양이를 본 게 전부였기에 마음이 썩 내키지 않았다. 집에서 기른다는 고양이도 제멋대로 돌아다니다가 배고프면 찾아들어 먹이나 먹는 줄 알았지 방안에서 같이 잠자며 생활한다는 걸 상상도 해보지 않았다.

말 못하는 짐승이 혼자 지내는 게 안쓰러웠다. 같이 놀아주려고 하면 도망가거나 할퀴고 깨물었다. 자신이 주인 행세를 하는 것 같아 괘씸하기도 했지만, 심심해서 자꾸 장난을 걸었다. 손등에 상처가 아물 날이 없었다.

인도를 여행하고 돌아온 친구 얘기가 생각났다. 걸인이 손을 내밀고 뭐라고 중얼거리기에 가이드에게 물었더니, "내가 당신에게 자비를 베풀 기회를 주겠다."고 하더란다. 너무 황당해서 웃음이 나왔다고 했다. 탁발승이 시주를 다니는 것도, 바빠서 사찰을 찾지 못하는 불자들에게 보시의 기회를 주기 위함이라는 얘기는 들었지만, 탁발승은 발복을 기원하며, 목탁이라도 두들겨주지 않던가. 동정심에 호소하는 걸인들을 많이 봐서 그런지, 당당한 걸인들을 보면 거부감이 앞섰다. 그러나 이익을 챙기기 위해서 의도적으로 비굴한 짓을 한다는 생각이 들면 더 미웠다.

아무리 배고파도 야성을 잃지 않고, 아무도 믿지 않는 유전자가 있는 것은 아닐까. 먹이로도 길들일 수 없는 녀석과 같이 살 수 있을까. 항상 당당한 고양이의 의중을 읽기 힘들다. 고양이와 눈을 맞추고 있으면 당신이 나를 반려자로 선택했으니, 잘 모시라는 듯하다. 기분이 좋지 않을 때 만지거나 귀찮게 굴지 말고 혼자 노는 자신을 이해하라는 듯하다. 귀엽다고 쓰다듬어주려고 해도, 당신은 내가 편한 곳에 가서 누울 테니 와서 애정을 표현하라는 듯, 자리를 옮겨 누워서 빤히 본다. 경계심이 많아서 낮잠을 자다가도 작은 소리에도 금방 귀를 쫑긋거리고 눈을 뜬다. 자신의 털을 핥아 먹고, 용변도 일정한 장소에서 처리하는 행위들은 자신의 자취를 감추려는 본능이지 깨끗한 환경에서 살려는 행동이 아닌 것 같다. 어미와 같이 생활하지 못하고, 성장했는데도 야성의 유전자를 전수받은 대로 살려는 모습이 신기하다.

고양이를 관찰해 보니, 절제력도 대단하다. 높은 곳에 오를 때나 뛰어내릴 때도 힘을 안배할 줄 안다. 호기심이 많아서 집 안 구석구석을 찾아다니는 게 아니라 수시로 자신의 영역을 순찰하는 모양이다.

고양이도 의사를 전달하려고 애쓴다는 걸 몇 달이 지나서야 알게 되었다. 당신을 신뢰한다, 나도 사랑한다, 반갑다, 그런 행동은 싫다, 화났다, 먹이를 달라, 문을 열어 달라 등등. 꼬리를 흔들거나, 척추를 구부리고 두 발을 가지런히 모으기도 하고, 눈을 깜박여 윙크를 보내기도 한다. 울음과 몸짓으로 표현했다. 말로 전달할 수 없는 고양이의 표현방법을 이해해야 교감할 수 있을 것 같다.

경제적 풍요 속에 정신적 위안이 필요한 세상이다. 외로움을 덜 타는 방법 중에는 삶을 같이할 친구를 사귀는 것도 한 방편이다. 삶을 같이할 반려자로 어떤 동물을 선택했다면 사랑으로 대하지 못하고, 학대하거나 버리는 일이 늘어나고 있는 실정이다. 거리에서 가끔 '애견센터', '동물병원' 같은 간판을 봐 왔는데, '반려견센터', '반려동물병원'으로 바꾸는 건 어떨까. 애정이 변해서 학대하거나 버리는 일도 줄일 수 있을 것 같다. 한 번 반려동물로 받아들였으면, 삶을 다할 때까지 같이 살겠다는 마음부터 가져야 하겠다. 고양이의 평균수명이 15년 정도라고 하니, 그때쯤이면 나도 인간으로서의 평균수명을 한참이나 지나 있을 것 아닌가. 그래, 누가 먼저 가든 같이 살아보자.

■ 유연선 ■

2001년 『한국수필』 등단. 한국수필가협회 이사. 수필집 『금자라를 찾아서』 외 2권. 강원수필문학상 수상.
nangok3309@hanmail.net

소중한 선물

김경순

바람이 불었다. 태풍이었다.

살다 보면 여러 가지 처지에 놓일 때가 있다. 자의든 타의든 겪지 않고 지나갔으면 싶은 일도 태풍처럼 예고 없이 불어 닥칠 때가 있다. 숨이 턱 막힐 것 같았던 사건도 시간이 지남에 따라 감사하는 마음이 되기도 한다. 그래서 인생은 살 만한 가치가 있는 게 아닌가 한다.

"적금 만기 있는데 알고 계셔요?"

"예-"

오전 중으로 처리했을 일을 시간을 끌고 있었더니 전화가 왔다. 그 돈으로 빌린 돈을 갚아야 하는데 추석을 목전에 둔 때라서 뭉그적거리고 있던 터였다.

이 무렵이면 미안하지만 시간 있으면 들려달라는 전화가 오거나 거래처 직원이 퇴근하면서 집에 다녀가기도 했다. 어쩌다 볼일이 있어 들리면 "연락하려던 참인데 잘 오셨어요." 반기면서 선물상자를 내밀었다. 그곳의 고객은 큰 상자와 작은 상자, 그리고 빈손의 세 부류로 나뉜다. 큰 상자를 받을 때면 귀빈 대접을 받는 것 같아서 무척 기분이 좋았다. 빈손으로 가는 사람의 마음 같은 건 헤아려 볼 생각도 없이, 같은 손님이지만 자사를 운영하는데 더 도움이 되는 사람에게 감사의 인사를 하는 것은 괜찮은 일이라고 여겼다. 그 선물이 마음을 이리 복잡하게 하리라곤 상상도 못 한 채.

식구 중 누구의 돈이 되었건 천 이상은 통장에 있었다. 한 달 전에 해약한 데다 오늘 만기 금을 찾으면 오백만 원 정도 남는다. 그 돈도 해약해서 갚아야 할까 말까 망설이는 중이었다. 도둑이 제 발 저린다고 선물의 의미를 잘 알고 있는 내가, 나로 인해 난처할 수도 있을 지점장을 생각하며 마음을 정하지 못하고 있을 때 온 이 전화는 외출 준비를 서두르게 했다.

중년 남자가 일을 마치고 출구 쪽으로 간다. 직원이 그를 불러 큰 선물꾸러미를 준다. 일을 마친 나도 통장과 돈을 받아 가방에 넣고 발길을 돌렸다. 언제 따라왔는지 지점장이

"잠깐만요, 이거 가지고 가세요. 서운해서…."

작은 상자를 내민다.

"저축한 돈도 얼마 없는데…. 선물 고마워요."

아직도 갚아야 할 돈은 많았다. 해약해서 더 갚을까, 만기가 되면 찾을까를 정하지 못하고 망설이던 나는 지금까지의 의리를 생각해서 '이자 몇 푼 더 내고 말지'란 생각에 오백만 원은 찾지 않고 돌아섰던 거다.

일만 원 안팎일 그 선물이 가슴을 알싸하게 만들었다. 생각 외의 선물은 집에 도착할 때까지 마음자락을 잡고 놓지 않았다. 선물은 500그램의 부침가루와 밀가루, 500리터의 식용유, 위생장갑이었다. 추석에 필요한 것들이다. 선물을 마련하기까지의 지점장 심정도 내 마음 같았을까. 명절이면 고마운 분들과 친지 간에 정을 전하는 우리의 미풍양속, 그게 형편에 따라 부담이 가기도 한다.

작은 애가 사업에 실패했을 때, 적금해 놓은 돈을 찾아서 뒷수습을 하고 나니 정시 외에 출금한 돈의 수수료가 부가되었고, 우수고객이었을 때의 다른 혜택도 사라졌다. 그러려니 여겼다.

그 뒤, 저축으로 돈이 조금 모아졌을 무렵 큰 애의 사업이 잘못되어 대출받아 주었던 돈을 갚던 중이라 조금은 어려운 상태여서 그랬을까. 그 작은 선물이 오

래도록 마음을 훈훈하게 했다.

빈손에는 아픔과 비애만 있는 게 아니었다. 형편이 좋지 않은 지인이 금일봉을 주었다. 많지 않은 액수이지만 그녀에게는 보통 사람의 몇천만 원에 비길 수 있는 금액이었다. 위로 여행을 데리고 가는 친구도 있었고, 농사가 잘되었다며 쌀을 보내 주는 이도 있고, 이자 많은 곳의 돈을 갚고 생기는 대로 원금을 갚으라는 이도 있었다. 가까운 이들만의 도움이었다면 마땅히 그러려니 여겼을지 모른다. 만나면 인사 정도 나누는 이들까지 어찌 나의 사정을 알았는지 알게 모르게 마음을 써 주었다.

그들은 이기주의적으로 살았던 나의 삶을 뒤 돌아보고 깨닫게 했다. 주변 사람들의 관심과 정성을 당연한 걸로 받아들였던 나. 그런 나에게 가르침을 주기 위해 나를 빈손으로 만들었나 싶었다. 작은 손길과 마음 씀씀이에도 깊고 따뜻한 정을 느끼게 하며, 그런 것들이 모여 힘을 실어줌으로써 아름다운 세상을 만든다는 걸 알았다.

풍요로운 생활을 했다면 나는 작은 마음들이 모여 세상을 움직인다는 사실을 잊고 살았을지도 모른다.

'태풍이 지난 자리에도 꽃은 피어나기 마련이다.'란 생각이 머리를 스치고 지나간다.

■ 김경순 ■

2001년 『한국수필』 등단. 2010년 『문학예술』 시 신인상. 한국문인협회 대외협력위원회 위원, 국제펜클럽 회원, 광주문인협회 이사, 광주여류수필 회장 징검다리수필문학회 회장 역임, 한국수필가협회·문학예술가협회 회원. kks707070@ hanmail.net

핏줄의 우울증

배대균

인간은 우울하다. 스피츠는 "인간의 의존적 욕구는 기본이며, 그 좌절이 우울증을 부른다.(1949, 미국 대학연합편집부 발간, 소아정신분석 연구)" 꼭 그런 건 아니더라도 사람은 불안증을 타고나니 태초부터 우울한 존재이다.

어머니는 기대고자 하는 최고의 대상이다. 함께 있으면 하늘이 무너져도 행복하다. 어느덧 핏줄의 향연은 끝이 나고, 메마른 세상에서 어머니의 사랑을 찾아 방황을 이어가다가 어느 날 우울증에 걸린다. '의존적 욕구 좌절형 우울증'이라는 것이며, 누구나 감기마냥 찾아온다. 그렇잖은 사람이라도 한 번쯤은 우울증으로, 자살 충동으로 고통받는다.

우울증은 다양하다. 대상에 대한 사랑과 미움은 민코스키는 우울증의 본체라 했고, 스피츠의 어머니와의 이별은 초점 잃은 눈빛과 무표정한 무원고립형 우울증을 일으킨다. 강박증과 편집증을 겸한 형, 불안을 동반한 마구 나부대는 우울증, 정상적인 사춘기 우울증, 조증과 우울증이 번갈아 나타나는 것도 있으며, 정도가 심한 정신병적 우울증. 더욱 놀랄 일은 이낙 클디가 보고한 외관상 완전하게 정상이고 친구들도 전혀 못 느끼는 우울증으로 아무리 열심히 해도 보상이 따르지 않는 그런 형도 있으며, 로페스의 하는 일 계속하고 학교에 다니면서 앓는 단순형도 있다. 이 모두는 성격 속으로 파고든 내인성 우울증으로 치료가 잘 안 된다. 충격을 받아서 오는 외인성 우울증과는 경과부터 다르다.

나의 우울증은 뿌리가 깊다. 여섯 살쯤이던가. 그때면 누구나 오이디푸스 콤플렉스(살부혼모殺父婚母)의 갈등으로 고통받는데, 다름 아닌 그때쯤 부모님이 싸우면서 아버지가 어머니를 지금 막 죽이고 있다고 여긴 사건이다.

한밤중, 비명소리에 잠을 깨니 어머니는 큰 소리로 울부짖고, 그럴 때마다 아버지는 더 심하게 다그치고 있었다. 어떻게나 무서웠던지 눈을 뜰 수가 없었다. 아침에 일어나니 아버지는 아무 일도 없는 양 자전거로 출근해버리고, 어머니는 얼굴에 멍이든 채 다섯 아이들의 밥을 챙기고 있었다. 몹시 수척해 보였다.

어느새 초등학생이 되었다. 학교가 즐겁지 않았다. 일제시대 여선생이 각별하게 돌봐주는데도 부모님의 싸움 일만 떠오르고, 어머니가 가련해서 견딜 수가 없었다. "차라리 도망이라도 가버리지, 아니야 그러면 우리 아이들은 어떻게….' 하면서 하루 종일 멍청했다.

우리 형제들은 싸움질을 자주 했다. 동생들은 내 탓이라 했는데, 그러고 보니 나의 표정은 어느덧 굳을 대로 굳어져 있었다. 같이 노는 동네 아이들까지 성나게 했다. 동생들은 말이 없고 온종일 제각각이었다. 부모님에 대한 분노의 표현이었다.

중학생이 되고, 편도 두 시간 거리를 혼자 걸어 다녔다. 한번은 선생님이 학생들을 어느 한 곳에 모이라고 해서 아침 일찍 갔더니 아무도 없었다. 그날은 일요일이었고, 길도 없는 애기들 무덤만 가득 찬 산골입구였다. 선생은 모이라고 한 적이 없었으며, 나는 한 반 아이들에게 물어보지도 않았다. 공상 많고 열등감으로 가득 찬 한 아이의 착각현상이었다.

사춘기가 되면서 반항이 시작되었다. 유독 어머니를 성가시게 했다. 내가 좋은 남자가 될 것을 소원만 하는 어머니가 미웠으며, 중학교 때부터 술을 마시고 학교도 가기 싫었다. 학교를 마치면 바깥으로 나돌면서 동네 아이들과 가출을 모의했다. 중·고등학교 6년 동안 운동하나 하는 것 없고, 추억거리도 없었다.

인생살이 이어오면서 내 스스로가 만든 상처들이 어찌 없겠는가. 하지만 부모 싸움 계속하는 것만큼 더 큰 고민은 없었다. 문제의 아이가 있는 것이 아닌 문제의 부모가 있었다.

뒤돌아보면 나의 여성에 관한 한은 실패론자였다. "여자" 하면 어머니와 같이 '매 맞는 가련한 존재', 때로는 '불결한 존재'로도 여겨졌다. 또 한 가지는 여성들이 나를 떠날 때면 내 모습들이 아버지를 닮은 듯도 하여 더 우울했다.

나의 우울증은 성격 속 깊이 각인된 내인성 우울증이며, 그것은 지금도 계속된다.

━━ 배대균 ━━━━━━━━━━━━━━━━━━━━━━━━━━━━━━

91년 『한국수필』 등단. 수필집 『생각나는 사람들』 외 6권. 한국수필문학상, 경남수필문학상, 마산문학상 수상. bnp1969@hanmail.net

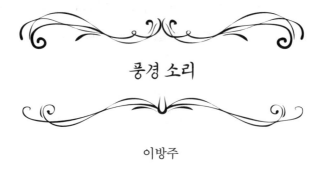

풍경 소리

이방주

'풍경소리'에는 풍경은 없었다. 풍경은 없어도 어디선가 그윽한 풍경 소리가 들리는 듯했다. 아, 풍경 소리는 풍경이 있어야만 들리는 것은 아니구나. 풍경 없이도 소리가 들려야 참된 풍경 소리로구나.

굽이굽이 보련산 보탑사 가는 산길을 오르노라면 '풍경소리'라는 작은 밥집이 있다. 낡은 통나무집에 황토를 바른 것도 좋고, 통나무집을 둘러싸고 있는 녹음이나 화사한 듯 다소곳이 피는 꽃도 좋다. 발코니 낡은 의자에 앉아 계곡 어스름에 차갑게 내려앉은 달빛을 받으며 오랜 정인情人과 해후의 홍차를 마시면 딱 좋을 것 같은 분위기이다. 고요한 마음으로 앉았노라면 한 마장쯤 되는 보탑사에서 계수溪水를 타고 동동 떠내려와 연곡지에 떼 지어 몰려다니던 풍경 소리가 한 마리씩 두 마리씩 튀어 오를 것만 같다. 그때마다 밥집 '풍경소리'에 앉아 있는 우리도 마음속의 작은 종이 뎅그렁뎅그렁 울릴 것만 같다.

이름이 아름다운 밥집 '풍경소리'를 언제 가보나. 보탑사 비구니 스님들이 독경하듯 피워낸 꽃을 보러 드나들면서 작은 주차장에 차를 대는 내디딤은 없었다. 그런데 그 '풍경소리'에 간단다. '풍경소리'에서 사십 년 전 정인을 만나 민물새우찌개를 안주로 술밥을 먹는다고 한다. 약속을 정하고 기다리는 2~3일은 이순耳順의 가슴도 설레었다.

아파트 앞에서 친구 철이를 만났다. 선배 두 분을 모시고 왔다. 사십여 년 전

백양사에서 내장산으로 넘어가는 금선계곡에서 5인용 텐트 하나로 밤을 함께 보냈던 같은 대학 여자 선배님이다. 늦가을 밤 선배들이 행여 얼기라도 할까 봐 마른나무를 주워 모닥불을 피우고, 다섯 여자는 텐트 안에서, 다섯 남자는 밖에서 밤을 새웠다. 내장산행 기차 안에서 우연히 만난 같은 대학 1년 선배일 뿐이라는 걸 생각하면 그야말로 정의로운 지킴이었다. 그 후로 선배들이 졸업할 때까지 우리를 친동생처럼 챙기고, 우리는 그녀들을 친누나처럼 의지했다. 점심시간이면 구내식당으로 배고픈 우리를 불러냈다. 하나같이 모범생이었던 선배들은 다섯 노라리의 알뜰한 멘토mentor가 되어주었다.

선배들이 졸업 후 바로 선생님이 되는 바람에 잊고 지냈다. 남녀관계로 만난 것이 아니고 착한 선배와 허랑하기 짝이 없는 후배들로 만났기 때문에 쉽게 잊었는지도 모른다. 이제 젊은 시절을 그리워할 나이가 되어서야 선배들은 노라리 후배들을 기억해 내고, 노라리 후배들은 알뜰한 선배를 그리워하게 되었다. 알뜰한 선배 중에 한 사람인 '길이' 누나가 은퇴 후에 내가 선망하던 '풍경소리'를 운영하며 한가롭게 지낸다니 기막힌 우연이 또 있었을 법한 일이다.

나는 친구 철이와 '명이', '영이' 두 선배를 모시고 보탑사 꽃구경을 하며 길이 누나와 만날 시간을 기다렸다. 꽃이 아름다운 것을 보면 스님들의 자비를 보는 듯하고, 절집의 모든 당우들이 깔끔한 것을 보면 스님들의 수행을 짐작할 수 있다. 보련산 꽃술 같은 보탑에는 층마다 부연 끝에 풍경이 매달렸다. 연꽃송이 꽃잎 같은 산봉우리로 넘어가는 석양에 울려 뎅그렁뎅그렁 염불을 왼다. 풍경에는 잉어인지 붕어인지 매달려 한순간도 눈을 감지 않고 정진한다. 저 멀리 바다에서 강으로 강에서 실개천을 타고 이곳 보련산까지 올라오느라 비늘도 살도 다 내려 말라빠진 잉어라야 청아한 소리를 낸다. 내려놓을 것은 다 내려놓고 가벼워질 대로 가벼워진 몸이라야 실바람에도 소리를 낸다.

'풍경소리'에서 길이 누나를 만났다. 예쁘던 옛 얼굴에 주름이 갔다. 화장기 하나 없어도 주름진 60대 길이 누나가 더 아름다웠다. 길이 누나는 내 손을 잡고 감격해 했다. 다섯은 빠지고 우리만의 다섯이 한자리에 앉았다. 바깥선생님께서 민물새우찌개와 동동주를 내왔다. 나는 동동주를 마시기 전에 새우찌개를 한 순가락 맛보았다. 깔끔하다. 고소하고 시원하다. 텁텁하거나 기름지지 않아서 좋다. 길이 누나는 이것저것 넣지 않아야 제맛 내는 법을 터득하고 있었다. 동동주를 한 탕기씩 받았다. 길이 누나는 취하지도 않았는데 예전처럼 내게 말을 놓았다. 평소 반말을 싫어하던 나도 웬일인지 군살 뺀 반말이 더 정겨웠다. 민물새우찌개 덕인지 풍경 소리 덕인지 따질 필요야 있으랴.

술이 몇 순배 돌고 나도 지나치게 취했다. 그때 어디선가 풍경 소리가 들렸다. 뺄 것 다 빼고 버릴 건 다 버린 민물새우찌개가 풍경을 울리는 것이라는 생각이 문득 들었다. 마음으로 듣는 풍경 소리는 격식도 차림도 다 버린 길이 누나의 순정한 우애라고 생각되었다. 환청이라 생각하고 싶지 않았다. 그냥 우리를 만난 길이 누나의 마음의 울림이려니 했다. 모두의 마음이 풍경이 되고 울림이 되어 산 아래에서 산문을 열고 보탑을 향하여 차오르는 소리라고 생각했다.

향기로운 술에 취했다 깨었다 하는 동안 밤은 점점 깊어만 간다. 바람도 멎었는데 그칠 줄 모르는 풍경 소리는 더욱 청아한 소리로 울어낸다.

■■ 이방주 ■■

1998년 『한국수필』 등단, 2014년 『창조문학』 수필평론 등단. 한국문인협회·한국수필가협회·한국수필 작가회·내륙문학회·비존재 회원. 현재 충북수필문학회장. 충북수필문학상(2007), 내륙문학상(2014) 수상. 수필집 『풀등에 뜬 그림자』 외 다수. nrb2000@hanmail.net

늦게 피워낸 꽃

민문자

옛날 같으면 할미꽃처럼 굽은 허리로 지팡이를 짚고 다니다 세상을 뜨면 호상好喪이라 할만한 나이에 들어선 지 오래다. 인생 칠십 고래희古來稀란 말은 이제 옛말이 되고 지금 자라는 세대는 이 말이 흔히 쓰이던 말이었다는 걸 이해하지 못할 것이다. 이 나이에 국가의 평생교육 정책에 힘입어 초·중·고학생이나 다름없이 하고 싶은 공부하러 다니랴 그에 관련된 모임에 참석하랴 늘 바쁘다. 인생 백세시대에 적응하며 사는 방법이랄까, 젊은 날 배우고 닦았어야 할 예술 분야, 이제라도 기회를 붙잡았으니 다행이라고나 할까.

인간이 한 번 세상에 태어나고 한 번 죽는 것은 누구나 똑같다. 그런데 어찌하여 어떤 사람은 성공한 인생이고 어떤 사람은 실패한 인생을 살고 가는 것일까. 이 문제는 자신에 대한 자각능력에 달려있다고 본다. 일찍 자각해서 빨리 자기 인생을 바른 방향으로 개척한 사람과 늦게 개척한 사람, 기회를 놓친 사람, 끝까지 자각하지 못한 부류로 구분할 수 있을 것 같다.

자신을 일찍부터 잘 알고 빠르게 변화하는 세상에 적응도 잘하는 사람은 사회적으로 성공하고 자신도 만족하는 삶을 살아가게 될 것이다. 아마도 이 부류에 속하는 그룹은 전체 인구의 10% 정도도 안 되는 지도자급일 것이다. 세상 대부분 인간이 태어났으니 사는 것이고 남이 학교 가니 나도 가고 남이 결혼하니 나도 결혼을 하는 것이라는 안이한 생활태도로 사는 것이 아닐까. 또 이 그룹에서도 낙오된 부류들은 자신을 전혀 알지 못하여 실패한 인생으로 세상을 마감하는 것은 아닐까.

나는 '너 자신을 알라'라고 외친 고대 그리스의 철학자 소크라테스가 갈파한 경구가 너무 늦은 나이에 이해가 된 것이다. 이렇게 나는 늦게 자각하여 늦게 피어난 꽃이다. 지진아로 태어나 50년 이상 자각 없이 살아지는 대로 산 것이다. 늦어도 한참 늦은 환갑이 가까워서야 자신을 돌아본 것이다.

'기왕에 이 세상에 태어났으니 최선을 다하여 나를 사랑하면서 살자' 늦게나마 이런 생각으로 한 20년은 나의 의지대로 열심히 살아온 것 같다. '이제라도 최선을 다하자'라는 마음으로 존경할 만한 선생님과 인연이 닿으면 먼 거리를 마다치 않았다. 재기才氣는 부족하지만 초심을 잃지 않고 배우는 자세로 몸과 마음을 다하니 결국 계속은 힘이 된 것이었다. 십 년이면 강산이 변한다는 말과 같이 십 년 이상의 세월은 나를 많이 변화시킨 것이다. 인생 후반에서야 알게 된 시, 시를 알게 되니 시낭송을 하게 되고 서화에 관심이 가서 서예와 사군자를 만나게 되었다.

부잣집 신이와 똑똑한 영이는 어릴 때의 절친한 동무들이었다. 가장 건강하고 상상력이 좋았던 신이는 어이없이 환갑도 안 되어 일찍 세상을 하직했고 영특한 영이는 시골 과수원집 평범한 아낙으로 행복하게 살고 있다. 나는 체중 미달로 태어나 허약하고 이해력이 부족해서 말귀를 빨리 알아듣지도 못하여 남을 답답하게 하고 행동은 느리고 굼뜬 아이였다. 남 앞에서 수줍어 말 한마디도 제대로 못 하던 내가 늦게 배운 도둑질 밤새는 줄 모르듯이 여러 편의 가곡 작시를 하고 대중 앞에서 시낭송도 하고 서화 공부를 하며 뒤늦게 피어난 꽃으로 문화예술에 흠뻑 빠져서 산다.

인간은 태어나면서부터 알게 모르게 수많은 시험에 부딪힌다. 유치원부터 대학까지 입학시험과 졸업시험은 물론 중간중간 학습 성과를 요구하는 시험을 통과해야만 원하는 대로 성장할 수가 있다. 학교를 졸업하고 직업선택을 하려면 취직 시험이란 것이 있고 사회생활을 하면서도 승진 시험이나 운전면허 시험 등 여러 가지 형태의 시험이 늘 따라다닌다. 시험이란 바람직한 인간으로 성장하게 하는 어쩌면 꼭 필요한 과정이지 싶다. 그러나 시험에 무사히 통과하기 위해서 우리는 얼마나 많이 긴장하는가. 어떤 시험이든 맞닥뜨리면 언제나 100m 달리기 출발 선상에 선 기분이다.

엊그제 문인화 특선 이상 휘호대회에서도 얼마나 긴장했는지 모른다. 마지막 관문이기 때문이었을까. 수험생들이 몇 날 며칠 밤새워 공부하듯이 며칠 동안 홍매를 그리고 또 그리기를 여러 번 연습했어도 부족한 자신을 발견하고 얼마나 걱정을 했던지, 마침내 심사위원의 통과 소리가 크게 들렸다. 시인 등단이 시 공부할 수 있는 자격의 초입이듯이 이제 초대작가 자격 획득으로 이제부터 문인화를 제대로 더 열심히 공부해야 한다.

어려서도 노래 한 번 제대로 못 부르고 그림 한 장 제대로 못 그리고 달리기를 하면 꼴찌나 꼴찌에서 두 번째 하던 나, 다음 달 6월 시사랑노래사랑 무대에서 졸시 「태극기」를 낭송한다. 이어서 민문자 작시 박이제 작곡으로 김민주 소프라노가 부를 가곡이 된 태극기는 오래도록 나의 자랑이 될 것이다. 지진아 소정이 늦게 피워낸 꽃 가곡 태극기는 이미 지난해 서활란 소프라노가 불러 CD까지 출시가 된 것이다. 이 〈태극기〉 가곡이 사랑을 많이 받았으면 좋겠다.

━ 민문자 ━━━━━━━━━━━━━━━━━━━━━━━━━━━━━━━━━━━━

『한국수필』 2003년 수필, 『서울문학』 2004년 시 등단 . 수필집 『인생의 등불』, 부부시집 『반려자』, 『꽃바람』, 칼럼집 『인생에 리허설은 없다』, 『아름다운 서정가곡 태극기』, 서재(홈페이지) : 민문자.시인.com
mjmin7@naver.com

열매를 맺지 못하는 매화나무

최수연

　　겨우내 움츠리고 있던 매화나무가 드디어 꽃망울을 활짝 터뜨렸다. 지나던 행인도 잠시 걸음을 멈추고 향기에 취해있는 것을 보니 역시 옮겨다 심기를 잘한 것 같다. 원래 이 매화나무는 오래전 마을에서 열매를 수확할 목적으로 심었다는데, 매년 꽃만 흐드러지게 피우고는 그만이었다고 한다. 그 기대를 저버려서인지 우리가 이사 왔을 때는 이미 주인 없는 나무나 다름없던 것을 집 앞으로 옮겨왔던 것이다.

　　매화나무가 꽃을 피우게 되면 대부분 열매를 맺는 것과는 달리, 그렇지 못했던 것은 무엇보다 이곳의 낮은 기온과도 무관치 않아 보인다. 남녘의 꽃소식은 하루가 다른 데 비해서 겨우 싹이 움트는 정도이니, 열매까지는 벅차지 않았을까.

　　애초에 환경은 따져보지 않고 사람들 스스로가 매화나무는 응당 열매가 열릴 것이라고 단정 지은 것부터가 잘못이라면 잘못이었다. 그저 매화나무만 탓할 일이 아니었던 것이다. 그래도 꽃의 모양이나 향기는 어느 지역과 견주어도 결코 뒤떨어지지 않았다.

　　따뜻한 지방에 뿌리를 내렸더라면 지금쯤은 참외씨 정도의 열매를 맺고도 남았을 것을, 꿈을 이어가지 못하는 매화나무가 왠지 모르게 짠하게 느껴진다. 한데 우리가 사는 세상도 환경의 지배를 받게 되면 쉽게 극복되어지지 않는 것일까?

　　며칠 전 올케언니로부터 걸려온 전화 한 통은 내게 많은 생각을 하게 했다. 아들 둘이가 나이 사십이 되도록 결혼을 못 하고 있는 것이 어쩌면 다 부모 탓인 것만 같아 밤잠을 설친다는 하소연을 듣게 된 것이다. 평범하기만 했던 가정에 위기가 닥친 것은 순전히 오빠의 잘못된 빚보증이 문제로 작용했다. 전 재산을 차압당하고도 가족들은 신용불량자가 되어 지내던 중, 엎친 데 덮친 격으로 오빠가 불의의 사고로 갑자기 세상을 떠나고 말았다. 올케언니가 이해되는 부분이다.

예전 같았으면 대학을 나온 것만으로도 부모의 역할은 충분하다고 생각할 수도 있었을 것이다. 시련 또한 상황이 다를 뿐 누구나 한 번쯤은 겪지 않던가.

하지만 요즘은 특히 젊은이들에게 더 많은 힘을 요하는 것은 아닌지 모르겠다. 어렵고 힘든 것이 비단 내 주변만의 얘기가 아니었던 것이다. 대학을 재수, 삼수까지 해서 들어가도 막상 취직이 되지 않아 졸업을 유예시키고 취업에 매달려 보지만, 빛나는 졸업장 대신 빚 남는 졸업장이 기다린다고 하고, 복권에 당첨되듯 들어간 직장은 무한 경쟁으로 언제 잘리게 될지 몰라 좌불안석이라고 한다. 그래서인지, 보다 안정적인 직업을 찾아 나선 사람들로 근래 공무원시험은 북새통이나 다름없다는 소식이다.

며칠 전에는 연애, 결혼, 출산, 인간관계, 주택구입, 꿈과 희망까지 모두 포기한다는 일명 '칠포세대'라는 신조어가 신문에 등장하더니, 이번엔 금수저, 흙수저로 대변하듯 논쟁이 한창이다. 그런가 하면 서울의 전세가는 현재 평균 2억을 넘어서 계속 오름세라는 보도도 있었다.

여기 매화나무가 척박한 자연환경에서 열매를 맺지 못하듯, 그래서 못내 안타까운 것이다. 그러나 결코 포기라는 단어만은 입 밖에 내지 말자. 그럼에도 불구하고 이 꽃이 지고 나면 매화나무에 또다시 새로운 잎눈이 트이는 것을 시작으로, 세상은 다시 온통 신록으로 물들지 않겠는가.

■ 최수연 ■

1998년 3월 『한국수필』 등단. ches107@hanmail.net

촛불의 기적

이종옥

어머니의 따스한 가슴을 훨훨훨 달아와 온 세상 하얗게 비출 때 하염 없는 눈물은 시냇물 흐르듯 소리 없이 흘러내린다. 가련한 여인의 메마른 눈물이 바닥에 처절하게 덮였다. 마음도 눈물도 육신도 영혼으로 둥둥 떠돈다. 앞산에 뻐꾸기 울어대던 날, 하늘 피어오르는 내 그리움 하얀 꽃이 있다. 잎사귀마다 이슬 맺힌 하얀 찔레꽃, 폭 감춘 소녀의 속 살결보다 더 희고 고운 꽃잎, 바람 실은 꽃잎도 하얀 향기 따라 먼 고향으로 달려간다.

어머니의 포근한 품 안으로 안기고 싶다. 숲 속에 새하얀 기둥이 속절없이 서 있다. 향기로 버무려 실바람을 풍긴다. 나무들은 잎과 열매를 만드느라 몸살을 앓고 젖내 나는 어머니의 품 안을 감싸 안는다. 짙은 향이 풍길수록 불꽃은 점점 너울거리며 흔들린다. 하늘을 향해 타오르는 뜨거운 기둥의 불꽃의 기도가 나 혼자만의 것은 아니도록 이웃을 위해서 조국을 위해서 닫힌 마음으로 두 손 모아 녹아드는 기도 드린다. 하얗게 녹아내리는 몸이 아픔을 두려워하지 않고 겸손한 마음으로 그대의 몸을 태워 희망의 불씨를 심는다. 조용한 희생, 하나의 별 빛처럼 침묵은 눈부시게 빛나는 천사로 나타나 드높이 솟구치며 타오른다.

하루같이 묵주 기도는 사막을 달리듯 했다. 그러던 어느 날 밤. 기도를 마치고 고개를 들어 촛불을 보는 순간 환희의 신비인 양 나는 깜짝 놀라지 않을 수가 없었다. 촛불이 제 몸을 아낌없이 태워 예술의 상징인 양 성모마리아상으로 보여

준다. 그 모습이 하도 신기해 스마트폰으로 사진을 찍어 그 기적을 꼭 보관하고 싶었다. 나 혼자 감격과 흥분을 감출 수가 없어 아들한테 카톡으로 사진을 보냈다. 아들도 그 모습을 보고 너무 신기해하며 "어머니! 어머니의 기도가 기적을 이루려고 발현하셨나 봐요, 어머니 힘내세요!" 하며 위로와 찬사를 보내왔다.

그동안 몇 년을 송사에 시달리다 보니 마음 아픈 여러 가지 일들이 순간 주마등처럼 스쳐 지나간다. 과연 내게도 기적은 오는가 싶을 만큼 희망이 샘솟듯 마음속에 어둠을 힘차게 밀어내는 순간 가슴이 벅차오른다.

나는 반기문 총장의 19계명이 떠올랐다. 그중 살아가는 데 너무나 도움이 되는 몇 가지를 옮겨 적어 둔다.

바보처럼 공부하고 천재처럼 꿈꿔라.

세계역사를 바꿀 수 있는 리더십을 배워라.

잠들어 있는 DNA를 깨워라.

자신이 누구인지 알려라.

실력이 있어야 행운도 따라온다.

헛된 이름을 쫓지 마라.

근면한 사람에겐 정지 팻말을 세울 수 없다.

나를 비판하는 사람을 친구로 만들어라.

■ 이종옥 ■

2003년도 『한국수필』 등단. 한국수필가협회 이사, 한국수필작가회 이사, 한국문인협회·국제펜문학 한국본부 회원, 문학신문사 문인회 부회장, 한국낭송문예협회 운영위원장, 국제 친선 문화 교류협회 이사. 황진이문학상 본상, 한글문학상 수상. 수필집 『양귀비꽃 핀 자리』, 동인지 등 공저 다수.
dlwhddhr39@hanmail.net

겨울꽃을 바라보며

박원명화

하늘도 심기가 불편한 듯 아침부터 잔뜩 찌푸리고 있다.

언제부터인가 날씨 변화에 따라 빈번히 나타나는 오십견五十肩, 어깨가 아프니 움직이기도 싫어 청소를 미루었더니 집안까지 우중충한 느낌이다. 따뜻한 돌침대 위에 편안히 누워 신문을 뒤적이다 깜박 잠이 들었다. 그 달콤한 잠이 약이 되었는지 온몸을 짓누르던 한기가 완연히 가신 듯 한숨 자고 나니 몸도 가뿐해지고 기분도 상쾌하다.

창문 너머를 바라보니 뜻밖에 함박눈이 쏟아지고 있다. 오랜만에 풍기는 겨울 냄새다. 겨울이 주는 반가운 선물을 받은 듯 반가움이 앞선다. 이렇게만 종일 내린다면 온 천지가 금방 하얗게 덮여 묻혀 버릴 기세다. 겨울은 역시 눈이 와야 제맛이 나는 것 같다.

오랜만에 한가롭게 차를 마신다. 향기와 빛깔의 따뜻함을 음미하면서, 내리는 눈을 하염없이 바라본다. 흰옷을 입고 나풀나풀 허공을 떠도는 모습이 마치 하얀 나비 떼들의 춤사위 같다. 눈송이가 점점 소담해지며 사위는 회색빛으로 물들인다. 때맞춰 라디오에서 이문세가 부르는 〈광화문 연가〉가 흘러나온다.

이제 모두 세월 따라 흔적도 없이 변해갔지만/ 덕수궁 돌담길엔 아직 남
아 있어요. 다정히 걸어가는 연인들/ 언젠가는 우리 모두 세월을 따라 떠

한 잔의 커피를 마시며 눈 내리는 풍경에 눈 맞추고 음악을 듣고 있자니 마음 속에 히터가 켜진 듯 온몸이 따뜻해져 온다. 아~이런 멋진 분위기에 젖어 본 게 얼마 만인가. 일에 바빠 동동거리며 뛰어다닌 게 아득한 먼 옛날 같다. 이럴 때 느끼는 존재의 가치에서 나는 또 다른 꿈을 꾼다. 인생은 이제부터라고.

안팎이 화답하는 감미로운 선율, 정말 살맛이 난다. 가끔은 이런 분위기에 젖 기를 소망하지만 막상 나갈라치면 길이 막히고 지저분하다고 투덜대다 결국엔 현실에 안주하고 만다. 그렇다 한들 저토록 곱게 내리는 눈을 어찌 미워할 수 있 으랴. 지금 이 순간은 원망도 미움도 다 감싸 안아 줄 수 있을 것 같다. 티끌 하나 도 허락지 않을 것 같은 하얀 세상, 저절로 마음 안에 착한 등불이 켜진다.

아파트 주차장은 벌써 동네 개구쟁이들의 놀이터가 되었다. 웃고 떠들고 눈을 뭉쳐 던지고 시끌벅적하다. 나도 끼어들어 끝 간 데 없이 장난치며 놀고 싶은 충동 이 인다. 그러나 그것은 회억回憶일 뿐, 몸도 마음도 이미 겁쟁이가 된 지 오래다.

따스한 커피 잔을 손에 들고 음악을 듣고 있는 지금 내 모습이 사치스럽게 느 껴진다. 이런 내 여유와는 상관없이 오늘도 아침 일찍 가장으로서의 책무를 위 해 눈발을 헤치며 직장으로 달려나간 남편을 생각하니 미안한 마음이 든다. 가 슴 안에 영원히 자라지 못한 한 소녀, 그런 아내를 둔 그 남자는 행복할까, 불행 할까?

사는 동안 나는 만족을 모르고 산 것 같다. 그저 가깝다는 이유로 걸핏하면 짜 증 내고 투정부리기 일쑤였으니…. 마음으로는 작은 것에도 행복해야지 하면서 가슴으로는 언제나 더 큰 것을 바라는 욕망은 질병 수준에 가깝다. 불처럼 활활 타올랐다 이내 꺼져 버릴 모래 위의 욕망 앞에 서성이는 내 영혼은 언제쯤이나 맑아질 수 있을까.

종일 일에 시달려 쓰러질 듯 피로에 겹쳐 살던 때가 언제이던가. 이젠 그랬던 기억조차 희미하다. 망각의 약물을 마신 탓이다. 겨울의 하얀 눈을 만나면 여름의 궂은비는 생각지 못하고 마치 눅눅했던 장마철이 없었던 것처럼 지나고 나면 잊게 마련인가 보다. 창밖의 흰 눈에 현혹되고 달달한 차 맛에 빠져 그 옛날 고단했던 여정을 잊고 '눈 내리는 게 참 예쁘구나' 하며 감성에 젖어 나 혼자 고고한 척하는 것처럼.

혜안은 결코 나이에서만 오는 것이 아닌 성싶다. 내가 행복하면 세상이 다 행복해 보이고 내가 불행하면 세상이 다 불행해 보인다. 연륜만큼 부질없는 관념을 던져보지 못한 채 마음은 언제나 제자리걸음을 하고 있으니 언제쯤이나 철이 날까. 온갖 모순과 욕망의 씨앗이 마음 밭에 심어져 있는 줄도 모르고 유리 꽃처럼 섬세한 감성에 젖어 꿈을 담보로 현실과 싸우는 이 모순투성이인 나를 뉘라서 알까.

눈이 덮였을 때는 어두운 뒷골목이나, 양지바른 비탈길이나, 촉촉하고 아름다운 건 똑같다. 그러나 눈이 녹아 없어질 땐 모든 게 본연의 모습으로 되돌아오기 마련이다. 살아온 지난 시간들을 다시 돌이킬 수 없겠지만 살아갈 날들에 대한 반성과 검토를 다시 해본다.

■■■ 박원명화 ■■■■■■■■■■

사)한국문인협회, 국제펜클럽한국본부, 문학의 집·서울 회원. 사)한국수필가협회 이사, 한국수필작가회 사무국장. (주)유어스테이지 자서전 강사. 연암기행수필문학상, 한국문협작가상 수상. 수필집 『남자의 색깔』 『시간속의 향기』 기행수필집 『개인 날의 낭만여행』 『길 없는 길 위에 서다』 자전에세이 『고목나무 木에도 꽃은 핀다』. 99522511@hanmail.net

시가 밥이 될 때도 있다

이정아

교회의 홈페이지에 댓글을 열심히 달았더니 '댓글왕' 상을 받았다. 웹사이트를 활성화하려는 사이버 전도팀을 돕는다는 마음으로 한 것인데 뜻밖의 상을 받은 것이다. 타겟스토어의 상품권을 선물로 받았다. 사이버 시대가 도래하면서 스마트폰으로 구역 예배나 소그룹 모임을 알릴 수 있어 교회 일이 훨씬 수월해졌다. 참석 여부가 쉽게 파악이 되고 모임 장소와 지도까지 첨부 가능하니 참 편리한 세상이다.

원래 살갑지 않은 성격이기에 댓글에 무심하거나 인색한 편이었다. 리액션이 너무 없다고 단체 카톡방에서 쫓겨난 적도 있다. 선배 언니가 초대해 놓고는, 문인인 네 눈치를 보느라 다들 가벼운 농담을 꺼려해서 화기애애했던 방 분위기가 다운이 되었다나. 지나친 것보단 묵묵부답이 나을 듯해서 눈팅만 했더니 성의 없다며 퇴출감이란다.

그 일이 있은 후 무응답이 교만해 보이기도 하겠다 싶어, 나도 가끔은 카톡 친구에게 정다운 인사를 해야지 마음먹었다. 그래서 생각한 것이 매월 첫날 한 편의 시를 선정해 보내는 것이다. 되도록 희망적인 내용을 담은 순전한 내 취향의 시이다. 받고 좋아할 만한 친구들에게만 보내서 그러는지 몰라도 반응이 썩 좋다.

'내가 새로워지지 않으면 새해를 새해로 맞을 수 없다'는 구상 시인의 「새해」라는 시 구절이 와 닿았다는 이가 있고 '모든 것이 순탄하리라고 믿기로 한다'는 이

채 시인의 2월 시 첫 구절에 왈칵 눈물이 났다는 소설가도 계셨다. 「수국색 공기가 술렁거리고」라는 박목월의 3월의 시에선 그 표현이 너무 좋아 어릴 적 엄마가 키우던 화단의 수국이 생각나고 엄마 생각을 했다는 교우도 있었다. '문득 내다보면 푸르게 빛나는 강물. 4월은 거기 있어라'는 구절에 반했다는 분도 있다.

짧은 시 한 편이 마음을 정화시키고 추억을 부르고 강팍한 마음을 유순하게 만드는 걸 보았다. 받아본 이들은 매월 보내라고 주문한다. 손가락 놀림 한 번에 기쁨을 줄 수 있다면 그 정도의 수고야 기꺼이 감당할 수 있겠다.

무명의 시인이었던 친정아버지는 가난을 유산으로 주셨다. 4명의 자식들을 공부시키려 시를 포기하고 신문기자를 하셨던 아버지. 한 권의 시집을 내시고 '과작 시인'으로 불렸던 아버지. 엄마는 밥이 안 나오는 문학과 멀리하라며 자식들을 세뇌시켰다. 엄마의 원대로 가정대학을 나온 나와 전기공학을 전공한 남동생은, 생업은 따로 두고 적지 않은 나이에 수필로 등단을 하였다. DNA는 전공과 상관없이 불쑥 튀어나오나 보다.

지난 토요일 소설가 L 선생님과 만났다. 멀리 사시는 분이 일부러 LA코리아타운까지 나오셔서 은혜를 베푸신다니 반갑고 황송했다. 이유인즉 매월 보내주는 시에 감동해서 밥을 사신다나? 맛있는 점심을 사주시려 평계를 댄 것이겠지만 아무튼 시가 만들어준 맛있는 밥상을 받았다. 종종 이런 시간을 갖자 하신다. 즐거운 시간을 나누고 흐뭇한 마음으로 돌아오는 길. "어라! 시가 밥이 되었네?" 혼잣말을 하고 웃었다. 엄마 말이 틀릴 때도 있다.

■■ 이정아 ■■■■■■■■■■■■■■
1997년 『한국수필』 등단. 작품집 『낯선 숲을 지나며』 『선물』 『자카란다 꽃잎이 날리는 날』. 펜문학상(해외작가상), 조경희문학상(해외작가상), 미주펜문학상, 해외한국수필문학상 수상.
joannelim7416@daum.net

현인賢人

석계 윤행원

사람이 일생을 지혜롭게 산다는 것은 어려운 일이다. 세상에는 어리석은 사람이 있는가 하면, 똑똑하게 살아가는 사람도 있다. 그리고 사물의 본질을 제대로 파악하고, 관찰하고 예지하면서 조용하고 현명하게 살아가는 사람도 있다. 사람이 나이가 들어 노인이 되면 대체로 지혜로운 생각을 하게 된다. 그러나 노인 중에서도 지혜로운 사람을 만나기가 그리 쉬운 일은 아니다. 우리가 가져야 할 최고의 가치는 지혜이니 모든 것을 팔아서라도 지혜와 총명을 사라는 말씀도 있다.

지혜로운 사람은 겉으로 드러나지 않고 세상의 번거로움을 뒤에 두고 조용하게 살아간다. 문제가 생길 듯하면 예견·방비하고, 실제로 닥치면 전체를 파악한 다음에 때로는 손해를 감수하더라도 미리 양보를 하고 일을 조기에 처리한다.

살다 보면 때로는 어쩔 수 없는 일도 있다. 대체로 욕심과 감정으로 대처하기보다는 사물의 핵심을 파악하고 통찰하는 능력으로 효과적인 비용으로 일을 마무리한다. 여러 인생사人生事에서 일어나는 결과의 미숙은 생각을 소홀히 하고 신중하지 못하는 데서 주로 일어난다. 현명은 지식과 비례하지 않는다. 아무리 많은 학식學識을 가져도 일을 미숙하게 처리하는 사람은 있다.

똑똑한 사람은 어려운 문제를 만나면 온갖 고생 끝에 해결한다. 아는 것도 많아서 이론정연하게 설명을 하고 설득을 하지만 문제가 일어난 후에 온갖 노력을 기울인다. 주위 사람들의 환시 속에 똑똑한 짓은 혼자서 다 한다. 문제를 해결하는 확률이 높지만 그 대신에 많은 비용과 희생을 치른다. 패기覇氣도 왕성해서 누가 조금만 자존심을 건드리면 철저하게 따지고 추궁을 한다. 그러고 나면 사람들은 그 사람을 똑똑한 사람으로 인식을 하게 되고 후유증도 만만찮게 생긴다.

그러나 지혜로운 사람은 핵심적인 문제를 빨리 파악하고 원만하고 조용히 해결한다. 간단하게 예방하고 은밀하게 혼자서 즐거움을 누리니 주위 사람들은 지혜로운지, 바본지, 아니면 똑똑한 사람인지 구별분간을 못 하고 그저 평범한 사람으로만 생각할 뿐이다.

사람들은 지혜로운 사람을 쉽게 구별 못 한다. 문제를 일으키지 않으니 그 사람의 능력을 볼 수가 없기 때문이다. 그런 사람은 구태여 남에게 지혜롭다고 자랑할 일도 없다. 언제나 평범하고 조용하다. 똑똑한 사람은 사람들에게 쉽게 알려지지만 지혜로운 사람은 평범하게 보여서 알아채지를 못한다.

지혜로운 사람은 가끔 엉뚱한 얼굴로 보이기도 한다. 때로는 어리석어 보이기도 하고, 평범해 보이기도 하고 심지어 약간 치졸하고 모자라는 어리바리한 사람으로 보이기도 한다. 말하자면 천진함이 깃든 지혜의 허술함이다. 인생을 솔직하고 유쾌하게 그리고 소박하고 평범하게 사는 도道를 지녔으나 사람들은 겉으로 나타난 각자 나름대로의 해석으로 평가를 내린다. 그래서 지혜로운 사람은 번거롭지 않아서 편하고, 주위 사람은 그걸 몰라서 태평이다.

현명하게 살아간다는 것은 개인적인 슬기다. 조용히 자기 삶을 즐기면서 적은 비용으로 큰 성과를 거두는 알찬 일생을 산다. 인생을 본질적으로 바르게 해석을 하고 인간적인 품성을 잃지 않으면 그런대로 만족한 것이다.

■■ 윤행원 ■■■■■■■■■■■■■■■■■■■■■■■■■■■■■■■■■■
수필가, 시인, 칼럼리스트. 한국문인협회 회원, 한국수필가협회 운영위원장 역임 , 합천신문 논설위원
harvard@unitel.co.kr

안 그래도 서러운데

이하림

    목욕탕 안이 왁자했다. 목욕관리사가 본연의 일을 미뤄둔 채 이십 평방미터는 거뜬히 되고도 남을 크기의 냉탕 물을 빼며 누군가 들으라는 듯 불만을 토로하고 있었다. 냉탕 주변에는 팥죽색 수건으로 머리를 두른 오륙십 대 아주머니들이 모여 그녀의 불만을 아는지 서로를 바라보며 떠들고 있었다. 몇몇 사람들은 이리저리 두리번거리더니 한 곳에 시선을 멈추고 저 노인네인가라며 수군거렸다.

    어느 정도 시간이 흐르고 탕이 비워졌을 때 그 안을 들여다본 사람들은 소스라치게 놀랐다. 많은 이물질과 까맣게 드리워진 물때는 보는 것만으로도 비위를 상하게 했다. 상당수가 온탕과 냉탕을 오가면서도 그 속을 들여다보는 사람은 없었다. 또한 이 물을 며칠에 한 번씩 교체해주는지 아는 사람도 있을 리 만무했다. 나는 본래 냉온탕 안을 사용하지 않으니 관심조차 갖지 않았다. 그러나 이 정도일 줄이야! 냉탕이 이렇다면 온탕인들 깨끗할까.

    목욕관리사가 세제를 풀어 탕 내 바닥 표면에 붙은 이물질을 제거하기 시작했다. 거무튀튀한 거품을 머금은 바닥은 호수에서 쏟아지는 물벼락을 맞으며 뽀얀 속살을 드러냈다. 반짝반짝 빛이 나는 냉탕은 물을 뺄 때와는 달리 금방 깨끗한 물로 채워졌다. 속이 훤히 보여 들어가지 않아도 절로 시원함이 느껴졌다.

    목욕탕에 가면 으레 그래 왔던 것처럼 습사우나실에 들어갔다. 오늘따라 빈자리가 드물기도 했지만 유난히 시끌벅적했다. 냉탕을 청소하게 된 얘기였다. 내가 들어갔을 때 물을 빼고 있었으니 특별한 일이 있었다는 것을 알 리 없어 귀를 기울였다.

몇 시간 전 그 안에 있던 한 사람이 아무도 없는 냉탕에 들어가려 했는데 무언가가 둥둥 떠 있었다는 것이다. 지난주 회갑여행을 다녀왔다는 그녀의 말에 의하면 눈이 침침해 내용물을 얼른 알 수가 없었다. 지저분한 생각도 들고 기분이 묘해 목욕관리사에게 확인해 보라고 했다. 그런데 이게 웬일인가. 인분이었다는 것이다. 경악을 금치 못한 사람들은 어떻게 그럴 수가 있느냐며 서로를 의심하는 눈치였다.

그때 가운데 앉아있던 육중한 아주머니가 주위를 둘러보며 누가 그랬을까요? 질문을 하더니 분명 어떤 노인네가 그랬을 거라며 장담을 했다. 그러자 마주 앉은 사람이 노인네들은 항문 괄약근이 약해져 본인 의지와 상관없이 그럴 수 있다면서 그녀의 시어머니도 자주 실수를 하기 때문에 두려워서 외출을 못 한다고 했다.

한쪽에서는 이구동성으로 적어도 며칠에 한 번씩은 누군가가 일을 저질러야 청소를 한다면서 차라리 잘 됐다고 하는 이도 있었다. 그동안 말은 안 했지만 청소는 제대로 하는지, 물은 제때에 갈아주는지 냉탕 안이 정말 더러웠다는 것이다.

나는 목욕탕에서 냉온탕 보다는 주로 습사우나실을 이용한다. 아주 오래전 일 때문이다. 젊은 엄마가 어린 여자아이를 데리고 탕에 들어왔다. 보통은 비누칠로 간단한 샤워를 한 다음 탕에 들어가는데 젊은 엄마는 그냥 들어왔다. 한참 후 물장구를 치며 놀던 여자아이가 젊은 엄마에게 귀엣말을 했다. "엄마, 쉬 마려워.", "그냥 여기서 해." 어이가 없어 바로 탕 밖으로 나온 이후 더 이상 탕 안은 들어가지 않게 되었다.

사람 사는 세상에 크고 작은 일들은 수도 없이 생긴다. 그중 탕 안에 대소변을 보는 실수쯤이야 있을 수도 있다 하겠으나 예의는 필요한 것 같다. 물론 갑자기 당한 위급한 일에 예의나 염치를 살필 겨를이 없을 수도 있을 것이다. 그러나 대중들이 이용하는 공공장소인 만큼 이러한 다급한 일이 일어나기 전에 본인이 주의를 해야 하지 않을까. 그러한 상황이라면 공공장소를 자신이 피해야 할 것이다.

사우나실은 시간이 꽤 흘렀는데도 노인네가 일을 저지른 범인일 거라며 의견이 분분했다. 나는 문득 고개를 갸우뚱했다. 왜 이곳에 있는 사람들은 노인네가 그랬을 거라고 생각하는 걸까. 냉탕에 큰일을 저지른 사람이 누군지도 모른 채 오늘 목욕하러 오신 어르신들은 그렇게 죄인이 되고 있었다. 땀을 흠뻑 흘린 뒤 이야깃거리가 없어졌는지 사우나실이 조용해졌다.

그때 맨 구석에서 조용해진 분위기를 깨는 교양 있는 음성이 낮게 들렸다.

"너무 그러지들 마세요. 노인이 그러시는 것을 보았으면 모를까, 추측으로 그런 장담을 하는 것은 옳지 않아요. 설사 어느 노인이 그러셨다 하더라도 안타깝게 여기고 감싸드려야 하지 않겠어요? 당사자는 얼마나 당황스럽고 놀라셨을까요. 창피하기도 하구요. 내 나이 팔순을 훌쩍 넘겼어도 오늘처럼 낯이 뜨겁기는 처음이라오. 나이 먹으면 안 그래도 서러운데 노인들을 너무 몰아세우지 마세요."

순간 사우나실 안이 숙연해지고 있었다. 나이가 들어가는 일은 어쩔 수 없는 일인데 그 나이 먹은 것 때문에 사실 확인도 없이 매도를 한다는 것은 심하지 않았나 하는 생각이 들던 참이었다. 용기를 내서 장내를 일순간 평정시킨 그 어르신에게 마음으로 응원을 보냈다. 나이 먹으면 안 그래도 서러운 게 인생인가 하는 생각을 다시금 하면서 목욕탕을 나왔다.

■ 이하림 ■

2000년 『한국수필』 등단. 미리내수필문학회 · 동대문문인협회 · 중랑문인협회 · 한국문인협회 · 한국수필가협회 · 한국수필작가회 회원. 중랑문학상 수상. 작품집 『맨션 달동네 사람들』, 공저 『숨쉬는 항아리』 외 다수. harim4u@lycos.co.kr

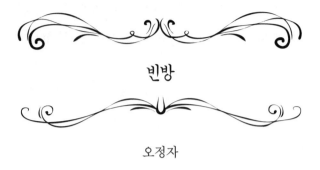

빈방

오정자

봄비 속에 너를 보내고/ 넋 나간 얼굴로/ 꼼짝 않고 서 있는/ 성 요셉 묘지/ 정오 삼월 십사일.

오늘도 나는 딸아이의 몸이 누워 있는 곳으로 간다. 하늘빛이 내려와 평화와 고요로 물든 양지바른 곳. 그만그만한 비석들 사이, 나무 십자가 위에 걸쳐놓은 노란 오리 인형 앞에서 발걸음을 멈춘다. 흙과 풀 사이에 꽃다발을 놓는다. 스물 셋, 꽃다운 나이에 세상을 떠난 딸아이의 이름을 부르며 흘러내리는 눈물을 훔친다. 지금의 이 낯선 풍경이, 이 아픔이 하룻밤 푹 자고 일어나 말끔히 잊히는 것이라면 얼마나 좋을까. 아직도 꿈만 같은, 기억하기조차 고통스러운 그 날을 떠올린다.

우수가 지나고, 경칩이 지난 삼월의 하늘은 더없이 맑고 푸르렀다. 그 아름다운 날, 나는 세상에서 가장 슬픈 소식을 들었다. 보스턴의 한 종합병원에서 마지막 학기 임상 로테이션을 하고 있던 딸아이가 자다가 아침에 깨지 못하고, 자신의 아파트에서 숨을 거둔 것이다. 학위수여식을 불과 두 달여 남겨 놓고 있었다. 믿을 수 없었다. 아니, 믿고 싶지 않았다. 어떻게 이런 일이 일어날 수 있느냐고 발을 동동 구르며 짐승처럼 울부짖었다. 감당할 수 없는 충격에, 온몸에 힘이 빠지면서 팔다리가 떨렸다. 순식간에 삶과 죽음의 경계가 극명하게 나뉘었다.

한동안 나는 집 밖으로 나오지 않았다. 방 안에 자신을 스스로 가두고 분노하거나 절망밖에 할 줄 몰랐다. 딸이 떠난 빈방에 홀로 앉아 아이의 손때 묻은 책이며 필기구며 가방을 어루만지며 혼잣말로 중얼거리다가 울부짖다가 가슴을 치며 통곡하곤 했다. 그 빈자리를 바라보는 것만으로도 고통스러웠다. 그야말로 '통곡의 벽'이라도 쌓아 올려 밤새도록 그 벽을 치며 목 놓아 실컷 울고 싶었다. 딸과 함께했던 모든 것들이 끝없는 고통이 되어 마음속에 어둠의 감옥을 만들었다. 칠흑 같은 어둠 속에 멍하니 앉아 있거나 마음의 문을 닫아걸고 세상으로부터 나 자신을 유폐시켰다. 사방을 둘러봐도 보이는 것은 죽음뿐이었다. 슬프고 우울하고 어떠한 일에도 흥미가 느껴지지 않고 무기력해져 갔다. 새가 울고 투명한 햇살이 쏟아지는 그런 아침은 영영 오지 않을 것 같았다. 우두커니 앉아 날마다 죽음을 생각하는 것, 그것 말고는 아무것도 할 수 없었다. 딸이 죽은 후에도 내가 미치지 않고, 살아있다는 사실이 이상했다. 아니, 앞으로 살아가야 할 날이 끔찍했다.

모든 것은 시간이 해결해 준다는 말이 있다. 바윗돌만 한 아픔도 시간이 갈수록 조약돌만큼 작아져 주머니 속에 넣고 다닐 수 있다는 영화의 한 대사가 생각난다. 하지만 문제는 비관적인 사고이다. 그것을 바꾸려면 절망 속에 주저앉아 버린 마음을 일으켜 어둡고 텅 빈 '자폐 공간'에서 나와야 한다. 저 푸르디푸른 하늘 아래서 절망의 끝자락만 잡고 살아갈 수 없지 않은가. 무엇보다 중요한 것은, 딸아이가 더 이상 세상에 존재하지 않는다는 사실을 받아들이는 것이다. 상실의 현실을 수용하고, 자신의 마음을 마주 보며, 용기를 내어 다시 삶 속으로 걸어 들어가야 하리라. 영원한 고전 『잃어버린 시간을 찾아서』를 쓴 마르셀 프루스트는 어머니가 사망한 후 8년 동안 집 밖으로 나간 일이 없었다고 한다. 칩거하는 동안, 그는 글을 쓰면서 생명의 율동을 시계추처럼 움직이고 있었던 것이다. 이는 푸른 빛을 잃은 공간에서도 마음을 어떻게 가지느냐에 따라 인생이 바뀔 수 있음을 헤아리게 된다.

누군가 '삶은 둥글다'고 했던가. 어느 순간, 죽음을 향해 가던 길을 멈추고 삶의 방향으로 생각을 돌리고 있는 나를 발견한다. 딸아이는 죽은 것이 아니라 영원히 죽지 않는 곳, 저 높은 하늘나라로 옮겨 간 거라며 애써 나 자신을 위로하기 시작한 것이다. 상실의 감정 한가운데 머물 때는 그 고통이 영원히 끝나지 않을 듯했는데, 시간이 흐를수록 입으로 밥이 들어가고, 잠을 자고, 서늘한 슬픔 속에서도 나 자신을 챙기고 있었다. 참척의 고통이 심장을 도려내는 아픔이지만, '죽음 충동'(타나토스)으로까지 몰고 가 나 자신을 내버려 두는 것은 어리석은 일이라는 생각이 차츰 들기 시작했다. 세상을 떠난 딸아이도 엄마의 비극적인 모습이 아닌 자랑스럽고 꿋꿋하게 이겨 나가는 모습을 보고 싶어 할 것이다. 어둠 속에도 빛이 있듯이, 어떤 최악의 상황일지라도 우리의 삶에는 희망이 있다. 상실의 의미를 알아차려 내면화하는 일은 쉽지 않지만, 슬픔과 고통의 시간을 뚫고 나가는 힘이 되어 주리라. 어쩌면 삶이란 상실의 연속인지도 모른다. 고통과 아픔을 통해 삶의 의미를 찾아가는 것이 인생이지 싶다. 때때로 삶이 우리를 아프게 하지만, 그 아픔 때문에 인간의 영혼은 성장하고 성숙해지는 게 아닐까.

딸의 비보를 전해 들은 그 날 이후, 처음으로 딸아이가 돌아왔다. 아니, 딸이 없는 공간에서 그 애의 존재감을 느꼈다고 할까. 어제 딸아이의 약학박사 학위 수여증을 우편으로 받은 것이다. 거기에는 아이의 열정, 아이의 인내, 아이의 웃음소리, 아이의 다정한 눈빛, 아이의 꿈이 들어 있었다. 오오, 슬프고도 행복한 날이여!

■■ 오정자 ■■■■■■■■■■■■■■■■■■■■■■■■■■■■■■■■■■■■

2004년 『한국수필』 등단. 미주 중앙일보 신춘문에 논픽션 당선. 한국수필가협회·국제펜클럽 한국본부 회원, 한국수필작가회 이사. 재외동포문학상, 경희해외동포문학상, 해외한국수필문학상, 원종린 문학상 수상. 수필집 『짝눈』. ohjj2010@hanmail.net

새암

이재월

    어느 날 친구가 큰집으로 이사했다고 해서 모임이 끝난 후 집들이 하자고 몰려갔다. 50평짜리의 커다란 거실과 방에 있어야 할 곳에 물건들이 깔끔하고 고급스럽게 잘 정돈되어 있었다. 비좁은 집에서 살던 나는 눈이 휘둥그레졌다. 내가 걸어온 인생과는 비교도 안 되는 분위기에서 거창하게 준비해 놓고 우리를 맞이했다.

  갑자기 내 마음을 태우는 샘이 생겼다. 아무리 생각해 봐도 모를 일이다. 그 친구가 일찍이 경제적으로 자리 잡은 것도 이미 알고 있었지만 충격적으로 놀랐다. 이제는 질투나 시기로부터 억제할 수 있는 인생을 살았다고 자처했는데도 말이다. 이 정도의 나이엔 자신을 억제해 가며 그런 마음으로부터 자유로워져야 한다고 생각도 했었다. 새삼스럽게 자신감의 결여에서 나를 괴롭히는 허탈감이 왔다. 이 친구보다 잘사는 사람이 얼마든지 많지만 그들은 샘의 대상이 아니었다. 이런 심정은 가장 가까운 사람으로부터 생겼다.

  철없는 젊은이들이나 느낄 수 있는 시새운 마음인 줄 알았는데 이 나이에 그런 감정이 일다니 나 자신 의아했다. 지금까지 포기에 포기를 하며 살아야 한다고 다짐하며 살아왔는데, 남이 살아가는 걸 보면 슬슬 잘 풀린 것 같았다. 그때마다 나 혼자서 부러워해도 소용없고 채워 줄 사람도 없으니 포기만이 가장 빠른 결론이었다. 그래서 큰 자극 없이 아래만 보고 살아왔는데 오늘 이렇게 산란하게 나를 괴롭히는 것은 무슨 까닭일까? 친구야 미안해 네가 잘사는 게 좋은 거야. 내가 나를 이해할 수가 없다.

누구에게나 크고 작게 회오리바람처럼 이는 샘은 이성적으로 극복하지 못하면 병이 될 수도 있다. 저 자신을 컨트롤 할 능력이 어느 정도인지가 문제다. 남보다 앞서고 싶은 마음 그것마저도 느끼지 않을 수는 없는 일이고 나타내지 않은 것은 자기를 기만하는 것일까? 샘도 때론 생활의 동력이 될 수 있다. 자극을 받아 발전적인 생각으로 생활에 유용한 결과가 나온다면 말이다.

특히 샘의 암투는 시누이와 올케 간의 다툼이 가장 강렬하지 않을까? 늦게 시집간 시누이가 먼저 애를 가졌을 때도 그렇고 새 옷을 입고 올 때도 그랬다. 사람뿐만이 아니라 강아지를 키울 때도 두 마리 중 하나를 예뻐하면 그 꼴을 보지 못해 약한 놈을 못살게 군다고 한다. 이는 동물적인 본능이기에 지성도 이성도 소용없다. 모든 세상사가 샘과 질투에서부터 시작해 계략을 짜고 불행을 자초하기도 한다. 샘이나 불화의 씨앗은 반드시 직접적으로와 닿는 상대가 있어야 한다.

샘으로부터 자유로워졌을 때 그건 이것도 저것도 포기뿐일까. 상상만 해도 허허롭다. 나 자신의 능력을 알고 사는 게 행복일 뿐이다. 아는 사람 자녀의 성공에 찬사를 보내고 순한 마음으로 살아가는 게 아름답지 않을까 싶다.

그러나 동물도 샘이 있어 싸우는데 샘도 없는 인생은 서글프다.

■ 이재월 ■

『한국수필』 신인상 수상, 『문학예술』 신인상 수상(시 부문) 등단. 광주문협 수필분과위원장, 광주여류수필·한국수필작가회 회원, 영호남수필·광주수필 전 부회장, 광주시인협회 이사, 서은문학회 광주영호남수필문학회, 황조근정훈장, 2009년 영호남수필문학대상, 2015년 광주문학상 수상. 수필집 『이 나이에 부러운 건』 『열 일곱번째 만남』 『황금울타리』 『사라진 문명과 만남』, 시집 『세월강에 머문 그날들』 『전설처럼 묻힌 그 곳』. ljw6827@daum.net

자장가

양순태

하늘을 가린 구름이 비몽사몽인 심신을 더욱 무겁게 한다. 날 궂이 현상일까. 밤을 지새운 이웃의 주사酒邪로 잠을 설친 탓에 집안일은 물론 외출이 불가능한 상태다. 빗줄기라도 쏟아졌으면 좋으련만 며칠째 구름만 가득하다.

불황의 늪에서 허덕이던 어느 해 겨울은 두 달에 걸쳐 흐린 날이 지속되면서 병원을 찾는 우울증 환자가 문전성시를 이루었다고 한다. 의식주衣食住가 인간의 기본권리지만 자연환경의 영향도 더할 나위 없고, 숙면 또한 삶의 질을 윤택하게 하는 필수조건이기에 정중히 맞아들여야 할 에너지의 원천임을 부인할 수 없다.

잠투정하는 아기 때는 엄마의 품에서 듣는 심장 소리가 자장가가 되고 성장기의 방황에는 부모의 다독임이 자장가가 되어준다. 매사每事가 즐겁고 진취적일 때는 행복에 취해 숙면에 들지만 가끔은 향기 요법으로 불면을 다스려야 하는 외로움도 있다. 잔잔한 클래식 음악이 상한 마음을 달래 주는 자장가이기도 하며 말벗이 그리울 때면 tv속에 펼쳐지는 정겨운 사연들이 자장가 역할을 한다.

가게 앞을 지나다 우연히 들렀다던 역술인의 덕담은 일찍이 마음의 지주로 자리하여 안심을 갖게 한다. '당신은 살아가는데 별 탈이 없을 것이요. 어떤 조상이 늘 주변에서 보살펴 주고 있으니, 사회생활에 있어서도 인덕人德이 많구먼.' 기분 좋은 예견은 삶의 기준을 긍정으로 이끌어 순조로운 미래를 열어 준 것 같다.

예상치 못했던 어려움에 처했다 해도, 건강에 적신호가 켜진 위급한 상황에도,

발등에 떨어진 불에도 '별것 아니야 괜찮아' 라며 시시때때 믿음과 희망과 위안이 되어 잠 잘 자며 지내 온 내 생에 최고의 덕을 베풀어 준 귀인이 아닐까 싶다.

보약 약물 중독으로 기능을 상실한 장기臟器가 기적적으로 차도를 보여 입원한 지 한 달여 만에 귀가한 후로는 보호와 관심에서 벗어나 있다는 전에 없던 불안감이 지독한 불면을 동반했다. "박사님, 퇴원 후 4일 동안 잠을 못 잤는데 수면제 좀 먹으면 안 될까요." "그동안 못 잤으니 이젠 잘 수 있겠네."

무심한 듯한 고견高見을 접하는 순간 수화기를 든 손에 힘이 빠지면서 쏟아진 졸음은 장장長長 3일간의 죽음 같은 숙면에 들게 한, 암흑 속에 빛이요 목마름에 생명수였으니 덕망德望높은 명의의 자장가는 처방제가 아닌 안도감이었음을. 사물의 이치를 터득한 의인義人의 선견지명先見之明은 건강한 삶의 방향을 제시하고, 스스로 품위를 저버리는 무분별한 행동은 혼란을 불러일으킨다.

전해오는 설說에 의하면 어떤 일의 옳고 그름을 놓고 설전하던 두 사람이 해답을 얻고자 찾아간 선비가 '네 말은 그래서 옳고, 네 말도 그래서 맞다'며 내린 결론이 어이없어 항의를 했더니 '수시로 돋아나는 감정의 뿔을 다스리는 방법'이라는 말에 깊이 수긍하여 머리를 조아렸다고 한다. 천방지축으로 날뛰며 취중감정을 자제하지 못하는 추태에도 효력을 발휘하는 처방법이면 좋으련만….

드디어 비가 오나 보다. 후두둑 후두둑 베란다 천장으로 떨어지는 빗방울 소리가 자장가 음률이다. 굳어있던 신경이 풀리고 정체된 듯한 혈류가 사통팔달로 소통한다. 어둠이 드리운 창문 밖에는 불 밝힌 가로등을 배경으로 힘찬 빗줄기가 평화를 위한 전주곡을 펼친다. 가물가물 몰려드는 졸음에 어제를 묻고 내일의 안녕을 예감하며 살며시 미소 지어 본다.

■ 양순태 ■

2004년 『한국수필』 131호 등단. 한국문인협회 · 한국수필가협회 · 한국수필작가회 회원.
22521266@naver.com

부채

박연식

더위를 유난히 싫어하는 나는 올여름 돌쟁이 외손녀까지 키우게 되었으니 미리미리 여름을 대비해야 한다. 모시적삼과 삼베방석에 풀을 먹이고 태극선 부채도 문갑 위 도자기에 꽂아놓는다. 시원한 환경으로 바꾸면서 미리 여름을 맞는 재미로 쏠쏠하다.

손녀에게 부쳐주기 위하여 간들간들하고 가벼운 부채를 찾다가 문득 친정아버지께서 돌아가시기 이태 전 내게 주셨던 합죽선을 꺼내본다. 합죽선을 보는 순간 사 대가 함께 살았던 친정집, 근엄하셨던 아버지가 떠오른다.

사십여 년 전 와가瓦家의 여름 풍경이 선명하다. 용마루 그림자가 대문 밖으로 빠져나가면, 담장 위 호박꽃 초롱이 점점 밝아졌다. 그러나 더위는 물러가지 않고 모기까지 기승을 부리기 시작하였다. 할머니께서는 모시옷을 입고 평상에 앉아 부채로 더위와 물컷들을 쫓으며, 한가롭게 여름을 보내셨다. 부채를 차지하지 못한 우리 자매들은 바가지로 물을 퍼서 끼얹으며 더위를 식혔고, 박꽃에 내려와 별들이 소곤거리는 것처럼 홑이불 속에서 소리죽여 킥킥대며 소곤거리곤 했었다.

전라도 담양이 고향인 아버지께서는 대나무로 만든 소품들을 아끼고 사랑했다. 그중에서 합죽선은 아버지가 가장 아끼시는 애장품인 듯하였다. 시조를 읊을 때 무릎을 치며 장단을 맞추기도 하고, 시국을 한탄하면서 근심과 걱정을 먼 하늘로 훌훌 날려 보내는 듯하셨다. 오른손 엄지손가락 안으로 부채사북을 가벼운 듯 강하게 쥐고 사북 각도에서 부채 끝까지 최첨단이 되다가 다시 사북으로 우주의 율동을 짜릿하게 느끼시는지 환희에 차 보였다. 때로는 모시 두루마기에 중절모자를 쓰고 합죽선을 들고 출타하시는 아버지의 뒷모습은 영락없는 선비였다. 남편 역시 단아하신 아버지 모습과 많이 닮아서인지 부채를 들고 출타하는 모습에서 아버지의 추억이 떠올라 눈시울이 뜨겁다.

아버지가 삶의 동반자처럼 아끼던 합죽선을 내게 주신 의미는 무엇이었을까. 그 합죽선에는 절개를 상징한 소나무와 고고하고 단아한 두 마리의 학이 그려져 있다. 풍류와 멋을 아는 당신은 부채에 어려 있는 예술성이 돋보였음일까.

합죽선은 고려 때부터 타국과의 교역에 널리 사용되기도 했으며, 중국의 천자 앞에까지 공물로 바쳐졌다고 한다. 또 이조실록에 의하면 한지의 고장인 전주에서 단오절에 임금님이 신하에게 부채를 하사하는 풍습이 있었다고 한다. 부채에는 둥근 단선과 접을 수 있는 접선이 있다. 단선은 둥근 부채로 오엽선, 파초선, 공작선, 부들부채, 등이 있고, 그중 태극선이 대표적이다.

접선은 접부채, 쥘부채, 백선, 칠선, 유선, 화선, 상선 등으로 나뉘며, 합죽선이 대표적이다. 합죽선은 바람을 일으키는 효과뿐만이 아니라 손잡이가 정교하여 지압의 효과가 있으며, 어떤 선사는 산길을 가다가 도적을 만나면, 합죽선으로 칼을 막았다고 아버지께서 들려주셨다. 합죽선을 쥐고 무대공간을 휘어잡을 수도 있고, 천하를 호령하듯 갖가지 사설을 늘어놓으며 청중을 사로잡는 판소리의 한마당은 숨이 막힐 만큼 흥분될 때도 있다.

합죽선으로 바람의 균형을 잡으며 외줄을 타는 묘기나 부채춤의 묘미 또한 지극히 한국적이다. 살짝살짝 얼굴을 가리며 춤의 문화를 표현하면 나도 덩실덩실 어깨춤을 추고 싶었다. 가끔 시골에서 무속인이 신고하는 것을 보았다. 합죽선으로 살살 부치면서 신이 내리는 행위를 보고 얼마나 무서웠던지 어머니 치마폭

뒤로 숨은 적도 있다. 어머니가 머리에 배추나물이나 곡식을 잔뜩 이고 장에 가실 때도 부채가 양산 역할을 했다. 머리 위에 물건이 쌓였을 때는 양산 대신 부채가 햇빛을 가리는 데는 제격이었으니까. 장마철 밥을 지을 때, 나무가 비에 젖어 잘 타지 않는다거나 풍로에 약을 달일 때도, 다리미에 숯불을 피울 때도 부채는 바람을 일으켜서 풀무 역할로 생활을 편리하게 했다.

어느 해, 가뭄이 심하여 아래 둠벙에서 윗 논으로 물을 퍼 올려 겨우 모를 심어 놓고, 물을 빼가지 못하도록 밤새 물꼬를 지킨 적이 있다. 그때 어머니와 나는 부채 하나로 더위와 물컷들을 쫓고 시간도 날려 보냈다. 그 밤 엄마는 부채 준비하길 참 잘했다면서 칭찬하셨다.

옛말에 객지에 나서려면 부채와 거짓말 석 자루, 우산은 가지고 다녀야 한다고 들었다. 나 역시 핸드백 속에 예쁜 공작무늬 합죽선을 넣고 다니면서 적소적기에 편함을 느낀다.

돌이 갓 지난 외손녀는 선풍기 바람보다는 부채바람에 떨리는 내 자장가를 좋아한다. 아가는 벌써 부채바람 속에 내 마음도 실려 가는 것을 아는 듯 스르르 잠이 든다. 나 또한 잠시 꿈속 같은 유년으로 돌아가 편안했던 할머니의 품속에 잠겨본다.

부채만이 갖는 미풍은 향수와 사랑을 실어서 먼 훗날 손녀에게로 이어지겠지….

■■ 박연식 ■■

1942년 전남 보성 출생. 숙명여대 가정과 졸업. 2000년 『한국수필』 등단. 한국문인협회·한국수필가협회·광주문인협회 회원. 아시아 서석문학 동인. 교육과학연구원소속 상담교사. 광주여고상담교사. 수필집 『함께 밟는 페달』, 『서간문집』, 『보리피리』. 법무부 산하 산문부 장원. 재능시낭송회 우수상. 전국시낭송 최우수상 수상. parkys1419@daum.net

타인의 방

신서영

　제비꽃이 앙증맞은 흰 꽃망울을 터뜨리면 메말랐던 가지들마다 연둣빛 새순이 돋는다. 연분홍 진달래가 호젓하게 피고 서산마루에 초승달이 걸리면 정든 이들을 향한 애절한 그리움은 백목련처럼 피어난다.

　알 수 없는 그리움에 서글퍼지는 마음쯤은 뚝 떨어져 버리는 동백처럼 고개를 저으며 잠재울 수 있지만 어머니 생각에 안타까운 마음은 봄날 내내 꽃구름에 잠긴 듯 벗어날 수가 없다.

　사춘기 때, 외향적인 성격의 어머니를 이해할 수 없어서 며칠씩 말도 않고 고집을 부릴 때가 많았다. 성격이 맞지 않아 서로 다툴 때면 늘 바람막이 역할은 아버지 몫이었다. 낮에는 여장부 같은 어머니가 저녁때 퇴근하신 아버지를 대하는 모습은 전혀 달라져 부드러운 여자로 변하는 것도 이해되지 않았다.

　모든 사물이나 다른 사람의 생각이 나와 같거니 여겼다. 그것은 틀린 생각이었다. 같은 부모님을 둔 형제일지라도 제각기 다른 환경에서 자라기도 하고 사회적인 여건과 사물을 보고 판단하는 능력도 다를 수밖에 없다. 많은 사람들은 저마다 성질이 다르다. 사람뿐인가, 모든 물질의 성질도 같은 것이 없지 않은가.

　나이 들어서인지 이제는 어머니를 이해할 수 있을 것 같다. 자라면서 맏이의 책임을 감내하고 어려운 사람을 보면 도와야 하는 정이 많은 성격까지. 응석을 부리며 도움만 받았던 내가 아니라 어머니 등도 다독거리며 부대꼈던 마음도 풀어드리고 싶은데 다른 세상으로 가신 지 오래되었다.

간혹 내 안에 상상도 못 한 생각이 들어찰 때가 있다. 엉뚱한 생각에 빠져 괴로워하다 문득 거울을 가만히 들여다보며 '너 내가 맞니?' 하고는 피식 웃으며 본래의 마음을 찾기도 하지만 며칠이나 길게는 몇 달 동안 내가 만든 생각의 미로에 갇혀서 헤맬 때도 있다. 가까웠던 이들의 낯선 행동에 가슴앓이할 때도 있다. 내 이기심 때문인지도 모르지만 속내를 다 드러내고 편하게 지냈던 이가 시퍼렇게 날이 선 칼날 같은 성격을 드러내면 실망감에 마음이 찢기는 듯한 상처를 입는다. 하지만 전과는 달리 쉽게 체념하고 마음의 문을 닫을 수가 있다.

나이가 들수록 성숙해진다는 말은 여유로워진 마음의 상태를 의미하는가 보다. 상대를 탓하기 전에 나 자신을 돌아보게 되고 돌 틈에 핀 잡초 앞에서 겸손을 배우며 생명의 소중함에 고개를 주억거리게 된다.

풀리지 않는 어지러운 문제에 직면하면 가족들에게 복잡한 심경을 토로하고 답을 구할 때가 있다. 그러면 냉정하게 딱 결론을 지어 주기도 한다. 들을 때는 벌컥 화를 내지만 내 욕심을 배제한 명쾌한 해답을 얻을 수가 있어 곧잘 행한다.

부모들은 자식 아끼는 마음에 감싸주고 대신 마음 아파하지만 자식들은 부모의 잘못을 지적하며 고정된 사고의 틀에서 깨어나 현실을 직시해야 한다고 일깨워 준다. 인정에 끌리지 말고 현명하게 살라고 한다. 더불어 사는 사회생활이라 혼자만의 생각으로 살 수는 없는 일이고 매사에 조심하면서 돌다리도 두드려가며 지나야겠다고 다짐한다.

하지만 내 안에 들어있는 수많은 생각의 방에 자물쇠를 채울 수 없듯이 다른 이들의 마음의 방도 두드려 볼 일이다. 타인의 방은 신비스럽고 서로를 알고 믿으며 의지하는 것은 아름다운 일이기에.

— 신서영

2005년 『한국수필』 등단, 개천문학상 수상, young104995@hanmail.net

그저 빙긋이 웃기만 하지요

김녕순

제목은 글의 대문이다. 들어서려는 문에 쓰여 있는 글귀가 얼핏 헤픈 웃음을 연상시키거나, 어리석은 사람의 치기稚氣를 떠올릴 수 있겠지만 필자의 시각視角은 그러하지 않다.

'그저 웃기만 한다' 이 말이 지닌 깊은 뜻과 절제의 여운은 때로는 스스로 자신을 해치는 오만의 칼날을 피할 수도 있고, 상대와의 팽팽한 긴장을 풀 수도 있다. 웃음이 겸손할 때 인간관계에서는 무지개가 핀다.

당나라의 시선詩仙 이백이 남긴 시, 산중문답山中問答에서 '소이부답 심자한笑而不答 心自閑'이라는 구절을 반추해 본다. '어찌하여 푸른 산에 은둔해 사느냐'는 물음에 이백은 '말로 대답은 않고, 빙긋이 웃기만 했더니 마음이 저절로 한유하네'라고 읊었다.

산중문답山中問答 / 李白
問余何事棲碧山(문여하사서벽산)　묻노니, 그대는 왜 청산에 사는가
笑而不答心自閑(소이부답심자한)　웃을 뿐 답을 않으니 마음이 절로 한가하네
～ 이하 생략 ～

술잔을 거듭 비우는 이백에게 '어인 술을 그리 마시느냐' 핀잔했더라도 아마 이백은 그저 빙긋이 웃기만 했을 것이다. 곤란한 질문에 대한 회피용이나, 상대를 우습게 보는 부정적 해석을 삼가고 그 말의 깊은 여운에 취해봄이 좋을 듯하다.

셈본에서는 정답이 하나이지만, 우리네 삶에서는 어찌 하나뿐이랴. '네 말도 옳고, 내 말도 옳다'는 생각이 들 때가 많다. 남의 정답正答을 건드리지 말고 내 생각에 맞추라고 강요하지도 않으면, 험하다는 인생길도 좀 수월하게 갈 수 있지 않을까.

'굼벵이가 담을 넘어도 까닭이 있다'는 속담이 있다. 땅을 파고 기어가는 재주밖에 없는 굼벵이가, 담을 넘을 때는 그럴만한 뜻이 있을 것이니 함부로 남의 일을 판단하지 말라는 경고의 말이리라. 남이 어찌 그 속사정을 알겠는가. 역지사지易地思之로 풀려 하면 보이지 않던 속사정도 보이게 될 것 같다.

의견의 대립이 팽팽할 때, 혹은 분노나 반론이 솟구쳐 오르더라도 꿀꺽꿀꺽 삼키고, 관용寬容과 옅은 웃음으로만 대응한다면 마음의 평화를 지키는 지름길이 아닐까. 속된 인생이 높은 경지까지 가지는 못하겠지만 이백이 읊은 한가로운 마음心自閑, 즉 마음의 평화를 흩트리지 않고 지키며 살도록 노력해야겠다.

불의에 맞서는 정의의 논쟁이나 진리탐구를 위한 토론이 아닌 일상 범주에서의 생각이다. 인생은 야구경기가 아니므로 투수가 던졌다고 반드시 받아칠 필요는 없다. 바보처럼 사는 것 같고 무기력한 인생일 것 같아도 그저 빙긋이 웃을 수 있을 날을 위해, 먼지 쌓이듯 쌓이는 오만傲慢과 편견을 털어내고, 나날이 내공內功을 쌓아가며 스스로 한가로운 마음을 지니면서 오늘을 보내고 내일을 맞이하고 싶은 마음 간절하다.

■ 김녕순 ■

1933년 서울 출생. 2001년도 『한국수필』 등단. 한국문인협회·국제펜한국본부 회원. 한국수필가협회 이사, 한국수필작가회 감사(역임), 목우회 회장. 한국수필문학상 수상(2011). 수필집 『그린 그린 그린』 외.
sn2858@hanmail.net

상념에 잠겨

이희순

홀로 사는 오리가 헤엄쳐 다가온다. 나는 나지막한 목소리로 오리를 맞이한다. 저를 친구로 작정한 내 마음이 통했는지 저수지에 갈 때마다 오리는 조금 더 가까이 다가왔지만 불신의 간극이 해소되려면 진심 어린 시간이 흘러야 될 듯하다. 어제 내린 큰비로 저수지가 넘치는데 오리는 보이지 않고 오리알 하나가 무넘기 턱의 수초에 걸려있었다. 오리알을 주워들고 거꾸로 세워보려고 헛심을 쓰는 오후.

왕거미가 허공을 유린했다. 언덕 위 사철나무 울타리에서 길 건너 헛개나무 우듬지로 믿기지 않는 긴 줄을 날아 천라지망을 펼쳤다. 거미는, 비움의 미학으로 명상의 시간을 기다리는 진경산수의 여백에 올무를 놓고 〈야경〉의 그늘에 숨어 하이재킹을 시도하고 있었다. 옛적에 크레타 사람들이 자신들의 배만을 위하였듯 현대인들은 아잇적부터 쌓아 올린 온갖 지식을 다투며 기름진 음식을 찾아 거리를 헤맨다. 저마다 가슴을 잃어버린 거미가 되어 어둠 속에 몸을 감춘 채 상대를 거꾸러뜨릴 음모를 꾸미고 있다.

공벌레를 건드리자 순식간에 몸을 말고는 죽었다 한다. 동물들은 죽은 시늉을 하는 약자는 먹지 않는다. 인간은 죽은 체하며 살아남기를 기도하는 생명마저 무자비하게 짓밟고 때로는 확인사살도 서슴지 않는다. 거룩한 곳에 똬리를 틀고 앉은 악마는 하느님의 이름을 새긴 금박 명함을 뿌려대며 죽음의 역사를 숨겨왔다.

이빨이 난 강아지들이 치열하게 어미의 젖꼭지를 빨아댄다. 강아지들은 한 모금이라도 더 많은 젖을 차지하기 위해 치열한 쟁탈전을 벌인다. 다섯 마리 강아지가 열 개의 젖꼭지를 번갈아가며 물고 빼는 동작이 과격해 보인다. 그러나 어미의 젖꼭지 열 개는 오늘도 무사했다. 강아지들은 부드러운 혀를 둥글게 말아 어미의 젖꼭지를 감싸고는 젖을 빨고 있었던 것이다. 인간은 '평화'를 자신에 대한 무관심이라 여기는 이상한 동물이다. 이가 난 아기는 엄마의 젖꼭지를 깨물고 남자는 여자의 유두를 깨물어 배타적 사랑을 확인한다.

누가 저 현란한 노을에 깃드는 바람의 숨결을 그려 낼 수 있으며 싱그러운 잎새에 넘치는 신비한 생명의 환희와 햇살 가득한 희망의 속삭임을 불멸의 감동으로 노래할 수 있으랴. 인간 집단의 조련된 군무가 아름답다한들 썰물 진 갯벌에 일제히 나아가 일사불란한 율동을 연출하는 천천만만 칠게의 향연에 비할 수가 있으랴. 누가 바람의 지휘를 보았는가. 인공의 속성은 영혼 없는 복제요 자연의 근본은 모방할 수 없는 개성에 있다. 단언컨대, 바닷가의 무수한 모오리돌, 밤하늘의 성운과 드넓은 백사장의 모래알, 인간을 비롯한 헤아릴 수 없이 많은 생명체 가운데도 똑같은 것은 없다.

신은 그대의 가을을 저울로 달아보겠노라 다짐했다. 사시四時와 연한은 어김이 없었고 신의 저울은 음주운전을 단속하는 경관처럼 불시에 나타났다. 예비하고 있는 자에게 '불시'란 그저 태연한 일상이었고 풍성한 수확의 계절은 땀 흘려 일해온 자의 것이었다. 누군가에게 추수는 곧 심판이요 잔치도 형벌일 따름이다. 나는 깨달은바 하늘의 섭리에 순종하여 한마당 그 기쁜 잔치에 함께하기를 소망한다.

가뭄이 계속되자, 저수지의 수면이 날마다 내려갔다. 오늘도 저수지의 물가에는 K사장 네 꿀벌들이 야단법석이었다. 목을 축인 벌들은 집을 향해 곧장 날아가는데 나는 녀석들의 쏜살같은 비행속도에 다시금 탄복한다. 나는 꿀을 딴 일

벌들이 집을 향해 굽이치는 파도처럼 날아가는 광경을 자주 보아왔다. 꿀벌들의 사전에는 '시나브로'라는 표제어가 존재하지 않았다.

끝내 오리는 나타나지 않고 숲 속에서 밤이 밀려오고 있었다. 어둠 속에서 빛나는 무한의 성좌는 남북을 가늠케 할 뿐 너무나도 먼 곳에 있어 내 앞길을 밝혀주지 못했다. 이 밤에도 별들은 빛을 내건만 여전히 칠흑 같은 어둠이 세상을 지배한다. 세상의 모든 길은 나아갈수록 얽히고 사람들은 길 위에서 쓰러진다. 참된 길은 유일한 선각자의 권세이다. 진리(로고스)는 오직 하나이건만 어리석은 사람들은 어찌하여 선장이 한 사람뿐이냐며 언성을 높인다.

삶은 '희망'이라는 주술사에게 속아온 세월의 더께이다. 납덩이처럼 무거운 희망에는 날개가 없으나 사람들은 희망이 날개 치는 소리를 들었다고 말한다. 그것은 환청이었을 뿐 희망은 늘 절망처럼 무거웠다. 그러나 어둠조차도 빛의 현신을 가능케 하는 필요악이다. 빛은 어둠 속에서 잉태하여 신화처럼 탄생한다.

■ 이희순 ■

2007년 『한국수필』 등단. 한국수필가협회, 한국수필작가회 회원. 저서 『방언사전 여수편』(2004년). pattohsl@hanmail.net

설악의 빛바랜 수채화

전성희

　　대청호 푸른 물에 내 마음이 젖어든다. 연초록 나뭇잎이 작은 손을 흔드는 대청호반을 따라가면 어린 시절에 묵었던 초가와 정겨운 사람들이 아른거린다. 손을 잡고 들판을 내달리던 또래의 이름도 기억을 못 하리만치 세월이 흘러갔어도 가슴 한 켠에 남아 있는 풋풋한 풍경이 한 점 있다. 청평에서 북한강을 끼고 우람한 산모롱이를 한참 돌아서 가면 예상치 못한 벌판이 나타나는 곳이 설악이다. 지리 시간에 들었던 강원도 설악산과 지명이 같아 의아심과 혼돈 속에서 지명을 잊지 않았다. 어린 눈에 험준한 벼랑 밑으로 역동하는 거세고 시퍼런 물길이 장관이라고 느끼기보다는 새가슴을 두근거리던 두려움으로 각인되어 있기 때문인지도 모르겠다.

　　통신 수단이 보편화되지 못했던 열두 살 여름방학에 설악을 가서야 친척이 도시로 이사를 갔다는 소식을 접하였다. 아쉬움을 뒤로 하고 돌아서려는데 집성촌이었던 마을 어르신의 배려로 묵었던 며칠이 지난 인생길에 빛바랜 그림이 되어 맴맴거린다.

　　초가지붕 위에는 하루종일 햇살이 눈부시게 하얀 웃음을 토해내고 앉은뱅이 호박이 장단 맞추듯 신나게 덩굴손을 내어 달렸다. 고즈넉한 황토빛 붉은 마당에 그늘을 드리워 주던 우뚝한 배나무의 설익은 열매가 아삭아삭하고 달콤한 맛으로 피어난다.

부엌 뒷문으로 나가면 논으로 이어지는 좁은 길에는 종아리 굵기만 한 구렁이가 똬리를 틀고 있다가 인기척에 스르륵 수풀 속으로 자취를 감추어 버렸다. 그 오솔길로 돌아가면 막다른 곳에 거울 속처럼 바닥이 훤하게 들여다보이는 샘에서 생명수가 퐁퐁 솟아나고 있었다. 옹달샘 양쪽 가에는 촛농이 흘러내려 굳어 버린 초 두 자루가 누군가가 치성을 드린 흔적을 말해 주고 있었다. 이순의 나이가 넘어서도 정기가 서렸던 뒤뜰은 신비하기만 하다.

부엌에서 아궁이에 불을 지피며 부러울 것도 거칠 것도 없던 말괄량이가 음정 박자도 아랑곳하지 않고 신이 나서 부르던 노래에 동네 아이들이 모여들어 키득키득거렸다.

> 시원한 밀짚모자 포플라 그늘에/ 양 떼를 몰고 가는 목장의 아가씨/ 연분홍빛 입술에는 살며시 웃음 띠우고/ 널따란 푸른 목장 하늘엔 구름 가네/ 라라라

울타리 밖에서 재미있어하는 패거리들을 쫓으려고 부지깽이를 들고 사립문이 부서져라 후다닥 달려나간 의기양양한 기세는 해맑은 얼굴들을 마주하고서 그대로 멈추어 버렸다. 누가 먼저라고 할 것도 없이 이내 토박이 아이들과 어우렁더우렁 들판을 누볐다. 멀쩡한 옥수숫대를 분질러 단물을 쪽쪽 빨아대며 숲 속으로 달려가니 그리 멀지 않은 곳에 맑은 물이 퐁퐁 넘쳐나는 둠벙이 있었다. 너나 할 것 없이 물속으로 뛰어들어 미역을 감고 헤엄을 치기 시작하였다. 뚝섬과 대성리 유원지의 얕은 물가에서 자주 물놀이를 하였지만 깊고 움푹한 웅덩이는 무서워서 도저히 용기를 낼 수 없어 물끄러미 바라보기만 하였다. 서울에서 온 아이라 선망의 대상이었던 자존감이 형편없이 나락으로 떨어지는 순간이었다.

그 후로는 종가의 내 또래 아이하고만 놀았는데 갑작스럽게 돌아오게 되어 작별의 인사를 나누지 못하였다. 오랜 시간이 흐른 후 고향 가는 길목인 망우리로

이사를 갔다는 소식을 들었다.

가마솥에서 방금 쪄낸 따끈따끈한 감자와 구수한 옥수수를 한 소쿠리 내어주던 계집아이의 안부가 궁금하다. 지금은 할머니가 되어 손주들 재롱에 묻혀 멜빵 달린 빨간 치마를 입었던 아이를 기억이나 할는지 모르겠다. 도시로 나왔으니 진보적인 교육도 받았을 터이고 인생 고비를 넘을 때마다 삶의 연륜이 쌓여 격물치지의 경지에 이르렀으리라. 더 늙기 전에 만나 그때 못한 작별 인사를 나누고 한갓 나그네로 융숭한 대접을 받았던 은혜에 보답을 하고 싶다.

대청호수에는 물의 여신 수련이 소금쟁이의 호위를 받으며 일렁인다. 연잎은 일곱 점을 이어 인간의 탄생과 건강 수명을 관장하는 북두칠성으로 거듭 태어나 사람들의 바람을 접수하였다는 듯 빛을 반사한다.

가슴을 스치는 싱그러운 바람에 이끌려 문의문화재단지 심우정에 앉아 대청호 푸른 물에 소싯적 그리운 추억을 풀어 보았다.

■■ 전성희 ■■

서울 출생. 2007년 『한국수필』(145호) 등단. 한국수필가협회·한국수필작가회 회원. 충북 문화관광해설사. 수필집 『달빛사랑』(공). mamjsh@hanmail.net

홀로 산행

정동호

오늘도 지리산이다. 함께 다니던 산꾼들이 이런저런 핑계로 꽁무니를 빼기 시작하면서부터 홀로 산행이 잦아졌다. 같이 가자며 전화도 해보고 동의도 구하지만 오히려 내 의지마저 꺾일 판이라, 마음을 다잡아 혼자 산을 다닌 지 꽤 오래되었다.

높은 산일수록 혹시라도 일어날 불의의 사고를 생각하면 산동무가 필요하다. 살아가는 이야기와 세상사도 나누며 호탕하게 산을 오르면 얼마나 좋은가. 도움을 받기도 하고 도와주면서 정도 쌓고, 맛있는 간식도 나누며 깊은 관계를 맺을 수도 있으니 좋다. 나이 많으면 많은 대로, 적으면 적은 대로 자연스런 산행친구가 된다. 난생처음 만난 사람도 산에서는 모두가 반가운 친구들이다.

높은 산에 혼자 갈 때면 준비물에 신경을 더 써야 한다. 모든 상황을 스스로 책임져야 하기 때문이다. 산행코스를 감안한 시간계획과 변덕스런 날씨에 대비한 여벌 옷가지며 장비들, 간식이며 상비약까지 꼼꼼히 챙긴다. 입산 첫발부터 마칠 때까지 잠시도 긴장을 풀어서는 안 된다. 옹색한 바윗돌에서 자칫 미끄러지거나 발부리가 걸려 넘어질 수도 있다. 결코 서두르거나 조급함 없이 컨디션을 조절하면서 시종 즐기는 마음으로 산행을 해야 한다.

큰 산은 혼자 가는 것이 아니라거나 관절에 무리가 있을 거라 겁주는 이들이 많다. 나이를 생각하라며 충고하는 이들도 있고, 왜 지리산만 고집하냐고 핀잔을 주기도 한다. 그럼에도 다녀온 지 1주일쯤 지나면 또 천왕봉이 그리워진다. 하늘이 푸르거나 눈이 수북이 쌓였을 때는 안달까지 난다. 나는 확실히 천왕봉 마니아인가 싶다.

홀로 산행도 좋은 점이 많다. 내 가고 싶은 날 마음대로 골라 가면 된다. 다른 사람에게 쫓길 이유도, 뒤따라야 할 이유도 없다. 나를 기다려 줄 사람도 없고 기다려야 할 누구도 없기에 한결같이 내 걸음으로 가면 된다. 나긋나긋 여유롭게 사색의 폭도 넓힐 수 있다. 늘 스치던 바위며 돌멩이도, 기이한 나무뿌리며 하늘 향해 치솟은 아름드리 등걸에도 눈길을 준다. 철 따라 변하는 자연을 보면서 창조주의 섭리도 깨닫는다. 이름 모를 풀꽃에도 정을 주고, 재롱떠는 다람쥐의 팬이 되기도 한다. 진짜 산 맛은 홀로 산행에서 느낀다.

출발할 때는 혼자지만 가다 보면 수많은 산꾼들을 만난다. 수고한다고, 반갑다고 인사를 나눈다. 뻘뻘 땀을 흘리며 헐떡이는 이들은 쉬엄쉬엄 가라고, 조심하라고 격려도 보낸다. '나이 많은 이가 대단하다'고 인사를 해오면 더욱 겸손해야겠다고 다잡는다. 반달곰이라도 나타날 듯 호젓한 산길을 한동안 혼자 걸을 때도 있다. 그래도 무섭거나 외롭다는 생각이 들지 않는다. 사위가 뒷산처럼 친근하고 어머니 품 안처럼 안온함 때문이리라.

홀로 산행에 익숙해지면서 등산길과 인생길을 비교할 때가 많다.

칼바위 코스에는 위치 표지판이 열 개 있다. 500m마다 세워진 표지판 한 개를 한 세대로 생각하면 백세시대의 재미있는 스토리가 된다. 들머리 1, 2번 구간은 야산처럼 부드럽고 완만하다. 가파른 계단에 들기 전, 워밍업을 충분히 하라는 뜻이 아닐까 싶다. 그런데 지리산의 속내를 잘 모르는 이들은 '등산길이 뭐 이리 쉽냐.'며 시시덕거리고 달음박질하듯 까불대기도 한다. 학창시절이나 청년의 때를 만홀히 여기다가 세상바다에 나가 후회하는 젊은이들을 보는 것 같다.

3, 4, 5번 구간에 들면 지리산의 속살을 드러낸다. 계속되는 가풀막과 이어지는

계단은 왜 그리도 많은지. 앞뒤 옆 돌아볼 여유도 없이 숨을 헐떡여야 한다. 앞선 산꾼들이 선혈처럼 뚝뚝 흘린 땀방울을 보면서 코가 땅에 닿도록 기어가듯 해야 한다. 늘 긴장 속에 쫓겨야만 했던 직장생활, 아이들 뒷바라지에 쪼들렸던 가정생활, 휴일 한 번 제대로 찾았던가, 어느 한순간도 마음 편했던 날이 있었던가. 30대에서 50대까지의 내 인생길과 비교할 때가 많다.

6, 7번 구간은 능선길이다. 그동안 고생했으니 이제는 좀 편히 가라는 뜻일까. 퇴직 후 한동안 여행도 다니고 못다 한 취미생활도 즐기며 편한 시절을 보냈듯 허리를 펴고 호흡을 조절할 수 있는 구간이다. 하지만 그것도 잠시, 어느덧 일곱 번째 표지판을 지나 펑퍼짐한 너럭바위에 앉아있다.

인생 칠십 줄에 여기까지 오른 것에 만족하면서 지나온 길을 돌아본다. 등산 출발지 중산리 계곡이 희미한 그림으로 떠오르고, 그토록 힘들었던 가풀막도 아련한 추억으로 남는다. 너럭바위에 퍼질러 앉아 손끝에 닿을 듯 말 듯한 정상을 바라보면 남은 8, 9, 10번 코스를 어떻게 오를까 싶다. 옹색한 돌무더기와 곧추선 철계단, 깔딱고개도 만날 것이다. 하지만 어느 누구도 대신할 수 없는 길이다. 아무도 동행해 줄 이 없는 외로운 길, 어차피 혼자 가야 할 길이려니 힘겨워도 내 힘으로 올라야 할 홀로 산행의 마지막 코스가 남았다.

■ 정동호

2007년 『한국수필』 신인상. 경남수필문학회 회장. 한국수필작가회 이사. 작품집 『자투리에 문패달기(부부수필)』. jdh3415@hanmail.net

젊은 날의 초상

오순희

"세상에나~"

한순간 호흡이 멎는 듯, 사진을 든 손이 바르르 떨리는 듯, 시선이 정지된다.

"내 청춘이 이렇게 어여쁜 모습이었네."

사진 속 내 모습에 홀려서 한참을 들여다보다가, 상자 속에 차곡차곡 눌려 있던 사진들을 꺼내 놓자 지난 세월이 화들짝 공기 속으로 흩어진다. 바닥에 펼쳐진 사진 속에는, 세월 저 너머에 살고 있는 젊은 여자와 그의 동인들이 온갖 멋을 내며 해맑게 웃고 있다.

30여 년의 파주문학회 역사를 한눈에 볼 수 있게 인터넷 카페에 정리해 두려는 참이다. 파주문학회는 1989년부터 시작했고, 인터넷 카페는 2005년에 만들었다. 디지털카메라가 보급되고부터는 동인지 출간기념회와 문학기행, 또는 동인들의 일상의 모습을 그때그때 바로 카페에 저장해 두었지만, 그 이전의 사진은 모두 종이 사진으로 상자 속에 넣어 둔 채 잊고 지냈다.

마구 뒤섞여 있는 사진을 순서대로 정리하려니 시간이 오래 걸린다. 수없이 들여다보며, 언제 무슨 행사, 몇 년도에 어디로 갔던 문학기행, 동인지 출간기념식에서 축제처럼 춤추고 노래하던 장면 등, 수많은 사진 중에서 비슷한 사진은 골라내고 필요한 것만 추렸는데도 3백여 장이나 된다. 그렇게 정리한 사진을 디지털카메라로 다시 찍는다. 스캔하면 간단하지만 스캔 복합기가 없으니 어쩌겠

나. 잘 나온 사진이 필요한 게 아니고, 역사를 기록해 두려는 것이니 이렇게라도 할 수밖에 없다.

사진을 정리하고 찍으면서 한동안 팔팔한 젊음에 빠져 지냈다.

"조 개미허리 좀 봐.",

"에고~ 저 날렵한 턱선 좀 봐."

돼지허리인지 드럼통인지 알 수 없는 지금의 모습에 비하면 기가 막히게 아름다워 보여서 자꾸만 중얼거린다. 팔팔한 젊음이라고 했지만 사진 속 모습은 20대가 아니고 40대 전후, 예전 같으면 중년이라고 부를 나이다. 하지만 이 나이가 되고 보니 그때가 푸르렀던 날들이다. 새싹 돋는 이른 봄이 지나고, 막 봄에서 여름으로 가려는 계절, 꽃이 만발하고 풀이 무성해지려는 때이다. 튼튼한 몸과 탱탱한 피부와 번쩍이는 광채로 타오르던 눈빛을 가진 젊음은 없지만, 미숙함을 벗어버린 완숙미와 안정된 모습이다. 사랑이나 이상이 어찌 청춘에게만 있겠는가. 청춘에서 조금 비껴났다고 사랑도 꿈도 욕망도 비껴가 버린 건 아니다. 마흔 살이었던 그때도 자연이 주는 감성에 흔들리며 하늘과 구름과 바람, 숲에서 들려오는 풀벌레 소리의 열락에 떨렸었지. 아니, 지금도 여전히 두근대는 가슴으로 산다.

동화 「잠자는 숲 속의 공주」에서 요정의 마술에 걸린 공주가 탑 속에서 잠이 들자, 성안의 모든 사람과 동물, 새와 나무와 풀까지 잠이 들었다. 어느 날 이웃 나라 왕자가 찾아와 공주의 입술에 키스를 하자 공주와 함께 만물이 깨어났다. 동화처럼 지금 내 무릎 위에 놓인 상자 속에서도 마술이 벌어지고 있다. 오랫동안 갇혀 있던 세월이 화르르 깨어나 내 머릿속에 동영상으로 재현되고 있는 것이다.

옛날이 그리운 건 자꾸만 달아나는 세월이 아쉬워서일 터이다. 시인 박인환의 「세월이 가면」을 노래하노라면 저만치 밀쳐 두었던 외로움이 어느결에 슬그머니 옆에 와 있는 듯 쓸쓸함에 젖는다. 시인은, 사랑하는 이의 이름은 잊었지만 그 눈동자 그 입술은 가슴에 남아 있다고 했다. 그의 가슴에 남은 순결했던 청춘의 기억. 나뭇잎에 덮여서 흙으로 사라진 사랑이지만, 저 유리창 밖 가로등 그늘의 밤을 잊지 못한다. 그가 그리워한 건, 눈동자와 입술과 가로등 밑 그늘의 밤으로 상징되는, 사라지는 청춘의 어느 한때였으리.

사진 속 젊은 날의 사람들, 판타지 영화 속에서라면 몇 세대를 뛰어 내려가 만날 수 있겠지만, 현실에서 우주의 질서는 정해진 이치에서 거스를 수 없으니 우주의 법칙대로 살 일이다. 「리듬분석」의 작가 '앙리 르페브르'는 그의 글에서 '계단은 단순히 A 공간에서 B 공간을 연결하는 것만이 아니라, 각기 다른 시간과 리듬을 연결해주는 미디어다. 계단은 하나의 리듬에서 또 다른 리듬으로 옮아가는 통로이자 서로 다른 리듬들이 전환되는 컨버터이기도 하다.' 라고 했다. 나이를 먹어 가는 것도 계단을 오르는 과정으로 보면, 한 세대에서 다른 세대로 한 계단 뛰어오를 때마다, 각기 다른 시간과 시간 사이를 리드미컬하게 넘어갈 수 있지 않을까.

인터넷 카페에서 파주문학회 역사를 년대 순으로 정리하는 동안, 작업하는 시간엔 꼼짝없이 과거에 사로잡혀 살았다. 나갈 일이 있어서 머리를 손질하거나 화장을 할 때 외에는 환상에서 깨어나지 않으려 거울도 보지 않았다.

드디어 작업이 끝난 날, 과거로의 시간 여행에서 돌아와, 그제야 거울 속의 나를 본다.

■ 오순희 ■

1998년 등단. 한국수필가협회·한국수필작가회 이사. 파주문학회 고문. 작품집 『그대에게 노란 장미를』
violetsooni@hanmail.net

5분의 미학

정진철

식사 모임에 항상 5분씩 늦는 사람의 버릇을 고쳐주려고 정시에 음식을 시켜 먹었더니 다음부터는 늦는 일이 없더라고 하는 친구의 말을 듣고 실소를 금치 못했던 적이 있었다. 어떤 음식점은 단체로 10인분을 주문하면 추가 주문을 받아 주지 않는 곳도 있어서 늦게 오는 사람은 공깃밥이나 한 그릇 추가하고 반찬은 남이 먹던 찌꺼기를 얻어먹어야 하기 때문에 지각생에게 골탕을 먹이기에는 안성맞춤인 것이다.

늦는 것도 버릇이고 습관이어서 모임뿐만 아니라 학교 다닐 때도 지각하는 사람은 아무리 집이 가까워도 꼭 5분씩 늦는다. 아침 출근 시간에 지하철 에스컬레이터를 바쁘게 뛰어 내려가며 허둥대는 사람들도 대체로 이런 부류의 사람들이다.

미국 독립선언문을 기초한 벤자민 프랭클린은 "Time is money" 라고 했다. 시간은 돈이고 금이라는 말이다. 열 명의 모임이 있는데 아홉 명은 약속한 정시에 와서 기다리고 있고 한 사람이 5분 늦는다면 나머지 지각생을 기다리고 있는 아홉 명에게서 5분씩을 빼앗아 가는 것이므로 45분의 손실을 끼치는 것이 된다. 그러므로 이에 합당한 벌금을 내놓든지 아니면 정시에 온 사람들과 맛있는 음식을 같이 먹는 대신 다른 사람들이 먹던 찌꺼기를 주워 먹는 것은 당연한 벌칙인 것이다.

루이 18세는 시간을 지키는 것은 군주의 덕목이라고 했다. 시간을 지키지 않는 버릇을 가진 사람은 군주나 지도자로서의 자질이 없는 사람이므로 인격적으로 무시해도 무방하다는 말이다. 다행히 각성하여 나쁜 버릇을 고치게 된다면 본인도 좋고 좋은 친구로도 남을 수 있지 않겠는가.

그 지각생이 아무렇지도 않게 여기는 5분이 얼마나 의미 있고 중요한 시간인가는 죄와 벌의 저자 도스토예프스키의 일화에서 말해주고 있다. 그가 젊었을 때 사형집행을 당하기 전 5분의 시간이 주어지자 2분은 동지들과 작별하는 데 쓰고 2분은 삶을 돌아보는 데 나머지 1분은 이 세상을 한번 보고 가겠다고 했던 것처럼 5분은 정말 귀한 시간인 것이다.

시간의 빠르기는 젊음에 반비례하는 것 같다. 10대는 시속 10km, 20대는 20km, 50대는 50km, 그리고 80대부터는 거의 시속 100km로 달린다고 한다. 젊은 시절의 시간은 이것저것 다할 수 있도록 한참 느리게 가는데 나이가 들어갈 수록 속절없이 빠르게 지나가 버린다는 뜻이다.

학창시절에 수업시간 50분을 하고 나면 다음 수업 때까지 5분에서 10분의 휴식 시간이 주어진다. 그 짧은 시간 동안 화장실에도 다녀오고 매점에 가서 사 먹기도 하고 친구들하고 교실 뒷공간에서 말타기 같은 장난도 하고 참으로 길고 요긴하게 사용한다. 또 군에서 유격 훈련을 받을 때 피티 체조로 지긋지긋하게 시달리던 5분은 왜 그리 길게 느껴지는지 많은 사람들이 경험했을 것이다. 물론 늦어서 좋은 것도 있다. 시험시간은 끝나 가는데 문제를 다 풀지 못하여 안절부절못할 때 5분이 더 주어진다면 이는 황금과도 같은 시간이 된다. 그리고 하루에 5분간만 가족들과 대화를 하는 시간을 늘린다고 해도 가정의 행복지수가 몇 배로 높아지는 것이다. 이처럼 젊은 시절의 5분은 귀중하고 황금과 같은 시간인 것이다. 이에 비해 노인의 5분은 멍하고 있다가 흘러가 버린다.

성경에서도 시편 90장 10절에 보면 우리의 연수가 칠십이요 강건하면 팔십이라도 그 연수의 자랑은 수고와 슬픔뿐이요 신속히 가니 날아가나이다. 라고 하였다. 우리 인생이 젊었을 때 요긴하게 쓰든 말든 영원하지 못하고 죽음을 향해 순식간에 흘러가 버린다는 의미지만 늙으면 아무것도 하지 못하고 덧없이 그리고 쏜살처럼 지나가 버리니 믿음이나 제대로 가지라고 하는 말이다.

그런데 5분을 늦는 사람도 있는데 5분 일찍 와서 기다려주는 사람도 많다. 이런 사람들은 천사표이다. 시간을 다스리고 제압하며 사는 사람들이다. 시간을 제압하는 사람이 운명을 제압한다고 했다. 간혹 운명은 거지 같은 타이밍에 발목 잡힌다고 하는데 그 타이밍을 제압해 버리면 바로 운명을 제압할 수 있는 것이다.

그러므로 약속 시간을 잘 지켜서 시간을 낭비하지 않는 것도 중요하지만 또한 시간을 잘 다스려서 나의 귀중한 5분을 남을 배려하여 쓸 줄 아는 사람들로 세상이 아름다워졌으면 하는 바람이다.

■ 정진철 ■

1947년 서울 출생. 『한국수필』로 등단(2006). 서울고, 성균관대학교 졸업. 한국문인협회·한국수필가협회 회원. 한국수필작가회 이사. 문학미디어 운영위원. 타래문학회장. 수필집 『사랑의 색깔』(공) 『풍경이 있는 창』(공) 외. jc325@hanmail.net

가을비가 보내준 선물

이효순

　　며칠 동안 가을비가 추적추적 내린다. 지난주 문학기행을 철원으로 갔을 때 그날 밤에도 오늘처럼 가을비가 내렸다. 내겐 마음 설레는 일이 하나 있었다. 50년 만에 중학교 동창을 만나게 되었다. 빗소리와 함께 그 친구와 긴 밤을 속삭이며 정겨운 옛 시절로 잠시 돌아갔다.

　　철원을 향해 가는 관광버스 안에서였다. 악기를 메고 타는 중년 신사와 우리 또래의 여인이 함께 동승했다. 행사 때 연주하실 분들이란다. 검은 옷을 차려입은 그들이 예술인처럼 보였다. 흥이 있는 회원들은 노래를 부르고 난센스 퀴즈도 맞히며 관광버스 안의 분위기는 점점 익어갔다. 한참을 그렇게 흥에 겨워 가는데 가수 겸 연주자인 까만 옷을 입은 맑은 호수 같은 눈을 가진 여인의 차례가 되었다. 성악을 공부했다는 그 여인은 아주 노래를 잘 불렀다. 나이에 비해 목소리도 젊었다. 자기소개를 하는 그 모습이 마치 우리 중학교 때 동창 같았다. 나이가 들어 그때처럼 날렵하진 않지만 목소리와 웃을 때 들어가는 볼우물, 꼭 옆 반에서 반장이었던 친구 같았다. 그러나 이름 끝 자가 내가 생각한 것과는 달랐다. 그래서 숙소에 가면 꼭 알아보려고 마음에 두었다.

　　아침 고요수목원과 산정호수를 지나 철원에 도착하니 비가 내리고 어둠이 짙어지기 시작했다. 인솔자가 방을 함께 쓸 팀을 알려 주었다. 마침 그 여인이 우리와 한팀이 됐다. 배정된 방에 도착하자마자 궁금하던 것을 먼저 알아보았다. 예상한 대로 적중했다. 원래 이름 끝이 잘못 표기되었던 것을 바로잡았다고 하며 맞는다고 했다. 마치 이산가족이 만나 서로 묻고 찾는 것과 같은 거였다. 우린 반가워서 얼싸안고 한동안 가만히 있었다. 너무 기뻐 감정 조절이 잘되지 않았다. 이럴 수가 있을까. 죄짓고는 못 산다는 말까지 했다.

저녁 식사 후 식당에서 간단한 오락회가 있었다. 온통 전쟁의 폐허에서 다시 일어난 도시답게 식당 안은 오래 지나 낡은 것들이 식당 벽을 울타리처럼 메우고 있다. 찌그러진 주전자. 군인들이 쓰던 수통, 낡은 신문, 잡지들…. 어수선한 모습 속에 전쟁으로 폐허가 되었던 그 시절이 고스란히 담겨있다. 그런 분위기에서 친구와 동행한 지인과 함께 '에델바이스' 트럼펫 연주로 시작된 철원의 가을밤은 간간이 들리는 낙숫물 소리와 함께 더 정겨웠다. 친구는 연주를 시작하기 전 50년 만에 만난 날 소개했다. 덕분에 눈인사도 많이 받았다.

협회의 행사가 끝나 숙소로 돌아왔다. 우리들은 철원의 스산한 가을 빗소리를 들으며 그동안 살아온 이야기들을 나누었다. 얼마나 긴 세월이었나. 삶의 우여곡절도 있었지만 아들 둘을 잘 키워냈다. 친구도 목표한 것을 이루고 취미 생활하면서 지낸다고 한다. 이곳에 오게 된 것은 마음에 담긴 것들을 수필을 통해 한번 풀어보고 싶었단다. 그동안 공부하여 지난 3월에 수필가로 등단하여 우리 협회의 동인이 되었다고 했다. 그래서 회원 자격으로 왔다고 한다.

이런 인연이 또 어디 있단 말인가. 생각할수록 놀랍다는 생각만 들었다. 단발머리 소녀들이 눈가에 주름 잡힌 황혼으로 가는 길에 만나다니. 감개무량할 따름이다. 서로 다른 곳에서 긴 세월을 보내고 살았지만 마음에 내재된 생각들을 통해 같은 곳을 바라보는 수필 동인으로 만나게 되었다.

여행을 마치고 귀가하여 지난 3월호 문예지를 펼쳐 보았다. 친구의 이름이 적힌 신인상 명단을 보고 사진을 본다. 그때 읽을 때는 청주 무심천과 진천 농다리가 작품 중에 나와 청주 사람인가 하고 의아했다. 그때도 이름이 달라 그냥 스치는 정도로 읽었다. 다시 정독을 했다. 친구의 옛 시절 모습이 가득 담겼다. 환하게 웃는 모습의 사진도 더 선명했다.

가을비는 낙엽을 떨구고 있는데 내겐 소중한 친구를 선물로 보내 주었다. 여전히 가을비는 멈춤 없이 내린다.

■ 이효순 ■

2006년 『한국수필』 신인상 등단. 한국수필가협회 · 한국수필작가회 · 충북수필문학회 · 청주문인협회 · 충북여성문인협회 회원. 타임즈 「붓가는 대로」 집필. 편지글 『은방울꽃 핀 뜰에서』, 수필집 『석곡의 은은한 향기 속에』, 『닮고기 간다』. 한올문학상 수필부문 본상 수상. 2663819@hanmail.net

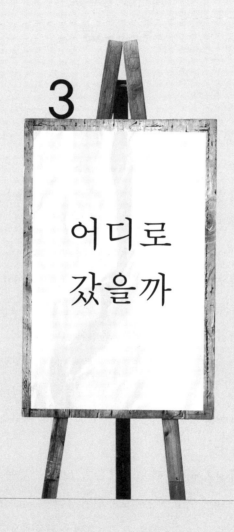

3

어디로
잤을까

어디로 갔을까

장순남

이웃마을에 심성이 고운 친구가 산다. 그녀는 나를 보자마자 뜬금없이 산에 두고 온 고라니가 어미를 잘 찾아갔는지 걱정이 된다고 했다. 사람 눈에 띄기가 무섭게 달아나는 산짐승을 마치 애완견을 떼어 놓은 사람처럼 말하는 그녀의 속내가 궁금했지만 다음 말을 기다렸다.

어제 아침에 개가 뒤뜰을 향해 짖는 꼴이 예사롭지 않아 뒷문을 열고 내다보았다고 한다. 뒤란은 바쁜 농사일에 밀려 웃자란 풀들이 바람결에 흔들리고 있을 뿐이었다. 별다른 기색이 없어 지나가는 들고양이를 보고 그러려니 하고 돌아 나오는데 경중거리며 더 난리를 부려 유심히 살펴보았다.

나중에 알고 보니, 어린 고라니가 농수로에 떠내려가는 것을 보고 아들이 구해서 뒤뜰에 둔 것을 보고 짖어 댔다. 터 넓은 집 뒤뜰에 웅크리고 앉아있는 고라니를 안마당에서 어찌 알고 성화를 부렸는지 제 밥값을 톡톡히 했다며 신통하다고 했다.

그녀의 아들이 물속에서 구해 냈을 때 새끼 고라니는 온몸이 흠뻑 젖어 떨고 있었다. 가엾어서 품에 안고 집으로 오는 길에 동네어른들로부터 '이놈아, 왜 고라니를 안고 다니느냐'는 꾸지람을 듣고는 집안 어른들에게도 지청구를 들을까 봐 뒤뜰에 숨겨 둔 것을 개가 탄로를 낸 것이다.

농사꾼은 고라니가 밭곡식을 망쳐 놓는 골칫거리라서 달가워하지 않을 수밖에. 나도 밭에 고라니가 다녀간 자리를 보고 부아가 치밀어 남편에게 당장 울타리를 쳐달라고 했었다. 애써 가꾼 농작물을 헤집어 놓았으니 곱게 봐 줄 수가 없다. 고라니에게 잎을 전부 따먹힌 강낭콩은 패잔병처럼 줄기만 서 있고, 이제 막 살이 오른 상추 모종을 잘라먹어서 그루터기만 남은 것을 보고 투덜대며 원망을 했다. 얄미운 놈이 새벽에 침입해서 일을 저질러 놓고 밭고랑에다 배설물까지 버젓이 남겨두고 가버린 후였다.

콩잎사귀가 너풀거리면 인정사정없이 밭을 헤집어 놓으며 식탐을 하는 놈들이다. 올해는 아직 콩 심을 시기가 멀었건만 벌써부터 마을로 내려와 철 이른 다른 작물들을 넘보는 것을 보면 갈수록 극성이다.

그 친구는 고라니가 어미를 잃고 굶었을 것 같아 우유를 따뜻하게 데워 먹이려고 했으나 우유 그릇에 눈길조차 주지 않았다. 초식동물을 이대로 집에 두었다간 사흘을 못 넘기고 굶겨 죽이겠다 싶어 아들이 처음 발견했던 근처로 데리고 갔다. 어미가 있을 만한 곳을 짐작으로 찾아 산 중턱까지 숨이 가쁘게 올라가 내려놓았더니 다시 아래쪽으로 쏜살같이 달려가더라고 했다. 수로 근처에서 살았던 기억이 났을까. 수로 쪽으로 가는 것처럼 보였다는데 또다시 물에 빠지지 않을까 마음을 졸이게 된다.

뒤란에서 고라니를 처음 보았을 때 자기를 올려다보던 선한 눈빛이 지워지지 않는다는 그녀의 눈빛도 연민의 정이 가득하다. 그리도 정 깊은 사람에게 어미 만나 잘살고 있을 테니 걱정 말라는 말을 하려다 입속으로 삼켰다. 차에 치인 들짐승을 도로에서 여러 번 본 일이 있어, 어린 고라니의 어미도 사고를 당하지 않았을까 라는 생각이 얼핏 스쳤기 때문이다.

이웃 친구가 고라니를 걱정하는 말을 들으면서 먹을거리를 찾아내려오는 들짐승을 탓하던 내 심성을 보게 된다. 인간도 사흘 굶으면 도둑질을 한다는데 배고픈 들짐승에게 무슨 죄가 있냐고 말을 하면서도 농부의 아내로서 너그러울 수만은 없다. 내가 처음 파주에 와서 농사지을 때만 해도 짐승들이 인가에까지 내려오지 않았다. 그러던 것이 근래에는 너나 할 것 없이 산짐승들 때문에 농사를 못 짓겠다고 푸념이다.

살 곳을 잃고 먹을 것도 없는 짐승들은 어디로 가야 하나. 산을 허물어낸 자리에 산업단지가 들어서고 전원주택이 지어지면 넓은 차도가 생겨난다. 동물들이 다니던 길에 자동차가 달리고 그들이 뛰어놀던 곳에 인간들의 편리를 위해 만든 시설들이 즐비하다. 농수로를 통해 논으로 흘러가는 물소리가 소란스럽다. 인간도 살아야 하고 짐승도 살아야 하는 세상.

앞산에서 꿩 울음소리가 요란하다. 저놈도 콩을 심고, 팥을 심는 농부의 뒤꿈치를 쫓아와 헤집어 놓을 것이 뻔하다. 그러나 어쩌랴 먹이를 찾으려고 하는 짓인데. 꿩이나 까치 등 새들이 먹을 벌레를 인간들이 농약으로 전멸시키면서 너희들 때문에 농사 망친다고 원망하려니 민망하다.

산으로 돌려보낸 새끼 고라니는 어미를 찾아 잘살고 있을까.

■ 장순남

2000년 『한국수필』 등단. 한국문인협회 · 한국수필작가회 · 파주문인협회 · 파주문학회 회원. 수필집 『대문을 나서며』. csn5597@hanmail.net

뒤뚱뒤뚱 맨발

박종은

봄을 풀어놓은 안양천, 청둥오리 한 가족이 물살을 가르며 수면에다 흔적을 늘리고 있다. 여의도 한강공원 오리배처럼 눈치로 갈 길을 잡으며, 윤슬의 등을 넘실거리듯 봄나들이가 한창이다. 물구나무에 젖은 깃의 무게를 털다가 물탕친 제 날갯짓에 놀란 두 눈, 두리번거린다. 채워지지 않은 허기는 자맥질로 반복되고 동심원을 그리며 번지던 파문도 출렁이다 사라진다.

계곡물에 졸졸 따라나선 걸음은 아주 천천히 시작되었다. 내리막길에서 덩치가 부서지고, 어떤 때는 울분에 못 이겨 계곡 안을 고래고래 고함지르는 물소리에 깜짝 놀라 곤두박질친 적도 있다. 바위틈에 끼거나 돌다리에 눌려 있던 시간을 이어가며 하천까지 밀려왔다. 한순간도 멈춘다는 생각은 없었다. 떠밀려가다가, 또는 굴러가던 길은 가뭄의 계절 앞에선 꼼짝없이 몸이 부서지는 아픔도 견뎌야 했다. 어쩔 수 없는 햇볕과 첫 맞섬이었다. 이젠 되돌릴 수 없는 시간 속에 갇혔다.

무리를 떠나 저만치 홀로 노니는 새끼 한 마리, 동화 속 미운 오리 새끼를 흉내 내는 걸까, 아니면 자신이 백조라고 착각하는 걸까? 갸우뚱, 기울어진 물음표를 부리에 물고 유영하고 있다. 꼬마 오리는 천천히 미끄러져 나갈 뿐, 누구와도 눈맞춤이 없다. 그의 눈을 빠져나온 시선에는 외로운 곁눈질뿐.

흙과 모래의 멀고 먼 내리막길을 놓치고 모여든 하중주. 장마의 거센 물살도,

소낙비로 불어난 물의 떠밀림도 모두 옆으로 비켜 갔다. 그곳은 그들만의 쉼터, 꽃다지 그늘에 숨긴 산란의 길을 연둣빛 풀잎이 바람결로 흩뜨리고 있다. 새들과 물고기들의 은신처, 작은 섬으로 살아간다.

철새인지 텃새인지 헷갈리는 청둥오리. 먹잇감을 찾기 위해 연신 자맥질이다. 때론 유유히 헤엄치다 금방이라도 날아오를 듯 엄마가 날개를 펴면, 새끼들이 따라 하는 흉내도 그럴싸하다. 무리를 떠났던 새끼 한 마리, 가족 품으로 돌아왔다. 제각기 물에 머리를 담근다. 물 위에서만 느껴지는 자유를 만끽하는 걸까. 물구나무서듯 정해진 일상을 걷는 엄마를 닮아가는 꿈같은 일탈의 시간.

뒤뚱뒤뚱 맨발로 연출하는 오후, 갈대와 물억새, 수크령 등과 한 식구가 된 하중주. 그들과 한데 어울려 하천까지 떠밀려온 길의 흐릿한 기억을 더듬고 있다. 어렴풋한 기억 하나 물고 뒤뚱거리다 금세 딴전 질이다. 차곡차곡 쌓였던 푸른 시간들이 기억 속에서 무너지고 있다. 둥지를 틀고 새끼들을 키워냈던 사생활이 카메라 줌에 들켰다. 적막한 틈새가 렌즈에 빨려드는 순간, 비밀이 들통 난 풍경들이 바람에 흔들린다. 긴 다리로 어슬렁거리던 중대백로 두어 마리 흰 날개를 펴고 날아오른다.

수면에 비친 내 모습이 하르르 지워졌다가 다시 그려진다. 내가 그들과 하나 되고, 나도 자연 속에 담기는구나, 깨닫는 순간 혼자가 아니었다. 물속을 활보하는 잉어와 오리들, 주변 식물까지 이미 하나였다. 그리고 아무것도 아닌 것처럼 힘겨운 길을 견뎌낸 나 역시 그 풍경 속에 있다. 오후를 밟은 맨발로 뒤뚱뒤뚱 하루를 접는다.

물의 손은 아직도 차갑다.

박종은

2006년 『한국수필』 등단. 한국문인협회 · 구로문인협회 · 한국수필작가회 회원. eun396@hanmail.net

넓고도 넓다

최혜숙

하루 종일 입을 닫고 사는 일이 가능할까. 불교에는 참선의 한가지로 묵언수행이 있다. 일상생활 속에서는 결코 쉽지 않은 일이겠으나, 수행자들을 깨달음으로 이끄는 참선은 진짜 나를 찾는 길이다. 화두를 안고 참선에 들기도 하는데, 선각자가 제시해준 심오한 뜻이 없으면 어떤가. 고요히 마음을 다스려 하루를 반성하고 내일을 계획할 수 있는 것만으로도 긍정적 삶을 이끌어내는 힘을 얻는다.

벌써 20년 전 일이다. 친정 다녀오는 길에 가족은 송광사에 들렀다. 고요한 산사에 아름다운 정경이 퍽이나 맘에 들었다. 남편과 아이들은 사진 찍는 재미에 여기저기 기웃거리는데, 다리 난간에 걸터앉은 여인의 모습이 색다르게 다가왔다. 복장을 보니 잠시 다녀갈 여행객은 아닌 듯 보이는데, 흐르는 물을 하염없이 바라보고 있는 표정이 예사롭지 않아 걱정스럽게 다가갔다. 주제넘게 무슨 걱정이라도 있냐며 물어도 미동조차 없다. 다시 또 물어도 마찬가지이다. 걱정하던 마음은 간곳없이 무시당한 것 같은 계면쩍음에 멈칫하였지만, 좀 더 큰 소리로 재차 물으니 목에 걸고 있던 목각 표찰을 보여주며 방해하지 말라는 눈총을 준다. 표찰에는 '지금 묵언수행 중'이라고 적혀있었다. 무안하여 얼른 자리를 피하기는 했으나, 말을 하지 않고 저리 앉아만 있는 것이 무슨 수행일까 그랬었다.

젊은 날, 나는 불교에 문외한이었다. 사찰은 그저 수학여행가서 구경하고 오는 곳쯤으로 여겼다. 그런 내게 지금은 참선이 화두가 되었다. 숱하게 겪어 온 삶의 편린들이 이제는 나를 옥죄는 사슬이 되었다. 나이가 들어가며 여유롭고 느긋한 마음으로 살고 싶었다. 아무리 바빠도 바늘허리에 실을 묶어서 쓸 수는 없는 일 아니던가. 조금 더디고 뒤처지면 어떤가. 이기적인 것 같아도 순리를 따라가는 삶을 살자 하였다. 그러나 타고난 천성은 어쩔 수 없는지, 굳이 나서지 않아야 할 일에 낭패를 당한 일도 종종 있다. 본래 내성적 성향으로 우울감에 젖어들면 이분법적인 사고를 벗어나기 힘들 때가 있었다. 이만큼 겪고 살아오는 동안 노력으로도 안 되는 일이 얼마나 많은지, 그럴 때마다 그 옹졸함에서 벗어날 수가 없었다. 옳고 그른 것, 좋고 나쁜 것, 어둠과 밝음처럼 선명하게 선을 긋고 살 수 없음을 모르지는 않지만, 그래도 마음 한구석에 정한 규칙 하나쯤은 지키며 살고 싶었다.

요즘 마음 불편한 일이 생기면 집안에 나를 가둔다. 꼭 해결책을 얻기 위해서가 아니다. 그냥 잠깐이라도 벗어나 혼자가 되어 보면 무엇인가 비로소 보이는 것이 있다.

아무튼 각해覺海의 바다는 넓고도 넓다. 그 삶의 파동을 현명히 헤쳐 나가는 밝은 지혜가 내게는 없지만, 다만 오늘도 내일도 작고도 작은 깨우침을 등대삼아 그 파도를 편안한 마음으로 받아들이고 싶을 뿐이다.

■ 최혜숙 ■

1995년 월간 『한국시』, 2007년 월간 『한국수필』 등단. 수필집 『바람이 전하는 말』. 매월당(김시습) 문학상 수상. 1959chs@hanmail.net

아름다운 것은 위험하다

박기옥

올봄에는 꽃을 충분히 즐기지 못했다. 매화, 개나리는 어물쩍하다가 놓쳤고, 벚꽃, 목련은 피기 시작했을 때 비가 왔다. 복사꽃, 진달래는 작정을 하고 군락을 찾았건만 이미 반 이상 지고 난 후였다. 아쉬웠다. 그러나 그 누가 비를 막고, 꽃을 붙잡을 수 있단 말인가. 그것들은 모두 제 마음대로 피고 지는 것이었다.

어린 시절 내가 자란 외갓집은 백여 가구 남짓 사는 조용한 마을이었다. 집 뒤로는 병풍처럼 대나무 숲이 우거졌고, 야트막한 마을 산 밑에는 커다란 못이 있었다.

어느 날 온 마을 사람들이 못의 물을 퍼내기 시작했다. 예안 댁 큰딸이 죽으려고 못에다 몸을 던졌기 때문이었다. 육촌 오빠와 사랑에 빠진 것이 화근이었다. 동네에서 수군거리며 소문이 일어나자 남자는 새벽에 마을을 떠났고, 여자는 죽음을 선택했다.

못이 바닥을 드러내자 예상대로 시체가 나왔다. 몸 전체가 퉁퉁 불어 얼굴조차 알아보기 힘들었으나 마을 사람들은 예안 댁 큰 딸임을 확인했다. 충격을 받은 예안 댁은 바로 실신을 하고 마을 사람들은 외면하며 눈물을 훔치는데, 못 둑에서는 무심하게 벚꽃이 만발했다. 응급차가 바람을 일으키며 급하게 도착하자 흐드러지게 핀 벚꽃이 놀라 물 위로 흩어졌다. 나는 순간 하늘에서 눈雪이 오는

가 했다. 꽃잎이 눈처럼 바람에 날리고 있었던 것이다.

　어른이 되어 슬픔이나 허무를 받아들이기 시작했을 때 나는 종종 그때의 장면을 떠올리곤 했다. 산다는 것은 어쩌면 견디는 일 일지도 모른다. 슬픔을 견디고, 아픔을 견디고, 그리움을 견디는 일이다. 마을을 떠난 그 청년은 어떻게 되었을까. 그는 알고 있을까. 꽃 피고 산들바람이 불어도 멀쩡한 청춘은 죽음을 선택하고, 꽃 지고 바람이 멎을 때에도 살아있는 사람은 꾸역꾸역 살아가기 마련인 것을. 세상 모든 아름다운 것들은 이토록 위험한 것을.

■ 박기옥 ■

2008년 2월 『한국수필』 등단. 대구대학교 수필창작 〈에세이 아카데미〉 주강. 한국문협, 한국수필가협회, 펜클럽, 수필문우회 회원. 수필집 『아무도 모른다』, 『커피 칸타타』 출간. giok0405@hanmail.net

둘이 하는 여행

한 영

언제부터인가 남편과 함께하는 여행이 설레지 않는다. 사람들과 어울리기를 즐기는 남편은 여행도 다른 사람들과 같이 가는 걸 좋아한다. 반면에 나는 단출한 것을 좋아한다. 마음 맞는 친구들과 동행하는 것은 행복한 일이지만 번잡한 것보다는 차라리 혼자 가는 게 좋다. 남편 역시 우리 둘만의 여행을 그리 원하지 않는 눈치다. 할 말도 삼십 분 정도 지나면 줄어든다. 최근 들어 남편은 나이 탓인지 장거리운전에 쉽게 피곤해한다.

이번 여름에 한국에서 손님이 온다고 했다. 나는 같이 여행하고 싶어서 6개월 전에 세도나에 숙소를 예약했다. 그러나 오기로 한 손님은 건강이 좋지 않아 여행계획을 취소했다. 이미 숙박료는 지급했고 환불은 어려웠다. 직접 운전해 가는 둘만의 장거리 여행이라서 가야 할지 고민이 되었다. 세도나로 단체 여행을 가보기는 했지만, 개인적으로는 처음이다. 가을에 세도나를 향해 떠났다가 폭설로 되돌아온 기억도 있다. 그러나 그냥 집에 주저앉기에는 서운했다. 고대했던 여행이 무산된 게 아쉬웠다. 결국, 여행을 떠나기로 했다. 큰 기대는 하지 않고, 쉬엄쉬엄 가기로 했다. 이미 가본 곳이지만 체력이 되는대로, 마음이 끌리는 대로 하기로 했다.

남편은 사람도 좋아하지만, 아름다운 자연경관을 즐긴다. 그는 사막의 황량함도, 푸른 숲길도, 황토색 바위도, 눈에 들어오는 모든 것을 반가워했다. 날씨는 더웠다. 트레일을 걸었지만, 햇볕이 너무 뜨거워서 중간에 되돌아오기도 했다.

기차를 타기로 했다. 시속 10마일에서 20마일로 베르데 캐년Verde Canyon을 간다는 기차다. 왕복 4시간이나 걸린다고 하여 망설였으나 개인 자동차로는 닿을 수 없는 곳으로 간다고 하니 숨은 보석을 찾는 마음으로 기차를 탔다. 각 기차 칸 뒤에는 캐노피 달린 오픈 차가 붙어있다. 남편은 뙤약볕이 싫다고 객실 안으로 들어갔다. 쾌적하게 창문을 통해 보는 게 더 좋다고 맥주 한 잔을 사서 들고 자리에 앉아 버렸다. 나는 혼자 오픈 객차로 나왔다. 따끔거릴 정도의 햇볕도, 바람도 좋고, 무엇보다도 천천히 눈앞을 지나가는 계곡의 경치가 대단했다. 머리도 맑아지는 것 같다.

예전에는 농장이었다는 펄킨스빌이란 곳에 잠시 정지했다. 이곳을 반환점으로 하여 기차는 다시 광산 마을이었던 클락데일로 돌아간다. 남편이 객차 바깥으로 나왔다. 아이스크림을 내게 건네주고는 잠시 머뭇거린다. 나는 그가 무슨 말을 하고 싶은지 안다. 바깥은 더우니까 어서 안으로 들어가자고 말하고 싶을 거다. 움직일 기미가 없는 나를 보고는 말없이 돌아서 객차 안으로 들어간다. 나도 그를 붙잡지 않는다.

사진을 몇 장 찍어 SNS에 올렸다. 아이들과 대화하는 빠른 길이다. 제목을 '결혼기념일을 축하하며 여행을 한다.'라고 쓴다.

이번이 마흔한 번째 결혼기념일이다. 많은 일이 지나갔다. 서로 다른 성격과 체질을 가지고 결혼이라는 차를 같이 탔다. 지루함도, 소음도 견디며 함께 갔다. 그 안에는 뜨거운 열기가 타오르기도, 바람이 싸늘하게 불기도 했다.

이 기차여행이 마치 우리의 결혼생활 같다는 생각이 든다. 기차는 우리를 태우고 같은 목적지를 향해 오고 가지만. 우리는 그 안에서도 서로 좋아하는 위치가 다르다. 각자 하고 싶은 것과 싫은 것이 있다. 예전 같으면 자기가 원하는 곳으로 상대방을 끌고 가려고 설득하다 싸우고 말았을 것이다. 그것이 상대를 위하는 최선이라고 생각하면서. 이제는 상대가 원하는 대로 내버려 둔다. 둘이 하는 여행이 조금 편안해졌다.

'함께 있되 거리를 두라. 그래서 하늘 바람이 너희 사이에서 춤추게 하라.'는 칼릴 지브란Kahlil Gibran의 시처럼 우리는 비로소 상대방에게 거리를, 여유를 주기 시작했는지 모른다.

기분 좋게 나른하다. 반환점을 지난 기차는 처음 떠날 때보다는 빨리 달리는 것처럼 느껴진다. 나의 삶도 같이 달린다. 머지않아 우리가 내려야 할 역에 도착하리라.

━ 한 영 ━

2008년 『한국수필』 등단. 국제PEN클럽 한국본부 미주서부지역연합회·재미 수필문학가협회 이사. 수필집 『하지 못한 말』 외 동인지 다수. younghahn@yahoo.com

바람이 전하는 색

윤영자

　가랑비가 온다. 봄을 보내는 아쉬움에 늦장을 부린다. 비와 바람이 속삭이는 소리는 어떤 것일까 궁금하다. 어린아이의 손길처럼 친근함과 정겨움이 조용히 나에게 속삭여준다.

　먼 산은 희뿌연 한 안개, 다른 한쪽은 흙냄새와 풀 향기가 안부를 묻는다. 봄에 전하는 색과 소리는 물결이 되어 메아리친다. 잡히지 않는 바람 소리가 계절을 공유하며 그려내는 자연의 화폭에는 사랑의 색깔이 번져간다.

　전하고 싶은 색은 많다. 시원하게 느껴지는 자갈들이 어디까지 가는 줄도 모르고 동행을 한다. 모든 것들이 바람을 타고 우리 손으론 만들 수 없는 색깔이 된다. 소지하고 있는 색은 변색되고 헤지지만, 바람결에 전해지는 색은 더욱 선명해진다. 이런 자연의 색은 아무도 만들 수 없다. 바람은 전도사가 되어 꿈을 준다. 바람은 소소리바람(이른 봄에 살 속으로 스며드는 몹시 차고 스산한 바람), 회오리바람, 하늬바람(서북풍), 샛바람(동풍), 뱃사람이 싫어하는 맞바람 등등 많다.

　연분홍과 노란색은 소리와 바람결에 채색되고 다섯 잎의 꽃잎은 한들거리고 꽃술은 자존감으로 버티며 매혹적인 멋으로 바람을 맞이한다. 입속에 머금어 달콤한 즐거움을 기대하는 한편, 바람을 이기려 들면 전하는 힘이 거세어 상처를 받을까 두렵다. 바람과 소리가 정겹고 좋다고 하지만 자연을 거역할 순 없다.

이럴 때면 시원한 느낌을 주는 쪽색이 생각난다. 특히 쪽색은 바람과 산소가 결합하면서 색을 선명하게 만들어 준다. 음력 정이월에 부는 바람은 영동 할매가 딸의 육공단치마를 입혀 자랑하느라 바람을 일으킨다는 말이 있다. 비가 올 때는 며느리가 비를 흠뻑 젖은 모습으로 내려오면 그해 농사는 풍년이 든다고 했다. 우선은 초라하고 보기는 좋지 않지만 집안을 일으키는 대들보란 말이다. 그래서 비도 꼭 필요한 비가 있고 가을 추수 때 자주 오는 비는 필요치 않다는 말이 된다. 옛날에도 딸을 좋아하고 며느리를 미워했다는 잘못된 관행이 있었는데 지금도 사라지지 않는 것 같다. 내 딸이 고우면 남의 딸도 곱지 않은가.

춘삼월은 하얀 목련과 벚꽃이 가슴을 울렁이게 하고 꽃송이가 낙마할 때 온몸을 던지는 소리에 애잔함을 주고, 겨우내 움츠리며 산고의 고통과 같은 열매를 맺은 절정기다. 봄에 바람은 의미가 크다. 만물이 소생하는 희망과 열정이 생기는 꿈이 있다.

오유월에는 온 산천을 연두와 진초록으로 옷을 입혀 가슴 설레기까지 한다. 살랑살랑 부는 조용한 바람에 행복을 느끼는 계절임에 틀림없다. 칠팔월의 강한 비바람은 단단히 지탱함을 알게 한다. 목마른 대지에 수분을 공급해 모든 나무들에게 영양을 주는 계절이다. 아낙네가 출산 준비를 하는 마음과 같이 생명을 자라게 하는 지혜와 능력을 감당케 하는 바람이다. 구시월은 바람과 함께 웃는 소리가 크다. 비바람을 견디고 수확의 계절이 온다. 모든 생물을 진한 붉은빛, 다홍빛으로 만드는 요술쟁이다. 비와 바람은 아마 형제지간이 아닐까. 동지섣달 긴긴밤의 바람은 어둠을 만들고, 춥고 어려워 움츠리게 되는 계절은 흑갈색, 오배자와 같은 검정색을 생각하게 한다.

태풍은 우리 생활에 큰 피해를 주지만 바다에도 필요할 때가 있다. 녹조 현상이 될 때면 한 번 뒤집어줌으로써 바다의 생태계를 살릴 수 있다. 자연은 바람, 물, 흙, 태양과 불이 상생하는 오행의 윤리가 아닌가 한다. 계절에 따라 같은 염료와 매염제를 사용했어도 내 생각보다 다른 빛깔로 탄생하게 된다. 그것은 바람의 위력인가 싶어진다. 사람과 색은 떠날 수 없는 관계일 것이다.

■ 윤영자 ■

2008년 『한국수필』 신인상 수상. young45ja@daum.net

인생의 황금기

송국범

인생의 황금기를 살고 있다. 즐겁고 행복하다. 되돌아보면 10대와 20대는 무모함, 30대는 열정, 40대는 성취로 앞만 보고 달렸다. 50대는 정립이었다. 60대 이후의 삶은 '비움과 나눔'으로 살아야 된다는 생각을 40대부터 해왔다.

많은 사람들이 퇴임 후를 불안해한다. "퇴임 후 어떻게 생활할래요?" 이 말을 들을 때마다 우리 사회가 퇴임 후의 생활들이 행복하지 않은 생활들이었음을 짐작케 한다. 운 좋게도 중등교장으로 퇴임하자마자 대학교수로 영입되어 다른 사람보다 3년을 더 근무하고 퇴임한 나는 너무도 행복하다.

언젠가 신문에서 이런 제목으로 기사를 본 적이 있다. '스트레스야 물러가라, 연금아 반갑다'라는 구호와 퇴직 후의 삶을 '자유, 만족, 행복'으로 너무나 행복한 삶들을 살고 있다는 선진국들을 소개하고 있었다. 그에 비해 우리나라는 퇴직 후의 삶이 가혹하다는 내용을 비교로 소개되었다. 노인 빈곤층이 50%에 육박하면서 노후가 불안정한 삶에 대한 조명은 우울하기까지 했다.

96세인 김형석 교수의 말씀은 나의 삶을 더 확고하게 했다. 인생의 황금기를 65세에서 75세라고 했다. 절친한 친구 사이인 김태길, 안병욱 교수와 함께 동시에 같은 생각을 가졌다니 이제 퇴임을 한 나는 진짜 '인생의 황금기'를 맞고 있다. 김 교수는 여기에 더하여 80까지를 인생의 황금기로 잡았다니 어찌 더 큰 희망을 갖지 않을 수 있겠는가?

10대와 20대엔 시대가 어려웠고 삶이 고달팠다. 허기진 배를 움켜잡고 성공을 위해 많은 것을 희생시켰다. 20대 후반, 교사가 되어 물불 가리지 않고 학생들과 함께했다. 지나고 보니 깊이 없는 인생과 학문 속에서 교단 앞에 선 그 '열정'이 못내 부끄럽다.

40대는 성취의 극치였다. 30대 후반에 교감으로, 40대 후반에 교직의 꽃이라고 하는 교장으로 승진했으니 자존심과 자만이 극치를 이루었다. 교만이 도를 넘은 것 같아 부끄럽다. 50대는 교육을, 내 삶을 정립하고자 굳게 다짐했지만 학생 수 감소로 폐교 위기의 학교를 살린다고 다시 불붙은 성격 탓에 정립하지 못하여 후회한다. '무모함, 열정'이 범벅이 되면서 언론이 떠들썩할 정도로 주목받는 학교로 성장시킨 후 퇴임을 하고 대학으로 갔다.

오랜 훈련을 받은 침팬치에게서 나온 첫 번째 말이 '자유'였다고 한다. 자유는 창의를 낳고, 행복을 만들어 주는 날개며 생명을 주는 힘이라고 본다. 그 자유가 주어진 지금부터 그동안의 삶을 성찰하면서 내 인생을 내가 기획, 설계하고 행동으로 옮기며 잘못된 것들을 수정하고 보완한다는 자체만으로도 즐겁다.

이제 시작이다. 간섭과 지배로부터 해방되어 자유스런 삶을 살고 있다. 사회적 봉사, 성당 봉사, 강의, 여행, 글쓰기, 옛 친구 만나기, 독서, 몇 가지 위원회 활동 등으로 바쁜 일정들을 소화하면서 기쁨이 넘쳐 난다. 퇴임이 가져다준 행복이다.

행복은 공익적일 때 그 의미가 있다. 자신만을 위한 것은 허망하고 남는 것이 없다. 즐거움과 함께 가치가 있는 일을 할 때 진정한 의미의 행복감에 젖는다. 나에게 찾아온 이 황금의 시간들을 아름답게 수놓을 지금 이 순간에 감사한다.

'자유, 만족, 행복'의 순간들이 헛되지 않은 삶을 원한다.

= 송국범 =

2008년 『한국수필』 등단. 전한서대학교 교양학부 교수, 안견미술대전 초대작가. 2004년 서산문화대상 수상. 저서 『교육대통령은 보이지 않는다』 외 다수. bindlle21@hanmail.net

음악은 힘이 세다

김혜숙

강화도 동검리 예술극장. 365일 예술영화만 상영하는 예쁜 이층 집이다. 수천만 평의 갯벌과 갈대가 눈앞에 펼쳐져 있는 낙원이다. 한파 경보도 아랑곳하지 않고 마음 넉넉한 옛 동료들과 함께 그곳에 갔다. 맨 처음 피아노 연주자가 온몸으로 신들린 듯 피아노를 연주했다. 뜨겁고 격정적인 음악. 열정적인 몸동작과 재빠른 손놀림. 그에게서 강렬한 에너지가 뿜어져 나왔다. 뜨거움이 내게 전해졌다. 음악 그 이상의 감동이 밀려와 콧날이 찡하고 울렸다. 이곳으로 이끌어준 옛 동료가 고마웠다.

이어서 포스터의 일생과 음악에 대한 영화가 상영됐다. 〈금발의 제니〉, 〈올드 블랙 죠〉, 〈켄터키 옛집〉, 〈스와니 강〉, 〈오 수재너〉 등 여고시절에 애창했던 추억의 노래들이 감미롭게 흘러나왔다. 미국 민요의 아버지였던 포스터는 37세 젊은 나이에 고단한 삶을 마감했다. 작사까지 겸한 천재 작곡가였고, 음악으론 명성을 얻었지만 사생활은 평탄치 못했다. 포스터의 안타까운 죽음 앞에서는 '예술가들은 왜 비현실적인 삶을 살 수밖에 없나'하는 생각이 떠나지 않았다. 우리는 영화가 끝나고도 '한 송이 들국화 같은 제니…' 추억의 노래를 합창했다.

여고 시절, 노래를 들으려면 SP, LP 레코드판을 가지고 있어야 했다. 다행히 나는 방송반 학생이었다. 아침 점심으로 방송실을 드나들었다. 〈솔베지의 노래〉, 〈별은 빛나건만〉, 〈트로이멜라이〉, 〈무정한 마음〉, 〈지고이네르바이젠〉을 내보냈고, 포스터의 음악도 빠질 수 없었다. 강화도의 몽환적인 풍광 속에서 듣는 포스터의 가곡이라니. '노래는 추억들을 부르지….' 김동률의 노래 가사처럼, 포스터의 음악은 몇 소절 멜로디만으로 나를 단박에 그 시절로 데려다 놓았다. 과연 음악은 힘이 세지 않은가. 한국전쟁 당시 아수라장 같던 피난열차에서 〈G 선상의 아리아〉가 울려 퍼지자 거짓말처럼 장내가 정리되었다는 글을 신문에서 읽었다. 이 음악은 불면증 치료제로 태아와 임산부를 위해서도 널리 활용된다. 음악은 이렇게, 힘을 불어넣고 갈등을 치유하고 소외된 영혼을 위로하고 인간을 자유롭게 한다. 그래서 음악을 주제로 한 영화가 그렇게 많은 것인가.

지난해에 관람했던 〈비긴 어게인〉과 올해 정초에 상영했던 〈오빠 생각〉도 음악영화다. 둘 다 음악을 통해 화해하고 상처를 치유하고 희망을 전하는 작품이다. 〈비긴 어게인〉은 왕년의 명 프로듀서인 남자와 연인과 막 헤어진 여자 가수가 주인공이다. 두 사람은 돈이 없어서 뉴욕의 곳곳을 야외무대 삼아 신나게 공연하며 음반을 녹음한다. 남자는 가족과 화해하고 여자는 실연의 아픔을 극복한다. 음악이 그들 삶의 리듬을 묘하게 되돌린다.

〈오빠 생각〉도 부모의 원한으로 반목했던 두 소년이 음악을 통해 화해하는 이야기다. 한국전쟁으로 가족을 잃은 한 소위의 지도로 전쟁고아들이 화음을 이뤄 내는 과정을 담은 실화다. 〈오빠 생각〉, 〈고향의 봄〉, 〈애니로리〉, 〈아 목동아〉 등의 합창은 압도적이었다. 천상에서 울려 나오는 목소리가 이렇겠구나 싶었다.

음악은 치매 환자나 심신의 고통을 호소하는 환우에게도 널리 쓰이고 있다. 음악은 자율신경을 활성화시켜 통증을 줄여준다. 노래 가사를 생각할 때는 뇌의 시각 영역이 활성화된다고도 했다. 음악의 치료 효과는 우리 가족도 생생하게 경험했다. 우리 어머니는 생의 마지막 몇 해를 휠체어에 의지했고 의식도 점점 흐려져 갔다. 노래하기를 무척 좋아하는 어머니와 함께 동요, 가곡, 가요, 애국가 등 어머니가 기억할 수 있는 모든 노래를 불렀다. 가사에 알맞은 동작으로 율동도 했다. 체력이 고갈되어 눈을 뜰 수 없는 건강상태였을 때도 노랫소리가 들리면 겨우 눈을 떴고 조금씩 조금씩 기운을 차리다가 차차 노래와 율동까지 거뜬히 따라서 할 수 있게 됐다. 결국 재롱잔치가 무르익으면 언제 그랬던가 싶게 흥겹게 노래하고 동작도 크게 표현하면서 동심으로 돌아오는 기적을 보였다. 우린 어머니가 그렇게 회복할 수 있을 거라고 아무도 예상하지 못했다. 다만 "빨리 가고 싶다."는 어머니 말씀에 스킨십하면서 찾아냈던 재롱잔치가 뜻밖의 결과를 가져왔다. 어머니에게 음악은 영혼을 따뜻하게 데워주는 치료제였고 보약이었다.

강화도 예술극장을 찾았던 날, 나는 하루의 삶에 감사하며 두 손을 모았다. 하지만 예술영화만을 상영하는 35석짜리 미니극장의 운명이 걱정됐다. 음악과 영화에 미친 그 예술가는 꼭 돈을 벌겠다는 생각이 아닐 거라고, 아름다운 공간을 마련하여 좋아하는 음악과 영화를 벗들과 향유하고 싶은 의도일 거라고, 애써 짐작하며 불편한 마음을 달래야 했다. 그 예술가가 보람과 행복을 맘껏 누렸으면 좋겠다. 나는 무엇으로 세상에 힘을 보탤 수 있을까. 그 극장으로 날 이끈 섭리는 과연 무엇일까. 생각이 깊어진다.

■■ 김혜숙 ■■

1996년『한국수필』등단. 한국수필가협회 부이사장. 한국수필문학상 수상. 수필집『젊어지는 샘물』,『인연의 굴레 사랑의 고리』『밥 잘 사주는 남자』등 6권. ajook47@hanamil.net

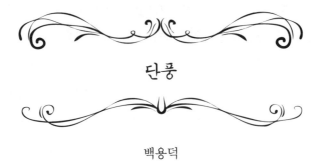

단풍

백용덕

　　우리나라 산 중에서 가장 많은 지명 가운데 하나가 남산인 것 같다. 평창읍 남쪽에 있는 앞산도 남산이다. 이곳 남산에는 평창강을 따라 걸어가는 나무로 만든 산책길과 함께 상리까지 가는 등산로가 있다. 이 길은 왕복 1시간 30분 정도 걸리기 때문에, 새벽 등산으로 몸을 단련시키기 안성맞춤이다.

　평창강변을 따라가는 산책길과 남산 등산로 아래쪽에는 유난히 소나무와 단풍나무가 많이 자라고 있다. 소나무는 일제강점기에 평창군민들을 강제 노역시켜 송진을 채취해 간 상처가 그대로 드러나 있는 굵은 것들이다. 이곳은 응달이며 소나무 사이사이로 단풍나무들이 빽빽이 들어차 있다.

　단풍나무는 누가 뭐래도 가을에 제 가치를 드러내는 것 같다. 남산의 단풍나무들을 강 건너 평창읍 제방에서 볼 때에는 모두 붉은 것처럼 보인다. 그 모습은 또한 얼마나 예쁘고 아름다운지. 마치 진달래꽃이 활짝 펴서 산을 뒤덮은 것 같기도 하고, 정월 대보름날 밤에 달집 여러 개를 동시에 태우는 모습을 보는 것 같기도 하다. 더구나 남산 아래쪽을 뒤덮은 붉은 단풍이 산과 함께 평창강에 비친 모습은 또 하나의 남산이 강물 속에 있는 것 같은 착각에 빠지기도 한다.

　너무나 아름다운 단풍 모습에 마음이 움직여, 하루는 일부러 산책길을 찾았다. 마침 가을이라 높고 푸른 하늘에 태양은 마음껏 빛을 뿜내고 있었다. 산책길의 다리는 나무가 잘 썩지 않게 기름에 절인 것으로 만들었다. 험한 산을 데크로 만든 다리 위로 걸어서 편안하게 갈 수 있었다. 이곳을 걸어가면서 단풍나무를 자세히 들여다보았다. 잎 전체가 하나의 흠이 없는 것은 찾기 힘들었다. 대부분의 단풍잎은 검은 점이 있기도 하고, 잎이 마른 부분도 있었다.

올해는 작년보다 비가 너무 적게 와서, 단풍이 예쁘게 물들어 흠이 없는 것을 찾기가 여간 어려운 것이 아니었다. 멀리서 볼 때는 단풍나무들이 붉은 단풍 무더기를 만들어 단점은 보이지 않고 장점만 보였다. 그러나 가까이서보니 영 딴판이었다. 학생들이 전국체전 등에서 단체로 무용을 할 때는 모두가 아름답고, 누구나 똑같이 보여 사람을 잘 알아볼 수 없다. 하지만 그들을 한 사람씩 자세히 살펴볼 때의 얼굴 모습이 다른 것과 같다고나 할까.

단풍나무는 일반적으로 붉게 물드는 것이지만, 자세히 보니 꼭 그렇지만도 않았다. 얼핏 보기에는 거의 다른 점이 없는 것 같았으나, 영양 상태나 수분 및 토질 등의 영향에 따라 단풍 색깔이 달랐다. 대부분의 단풍나무 잎은 붉게 물들었으나, 어떤 것은 연분홍이고, 검붉은 빛깔을 띠는 것도 있었다. 단풍잎 하나마다 갈라진 모양새도 7개부터 9개까지 다양했다.

단풍은 봄에 잎이 날 때부터 여름철을 무사히 잘 큰 다음, 가을에 적당한 수분과 햇볕을 받아야 아름다운 단풍이 든다. 이 중에 어느 한 가지가 모자라거나 과하면, 아름다운 단풍을 보기가 힘든 것이다. 물론 멀리서 볼 때는 잘 모르겠지만, 가까이서 자세히 보아도 흠 없이 자신의 전통가을 옷으로 갈아입어야 단풍이 잘 들었다고 하지 않을까.

인생도 이와 같다는 생각이 들었다. 동일한 시대에 같은 곳에서 태어나 커도, 그들의 일생은 서로 다른 것이 아닌가. 멀찍이서 사람들이 살아가는 모습을 보면, 하나의 어려움도 없이 모두 잘 사는 것 같다. 그러나 자세히 그 살아가는 모습을 살펴보면, 누구나 제3자가 알지 못하는 근심걱정을 한 가지 이상을 갖고 있는 것이다. 물론 그 정도의 차이는 있다.

나이가 들면, 젊어서 자기만 알고 살아온 사람과 이웃과 더불어 살아온 사람의 얼굴은 달라진다. 자신도 모르게 얼굴에 그 삶이 다르게 나타나는 것이다. 평소 사람들과 잘 어울리고 자기보다 약한 사람을 도와주는 사람이 더 인자해 보이고, 멋진 모습의 노년을 맞는 것이다.

　단풍나무는 가을에 단풍이 아름답게 들어야 마지막 장식을 잘하는 것처럼, 사람도 인생의 멋진 단풍기를 보내는 것이 중요하리라. 이를 위해 자신의 욕심을 차리는 것보다 주위를 돌아보며 더불어 사는 일에 더 힘쓰는 것이 좋을 것 같다.

■■ 백용덕 ■■
『한국수필』 등단(2008). 한국문인협회 · 한국수필가협회 · 한국수필작가회 · 하서문학회(평창문예대학)
회원. 0123pyt@hanmail.net

대화의 끝

김창식

"안녕하세요, 글 잘 읽었어요."

"아, 예. 저… 감사합니다만…."

한 문학 단체의 모임에서 합석하게 된 여성과 오고 간 인사말입니다. 글 쓰는 사람들 사이에 '글 좋다'는 말은 일종의 요식 행위이자 인사치레입니다. 그래도 기분이야 나쁘지 않았죠. 한편 얼굴이 달아오르며 어떻게 이야기를 전개해나가야 할지 난감했습니다. 한 두어 번쯤 만난 듯싶지만 누구인지 이름을 알 수 없어서였지요. 어찌 이런 실례를! 하지만 그런 일이 다른 문우와의 사이에도 간혹 있었던 듯싶습니다. 정식으로 통성명을 하지 않은 채 글로만 아는 경우이지요.

그렇더라도 그녀에게 누구냐고 단도직입으로 물어볼 수는 없었습니다. 나를 익히 알고 있는 눈치였거든요. 관심을 갖고 내 글(어떤 글인지는 모르겠지만)을 읽어주고 칭찬까지 해주었는데, 그녀를 까마득히 모른다면 말이 안 되죠. 여성의 제1 표징인 자존심을 건드리는 셈이니까요. 벌집과 여자의 자존심을 건드리면 엄청난 재앙이 들이닥치잖아요. 그럴 땐 별 방법이 없습니다. 이어지는 대화를 통해 요령껏(기술적으로) 그녀가 누구인지 탐색해야죠. 그런 시도는 대개 무위로 끝나곤 하지만.

아니면 눈치 안 채게 다른 사람에게 슬쩍 신상정보를 묻는 구차스런 방법도 있죠. 한번은 잘못된 정보를 입력하고 '소금깨방정'을 떨며 아는 체를 했다가 난감한 상황을 맞은 적이 있었답니다. 이름을 가르쳐 준 사람을 마냥 나무랄 수만은 없는 것이 어릴 때부터 함께 자랐다는 그 사람은 그녀의 본명을 가르쳐 주었어요. 하지만 문단에서 통용되는 공식적인 이름은 다른 이름이었거든요. 먼저 등단한 같은 이름의 사람이 있으면 나중 사람은 이름을 바꾸어 사용하는 것이 이 바닥의 예의이자 불문율입니다.

글머리에 나오는 여성 문우가 잠깐 자리를 뜬 사이 다른 사람에게 물어서 이름을 알아내었습니다. 그 여성이 돌아왔을 때 새삼스럽게 아는 체를 하며 반가움을 표시한 것까지는 좋았지요. 이야기가 더 진행되었습니다.

"어쩜 글을 그렇게 쓰세요?"

"아, 예. 그저 그냥."

"11월의 정서를 제대로 짚어내셨더군요."

오호라, 그제야 감이 잡혔어요. 수필전문지에 발표한 글인「11월의 비, 11월의 노래」를 읽은 모양이었어요. 글의 일부를 인용합니다.

11월은 끼인 달, 이도 저도 아닌 달, 꿈속의 외침처럼 막막한 달, 안주 없이 들이키는 쓴 소주 같은 달. 눈물은 눈물로 씻고 싶고 울기 시작하면 목 놓아 울고 싶다. 절망의 늪에 한 발을 들여놓고 있을 때보다 절망 속에 침잠할 때가 안온하다. 몸이 고통스러우면 마음의 괴로움이 설 자리를 잃어 견딜 만하니까. 눈물도 얼어붙는 겨울의 명징明澄함이 차라리 견디기 쉽다. 그래서 최백호도 '가을엔 떠나지 말라'고 노래했나 보다. '차라리 하얀 겨울에 떠나라'고.

"감사합니다. 글을 좋게 봐주셔서."

대충 이것으로 끝났으면 좋았으련만 시인인 그녀는 또 이렇게 덧붙였어요.

"근데 그 좋은 재주를 가지고 왜 하필 수필을 쓰세요? 시나 소설을 쓰시지."

근자에 수필 인구가 엄청나게 늘었지만(협회 추산 5,000~10,000명), 문학적 질과 수준은 오히려 저하되었다는 말을 따갑게 듣고 있습니다. 또 수필이 '글 좀 아는' 아마추어가 대충 쓰는 신변잡기나 사회적 명망가나 학자, 또는 타 장르의 예술인이 심심풀이로 끼적이는 만만한 장르처럼 비치고 있는 것도 사실이지요.

차제에 수필이 무엇인가를 생각합니다. 개인의 경험, 사상, 감정, 관념, 관점, 주장을 짧은 산문 형식으로 진솔하게 서술하면 일단 수필의 요건을 갖춘 것으로 봅니다. 하지만 좋은 수필은 허구가 아닌 상상력을 동원해 문학적으로 형상화하고, 치밀한 사유를 통해 균형 잡힌 시각을 보여주며, 문장은 정확하고 일관성이 있어 미적 감동을 주어야 한다고 믿습니다. 주제 면에서도 한갓 신변의 일이나 일상의 경험에 머무는 것이 아니라 보편적인 사유와 근원적인 정서로 나아가야 하지요.

시인인 그 여성 문우와의 착잡한 대화는 더 이상 이어지지 않았답니다. 위 내용을 군이 말하진 않았거든요. 같은 글을 쓰더라도 문학적 기질에 따라 걸맞은 장르가 각기 다르다는 말도 하지 않았고요.

■■ 김창식 ■■■■■■■■■■■■■■■■■■■■■■■■■■■■■■■■■■■■■■
2008년 『한국수필』 등단. 수필가, 문화평론가, 칼럼니스트, 서강대학교 국제문화원 교수. 수필집 『안경점의 그레트헨』, 『문영음(文映音)을 사랑했네』. nixland@naver.com

복사꽃 향수鄕愁

황옥주

옛날, 시골집 울타리엔 거의 예외 없이 복사나무, 살구나무 한 그루쯤은 있었다. 당시는 모두 재래종으로 살구는 그런대로 과일 구실이라도 했지만 복사나무는 아무짝에도 쓸모가 없었다. 오로지 꽃이 예쁘다는 이유만으로 시골 사람들의 사랑을 받아온 나무다.

이들이 꽃망울을 터뜨릴 적이면 개구쟁이들은 골목골목을 내달으며 남의 집 꽃 대궐을 무단히 드나들었다. 온종일을 쏘다녀도 배도 고프지 않았던 시절, 고향의 묵은 그림이다. 추억은 춤추는 봄 아지랑이 같은 것, 〈고향의 봄〉 노래에 옛집이 눈에 어리고 '복사꽃 피는 마을은 어디나 고향 같다.'는 시구에 마음을 주체 못 하는 나는 지금도 철부지 촌놈이다.

언젠가부터 건강 어쩌고 하는 세정에 밀려 매실나무가 퍼져가더니 벚꽃무리에 눌려 홀로 선 복사나무는 이제 꽃나무 행세도 못 한다. 하늘 끝에 일어난 구름이 사람의 뜻이 아니듯 꽃들의 영락과 부침도 다 시류 탓인가?

봄바람이 부는가 싶더니 이름 모를 야생화들이 하나둘 일찍도 얼굴을 내민다. 벌써부터 상춘의 유혹을 부추기려는지 이월의 끝자락에 성급한 벚꽃 기사가 신문에 실렸다. 상춘은 먼저 꽃의 유혹이 있어야 하고 꽃놀이라면 단연 벚꽃이다. 관광버스들은 벚꽃단지를 찾아 달리고 이때쯤이면 여인들의 입술 색이 짙어지며 옷차림도 화려해진다. 며칠간은 버스 안도 벚나무 밑도 조용할 틈이 없을 것이다. 먹고 마시고 박자를 잃어버린 노랫가락에 보는 사람마저 흔들리게 하는 현상은 해마다 늘 보아왔던 일이다.

팍팍한 세상살이에 상춘객이 는다고 나쁠 것은 없지 싶다. 시간적 경제적 여유가 있다는 것도 좋거니와, 화색을 띤 낯낯한 얼굴이 꿈을 잃은 사람들의 우울한 표정보다 보기 좋을뿐더러 무람없이 다가서도 마음이 편하기 때문이다. 그러나 세미世味에 편승하여 병처럼 번지는 벚나무 식재는 생각해볼 일이다. 이러다간 사방에 온통 벚꽃 세상이 되어버릴 것만 같다.

사람의 취향이 다르더라도 좋아하는 것은 대체로 비슷하다. 장미는 가염佳艶의 으뜸이며 화관이 아름답기는 목련이 제일이다. 피어날 때 아름다우면 무엇하리. 시들 때의 모습은 딱할 정도로 추하다. 빛바랜 채 악착같이 달라붙어 거기다 추적추적 내리는 빗물에 젖어 있는 몰골은 정나미가 떨어진다.

어차피 화무십일홍일 바에 처음의 요염한 눈빛 그대로, 고고한 매무새로 지는 것이 꽃다울진대 시들면서 드러내는 추함이라니….

벚꽃은 꽃답게 피었다가 꽃답게 진다. 화사한 만개도 장관인데 일말의 미련도 없다는 양, 건듯 부는 바람에도 꽃비 되어 쏟아지는 파노라마는 그야말로 환상적이다. 지면서 황홀함을 느끼게 하는 꽃은 아마 벚꽃뿐이지 싶다. 게다가 선명함을 잃지 않아 땅에 떨어져 뒹굴어도 지는 꽃 같지가 않다.

좋은 것은 좋은 것이지만, 어쩐지 우리네의 마음을 무겁게 하는 꽃이 벚꽃이다. 아름다움만 생각한다면 어떤 꽃, 어느 나라꽃인들 무슨 상관이 있을까만 하필이면 일본의 국화가 기세를 떨치며 날로 퍼져간다는 것은 아무래도 배알이 뒤틀린다. 벚나무 원산지가 제주도이니 벚나무를 많이 심어도 상관이 없다는 이들도 있다. 참으로 답답하다. 누가 원산지를 따지고 꽃을 즐기며, 원산지 때문에 꽃의 호불호가 바뀔까?

중국인들은 일본의 국화라고 기존의 벚나무도 베어버린다기에 작년 봄 중국

시안여행을 하면서 일부러 눈여겨보았었다. 6백만이 넘는다는 도시의 한 공원에서만 겹으로 된 벚나무 약간을 보았을 뿐이다. 금년 2월 말, 황산여행 때도 필까 말까 망설이는 산 벚꽃 몇 그루를 그것도 산록에서 보고 왔다.

중국이 그런다고 우리도 그래야 한다는 것은 결코 아니다. 어둡던 시절, 강제로 심어놓은 것만도 골마다 넘치는데 자꾸만 더 심으려는 뜻이 씨식잖다. 뽑아내려는 나라와 더 못 심어 안달인 나라, 같은 아픔을 겪었음에도 두 나라의 정서가 이리 다르다. 치매는 개인의 비극이지만 역사의 망각은 민족의 뿌리를 흔들리게 한다.

국제공항은 외국인이 들어오는 나라 길목이다. 봄철, 인천공항으로 들어오는 비행기에서 굽어보면 개나리는 벚꽃에 가려 얼굴도 내밀지 못하고, 일본의 국화가 외국인 접반사 역할을 하고 있다. 연분홍 복사꽃이 무리 지어 피고 지고, 이어서 무궁화 꽃이 무더기로 피어나면 외국인들이 싫어할까? 국제공항으로서의 격이 떨어질까? 어딘지 아쉽고 서운타는 감정을 지울 수 없다.

향수는 그리움이다. 가슴 미어지게 밀려오는 애타는 그리움이다. 물동이 인 꽃댕기 누나가 웃음 주며 오고가던, 복사꽃 피던 골목길은 고향의 길 꿈속의 길이다.

무언가에 쫓기듯 사라져 가는 그 복사꽃에서 내 어제를 본다. 선연한 꽃잎 위에 풋풋했던 젊은 날을 포개어본다. 흔적을 남기지 못하고 무기력하게 어딘가로 끌려가는 나, 가슴은 뜨겁고 사랑은 아직도 끝나지 않았는데….

━ 황옥주 ━

2005년 『한국수필』 등단. 현 광주수필문학회 회장. 수필집 『허얀 귀밑머리』 『기 살리기의 허상』, 일어논문 「吾輩は猫である」(나는 고양이로소이다論). h-okjoo@hanmail.net

지갑 속의 사진들

장명옥

크리스마스 때 외손주들이 산타할아버지와 찍은 사진을 초봄에야 받아 왔다. 산타할아버지와 함께 활짝 웃고 있는 멋진 모습이 담긴 사진이었다. 잊어버리지 않게 잘 챙긴다고 손수건에 곱게 싸서 핸드백에 넣어 왔으나, 장롱 속에 백을 밀어 넣은 후 마음이 돌아선 사람처럼 한참 잊고 무심한 날들을 보내고 있었다.

어느 날 문득, 애들 사진을 생각해 내고 어디다 뒀나 수선을 떨며 찾기 시작했다. 드디어 손수건에 고이 쌓여 있는 사진을 찾아내며 안도의 숨이 쉬어졌다. 내 지갑 속, 미니사진첩에 소중히 간직하고 싶어 지갑을 열었다. 거기에는 삶의 지표처럼 간직해 온 빛바랜 사진들이 나와 마주한다. 사진첩의 한 칸, 한 칸을 넘길 때마다 그 아름다웠던 순간들이 내 기억의 수면으로 떠오른다.

세 아이들의 유치원, 초, 중, 고 졸업사진들. 그들의 성장 기록이 담긴 귀여운 모습들이 나를 그 시절로 돌아가는 행복감을 안겨준다. 사진에는 옛날의 담임선생님들, 친구들이 모두 다 웃으며 손을 흔든다. 한 얼굴이 스치면 또 다른 얼굴들이 달리는 회상열차의 유리창 안에서 지나간다. 마치, "오랜만이에요, 반갑습니다." 하며 손을 흔드는 듯하다. 수많은 순간들이 퇴적 속에 깊이 묻혀 있었다.

다음 칸에는 하얀 눈이 소복한 남산의 소나무 등걸을 뒤로하고 웃고 있는 청춘 남녀가 있다. 그 시절에 유행하던 노란 가죽 코트와 빨간 구두 빨간 숄더백을 걸친 긴 머리의 여인. 광채로 빛나며 행복해 보이는 내 모습이 아닌가. 지금은 그 순간의 행복을 찾기는 어려우나 그 행복감이 준 긴 사랑의 여운으로 오늘을 견디며 사는 것이라는 생각이 든다.

또 한 칸 넘긴다. 아! 어머니, 나의 어머니. 연보라 꽃무늬 원피스보다 더 고우신 어머니. 어머니라고 불러만 봐도 그냥 눈물이 난다. 이제는 사진 속에서만 살아 계신다. 뜨거운 8월의 마지막 즈음에 조용히 눈을 감으신 어머니. 그날따라 소나기는 얼마나 세차게 쏟아지던지, 꼭 내 마음의 눈물을 쏟아내는 듯했다.

어머니가 떠나신 며칠 후, 세기의 미녀 영국의 다이애나비가 파리에서 교통사고로 이승을 떠났고, 그 주말에는 추앙을 받던 성녀 마더 테레사도 먼 길을 떠났다. 어머니의 장례를 치르고 삼우제도 마쳤다. 황천길은 너무 멀고 혼자 가기는 힘들어서 적어도 세 친구는 함께 간다는 옛말을 상기하면서, 우리 가족들은 살아생전에는 욕심이 없으신 듯했는데, 저승길에는 크게도 욕심을 부리셨다고 어머니에 대한 이야기들을 나누며 슬픔을 위로했다. 레테의 강을 건널 때도 그 소용돌이를 견디려면 손잡을 친구가 있어야 하리라. 내 어머니도 아름다운 여인들과 더불어 두드릴 천국 문이 열리면, 그곳에서 걱정 없는 평안을 누리소서. 그날의 기도는 오늘도 계속된다.

나이 탓일까, 요즈음은 중요하게 간수한 물건들을 잃어버렸다고 소란을 피며 하루라도 안 찾는 날이 없고 그렇다고 못 찾는 날도 없다. 쓴웃음을 짓게 하는 일상의 날들이 허다하다.

오늘도 고이 접어 두었던 지갑 속에서 지난 세월이 배어있는 옛날 사진들에 마음이 머물다 다시 제자리에 넣어 두면서 어린 손주들의 사진도 함께 보물처럼 보관한다. 지나간 날들은 아름답다. 아름답다고 느낄 수 있는 것은 그때 그 시절의 아름다웠던 기억이 아직도 남아있는 나의 삶의 광휘를 채색으로 물들이기 때문일 것이다.

생생한 광채로 남아 있는 사진들, 옛날은 가고 없지만, 거기에 내가 있고 함께 한 우리 가족들의 살아온 역사가 반영되어 있어 내게는 소중한 행복을 준다.

■ 장명옥 ■

2009년 2월 등단. LA 수향 문학회 회원, 국제PEN한국본부 미주서부지역위원회 이사. 작품집 『발바다에 불났다』. 제4회 인산기행 수필 문학상 수상. mokchang@gmail.com

비상용 화장지

오태자

"있어요?"

앞줄에 앉은 신 권사가 간식을 먹은 후 엄지손가락과 집게손가락을 펴 보이며 나를 바라보았다. 빙그레 웃으며 기다리는 모습이 꼭 어린애 같았다.

"그럼요. 있고 말고요."

자신 있게 대답한 나는 가방을 뒤졌으나 손에 잡히는 것이 없었다. 어, 어떻게 된 거야? 무겁지도 크지도 않은, 당연히 있어야 할 휴대용 화장지가 오리무중이 었다. 별일이 다 있구나. 안 챙길 게 따로 있지…. 순간, 더운 바람이 확 얼굴을 스쳤다. 언젠가 고속버스에서 있었던 일이 떠올랐기 때문이다.

"버리지 말고 돌리세요."

나는 할 수 없이 지갑에 넣어둔 비상용 크리넥스 한 장을 얼른 꺼내 주었다. 서너 명이 알뜰하게 돌려쓰면서 서로 흐뭇하게 웃었다.

한때 은근히 부러워하기도 했던 주말 부부가 되어 나는 자의 반 타의 반으로 이따금 전주를 오가게 되었다. 예향의 전아한 문화를 접할 수 있을 것으로 여겼는데 현실은 그러지 못했다. 기다리고 있는 것은 밀린 빨래요, 널부러진 방안의 정리와 청소였다. 이런 게 아닌데…. 낭만은커녕 그 일만으로도 하루가 어떻게 가는지 몰랐다.

한 번은 점심을 먹고 서울행 버스를 탔다. 여산을 막 지나는데 갑자기 뱃속이 우당탕탕, 천둥을 쳤다. 두 눈에서는 번갯불이 번쩍번쩍, 휴게소까지는 아무래도 이십분 정도 더 가야만 했다. 멈춰만 준다면 길가도 감지덕지할 것 같았다. 백밀러로 내 사정을 살폈는지 운전기사가 조금만 참으라며 엑셀레이터를 줄곧 밟아댔다. 마침내 휴게소 화장실 가까이에 버스를 세워주었다. 나는 달리기 선수가 되어 우선 난타전을 진정시켰다. 그러나 뒷마무리가 문제였다. 당시 휴게소 화장실에는 거의 화장지가 비치되어 있지 않았고 나는 급한 김에 빈손이었기 때문이다. 그렇다고 무작정 앉아 있을 수도 없는 노릇, 이런 불상사는 처음이자 마지막이어야 한다고 몇 번이나 다짐하면서 문을 빼꼼히 열고 체면없이 도움을 청했다. 그 후 나는 이를 넉넉히 지참하고 다니지만 지갑이나 책갈피에 따로 비상용 크리넥스를 두서너 장씩 넣어 다니는 습관이 생겼다.

이 같은 화장지의 효시는 미국이다. 백오십여 년 전에 마닐라삼*을 이용해서 치질 방지용 종이로 만들게 된 것이다. 우리나라에는 사십여 년 전, 아파트 건설과 함께 수세식 화장실이 일반화되면서 공급되기 시작했다. 일부 부유층에서는 그 이전에도 사용해 왔지만, 어떻든 지금은 너무 헤프게 쓰고 있지 않나 싶을 만큼 수요가 넘치고 있다.

마포에 아파트가 처음 세워졌을 때 당시 수도국에서는 '음료수도 부족한데 무슨 수세식 변소냐'고 반대 했으니 그때만 해도 참 순진했던 시대인 것 같다.

나는 물에 잘 녹는 화장지가 좋은 것으로 알았다. 우연히 이를 전공한 친구를 만나서 들어보니 그것은 녹는 것이 아니라 풀리는 것이라 했다. 펄프 속에 있는 '셀룰로오스'라는 고운 입자가 물에서 풀어지는 것이지 녹는 것이 아니라고 했다. 같은 화장지라도 물티슈는 물에 풀리지 않는 부직포 성분이어서 수세식 변기에 넣어서는 안 된다는 정보까지 얻게 되었다. 그 친구 때문에 모르고 사는 것이 얼마나 많은가 하는 생각을 새삼 하게 되었다.

옛날 원시인들은 용변 뒤처리를 대부분 손으로 했다고 한다. 오늘날에도 중동과 아시아의 일부 지역에서는 손 중에서도 왼손만을 사용하는 풍습이 남아 있다는 것이다. 우리나라에서는 볏짚이나 나뭇잎 또는 채소잎들을 사용했다는 할머니 말씀을 들었다. 철없이 깔깔대고 웃었지만.

생활 수준이 향상되면서 화장지도 각양각색으로 고급화되고 있다. 냄새도 없고 알콜성분도 없는, 향균처리까지 된 애기용 물티슈, 부드럽게 화장을 지우는 크리넥스, 그 밖에 병원에서 환자용으로 쓰는 기능성 화장지들도 많다.

화장지의 전량을 수입하는 우리로서는 편리함 못지않게 환경문제에도 관심을 가져야 할 것이다. 1g도 안 되는 크리넥스 한 장을 만들 때 파괴되는 자연환경은 일시적 재난뿐 아니라 인류재앙의 원인도 될 수 있는 일이어서 여러모로 삼가고 걱정할 일이다.

청결한 시민 생활을 위해 화장지는 긴요한 것이지만 그렇기 때문에 더욱 아껴 쓰고 돌려쓰는 지혜를 실천해야 할 것이다.

비상용을 쓸 때처럼 그렇게….

---

* 마닐라삼: 파초과의 다년초 식물. 필리핀이 원산지로 보르네오, 수마트라 등지에서 많이 재배한다. 섬유는 질기고 내수성이 있어 선박용 로프를 만드는 데 쓰인다.

━━ 오태자 ━━━━━━━━━━━━━━━━━━━━━━━━━━━━━

『한국수필』, 『새한국문인』 등단. 문인협회·한국수필가협회 회원. 작품집 『은빛살구』, 『시들지 않는 꽃』, 『단 한번의 생일선물』. rudia0502@naver.com

나무 계단

조옥규

바람이 세차게 분다. 바람을 대동하고 하산한 산신이 지상의 모든 생명들을 들깨운다. 새들이 요란하게 지저귀고 대나무 숲이 울고 계곡 물이 아우성친다. 태곳적 혼돈이 남아 숨을 쉬는 곳, 현세를 떠나 세월을 거슬러 올라 원시의 시공에 들어와 있는 듯하다. 목재로 지은 집 천장에서 우지직 소리가 들리며 거센 바람 무리가 나를 안고 어디론가 데려갈 것 같은 환상에 빠진다.

소란스런 꿈에서 깨어나 창밖을 내다본다. 높은 산봉우리들이 어둠에 휩싸여 있고 산발치에 자리한 어느 집 불빛이 흔들리는 나뭇잎 사이로 깜박깜박 점멸하며 묘한 분위기를 자아낸다. 비가 내리고 있다. 빗줄기가 창문을 두들긴다. 낮에만 해도 비 올 기미가 전혀 없었는데 산마을이라서 그런지 기후의 변화가 심한 것 같다. 물을 마시려고 아래층으로 내려간다. 조심스레 걸음을 내디뎌도 나무 계단이 삐거덕거린다.

문명과 원시가 공존하는 땅, 파나마의 보께테Boquete 산간마을이다. LA에서 파나마시티까지 6시간 30분, 공항청사에서 한 시간을 대기했다가 다비드David행 비행기로 갈아타고 또 한 시간 비행 후 트랩을 내려서니 후끈한 대기가 나를 포옹했다. 목적지로 가기 위해 렌터카로 오십여 분을 달렸다. 점점 문명권에서 멀어지고 야생지로 향하는 길 주위엔 창조주의 민낯이 어른거렸다.

세상에서 가장 공기가 깨끗하고 사시사철 날씨가 온화하다는 보께테 마을, 천상으로 가는 길목인들 이토록 아름다울 수가 있으랴. 꽃과 커피의 계곡이라는 이곳은 은퇴한 백인들이 선호하는 휴양지라고 한다. 특히 북미나 캐나다에서 추위를 피해 겨울을 나려는 스노버드Snowbirds족들이 즐겨 머물다 떠난다는 곳이다.

날이 밝아 온다. 비바람이 언제 불었냐는 듯 고요한 산중의 아침이 문을 연다. 다사다난한 세상사에서 벗어나 원초적인 자유로움을 느낀다. 문명이 발달함에 따라 물질적으로는 풍요로울 수 있지만 정신적으로는 점점 삭막해지는 것을 부인할 수 없다. 이는 문명의 부작용 때문일 것이다.

매해 발표되는 행복지수를 보면 문명국일수록 낮고, 후진국이나 개발도상국이 상대적으로 높게 평가되곤 한다. 파나마를 포함한 중남미 국가의 행복지수는 언제나 상위권에 속한다. 아마도 자연과 더불어 살아가다 보니 자연을 닮은 사람들이 많아서일 게다. 여행은 삶의 여백을 만드는 일이라 생각된다. 빈틈없이 들어찬 생활찌꺼기를 버리고 차분한 마음으로 나의 참모습을 그리는 시간이다.

맑게 갠 하늘에 쌍무지개가 뜬다. 순간을 영원처럼 일곱 색으로 드리운 무지개를 바라보자니 박동하는 심장소리에 아침 고요가 무너질까 조심스럽다.

바호모노Bajomono산 원시림을 뚫고 산정으로 향한다. 색색이 엔젤스 트럼펫꽃이 주렁주렁 매달린 채 머리를 깊게 숙여 인사를 한다. 마치 천사가 나팔을 불며 '여기가 천상으로 오르는 계단입니다' 라고 알려주는 것 같다. 새벽에 피었다가 해거름 녘이면 짙은 향내를 토하며 지는 꽃이다.

무슨 사연이 있어 하나같이 고개를 아래로 떨어뜨리고 있는 것일까. 부끄러워서일까, 생의 덧없음이 서글퍼서일까. 아니다. 그건 바로 겸손일 것이다. 계곡 물이 물살을 세게 그으며 흘러내린다. 하루라는 시간도 물길을 따라 떠내려간다. 어쩌면 삶이란 일주일 동안 빌려 쓰는 보께테의 나무집 계단처럼 삐거덕거리며 천상을 향해 떠나는 길이라는 생각이 든다. 문명을 거부하고 화전을 일구어 생활터전을 조성하는 원주민이나 문명생활권에서 아웅다웅 살아가는 나도 한순간의 삶을 영유하기는 마찬가지다.

　마음의 여백에 햇살이 가득 퍼진다. 어제도 내일도 아닌 오늘 이 시간이 귀중하다. 존재의 의미에 연연하기보다는 겸양과 순응을 먼저 배워야 하지 않을까. 삐거덕거리는 인생이라 해도 못다 오른 나무계단을 감사하며 착실히 올라야 하리라.

　자유의 새, 케찰Quetzal이 지저귄다.

■ 조옥규 ■

2009년 『한국수필』 등단. 한국수필작가회 이사. 국제PEN클럽 한국본부 미주서부지역 위원회 회원. 수필집 『내안의 빨간 장미』, 공저 『내 이름은 시냇물』 『헛꽃에 반하다』 『생각의 유희』 외 다수.
okkyu515@yahoo.com

마지막 요구르트

서현성

대추는 나에게 각별하다. 딸아이 출산 후 첫 미역국보다 먼저 대추 달인 물을 시원하게 들이켰기 때문이다. 내가 산기가 있다는 소식에 바로 대추에 찹쌀과 딱주를 폭 고아서 병원에 보내준 이는 시할머니였다. 할머니의 산후조리 묘약 덕분에 얼굴 한 번 부은 적 없이 거뜬하게 회복되었다. 그 후 기운이 없거나 지치면 대추차가 생각나 그것은 어느새 우리 식구들의 활력수가 되었다.

동학농민운동이 일어난 해 지주 집안에서 태어난 시할머니의 일생은 우리나라 근현대사의 격랑에 휩쓸려온 삶이었다. 열일곱 살에 시집온 시할머니는 얼마 후 서울 경성고보에 입학한 시할아버지와 떨어져 지내야만 했다. 3·1운동이 일어나자 귀향한 할아버지는 영암에서 독립만세운동을 주도하다 체포되었다. 갖은 악형과 고문을 당하고 대구형무소에 투옥된 지 일 년 만에 돌아왔을 때 그는 산 사람의 모습이 아니었다고 했다. 할머니의 이야기는 늘 이 대목에서 끝이 났다. 집안이 풍비박산된 후 겪은 가슴 아픈 사연을 손자며느리에게는 말하고 싶지 않은 듯했다. 평소에 결코 눈물을 보이는 법도 없었다.

시할머니는 여든 살에 편히 지내던 따님댁에서 내게로 왔다. 광복과 6·25의 와중에서 남편, 손자 하나만을 남긴 큰아들 내외, 작은아들까지 잃어버린 할머니의 소원이었다. 처음으로 손자며느리가 차려드린 팔순잔치상을 받고 몹시 기뻐하던 모습이 어제 일처럼 생생하다. 다음 해도 그다음 해도 마지막이 될지도 모른다며 백 세까지 내내 생신상에 신경을 써야만 했다.

손자바라기 할머니의 활약이 시작되었다. 명절이나 제사 때는 자신이 원하는 종류와 수량대로 음식 장만을 해야만 했다. 그때마다 꼭 당신이 손수 요리한 낙지호롱과 떡갈비맛은 일품이었다. 그러나 뭐니뭐니해도 할머니 건강의 최고비결은 날마다 아침저녁식사 후 머그잔 하나 가득 타서 마신 전지분유라고 식구들은 믿고 있다. 총기 있던 할머니는 사랑방에서 공부하는 남동생 어깨너머로 한글도 깨친 데다 셈도 빨랐다. 취학 전 증손녀에게 숫자도 가르쳐주며 성장할 때까지 큰 보호막이 되어 주었다. 때로는 의욕이 넘쳐 도우미 아주머니에게 부탁한 장보기를 자신이 직접 마음대로 하겠다고 주장해 난처한 적도 있었다.

언젠가 할머니가 내게 던진 농담 같은 진담이 있다. "네가 물을 긷냐, 불을 때냐, 길쌈을 하냐, 옷을 짓냐, 아침에 가방 들고 학교 간다고 횡하니 나갔다가 바람도 쏘이고 저녁에 들어오니 편하게 사는 줄 알아라." 가중되는 고3 담임 업무에 지쳐 있던 나는 그냥 웃고 말았다. 반세기의 차이가 나는 할머니의 고정관념과 의식구조는 난공불락이었다. 세월이 흘러갈수록 시할머니는 호랑이 시어머니로 변해갔다.

그해 여름 백 세가 된 할머니가 시름시름 기운을 잃어갔다. 아파트 내 단골가게들은 한 바퀴 둘러보는 할머니표 산책도 접더니 몸져눕고 말았다. 점차 미음도 제대로 들지 못하고 정신도 혼미해지는 것 같았다. 노인은 건강하다고 해도 한 치 앞을 모른다며 십여 년간 부부동반 여행을 중단한 이도, 두 달 남짓 대소변 수발을 들며 향내가 나도록 할머니를 씻겨드린 이도 남편이었다.

단풍이 유난히 고왔던 그 날, 남편은 퇴근한 나에게 아무리 권해도 물 한 모금도 안 드시니 내가 한번 해보라고 했다. 벽에 비스듬히 앉혀드리고 요구르트를 권했다. 처음엔 몽롱한 상태이던 할머니의 눈빛이 순간 내 눈과 마주치자 나를 알아보는 것 같았다. "도라(주라)." 나지막하지만 분명했다. 요구르트 한 병을 거의 다 마셨다. 결국 그 요구르트가 할머니의 마지막 식사가 되었고 달라는 말도 마지막 말이 되었다. 그리고 이틀 후 잿불이 사위듯 그렇게 세상을 떠났다.

반닫이에서 할머니의 수의를 찾았다. 보자기를 풀어 수의를 살펴보는데 무엇인가 툭 떨어졌다. 할머니의 요절한 두 아들 사진이었다. 아, 그랬구나. 두 아들을 가슴에 아니 수의에 묻고 보고 싶을 때마다 가끔 수의를 다독였구나. 조금만 마음의 빗장을 열어도 강물 같은 슬픔에 무너질까 봐 울지도 못하고 그렇게 강한 모습으로 버텨내셨구나. 한순간에 할머니의 입장이 절절하게 다가오며 이십여 년간의 갖가지 사연을 마음으로 받아들일 수 있었다. 장례 후 돌아와 할머니 방에서 몇 날이고 잠을 자며 애통해하는 남편을 그냥 안아줄 수밖에 없었다. 구절양장 세월의 무게에 얽힌 회한과 슬픔의 깊이를 어찌 내가 다 가늠할 수 있었겠는가.

내가 드린 요구르트를 마시며 할머니는 과연 무슨 말을 하고 싶었을까. "그동안 애썼다. 고맙구나. 앞으로 손자 잘 보살펴다오."라고 하지 않았을까. 천 마디 말보다 마지막 요구르트와 두 장의 사진이 세월에 엉킨 마음의 실타래를 풀어준 작은 마중물이었다. 작은 눈빛, 작은 손길, 작은 몸짓의 마법을 좀 더 일찍 깨달았더라면 역지사지의 심정으로 공감하고 애틋하게 소통하면서 더욱 즐겁게 걸어왔으리라. 가슴이 싸하다.

■■ 서현성 ■■

『한국수필』 등단. 한국수필가협회 운영이사, 한국수필작가회 이사, 백미문학회 회장. 2012년 올해의 수필작가상 수상. s-h-esther@hanmail.net

인문학 변론

은종일

　　'인간이 그리는 무늬'가 인문人文이고, '인간이 그리는 무늬를 연구하는 것'이 인문학人文學이다. 인문학의 발달 수준은 그 사회의 발전 정도를 가늠하는 잣대로 통한다. 인문학 중심시대로 진입하지 못하면 정체된 사회로 남아돌게 된다는 것이다. 선진 사회로의 진입을 시도하는 우리나라가 꼭 열어가야 할 '인문학의 시대'를 두고 인문학의 현실에 대해서 이러쿵저러쿵하는 것도 이 때문이다.

　　새로운 세기에 들면서 공영방송에서 인문학 강의가 방영되고, 사회 곳곳에서는 인문학 강좌가 성황을 이루고 있다. 하지만 정작 인문학의 본영인 대학에서는 인문학 학과의 정원이 감축되거나 인문학의 학과가 통폐합되고, 취업현장의 기호에 맞도록 이름이 바뀌기도 한다. 무엇보다 대학구조조정의 유인책으로 인문학과의 정원이 우수대학은 대폭 줄어들고 부실대학은 그대로여서 인문학의 질적 수준 저하가 더 큰 문제다.

　　얼마 전, 입시 준비 중인 손자 녀석과의 대화에서 "제가 목표로 삼았던 대학의 학과가 없어질지도 모릅니다." 라는 걱정 앞에선 할 말을 놓치고 말았다. 당장 올 입시부터 시행되는, 인문계통의 정원을 줄여 공학계통의 정원을 늘리는 교육 당국의 정책이 던지는 충격파였기 때문이다. 교육이 국가의 백년대계라고 함은 백년 후까지를 담당할 국가의 동량을 가르치고(敎) 기르는(育) 계획을 뜻한다. 그런 측면에서 백년대계가 아니라 국면 계획이라는 비판을 피할 수 없게 되었다.

현실적으로는 대학이 가르치고 길러서 내놓는 인력, 그 가운데서 특별히 우수하다고 뽑은 그러한 인력조차도 재교육 없이는 산업현장에서 바로 쓸 수 없다는 것이 문제다. 완성품 격인 경력자를 우선 채용하는 우리 산업현장의 구인 풍토는 바로 이러한 불완전한 교육의 산물인 것이다.

인재의 수요와 공급 간의 미스매칭 현상은 풀어야 할 숙제였다. 이제 그 선을 넘어 문과생들이 실업자 양산의 직접적인 원인을 제공하고 있다는 것이 정책 판단의 전제이다. 하지만 인문학이 취업이 어려워 찬밥신세로 전락하고, 자본주의 시장경제에 떠밀려서 배부른 자의 학문처럼 홀대를 받는 것은 더 큰 문제다. 문·사·철(文·史·哲)로 대표되는 인문학이 지니는 본연의 권능이나 학문적 비중을 간과하고 있기 때문이다.

인간다운 삶을 발전적으로 이어나갈 수 있도록 우리 삶의 전반에 대해 분석하고 미래를 예견하는데 가장 바탕이 되는 기초학문이 인문학이다. 초래될 인문학의 위기는 금전적으로 환산할 수 없는 삶의 가치를 훼손하게 되고, 물질만능주의에 의한 인간성 상실을 가져오게 될 것이 명약관화하다.

그보다 더 중요한 것은 역사가 일러주는 인문학의 위상과 힘이다. 멀리는 중세기의 암흑시대를 청산하고 르네상스시대를 연 것이 인문학의 공로였고, 가까이는 새로운 세기의 기린아 '아이패드'라는 태블릿 컴퓨터나 아이폰도 인문학과 공학의 융합에서 나왔다는 사실이다. 뿐만 아니라 페이스북의 마크 저커버그, 마이크로 소프트의 빌 게이츠, 애플의 스티브 잡스 등 21세기 위대한 창업자 모두가 대학을 중퇴한 인문학도였다는 점은 우리 모두가 곰곰이 되새겨볼 일이다.

우리 교육의 바른길은 초·중·고가 진로 결정의 진입교육현장으로 바뀌어야 하고, 기술전문교육으로 산업현장에서 쓸 수 있는 인력을 공급해야 하며, 대학을 교육중심이나 연구중심으로 전문화 특성화를 이뤄나가는 것이다. 이에 못지 않게 학벌 위주의 학력주의에서 실력 위주의 능력주의로 바꿔나가는 과단성 있고 일관된 정책이 수반되어야 하겠다. 무엇보다 대학이 단순한 지식을 쌓아 취업을 준비하는 곳이 아니라, 다양한 분야에서 학문을 탐구하는 곳이라는 대학 본연의 자리매김이 우선이다. 취업률을 놓고 국가 차원의 수요를 간과하고 인문계 학과의 정원을 일방적으로 축소하거나 없애는 것은 교각살우矯角殺牛의 우를 범하는 일이다.

선진국 진입을 가시권에 두고 있는 현대 우리 사회가 물질주의, 쾌락주의, 개인주의 등으로 전도되고 잃어버린 삶의 가치관과 인간 본성을 회복하는 길은 과연 무엇일까? 일찍이 키케로는 인간의 정신을 가장 존귀하고 완전하게 해 주는 학문이 인문학이라고 하였다. 자기성찰을 통해서 인간다운 삶을 살아가는 것, 실제 생활에서 탁월함을 추구하는 것이 인문학의 기본목표다. 인간의 존재 의미와 인간 됨됨이, 게다가 바람직한 삶의 가치까지 제시하는 인문학이 그 해답이기에 인문학에서 그 길을 찾을 수밖에 없다.

인문학의 중심은 인간이다. 인간은 변하고 달라진다. 세계관에 따라 해결하는 방법과 내용도 달라진다. 고로 존재의 지표까지 달라진다. 달라진 존재의 지표를 통찰하고 인문적인 창의성을 발휘할 때 선진국으로의 인문학 중심시대를 열어갈 수 있을 것이다. 그래서 인문학은 생존인 것이다.

■ 은종일 ■

2005년 『한국수필』 등단. 군위문인협회 회장, 수필과지성 창작아카데미(대구교대) 운영위원장, 대구광역시문인협회 부회장(역), 달구벌수필문학회 회장(역). 수상집 『거리』, 수필집 『재미와 의미 사이』, 『춘화의 춘화』. 한국수필작가회 문학상, 대경전우상 예술상 수상. eunji4513@hanmail.net

함몰, 거기엔

문육자

어느 날부터 푸른 냄새를 내뱉기 시작한 바람이 짬 없이 창밖을 지나갔다. 뜰에는 신생의 봄을 위해 부끄럼도 마다않고 하얀 눈 속에 서 있던 모과나무의 눈엽嫩葉이 눈을 뜨기 시작했다.

아파트 정원의 한 자리. 이층 방에서 가장 잘 보이는 곳에 스물여덟 해 전에 어린 모과나무 한 그루를 사다 심었는데 그 모과나무는 위로였다. 삐끗하여 옴짝달싹하지 못하고 사람이 그리울 때도 피곤으로 널브러져 용기를 상실할 때도 하늘로 발돋움하는 그는 곁에 있어 주었다.

밤새 내린 비로 여린 초록 사이로 몰래 올라온 연분홍 꽃들이 한눈 찡긋하며 교태를 뽐내고 있음이 보인다. 그리고 다가올 여름 한 철을 견디고 튼실한 열매를 매달기 위해 수액을 빨아올려 실핏줄을 타고 온몸에 흘러내리게 하고 있다. 저 끙끙거리는 소리를 들어보라. 혼신을 다해 배태의 꿈을 꾼다.

지난가을이었다. 열아흐레의 자동차 여행을 마치고 돌아왔으나 도전을 이룬 뿌듯함보다 공허감으로 몸살을 앓았다. 여력이 없는 듯한 허망함으로 산에 걸쳐질 노을만을 기다리곤 했다. 내가 그 노을인 듯해서.

그때 저녁 햇살을 받으며 자르르 기름 오른 몸에 움푹 팬 꼭지를 단 모과 넷이 눈앞에서 서성이다 바람 소리에 놀란 듯 흔들렸다. 왜 그 꼭지가 함몰된 유두乳頭를 연상시켰는지 알 수가 없다. 진노랑의 몸에 검버섯 핀 못난이기에 멋진 과일

바구니에는 담겨보지 못해 한이 맺히지는 않았을까. 모양인들 반듯한가. 자유로움이다. 반듯하게 생기지 못했으니 꼭지조차도 쭈그러진 함몰 속에 갇혔다. 그러나 움푹 팬 자리에 밤새 내린 빗방울을 유리알처럼 모으고 거기에 상큼한 향내를 얹었다. 그것으로 작년 가을은 행복했다.

향내는 그들의 언어이다. 바람은 전달자일 뿐 향내만이 그들이 지닌 유일한 언어이다. 생김새로 뒷전에 밀려 있지만 신 듯 달콤한 듯 진하디진한 귀한 언어를 함몰된 꼭지로부터 온몸으로 스며있게 한다. 향내의 정수다. 사람을 위해 내놓을 제물이다. 아낌없이 내놓을 신성한 나눔이다.

내가 그녀를 만난 것은 제법 오래전이었다. 관절염이 심해 퇴근 후면 물에서 허우적이며 몸을 풀고는 수영장에 딸린 작은 사우나 장으로 가는 것이 일과의 하나였다. 매일 만나는 얼굴들. 나신의 아름다움들. 부지런한 손놀림 속에 젖무덤을 가린 손을 발견했다. 얼른 보이는 가슴은 봉긋한 산의 봉우리처럼 지나칠 만큼 탄탄하고 아름다워 보였다. 낯선 얼굴은 아니었다. 수인사로 지냈건만 유독 눈길이 간 날이었다. 몇 날을 도둑처럼 훔쳐보곤 했다. 적당한 크기, 눈으로도 느껴지는 탄력감. 흘끔거림을 어느새 눈치챈 그녀는 귓가에 미풍처럼 차 한잔하자는 말을 날리고 탈의실로 갔다. 잘못을 저지른 아이처럼 두근거리는 마음을 부둥켜안고 마주 앉았던 날을 잊을 수 없다.

"어떻게 알았어요? 재건축인 줄을."

섬세한 손길이 빚은 듯 봉긋한 봉우리를 지닌 그녀의 입에서 나온 재건축이라는 말에 어찌 놀라지 않았겠는가. 암으로 잘라내고 후벼낸 자리를 오랜 기간 항암치료를 했고 상실감과 부끄러움으로 어두운 시간들을 보내다 함몰에 세운 재건축의 봉우리라고. 그러나 그대로 지내지 못한 어리석음을 후회한다고 했다. 결코 부끄러움이 아니며 떳떳이 가슴 내민다면 자기와 같은 이들에게 힘이 되었으리라고 했다. 부러워하며 탐닉하던 내 눈길이 부담스러웠다고 했다. 자기와 같은 사람들이 얼마나 많은지 아느냐고 조심스레 물었고 그들에게 희망을 심어주는 일을 하겠다고 말했다. 봉우리는 있어도 그만, 없어도 그만이라며 웃음을 흘리는 여유까지 내게 보이며 무안해하는 나를 오히려 위로했다.

함몰, 그것은 그녀에게 상실의 아픔이었으나 다시 일어서게 한 힘이었고 단련의 도구였다. 삶을 깊고 넓게 바라볼 수 있을 것 같아 봉긋한 봉우리가 아니어도 더 이상 부끄러움이 아니었다.

창밖에 서 있는 모과나무를 본다. 어느 해엔 야속하게도 한 송이도 내밀지 않았기에 옹두리에 핀 꽃들이 더없이 고맙기만 하다. 꽃송이마다 매달려 줄 튼실한 모과를 기다린다. 함몰의 꼭지를 따라 흐를 끈끈한 진액의 향내는 그녀의 소망과 무엇이 다르겠는가. 그녀는 상실감을 이겨내고 희망과 꿈의 전도사가 되고자 한다.

저 함몰의 젖꼭지를 매단 모과를 보라. 누가 못난이라고 하겠는가. 수밀도처럼 흘러내리는 과육이 따끈한 차 한 잔이 되어 사람들의 마음을 사랑으로 데울 수 있는 날을 기다린다. 아픈 이에겐 치유가 되고 외로운 이에겐 친구가 될 꿈을 꾼다. 저들의 순수한 아름다움을 어디서 다시 발견할 수 있을까.

■ 문옥자 ■

2009년 등단. 수필집 『바다, 기억의 저편』 외 4권. 시집 『과수원』(2인 공저). theresia42@hanmail.net

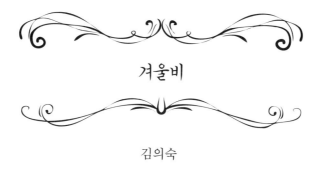

겨울비

김의숙

새벽 빗소리에 잠을 깼다. 싫지 않은 겨울 빗소리 따라 기지개를 켜본다. 빗줄기가 핏줄을 따라 온몸으로 흘러내리는 듯하다. 기분이 상쾌하다. 아마도 어제 정월 초사흘, 내 생일에 받은 여동생의 선물 덕분이 아닌가 싶다. 간밤엔 집 나간 여동생을 찾아 헤매는 꿈을 꾸었다. 잃어버린 동생을 수년 동안 찾아다녔다. 어렵사리 만난 동생의 남루하고 상처투성이 된 모습에 얼싸안고 한없이 울었다. 때아닌 겨울비가 주룩주룩 내리고 있다.

동생과 나는 네 살 터울이다. 60년이 넘도록 한 번도 떨어져 산 기억이 없다. 아주 어려서는 시골에서 살다가 초등학교 때에 서울로 전학했다. 그 후로는 신촌 근처에서 결혼 전까지 줄곧 살았다. 그리고 나는 스물다섯 살에 결혼을 했고, 동생도 뒤를 이어 결혼했다. 우리는 당연한 것처럼 한동네에 살림을 차렸다. 철부지 삶이지만 아이들이 어렸을 때는 마냥 즐겁기만 했다. 고만고만한 아이들을 마당 고무 풀장에 들여놓고, 우리는 차를 마시며 반복되는 생활임에도 지루한 줄 몰랐다. 동생은 딸만 둘을 낳고 나는 아들만 둘이어서 아들 둘, 딸 둘, 4남매를 잘 키우자고 얘기도 했다. 아이들이 자라면서 철 따라 여행을 할 때도 무척 정겨웠다.

함께 전원생활을 하며 늙어가자고 했다. 우리는 좁지 않은 대지에 두 집을 붙여 짓고, 주말이면 성장한 아이들이 제 식구들과 찾아와 함께할 수 있기를 소망하기도 했다. 아늑한 집이 세워질 그곳 근처에는 작은 성당이 있고 수도원도 있어 더없이 정이 가는 곳이었다. 나는 꿈꾸기를 좋아해서 꿈만으로도 행복했다.

여동생은 성격이 나와는 좀 달라서 나는 언니 같은 동생이라고 늘 생각하였다. 무슨 일이든지 수월하고 시원하게 해치우는 것이 한없이 부러웠다. 제부도 서글서글한 성격에 어쩌나 미더운지, 전원생활에 아주 적합하다 여겨져 그저 좋기만 했다. 봄이 되면 그곳으로 내려가 유실수를 심고, 야채밭도 일구며 아이들과 새참을 즐기기도 했다. 바다가 내려다보여 고깃배가 들어오면 곧잘 펄떡펄떡 뛰는 생선을 맛보기도 했다.

그런데 어디서부터였을까. 무엇 때문이었을까. 알 수 없는 냉랭한 기운이 감돌더니, 꿈을 앗아가 버린 것이다. 급기야는 어렵사리 마련한 밭마저 없애야만 했다. 어떻게든 풀어보려 했지만, 애를 써 볼 여지도 없었다. 너무 오랫동안 쌓인 애증이 어느 순간 회오리쳐 올라 감당키 어려우리만치 피어오른 것일까. 별로 다툰 기억이 없던 우리 자매가 몹쓸 기운에 휩싸여 지낸 세월이 10년이다. 어느덧 아이들은 모두 자라 가정을 꾸려 제 아이들과 잘살고 있다.

올해 여동생의 나이 61세로 환갑을 맞이한다. 몸도 마음도 이제는 늙음이다. 동생은 지난 구정을 지내고, 정월 초 사흗날에 내게 전화를 해왔다. 나의 생일을 진심으로 축하한다는 것이었다. 이토록 따뜻한 음성이 얼마 만인가. 나는 눈물을 주체할 수 없어 그냥 한없이 울었다. 어리다고 여기던 동생이 어느덧 환갑이다. 사계절로 치면 겨울, 그렇게 인생의 겨울을 맞으려니 제 마음도 몹시 시렸던가 보다.

이번 여동생의 생일에는 환갑여행을 함께 떠나야겠다. 동생의 손을 꼬옥 잡고 잃었던 것들을 모두 되찾으려 떠나야 한다. 서로 다른 성격 탓에 갈등하면서 참아왔던 긴 마음속 얘기들을 실컷 해야 한다. 허사가 되어버린 옛꿈도 되살려 볼수 있으면 좋겠다. 마음이 변하기 전에 동생에게 전화를 걸어 제주 피정을 신청

했노라 말했다. 내가 동생에게 마음으로 주는 환갑선물이다. 나의 환갑은 서러운 세월 속에 묻혀갔지만, 이제라도 우리의 인연을 돈독히 하기 위함이다. 오랜 방황과 침묵을 깨려 작업하는 나의 손안으로 후끈 힘이 솟는다. 심장이 쿵쿵거린다. 동생과 맞이할 우리 인생의 겨울은 이제 춥지는 않아야 한다. 정월 초, 한겨울임에도 주룩주룩 비가 내린다. 이 겨울비가 한동안 막혔던 우리 자매 사랑의 핏줄로 시원하고 따스해져야만 한다. 이 비가 개이고 나면 동생과 함께 맞는 봄이 올 것이다.

■■ 김의숙 ■■■■■■■■■■■■■■■■■■■■■■■■■■■■■■■■

『한국수필』 신인상 등단. 덕성여자대학교 식품영양학과 졸업. 사)한국수필가협회 이사, 한국수필작가회·솔샘문학회 회원. 수필집 『목요일, 아침』(공) 외. catarina_kim@naver.com

고바늘

도혜숙

 가을걷이가 끝나고 날이 추워지면 어머니는 손뜨개질을 즐기셨다. 그중에서도 코바늘뜨기를 더 좋아하셨다. 해묵은 뜨개옷을 모아두었다가, 한 가지씩 풀어서 깔개 이불을 만들어 방바닥에 깔아두기도 하고 방석이나 다듬잇돌 덮개 같은 소품들을 만들었다. 코바늘을 잡고 앉으면 마음속에서 잠자던 클로버가 솟아나고 벚꽃이 피어나고 장미 꽃잎이 돋아난다. 출렁거리는 파도 위로는 갈매기도 날았다. 코바늘은 어머니의 동고비녀요 전기수요 낚시다. 뜨개질은 어머니의 소원이 담긴 작품세계일지도 모른다.

 일흔을 넘어선 나이에 도수 높은 돋보기를 쓰고 하는 뜨개질이 그리 만만한 일이 아니지만, 코바늘로 실을 낚아채는 어머니의 손놀림은 아직도 재바르다. 코바늘과 실타래가 만나면 세상사는 이야기가 절로 풀려나온다. 코 하나가 빠진 줄도 모르고 한참이나 뜨개질한 것을 풀어 내릴 때는 짜증이 날 법도 한데 "잘못 산 인생도 이렇게 풀어서 다시 살 수 있다면 얼마나 좋으랴?" 하면서 헛수고한 것을 아까워하지 않고 오히려 훌훌 풀어서 고쳐 만들 수 있다는 걸 다행이라 하셨다.

 어머니 마음에는 나와 띠동갑인 뽑이 아들이 있다. 고생고생 농사를 지으면서 공부시키는 아들이 대학 졸업만 하면 자신의 고생이 끝날 것이라 여겼다. 그런데 그 아들이 어머니의 속마음도 몰라보고 신학대학원에 진학을 했다. "유학을 해서 대학을 마쳤으면 과분한 일이지. 또 공부는 무슨?" 어머니는 섭섭한 마음을 자주 드러내셨다. 석사과정을 졸업한 아들은 더 해야 할 공부가 있다며 식구들을 데리고 미국으로 건너갔다. 어머니는 속울음만 울었다. 빈 쌈지 속에 감춰두었던 슴베 같은 자존심이 어그러졌다.

"그때, 내가 이 코바늘로 볼끈 옭아 잡아야 했는데….."

뜨고 풀기를 반복하면서 고쳐 만드는 재주가 코부리 같은 성정이라도 한 번 놓친 아들을 제자리로 돌려놓을 수는 없었다. 기다리는 아픔을 한 올 한 올 뜨개질에 새겼다.

아들한테서 안부전화가 오면 "언제 오노, 내년에는 오나?" 아무리 다그쳐 물어도 어머니의 마음을 시원하게 할 만한 대답은 듣지 못했다. 아들네 식구가 한 번 왕래한다는 건 이웃집 가듯이 쉽지 않은 게 현실인 것을. 다섯 식구를 부양하면서 자신이 해야 할 공부를 한다는 건 "그림에 떡" 같은 일이었다. 자신이 해야 될 공부가 아무리 소중하다 해도 자녀들 교육을 앞지를 수는 없었다. 게다가 시민권이며 영주권을 손에 쥐기까지는 분주하고 복잡한 생활의 연속이었다. "봄은 열아홉 번이나 왔다 갔는데도 내 새끼들은 한 번도 올 수가 없단 말인가." 비탄이 어머니의 가슴을 헤집었다. 바람결에 낭자머리 풀어헤친 것처럼 마음이 심란할 때는 코바늘을 들고 앉는다. 한참 동안 코바늘과 씨름을 하다 보면 출렁거리던 파도를 잠재우고 헝클어진 머리를 간종그려 동고비녀를 꽂곤 하셨다.

기다리다 지친 어머니는 사람도 못 알아볼 지경이 되었다. 아들네 식구들이 찍어 보낸 가족사진을 들여다보는 일마저도 잊어버렸다. 병원에서는 최선을 다해보겠노라 말은 하면서도 얼굴에 드리운 어두운 구름은 어쩔 수가 없는 듯했다. 임종이라도 볼 수 있으면 하는 마음으로 동생에게 전화를 했다. 그런데 비행기 표 구하기가 얼마나 난감했으면 임종은 차치하고라도 발인하는 전날 비행기를 탔다는 소식이 왔다. 발인 전까지는 올 수 있을 것 같았다.

그런데 김해 공항에서 진주로 오는 고속도로에서 교통사고가 나서 대중교통이 마비상태라는 연락이 왔다. 발인 예배는 이미 끝나고 관도 못 닫은 채 기다렸지만, 어머니는 마지막 가시는 길에서마저도 기다리던 아들을 못 보고 가셨다. 하늘나라에서 어머니는 오늘도 뜨개질을 하면서 아들을 기다리시려니….

■■■ 도혜숙 ■■■
2010년 『한국수필』 신인상 등단. dhs3415@hanmail.net

아름다운 동행同行

김용순

한적한 시골에서 움직이지 않는 캠핑카 한 대가 발견되었다. 차 속에는 이미 숨진 아내와 농약을 마시고 자살을 시도, 신음 중인 남편이 있었다. 남편은 다행히 목숨을 잃지는 않았으나 위독한 상태였다. 차에는 장례비 500만 원과 간단한 유서 한 장이 남겨져 있었다.

부부는 캠핑카를 타고 여행 중이었다. 아내가 말기 암으로 얼마 더 살 수 없게 되자, 남편은 재산을 처분하여 중고 캠핑카 한 대를 구입하였다. 전국을 여행하다 아내가 죽는 날 남편도 따라 죽기로 작정하고, 모든 정리를 끝낸 후 집을 출발하였다. 출발한 지 한 달 만에 아내가 숨졌고, 그들의 마지막 여행은 거기에서 끝이 났다.

충격적인 뉴스였다. 생의 끝인 죽음을 여행길에서 맞기로 한, 용기와 낭만에 감탄을 금할 수가 없다. 그들은 열정이 충만한 젊은이들이 아닌, 남편은 72살, 아내는 71살로 이미 황혼을 맞은 나이이다. 건강한 남편은 아내가 떠난 후에도 한참 동안 더 살 수 있어 새로운 만남도 기대할 수 있지만 그에게 아내 없는 세상은 아무런 의미도, 혼자 살아갈 자신도 없었던 것이다.

사랑의 완성을 위하여, 그의 뜻에 따라 살리지 않았으면 좋겠다는 생각도 해 보았다. 혼자 살아남음, 그에게는 죽음보다 못한 삶이 기다릴 것이기 때문이다. 로미오와 줄리엣, 러브스토리와는 또 다른, 황혼의 순애보였다. 현실에서나 문학

작품 속에서 남녀의 동반 죽음은 흔히 있는 일이나, 그들은 모두 격정이 넘치는 젊은이들로 고희古稀를 넘긴 사람은 없다. 이들 부부가 살아온 삶도 궁금해진다. 요즈음 같이 황혼 이혼이 늘어나는 추세에 신선한 충격이 되었다.

불교에서 부부는 7,000겁에 한 번 만날 수 있는 인연이라 하였다. 1겁은 1,000 년에 한 번 떨어지는 물방울이 집채만 한 바위에 구멍을 뚫는데 걸리는 시간이라 한다. 7,000겁의 인연으로 맺어진 부부가 오랜 세월을 같이 지나면서 좋은 일, 궂은 일 등 세상풍파를 함께 겪어 나간다. 한마음으로 자식들을 걱정하고 같이 즐거워하고 같이 슬퍼하는 삶의 동반자요 진정한 친구이다.

얼마 전, 다큐 영화 〈님아 그 강을 건너지 마오〉가 폭발적 인기를 모았다. 70여 년을 같이 살아온 노부부의 일상에서 서로에 대한 소중함과 진정한 사랑에 많은 사람들이 감동하였다. 김광석의 노래 〈어느 60대 노부부의 이야기〉도 감성을 짙게 자극하여 들을 때마다 눈물을 흘리게 한다. 긴 세월 함께한, 아내를 먼저 저 세상으로 보낸다는 노랫말과 애잔한 멜로디에 눈물이 나지 않을 수 없는 것이다. 플라톤은 '사랑은 서로를 바라보는 것이 아니라 같은 방향을 바라보는 것이다.' 하였다. 같은 곳만을 바라보는 동안, 사랑과 정情뿐만 아니라 서로가 없어서는 안 될 필요한 존재가 된 것이다. '열 효자보다 악처가 낫다'고도 한다. 핵가족 시대를 맞아 부부의 중요함이 더욱 절실해졌다. 아내의 건강은 곧, 자신의 건강이다. 어느 한쪽이라도 건강을 잃거나 혼자 남게 되면 자신의 진정한 삶도 거기에서 끝났다고 보아야 할 것이다.

이들의 이야기는 우리 부부에게도 놀라움과 함께 깊은 공감을 안겨주었다. 우리와 비슷한 고뇌를 하였던 것 같아 남의 일 같지가 않기 때문이다. 평소 아내도 입버릇처럼 둘 중 하나가 죽을병에 걸리게 되면, 미련 없이 같이 죽자고 해왔다. 아내의 작심作心에는 어머니가 계셨다. 수년 전부터 요양병원에 계시는 어머니의 외롭고 지루한 죽음과의 힘겨루기로 본인은 물론 우리 모두들 힘들어한다. 장모님 또한 2년여 동안 요양병원에 계시다 돌아가셨다.

근래 남녀 모두 평균 수명이 늘어났지만 죽을 때까지 건강하게 지내다 죽는 사람은 거의 없다. 대부분 노인성 질환으로 10년 가까이 시달리다 마지막 1~2년은 거동도, 대소변도 가리지 못하다 죽는다. 여자는 남자보다 평균 7년은 더 오래 살아 할머니들이 훨씬 많다. 대부분 자식들과도 떨어져 혼자 살고 있다. 혼자만의 일상은 외로움뿐 아니라 몸이 아프거나 심지어 죽는다 해도 누구도 알 수 없다. 시골에서는 동병상련을 앓는 할머니들이 마을회관에 모여 숙식을 같이하기도 한다. 그나마 조금이라도 건강이 남아 있을 때 가능한 일이다. 건강이 더 나빠져 누구의 도움이 필요할 때면, 삶의 마지막 코스인 요양원으로 갈 수밖에 없다.

요양병원을 들락거리며, 얼마 지나지 않아 우리에게도 다가올 앞날에 대하여 많은 생각을 하게 되었다. 자식들 모두 외국에 살고 있어 누구 하나 돌보아줄 사람도 없지만, 아내도 나도 결코 요양병원에는 가지 않겠다는 생각을 하였다. 요양병원에도 가지 않고 누구에게도 폐가 되지 않는 깨끗한 죽음을 아직은 찾지 못하고 있다. 그래서 이들의 죽음이 용감하고 멋있어 보이기까지 하는 것이다.

■ 김용순 ■

경남 김해 출신. 부산수산대학 졸업. ㈜파스텔 대표이사(역임). 『한국수필』 신인상・『문학광장』 신인상・『에세이문예』 신인상 수상. 한국문인협회・한국수필가협회 회원. 가평문인협회 이사. 한국수필작가회 회원. 수필집 『아버지의 그날』 외. ys725kim@hanmail.net

전역입니다

최필녀

느리다는 국방부 시계가 21개월을 다 돌았다. 전역을 명받고 집에 온 아들은 홀가분함을 만끽하려는 듯 군복을 허물처럼 훌훌 벗어 버리곤 곧장 욕실로 들어갔다. 샤워기에서 쏟아지는 물소리, 푸득푸득 얼굴 씻는 소리가 여름 계곡 물소리처럼 상쾌하다. 숙제 같았던 군복무는 이제 추억의 한 페이지로 넘어가고 있다. 아들이 전역을 앞둔 병장 말년엔 떨어지는 낙엽도 조심하라는 말이 나를 더욱 조바심나게 했다. 불안하게 손을 꼽는 날들인데 북한 목함지뢰에 우리 군인들이 사고를 당했단다. 남북 관계는 더 팽팽한 긴장 상태가 되고 휴가 나온 병사들에게 부대복귀 명령이 떨어졌다. 아들한테서 전화가 왔다. 군인은 전투복으로 갈아입고 모두 대기상태에 있다며 전화 못 할 상황이 될지도 모른다고 했다. 숨 막히는 시간 속에 남북 대표들이 협상 테이블에서 마주 앉았다. 무박3일 손에 땀을 쥐게 하던 협상이 극적으로 타결 되었다. 군 복무 마지막을 그렇게 보내고 아들은 드디어 전역을 했다.

새삼 중학교 때 아들 친구가 이민을 떠나면서 군대 안 가도 된다고 웃던 얼굴이 떠올랐다. 또 누구는 이해가 되지 않는 해괴한 병명으로 현역 불가 판정을 받았다는 소리를 듣고 나도 아토피가 심한 아들의 현역 입대를 피할 방법을 알아보고 다녔던 때가 생각났다,

그때 아들은 현역을 갔다 와야 한다며 곧 입대 신청을 했다. 그러나 입대일이

결정되자 아들의 말수가 줄고 집안엔 암묵적 카운트다운이 시작되었다. 입대할 때 개인 소지품은 일체 허용하지 않는다고 했지만, 나는 온갖 정보를 찾아가며 군화깔창, 귀마개, 썬크림 등을 준비했다. 초조한 날들이 빠르게 지나 입대일 D-1이 왔다. 무엇을 어떻게 해줘야 할지 동동거리다 마지막 밤이 지나고 아침이 왔다. 가족이 함께 집결 장소가 있는 의정부로 향했다.

부대에 도착하자 연병장엔 벌써 잔뜩 움츠린 사람들이 머리를 짧게 깎은 아이를 중심으로 모여 있었다. 2월의 찬바람이 휙 운동장을 몇 번 쓸고 지나 간 뒤에 입소식을 알리는 음악이 퍼졌다. 머리를 깎은 아이들의 눈동자가 몹시 불안하게 흔들렸다. 한 시간 남짓한 입소식은 "지금부터 아들은 우리가 책임지겠습니다." 라는 말로 헤어질 시간을 알리고, 아이들은 운동장을 돌면서 가족과 마지막 인사를 나누고, 빠르게 강당으로 끌려가듯 들어갔다. 안타까운 마음으로 내 눈은 아들의 뒷모습을 놓치지 않으려 애를 썼지만 순식간에 눈앞에서 사라졌다. 아들이 뒤를 돌아보며 손을 흔드는 모습을 동생을 지켜보던 누나가 사진에 담았다. 손을 흔들며 웃는 입과 다르게 눈은 겁에 질린 것처럼 슬퍼보였다. 사진을 볼수록 가슴이 아리고 아팠다.

5주간 훈련을 끝낸 뒤에 편지가 왔다. 훈련을 잘 통과했다는 내용 속에 태도가 좋다며 조교 할 의사도 물어오고 수색대 면접도 봤다며 좋아했다. 그러나 Tv를 통해 소개 되었던 수색대 훈련 장면이 떠올라 잠을 못 이루며 걱정을 할 때 남편은 수색대라고 다 죽는 거 아니라며 화를 냈다. 아들을 군대 보내고 죽음이라는 말은 입 밖에 내지 않았다. 그 말을 내뱉는 순간 무슨 사건이라도 일어날 것 같은 두려움 때문이었다. 다 죽는 거 아니라는 말이 다 죽는다는 말처럼 느껴져 순간 이성을 잃은 듯 울면서 그 말을 뱉은 남편 가슴을 마구 쳤다. 갑작스러운 나의 행동에 놀란 남편은 내 두 손을 잡으며 무슨 잘못을 했는지도 모르면서 잘못했다고만 한다. 마주 앉아 진정하기를 기다리던 남편은 "우리 걱정하지 말고 기도하자." 고 했다.

　다행히도 내가 상상했던 나쁜 기운들은 남편을 칠 때 놀라 달아났는지 아들은 수색대가 아닌 본부 작전과 행정병으로 배치되었다. 걱정은 한바탕 해프닝으로 끝나고 이병 계급장은 부모가 달아 주는 시간으로 면회가 마련되었다. 작대기 하나 달고 "충성" 소리 높여 군대식 인사를 하는 아들은 180키에 군복이 참 잘 어울리는 단단한 군인이 되어가고 있었다.

　내가 겪어 보기 전엔 알 수 없는 일들, 세상은 이렇게 소리 없이 자기 일을 하는 사람들이 지켜가는 것이리. 그런 사람들은 나라의 위협이 느껴질 때면 기다리고 기다리던 전역도 선뜻 연기하고 내 나라 지키기를 자처하지 않던가. 순간 간절해지는 마음은 사회 지도층도 이런 마음들이 된다면 하는 상상을 하는데 밖에선 여전히 선거 차량 확성기에서 자기가 큰 일꾼이라고 외쳐댄다.

　막 샤워를 끝낸 아들은 물기도 다 닦지 않은 채 식탁 앞에 앉아 벌써부터 군대 얘기에 신이 난다. 포크 달린 숟가락으로 콩나물국물 찍어 올리던 일도 이제 추억이 되었다며 아빠! 아들 병역에 문제없으니 출마 해 보시라며 의미있는 웃음을 보낸다.

■ 최필녀 ■

『한국수필』 신인상(2010) 등단. 한국수필가협회·한국수필작가회·솔샘문학회 회원. 수필집 『목요일, 아침』(공) 외. cpn55@hanmail.net

아버지의 붓

박계용

　　아버지가 거처하시던 기와집은 고적하기만 했다. 어두컴컴한 대청을 지나 냉기가 차오르는 발바닥을 오그리고 방안을 둘러보았다. 장지문 가까이 놓여있는 서안에 벼루와 붓 한 자루가 눈에 띄었다. 아버지가 마지막까지 쓰셨던 낡은 붓 한 자루, 가슴 언저리에 둔탁한 통증이 일었다. 붓 한 자루와 옥양목 바지저고리 그리고 두루마기를 아버지의 유품으로 가져왔다. 이따금 반닫이에 넣어둔 그 옷가지를 꺼내보곤 한다. 나도 모르게 장롱 속의 저고리를 꺼내어 다시 개어놓기를 즐기시던 엄마를 닮아가고 있다. 그리곤 필갑의 붓에 시선이 머문다. 대나무 붓대 끝이 갈라져 가느다란 틈새에 까만 먹물이 들었다. 주인을 잃은 아버지의 붓은 세월이 멈춰있다.

　　사랑채 마루에서 먹을 갈다 심심하면 방울방울 물방울 놀이를 하던 어린 시절은 연적에 그려진 연분홍 살구꽃마냥 예쁜 봄날이었다. 골동품과 조상들의 초상화가 보관된 장을 뒤지며 혼자 놀기를 좋아하던 아이는, 커다란 가죽신을 꺼내 신고 마룻바닥을 울리는 신발 소리에 제풀에 놀라기도 했다. 바랑에 넣어간다며 놀리시던 일가 어르신의 그림자가 어른거리는 해 질 무렵, 책장 위 붓통엔 아기 얼굴만큼이나 큰 털북숭이 붓이 무섬증을 더하여 울음을 터트리기도 했다. 식구들이 놀라 쫓아오던 사랑방은 아버지 글 읽는 소리에 촛불이 사위어 가고 여전히 철모르는 아이는 어느 사이 가을 길을 걷는다.

나에겐 아버지가 상으로 주신 작은 벼루가 있다. 아버지 날 특집으로 방송에 소개된 아버지께 드리는 편지를 들으시고, 여의주를 물고 있는 용이 조각된 벼루와 '용문龍門'이라 새겨진 먹을 주셨다. 아직도 난 그것을 사용하지 않고 가끔 생각이 나면 벼루를 열어보고 먹 향내를 맡아본다. 아버지께서는 정성을 들여 글씨를 쓰라고 하셨는데 정성은커녕 형편없이 망가지는 솜씨로 자격이 없는 까닭이다. 세월이 갈수록 점점 심해지는 난필을 휘두르며 게으름 피우는 나는 동네에 앉아 먼 길 떠나는 대붕을 비웃는 작은 새와 무엇이 다를까 싶다. 오랜만에 붓을 든 손이 바르르 떨린다. 자꾸만 글씨가 삐딱해진다. 마음이 삐틀어져 있나! 흔들리는 여백에 붓의 곡조가 흐른다. '동그라미 그리려다 무심코 그린 얼굴' 그리운 얼굴 대신 동그라미를 그리고 또 그린다.

아버지의 붓을 책상 위에 놓고 수시로 바라본다. 붓털이 말라 힘없이 꼬부라진 붓으로는 획 하나도 그을 수 없는데 아버지는 이런 붓으로 어찌 글을 쓰셨을까, 재주가 참 용하시다. 붓대에 새겨진 글씨를 읽어본다. '붕정만리鵬程萬里', 밑에 두 글자는 돋보기를 가까이 대고 보아도 잘 알아볼 수가 없다. 희미한 글씨는 '정진精進'인지 '정쇄精灑'인지 옥편을 찾아보아도 영 구분이 되질 않는다. 시험 답안을 몰라 쩔쩔매듯 여러 날 속이 답답하던 차에 붕새 이야기를 떠올리며 정진이면 어떻고 정쇄면 어떠랴. 그리 마음을 먹으니 나에게도 구만리 하늘길을 자유롭게 날아갈 수 있는 날개가 돋아나듯 상쾌한 바람이 인다.

장자의 소요유편에 나오는 붕새, 어둡고 끝이 보이지 않는 북쪽 바다에 곤이라는 물고기가 있는데 아무도 그 길이가 몇천 리나 되는지 모른다. 곤은 여행을 떠나기 위해 새가 되기로 했다. 곤은 비늘이 터져서 날개가 솟고 주둥이가 딱딱한 부리로 바뀌는 변형의 고통을 겪은 뒤에, 붕鵬이라는 새로운 이름을 가지게 됐다. 크기를 알 수 없는 붕새의 날갯짓 한 번에 삼천리에 달하는 격랑이 일어나고 회오리바람을 타고 구만리를 올라가서 여섯 달 동안 날고 나서야 비로소 하루 쉬었다 한다. 남쪽 큰 바다로 날아가기 위해 곤은 새가 되는 고통의 시간을 지나 자유로운 여행을 하지 않았는가. 아버지의 붓에 새겨진 알 수 없는 글자는 볼 때마다 그 무엇에도 얽매이지 말고 맑고 깨끗한 마음精瀧으로 정진하라 이르신다.

아버지 사진 옆에 놓인 물푸레나무 붓걸이에 세필에서부터 채색화에 쓰이는 붓 등 흩어져 있던 붓들을 정리한다. 물푸레나무 달인 물로 먹을 갈아 글씨를 쓰면 천 년을 지나도 색이 바래지 않는다고 한다. 사방에서 보아도 사진 속 아버지의 눈은 나를 바라보시며 사람이 지켜야 할 도리는 천 년이 지나도 바뀌지 않음을 알려주신다. 오늘도 말 없는 말로 지켜보시는 아버지의 붓과 시선은 나의 스승이시다.

■ 박계용 ■

2010년 등단. 한국수필가협회·한국수필작가회·국제PEN클럽 한국본부 미주 서부지역위원회 회원. 수필집 공저『숲의 향기 아래』,『작은 꽃』외 다수. lamorada@hanmail.net

구두

윤은주

　　새로 산 구두를 앞에 놓고 뒷자리로 물리친 헌 구두들과 가지런히 정리를 했더니 신발장이 말끔해졌다. 가죽 냄새가 채 가시지 않은 새 구두에 가만히 손을 대니 촉감이 상쾌했다. 새 구두는 단연 돋보였다. 중년 아줌마들 사이에 불쑥 얼굴을 내민 젊은 아가씨 같았다. 7cm 굽 높이에 앞부리는 뾰족하고 세련된 금속 장식 두 개가 사선으로 나란히 붙어 있다. 도자기 겉면처럼 매끈하고 윤기가 자르르 흐르는 새까만 표피는 보기만 해도 정이 갔다. 옆으로 부드럽게 이어진 곡선은 늘씬하고 섹시한 아가씨의 교태를 연상케 했다.

　　새 구두에서 강한 활력을 느끼면서 지금은 눈에서 멀어진 낡은 구두들도 처음에는 나름대로 부드럽고 정갈한 매력을 지녔을 것이라는 생각을 했다.

　　친구 아들 결혼식에 가는 날이었다. 정장에 새 구두를 신으니 키도 훌쩍 커 보였다. 걸음걸이도 잡아 주니 새 구두로 인하여 패션이 마무리되었다. 토요일 오후 복잡한 전철에서 앉을 자리는 엄두도 내지 못하고 목적지까지 계속 서 있어야했다. 게다가 노선을 바꾸어 탈 때면 계단을 오르내렸다. 전철역에서 예식장까지의 거리도 높은 구두를 신고 걷기에는 발에 무리가 되었다. 아니나 다를까 집으로 돌아올 때는 발이 아프기 시작하더니 나중에는 다리 허리까지 자긋자긋했다. 구두를 벗어 던지고 맨발로 걷고 싶은 마음을 꾹 참고 겨우겨우 집까지 왔다. 새 구두에게 시달린 내 발은 뒤꿈치에 물집이 잡혀 있었고 양쪽 검지 발톱은 피멍이 들어 있었다. 새 구두는 '나를 신으려면 그 정도의 고생은 해야 하지 않겠냐.'고 비아냥거리는 것 같았다.

신발장을 열고 새 구두를 넣으려는데 귀퉁이에 있는 낡은 구두에 눈이 갔다. 저 헌 구두들은 몇 년을 나와 함께 다니며 발을 편하게 해주었고 마음도 헤아렸을 것이다. 그런데도 새 구두에 혹하여 낡은 구두를 외면해 버리다니. 낡은 구두는 나의 이 한심한 행동을 말없이 꾸짖는 듯했다.

새 구두가 사소한 일에 툴툴거리는 철부지 같다면 낡은 구두는 어려운 일을 겪어도 당황하지 않고 지혜롭게 해결하는 인자한 어르신을 닮았다. 이런 생각을 하는 순간 친목 모임 맏언니가 떠올랐다.

몇 해 전 시어머니가 돌아가셨을 때다. 황당한 일을 당한 것은 사실이지만 그렇다고 외동 며느리로서 마냥 슬퍼하고 있을 수만은 없었다. 정신을 가다듬고 시어머니의 장례식을 치르려고 하니 어려운 점이 한두 가지가 아니었다. 모든 게 낯설고 막막했다. 언니가 장례식장에 가장 먼저 달려와 주었다. 경험이 많았기에 내가 힘들어하는 상황을 충분히 알고 있었다.

조문객 맞고, 음식을 대접하고, 필요한 물건을 때맞추어 주문하는 등 이것저것 자질구레한 일들까지 신경 쓸 일이 한두 가지가 아니었다. 그런 내게 주방은 신경 쓰지 말라고 했다. 덕택에 난감한 주방 일에 나는 관여하지 않아도 됐다. 더욱 고마운 것은 정신없이 돌아다니는 내가 행여 끼니를 거를까 봐 이것저것 챙겨 먹여 준 일이었다. 밤새도록 함께 빈소를 지키면서 많은 경험담을 들려주었다. 시어머님의 장례를 무리 없이 잘 치른 것도 그 언니의 도움이 있었기 때문이다.

살다 보면 힘든 일이 있을 때, 울적해서 누군가에게 마음을 털어놓고 싶을 때가 있다. 그럴 때마다 언니가 떠오른다. 어려운 일이 생긴 나에게 찾아온 언니는 분명히 해결사였다. 언니는 늘 인자한 얼굴로 세인들에게 귀감이 되어 사는 분이다. 그런 언니를 보면서 나는 왜 다른 사람을 배려하고 약한 이웃에게 손을 잡아주는 깜냥이 되지 못할까 생각하며 내 모습을 되돌아본다.

낡은 구두도 처음에는 상큼한 가죽 냄새 풍기는 새 구두였다. 한때는 내게 기대와 설렘을 주었다. 그런 구두가 내 발에 물집을 만들면서 내가 원하는 곳이면 어디든 같이 가 주었다. 비가 오면 비에 젖고 눈이 오면 눈에 젖으며 그렇게 세월이 지나는 동안 낡은 구두가 되었다. '낡았다'라는 단어에는 경험이 많고, 넉넉하다는 뜻이 담겨 있다.

요즘 들어 가까운 곳에 나이 드신 분이 쓸쓸하게 등 뒤로 돌려진 분이 없는지 살피는 버릇이 생겼다. 언젠가는 늙었다는 말을 듣기 전에 그분들의 쌓은 지혜를 물려받고 경륜을 받들기에 부지런해야겠다는 생각에 마음이 바쁘다.

■ 윤은주 ■

2006년 1월 등단. 작품집 『길에서 길을 생각한다』. 2010년 시흥문학상 수상. out0819@hanmail.net

길 위의 편지

최 춘

터미널. 오랜만이다. 버스에 올라 운전석 바로 뒷자리에 앉기로 정한다. 차 안을 둘러본다. 예닐곱 살쯤 되는 아이도 있고 청년도 있다. 중년과 장년도 있지만 인사 나눌 사람은 없다. 분명한 건 거의 다 남자들이다. 그래도 좋다. 그냥, 그냥 좋다. 무슨 일이 생기면 지켜 주고 도와줄 것 같다.

얕은 잠이 들었나 보다. 어렴풋이 들리는 소리, 버스 안이 다 잠든 소리다. 어린 시절 한 방에서 여러 형제의 잠든 소리를 듣는 것 같다.

고향이 가까워질수록 차가 자주 정류장에서 멈춘다. 차를 기다리던 어른들은 내리는 사람과 안부를 주고받고 나서야 차에 오른다. 운전기사는 승객이 자리에 앉을 때까지 기다린다. 내린 사람은 배웅하는 듯 차가 떠날 때까지 서 있다. 급할 것도 바쁠 것도 없는 양, 푸근하고 평화로운 풍경이다. 황톳길 걸어 다니던 초등학교 시절 엄마에게 들은 장면이 아련하다.

어머니날이었다. 나는 전교 어린이 대표로 효행 수상자로 뽑혔다. 군청으로 상을 받으러 가야 하는데 교내 행사 때문에 엄마만 혼자 수상식에 참석하게 되었다. 나는 학교에 모인 어른들 앞에서 학예회를 하며 엄마 걱정을 했다.

차는 잘 탔을까. 수상식장은 잘 찾아갔는지. 늦지는 않았을까. 상장과 부상은 잘 챙겼는지. 점심은 드셨을까. 집으로 오는 버스는 잘 탔는지. 집에는 잘 도착했을까.

학예회를 마치고 집에 닿을 때까지 마음을 놓지 못했다. 활짝 열어놓은 대문 안으로 들어서는 순간 조마조마했던 마음이 사라졌다. 엄마는 부엌에서 평소처럼 하얀 수건을 머리에 쓰고 앞치마 두르고 저녁을 짓고 있었다. 상에 둘러앉아 밥을 먹으면서 엄마가 말했다. 아침에 버스를 탔는데 남자아이가 엄마에게 인사를 하고 묻더란다.

"최춘 어머니세유?"

"그래."

"왜 최춘은 안 오고 어머니 혼자 오세유?"

"학예회 때문에 못 온단다. 그런데 너는 어떻게 우리 딸을 아느냐?"

"저는 다른 학교 대표로 상을 받으러 가는데 우리 학교 선생님이 가르쳐 주셨시유. 저희 엄마는 못 오셔서 저 혼자 가는 거예유."

그때 그 소년, 아직도 나를 기억하고 있을까. 한 번도 만난 적 없고, 성도 이름도 모르는 그 소년. 별 뜻 없이 성과 이름이 궁금하다. 우리 엄마에게 인사했던 소년. 한 번쯤 보고도 싶다. 머리 희끗한 장년이 되었을 그 소년, 한 번 묻고도 싶다. '아직도 내 성명 기억하는지.'

버스는 여전히 여유롭다. 시골길 옆 마을 감나무도 느티나무도 스쳐 지나간다. 때로는 전혀 없을 것 같은 창밖 풍경 속의 작은 학교 운동장. 모여 있는 학생들이 보인다. 무슨 시간일까. 학생이 없어 골프장으로 변한 나의 초등학교가 생각난다.

웅변대회가 열리는 중간놀이 시간. 소녀가 탁자를 치며 목청을 돋우고 유월 하늘에 닿을 듯 소리쳤지만 겨우 이등이다. 전교에서 일등만 하는 전교 회장 6학년 선배의 당찬 모습. 일주일에 한 번 학급 대표 회의를 할 때마다 변하지 않던 선배 고집도 선하다. 칠판에 안건을 쓰자마자 돌아서면서 하는 말이 그랬다.

"질문 있는 사람?"

이 말을 '질'하는 동시에 눈길은 일 분단 앞줄 학생부터 시작하여 사 분단 맨

뒷자리까지 와서 내 눈을 보고 '람?'하고는 곧바로 지명했다.

"최춘"

늘 그랬다. 도시로 유학 간 뒤 소식 한번 듣지 못했다. 그 선배, '내 이름 기억할까' 하는 생각이 드는 찰나, 입가에 웃음이 번진다. 머리 희끗하게 되었을 그 선배 소년에게 한번 묻고 싶다.

"아직도 내 질문받고 싶으세요?"

어쩌면 이 차 안에 타고 있어도 몰라볼 그때 그 소년들. 얼굴도 기억나지 않는 그때 그 소년들. 별 뜻 없이 한 번쯤 보고 싶기도 하다.

고향. 어떤 의미이든 변하지 않는 건, 전설이 있고, 긴장을 풀고 마음을 놓을 수 있는 엄마의 품과 같은 곳이 아닐까.

아직도 들리는 소리. 그저, 그저 편한가 보다. 잠든 소리가 그렇다.

■ 최 춘 ■

『한국수필』신인상 수상(2010). 한국문인협회·한국수필가협회·한국수필작가회 회원. 제2회 한국수필작가회 문학상 수상. 작품 『다시 붓을 들어』 외. choik003@hanmail.net

최고운은 금돼지 새끼인가?

김윤숭

맨부커상을 받은 한강으로 인해 소설이 뜨고 문예 부흥의 시대가 도래했다고 호들갑이다. 소설을 읽지 않아 애들 문장력이 떨어졌다고 난리이다. 소설이 좋긴 하지. 하지만 소설은 그야말로 소설 같은 이야기일 뿐이다. 소설을 진실이라고 맹신해선 안 될 것이다. 소설을 믿으면 사람이 돼지가 되기도 하고 돼지가 사람이 되기도 하나 사람은 사람이고 돼지는 돼지일 뿐이다.

지금부터 1,100년 전 똑같은 현상, 신드롬이 일었으니 최치원이 12세에 중국 유학 가서 18세에 당나라 빈공과, 과거에 급제한 것이다. 고국 신라에 그 소식이 전해지자 얼마나 많은 신라인들이 자부심을 느끼고 기뻐했겠는가. 중국 과거시험에 외국인 정원은 서너 명(그것을 빈공과라 특칭함), 거기에 신라인 최치원이 당당히 급제한 것이다. 맨부커상을 받은 한강보다 더 열렬히 환호와 환영을 받았을 것이다.

그런 최치원이 소설의 주인공으로 역사상 두 번 등장한다. 고려 시대 소설의 주인공으로 한 번, 조선 시대 소설의 주인공으로 또 한 번, 소설의 주인공으로 두 번이나 각기 다른 왕조에서 등장하는 인물은 최치원 한 사람밖에 없지 싶다. 대한민국 현대에 최치원이 주인공인 베스트셀러 소설이 있나, 새삼 궁금하다.

고려 시대 최치원 주인공의 소설은 『신라수이전』에 실린 「쌍녀분기」이다. 박인량朴寅亮(?~1096년, 숙종 1년)이라는 고려 문신이 지었다. 쌍녀는 중국 당현종

시절 율수현에 살았던 장씨 성을 가진 자매이다. 문장에 능하고 꿈이 많은 소녀들이었는데 부모가 장사치에게 시집보내려고 하자 뜻에 차지 않아 불만으로 둘다 분사하고 말았다. 같이 묻으니 쌍녀분이다.

과거에 급제하고 첫 벼슬길에 나아가 그 쌍녀분이 있는 율수현의 현위가 된 최치원이 고을의 유적인 초현관의 쌍녀분을 방문하고 시를 지어 조문하였다. 마치 조선 시대 백호 임제가 황진이 무덤을 지나며 한 잔 술을 올리고 시조시를 지어 애달파한 것과 같으리라.

> 청초 우거진 골에 자는 듯 누웠는다
> 홍안은 어디 두고 백골만 누웠는가
> 잔 잡아 권할 이 없으니 그를 설워하노라

백호 임제보다 6백 년 전에 시를 지어 여인의 혼을 위로해준 풍류 장부가 있었으니 최치원이다. 칠언율시 한시를 필자가 임의로 시조로 번안하여 읊조리니 다음과 같다.

> 뉘 집 두 여인이 여기에 무덤 썼나
> 꽃다운 정이여 꿈에라도 통한다면
> 긴긴밤 외로운 객관에 나그네 시름 달래주오

최치원이 시를 지어 조문한 것은 사실일 것인데 그 시가 그의 문집에 실렸을 것이다. 그 문집이 실전失傳된 『중산복궤집』일 것이다. 중산이 율수현의 지역이다. 율수현에서 지은 시문을 모은 문집이다. 고려 문신 박인량이 그 시를 보고 바탕으로 이야기를 꾸며 소설화한 것이 「쌍녀분기」이다. 혼교魂交가 주 모티브로 산자와 죽은 자, 두 편 젊은 외로운 영혼의 교류와 위로, 슬프고도 가슴 찡한 이야기다.

조선 시대 소설 「최문헌전」, 「최고운전」은 작자미상이다. 괴물납치설화가 주 모티브다. 최치원의 부친이 원님으로 부임하고 부인이 금돼지에게 납치되어 임신하여 최치원을 낳으니 상서롭지 못하다고 버린 것을 짐승들이 돌보아 길러 인재로 성장하고 중국 천자의 시험을 극복하고 나라를 구한 영웅담이다. 금돼지든 은돼지든 돼지는 돼지다. 하필 돼지인가, 개돼지라고 욕하지 않는가. 금돼지 피가 아니라고 소설 속 주인공이 설파해도 금돼지라는 인식은 변하지 않고 그것만 화제가 되는 법이다.

군산의 금돼지 설화는 암돼지에게 납치된 요소가 다를 뿐 금돼지 새끼라는 것은 같다. 왜 최치원 같은 천재요 영웅이요 신선이라는 신화적 존재가 돼지새끼라는 오욕, 추한 불명예를 뒤집어써야 하는가. 순창도 그렇고 전국에 금돼지 새끼라고 최치원이 태어났다는 금돼지굴이 산재한데 그것은 최치원에 대한 절대 모욕이다.

조선 시대 퇴계 이황은 최치원이 불교에 아첨했다고 비방하며 문묘에서 추방해야 한다고 주장하였고 성호 이익 같은 실학자도 동조하였다. 율곡 같은 대현도 그렇다. 연담유일이라는 선사가 유일하게 최치원을 옹호하였다. 성리학 시대에 성리학자 아닌 사람은 시대가 다르든 말든 인간으로 보지 않는 편견을 가지고 있다. 단테의 『신곡』에서 소크라테스가 예수 이전에 태어났다고 지옥에 쳐박혀있는 것과 같다.

너무 미워하지 마라, 공자가 하신 말씀이다. 조선 시대 유학자들은 성리학자가 아닌 사람을 너무 미워한다. 공자 말씀을 안 듣는다. 그 미움이 신라의 천재요 영웅이며 신화적 존재인 최치원에게 불교아첨꾼이라고 반사하여 그를 금돼지 새끼로 격하시킨 것이다. 소설을 지어 맘대로 은근히 욕한 것이다. 소설은 재미다, 감동이다, 뭐다. 아니다, 소설도 사람이 먼저다.

억양법이라고 아저씨 아저씨하며 경마잡힌다는 속담처럼 나라를 구한 천재

영웅으로 추앙하는 척하며 돼지새끼라고 모욕을 가한 것이다. 돼지피야 어디 가겠는가. 영원히 돼지피인 것이다. 돼지새끼라며 돼지피로 모욕하며 최치원을 현창하는 선양사업을 전개하는 지자체의 모순된 행태가 우습다.

■ 김윤숭 ■

2011년 『한국수필』 등단. 지리산문학관장, 한국수필작가회 부회장, (사)한국수필가협회 부이사장.
insansi@hanmail.net

이어달리기

김학구

　　지난해, 여름으로 가는 길목에서 원인을 알 수 없는 장염에 걸려 한 달 넘게 고생한 적이 있다. 제대로 식사를 하지 못하니 평소에 입던 바지가 허리춤에서 겉돌기 시작했다. 허룩한 몸 따라 툭하면 병든 병아리처럼 쪽잠이 몰려왔다.

　　주말이었던 어느 날 오후인가, 도무지 앞길이 보이지 않는 안갯속을 헤매다가 꿈속에서 깨어났는데, 머릿속은 대낮에 걸린 창백한 달처럼 하얗게 바래져 있다. 간신히 정신을 수습하고, 비스듬히 창가에 걸린 채 마지막 낯빛을 붉히고 있는 하루의 해를 바라볼 수가 있었다.

　　세면대로 가서 머리를 틀어박고 찬물을 쏟아붓자 의식이 서서히 살아나기 시작했다. 고개를 드니 눈앞에 누군가가 날 바라보고 있다. 아니, 이럴 수가 있나! 놀랍게도 눈앞 거울 속에서 돌아가신 아버지가 나를 보고 계셨다. 양 볼이 쏙 들어가고, 눈꼬리가 급하게 내려앉은 모습이 생전과 똑같다. 영원할 것 같던 내 앞의 시간이 언제 이렇게 저물어, 그분의 세월을 따라왔는지 알 수 없는 노릇이다.

　　청소년기에 난 거울 보기를 꺼렸다. 솟구치는 자의식이 송곳처럼 쉼 없이 찔러대던 고된 시절을 보냈기에, 투영되는 자신을 향한 자학이 일면 두렵기도 한 때문이었다. 군 생활을 하면서는 자의 반, 타의 반으로 거의 거울을 보지 않았다. 신병훈련을 마치고 자대에 배속되어 전입신고를 하면서, 중대장 뒤쪽에 걸려있던 커다란 거울로 나를 얼핏 바라본 것이 처음이었다. 아프리카 토착민 같은 얼굴을 하고 체형보다 큰 옷을 헐렁하게 걸친 채, 어색하기 짝이 없는 모습으로 서 있는 낯선 사내가 보였다. 그 이후, 내 뜻과는 무관하게 변모하여 가는 자신을 바라보는 것이, 달력을 한 장씩 떼어낼 때의 느낌처럼 꺼림칙했다.

보기를 꺼렸던 거울 속에서 우연히 아버지의 모습을 발견한 날, 문득 그분이 살아온 세월을 이어 달리고 있다는 묘한 생각이 들었다. 넘기 어려웠던 아버지의 그림자를 이제는 내가 등에 지고 가고 있다는 느낌이 무심결에 다가왔다. 아버지라는 이름으로 내가 살면서 비로소, 한 많은 세상사에서 아버지가 간직했을 법한 고뇌를 아린 가슴으로 되돌아보게 되었다. 살아 보지 않은 세월이라 해서 쉽게 단정하거나 예단해서는 아니 된다는 것을, 인생의 뒤안길에서 저리게 느끼고 있기도 하다.

아버지와의 만남을 통해, 기억의 굴레에서 멀리 벗어나고자 해도, 자신의 의지와는 무관하게 지나온 발자취를 옆구리에 끼고 사는 게 인생이 아닐까 하는 생각을 해본다. 그리하여 함께하며 흘려보낸 지난날은 언제라도 기억의 저편에서 여명처럼 되살아오며, 삶이 저물어 갈수록 더욱 절실한 그리움으로 젖어드는 것인지 모른다.

삶이라는 명제가 자신에게 허락된 유한한 시간 여행 가운데서만 의미를 이루고, 나는 그저 주어진 시간 동안 혼자만의 춤을 추다가, 때가 되면 무대 뒤로 흔적 없이 사라져 갈 뿐이라고 생각해 왔다.

거울 속에서 마주했던 아버지의 얼굴을 떠올리며 문득, 각자에게 주어진 물리적인 삶은 짧지만, 그렇다고 혼자만의 전유물은 아닐 수도 있다는 생각이 스멀스멀 마음 한구석에 자리 잡는다. 길게 그려진 선도 결국은 모래알처럼 소소한 점들이 하나씩 모여 이루어지는 게 아니던가. 하나의 고목이 쓰러져 썩어가도, 그루터기의 작은 새싹으로 발아하여 다시 건강한 한 그루의 나무로 성장해 가는 것이 아니던가. 내 역사도 자신만의 시간으로 끝나는 게 아니라, 누군가의 손으로 이어지고 멈추지 않을 시간의 나이테로 기록되는 것일 게다.

시적거리며 크게 거둔 것이 없어 보이는 이제까지의 인생길은, 못다 한 아쉬움 가운데에서도 누군가에게 넘겨져서, 새롭게 이루어 가야 할 가늠의 실마리가 될 수도 있다는 생각 또한 자리한다.

우주의 역사가 나만의 것은 아닐 게다. 태곳적부터 시작된 생명의 끈을 누군가가 전해주고, 대를 이어가면서 끊임없이 달리기하는 것일 게다. 단지 하나의 점에 불과할 것 같은 나의 삶도 점과 점으로 이어지는 긴 역사의 강줄기가 되어, 멈추지 않는 하나의 선으로 흘러갈 것이기 때문이다. 아버지의 모습 가운데 내가 머물고, 그 그늘 속에서 나로부터 비롯된 새 생명이 계속 새봄을 맞이할 것이리라. 쉼 없는 생명의 강을 흐르게 하는 원초적인 소명이 내게도 있다는 생각을 하며 옷매무시를 새로이 다듬어 본다.

■ 김학구 ■
2011년 『한국수필』 등단. 한국수필가협회 · 한국문인협회 · 강남문인협회 회원. 〈이음새 문학회〉 동인. 수필집 공저 『기다림, 나의 고도는』 등 다수. prosaist9@naver.com

그녀가 홈런을 쳤다

임민자

드디어 다섯 번 만에 그녀가 홈런을 날렸다. 이웃들은 기쁘면서도 믿기지 않았다. 강보에 쌓인 밤톨만 한 아기의 고추를 확인한 순간 모두 안도의 한숨을 내쉬었다.

그녀는 딸만 내리 낳고 네 번째 아기를 가졌다. 그녀는 한의원에서 아들 낳는 약을 먹었다고 이웃들에게 자랑까지 했다. 직업군인인 남편의 박봉으로 올망졸망한 딸들과 살아가는 그녀 얼굴에 항상 수심이 가득했다.

손이 귀한 집안 며느리로 대를 이어야 한다는 부담감에 그녀는 아들 낳는 약까지 먹었다. 점점 불러오는 배와 산달을 지켜보던 이웃 아낙들은 모이기만하면 그녀가 화제 거리였다. 딸 가졌을 때와 달리 아기가 뱃속에서 축구 선수 못지않게 발짓한다는 그녀 말에 우리 모두 틀림없는 아들로 확신했다. 이웃들은 점점 남산만 해지는 배를 보며 톡 솟으면 딸인데 두루뭉술한 것이 틀림없다고 추켜세우기까지 했다. 나는 아들만 낳은 경험을 바탕으로 이웃들 말에 맞장구를 쳤다.

그녀가 또 하나 믿음을 갖는 게 있었다. 한의원에서 아들 낳는 약을 먹었다고 했다. 한의사 말에 따르면 효험 본 산모들이 많다고 잔뜩 기대에 부풀었다. 아낙들은 손뼉까지 치며 아들 낳으면 한턱 내란다.

"그까짓 거 아들만 낳는다면 한턱이 문제가 두 턱이라도 낸다."

그녀는 신바람이나 큰소리를 빵빵 쳤다.

우리들은 출산 날을 손꼽아 기다리고 있었다. 산달이 가까울수록 그녀의 안색은 초조함으로 가득했다. 까맣게 타오르는 심정만큼 예전보다 더 얼굴이 깨밝이 되었다. 담 하나 사이에 살았던 그녀 마당에서 웅성대는 소리만 들려도 혹시나 하는 기대로 넘어다봤다.

어느 날 그녀에게 산기가 있어 병원에 갔다고 골목 안 사람들이 술렁거렸다. 틀림없는 아들이라고 장담했던 아낙들은 출산 시간에 맞춰 병원에 가자고 약속을 했다. 고추라도 달고 나오면 술 좋아하는 남편 앞세워 한바탕 잔치라도 벌이려고 단단히 벼르고 나갔다. 아낙들은 오랜만에 화려한 외출복으로 갈아입었다.

그녀가 출산한 뒤 안정을 취할 방은 온돌방에 작은 툇마루가 있었다. 입원실 마당에는 평상과 재래식 화장실 입구에 붉은 꽃이 만발했다.

막상 병원에 도착하자 들어가는 입구에서 모두 멈칫하고 있었다. 현관문 틈으로 입원실 쪽을 보았다. 평상에 그녀의 남편이 홀로 앉아 먼 산을 바라보며 담배만 뻐끔댔다. 우리들은 직감적으로 '아차'하는 생각이 머리에 스쳤다. 의기양양했던 아낙들은 병원 밖에서 서로 입원실로 들어가길 망설였다.

그녀의 남편과 평소에 스스럼없는 내가 용기를 내었다. 입원실에 들어가자 붉은 장미 얼굴로 물든 남편과 눈이 딱 마주쳤다. 평소 같으면 반색할 사람이 멍한 시선으로 땅이 꺼져라 한숨을 내쉬었다. 한숨에 섞인 알코올 냄새가 입에서 풀풀 났다. 나는 말없이 평상 모서리에 앉았다. 입원실에서는 막 출산한 듯 아기 울음소리에 이어 그녀의 흐느끼는 소리가 들렸다. 뒤이어 삼신할매를 원망하는 그를 달래는 친정엄마의 착 가라앉은 음성이 밖으로 새나왔다. 두 모녀의 대화에 내 가슴은 찢어질 듯 아팠다.

새 생명 탄생 축하는 고사하고 그녀가 눈치챌까 봐 남편과 눈인사만 나누고 밖으로 슬며시 나왔다. 밖에서 기다리던 아낙들은 내 굳은 표정에 입을 꽉 다문 채 서로 눈치만 살폈다. 한턱은 고사하고 큰 잘못을 저지른 죄인처럼 함께 간 아낙들은 터벅터벅 무거운 발길을 돌렸다.

그녀가 네 번째 딸을 낳고 흐느끼던 때가 엊그제 같은데, 소식도 없이 아기를 가져 다섯 번째는 길게 홈런을 쳤다. 홈런 친 아기가 어느새 훤칠한 청년이 되어 다리 깁스한 그녀를 업고 삼층 계단을 성큼성큼 오른다.

"친구야! 예전에 한턱 못 쏜 것 지금 먹으면 안 될까?"

■■ 임민자 ■■

2011년 9월 『한국수필』 등단. 철원문인협회 지부장. 수필집 『박하꽃 향기』(2015). 이태준백일장 수필부 문장원. 동서커피 문학상 수필부문 맥심상 수상. img458@hanmail.net

사진 속에 없는 사람

민아리

　무슨 생각을 하고 있을까. 며느리가 거실 벽 한가운데에 걸린 사진액자 앞에 서서 오랫동안 움직이지 않는다. 오래전 우리 부부와 두 아들이 찍은 가족사진에는 3년 전에 결혼한 며느리가 없다. 그러고 보니, 앞으로 몇 년간은 식구가 계속 늘어날 것 같아, 새 가족사진 찍는 일을 미루고 있다는 말을 며느리에게 해준 적이 없다. 저도 혹시, 저 없는 가족사진을 그때의 나와 같은 마음으로 바라보고 있는 것일까.

　"며느리에겐 시집에서의 첫 겨울이 유난히 추운 법이지."

　형님이 귀띔해준 대로 시집오던 해의 겨울은 몹시 추웠다. 스물다섯 동갑내기 철부지였던 우리 부부는 신랑이 취직도 하기 전에 결혼식을 올렸다. 무어 그리 서두를 결혼도 아니었건만, 신랑이 매일같이 어머님을 졸라 할 수 없이 승낙한 결혼이었다. 시집 이층, 신랑이 쓰던 북향 방에서 초겨울 추위와 더불어 시작한 신혼생활은 기대와는 달랐다. 시집이란 곳은 신랑조차도 낯설어질 때가 있는 이색지대였다. 새로운 생활습관과 문화에 적응하느라 새댁은 늘 긴장하며 지냈다.

　적응하기 힘든 것 중 하나가 어머님의 경상도 사투리였다. 낯선 표현도 많고 속도도 빨라, 충청도 출신인 내겐 거의 외국어처럼 들렸다. 먼 데서 어머님의 목소리만 들려도 울렁증이 먼저 일었다. 어머님과의 소통에 어려움이 있는 데다 집안일까지 서툴다 보니 종종 곤혹스러운 일들이 생겼다.

시집와서 한 달쯤 되었을 때다. 어머님이 안방에서 부엌을 향해 거실의 연탄 난로에 대해 무어라 하셨다. 나는 지레짐작으로 '지금, 난로의 연탄을 갈아라.'라 는 분부로 해석했다. 난로 안에는 과연 다 탄 듯한 연탄이 하나 있었다. 그것을 난로 옆의 스텐대야에 꺼내놓고 새것으로 갈아 넣었다. 그리고는 우리 방에 올 라와 깜빡 졸고 있었나 보다. 갑자기 아래층에서 어머님의 다급한 목소리가 들 렸다. 뛰어 내려와 보니, 나무 타는 냄새가 나고 대야 밑에서 연기가 피어오르고 있었다. 진작 꺼졌어야 할 연탄재가 대야를 달구어 마룻바닥이 타는 중이었다. 아찔했다. 불은 다행히 마룻바닥을 어른 손바닥 넓이 정도만 태우고 꺼졌다. 시 키지도 않은 일을 한데다 조심성까지 없다며 노발대발하시는 어머님 앞에서, 나 는 시집오자마자 집 한 채를 몽땅 태워버린 죄인이 되어야 했다. 마룻바닥의 까 만 흔적은 1년 반 동안의 시집살이 내내 내겐 주홍글씨였다.

그런 나를 놔두고, 이튿날 형님이 젖먹이와 함께 친정 행사에 갔다. 형님의 빈 자리가 몹시 크게 느껴졌다. 좀처럼 끝나지 않을 것 같던 저녁 설거지를 혼자서 겨우 마친 후, 막 안방으로 들어가려던 참이었다. 방 안에서 여섯 식구의 유쾌한 웃음소리가 흘러나왔다. 순간, 내가 끼여선 안 될 것만 같았다. 잠시라도 안방에 들어가 앉았다 일어나는 것이 새 며느리로서의 예의이련만, 어제 일까지 되살아 나 영 용기가 나질 않았다. 안방으로도, 우리 방으로도 들어가지 못하고 거실에 서 서성이다가, 장식장의 사진액자 앞에 멈춰 섰다. 앞줄에는 시부모님과 시누 이가 앉아 있고, 뒷줄에는 신랑 삼 형제가 나이순대로 서 있다. 신랑과 시누이는 시어머님을 똑 닮고, 시숙과 시동생은 시아버님을 닮았다. 세상에서 가장 질긴 끈絆과 띠帶로 엮인 '그들'이 견고한 사각의 울타리 안에서 이방인을 물끄러미 내 다보고 있었다. '유대紐帶'와 '배타排他'는 동의어가 아닐까. 갑자기 그런 생각이 스 쳤다. 대체, 나는 왜 여기에 혼자 와있는 걸까. 돌아가고 싶었다.

그때 안방 문 열리는 소리가 났다.

"추분데 머한다꼬 이적지 안 들오노?"

아! 어머님은 새 며느리를 걱정하고 계셨던 것이다.

"발 시리제. 이리 땡기안지라."

어머님이 자꾸만 담요 안쪽으로 나를 끌어당기셨다. 나는 조금 전까지 내 안에 꽉 차있던 것들을 서둘러 내보내야 했다.

인생길을 걸어오면서 이방인이었던 때가 어디 새댁 시절뿐이었으랴. 내가 고고성呱呱聲을 터뜨리며 인류에 합류했던 순간부터 나는 이방인이었다. 또한, 삶의 길목마다 처음으로 마주쳤던 수많은 세계도 언제나 이방인이라는 통과의례를 거쳐야 하는 이색지대였다. 인생이란, 어쩌면 낯선 세계와의 충돌을 몸과 마음으로 겪어내면서 토박이가 되어가는 과정인지도 모른다. '그들'을 '우리'라 부르게 되고, '배타'를 '유대'로 만들어가는 그 과정….

조만간 며느리에게 그때의 이야기를 들려주면 위안이 될까.

━━ 민아리 ━━━

2011년 『한국수필』 신인상 등단. 한국수필가협회·창작산맥문학회 회원. 제2회 한국수필작가회 문학상 수상. min01620@naver.com

딩동 초인종이 울린다

주영기

딩동 초인종이 울린다. 하던 일을 멈추고 모니터를 보니 앞집 아저씨다. 얼른 현관문을 열었다. 오늘 이사를 간다면서 인사하러 왔다. 들어와 차한 잔을 나눌 여유도 없이 바쁘다고 끝내 사양한다. 이웃으로 잘 지냈는데 서운하다며 부인이 가꾸던 것이라고 화분을 안고 왔다. 춘란과 잎이 노란 황금 죽이다. 많던 짐을 줄이고 홀가분하게 아주 작은 집으로 옮겨간다고 한다. 붙잡을 새도 없이 선걸음에 작별 인사를 하는 아저씨를 따라나섰다. 아파트 정문 어름에서 차츰 멀어져 가는 그분을 눈으로 배웅한다. 축 처져 보이는 어깨가 오래도록 눈에 선했다.

6년 전 내가 낯선 이곳에 와서 처음 알게 된 이웃이다. 입주 전 집수리를 하느라 며칠이 걸렸다. 공사 중이라 현관문이 열려 있었는데 인자하게 생긴 부인이 집 구경을 왔다. 바로 맞은 호에 사는 분이라고 했다. 이웃이 되어 반갑다며 집수리에 대한 조언을 아끼지 않았다. 이러한 연유로 문을 열면 서로 마주 보는 이웃이 되었다. 마트에서 우연히 만난다거나 아침 운동을 오고 갈 때 그리고 승강기를 같이 탈 때도 많았다. 그럴 때마다 얼마나 친절하게 인사를 하는지 나도 저절로 인사를 하게 되었다. 부인은 매우 친절했고 남편 되는 분은 말이 없고 근엄했다. 그 부부가 어디든 오누이처럼 항상 같이 다니는 모습이 참 보기 좋았다. 가끔 별식을 만들면 서로 나누는 친한 이웃이 되었다. 그로부터 육 년이 잠시 흘렀다.

찌는 듯 무더운 여름이 가고 선선한 바람이 불어오는 초가을 저녁 무렵에 앞집 부인이 찾아왔다. 무슨 말을 하려는 듯 한참을 머뭇거리다가 입을 열었다. 건강검진 결과가 나왔는데 폐암 말기라는 진단 결과가 나왔다고 했다. 슬픈 기색이나 표정의 어떤 변화도 없이 남의 말을 하듯 했다. 나에게는 알리고 싶었다고 했다. 혹시 보이지 않더라도 어디 먼 곳에 다니러 간 줄로 알라고 했다. 이 말을 하며 살풋 웃어 보였다. 그 말을 듣는 순간 마음 한구석이 내려 앉는 듯했다. 갑자기 어떻게 위로할 말을 찾지 못하고 멍하니 잡은 손을 놓지 못했다. 어쩌면 부인을 영영 못 볼 것 같은 불길한 생각이 섬뜩 들었다. 부인은 아무렇지도 않게 평소의 온화함 그대로였다. 부부가 약사이니 병의 위중함을 알고 있었기 때문일까? 죽음을 앞둔 산 자의 표정이 이처럼 평화로워 보이며 담담할 수 있을까. 어느 수도자의 얼굴을 보는 듯했다. 얼른 쾌차하기만을 기도할 수밖에 도리가 없었다.

그로부터 한 달 후 앞집 부인은 거짓말처럼 세상을 떠났다. 돌아간 소식도 보름이 훨씬 지나서야 알게 되었다. 아파트 생활은 문만 닫으면 서로 간에 밀폐된 공간이 된다. 더군다나 병원에서 장례를 치르니 특별히 알리지 않는 다음에야 알 도리가 없다. 참으로 서운하며 허망하기까지 했다. 온화하게 미소 띤 모습으로 승강기에 탈 것만 같았다. 오가는 길에서도 반갑게 만날 것 같았다. 부인을 여읜 아저씨는 자주 술을 마셨다. 승강기 안이 알콜 냄새로 꽉 찰 때가 많았다. 위암 수술을 두 번이나 받았다고 했기에 은근히 걱정이 되었다. 요즘 부쩍 초췌해지고 술 취한 불콰한 얼굴을 자주 보게 되었다. 말수가 적고 과묵한 분인데 사별의 슬픔을 견디지 못하고 결국 이사를 가면서 인사를 하러 온 것이다. 어디를 가든지 건강하기를 빌어본다.

그분이 주고 간 화분을 물끄러미 바라본다. 평소 부인의 성품이 드러나 보이듯 타박하게 잘 키운 화분이다. 귀한 것을 대가 없이 받고 보니 미안함과 감사함이 교차한다. 언제쯤이 될까? 육 년 전 처음 본 부인의 인자한 모습처럼 향기로운 난 꽃이 필 그때를 고대해 본다. 부인의 말처럼 어디 먼 곳에 다녀온 그를 맞이하듯 난 꽃을 맞이하리라. 그 부인으로 인해 기분 좋은 기억들이 책처럼 수북이 쌓였는데, 수많은 만남과 마주침으로 정이 들었는데, 이제는 그 흔적을 찾느라 한참 동안 내 기억 속에서 두리번거릴 것 같다. 금방 다녀간 그분의 앞날에 부디 건강의 축복을 누리기를 빌어본다. 바로 뒷동에서 드르럭 드르럭 시끄럽게 고가사다리차가 쉴 새 없이 이삿짐을 올리고 있다. 떠나는 자와 오는 자가 빈번하게 교차하는 곳이 아파트 단지다. 물 퍼낸 웅덩이에 다시 샘물이 고이듯 누군가 떠난 자리에 또다시 새 보금자리가 메워진다. 옛날 말에 든 정은 몰라도 난 정은 안다는 속담이 있다. 떠나는 자를 보내는 마음이 쓸쓸하고 허전하다. 굳게 닫힌 앞집 문을 바라본다. 어떤 사람들이 이사를 올지 궁금하다.

경남 마산 출생. 경남대학교 평생교육원 수필전문반 수료. 『한국수필』 등단. 한국수필작가회 회원
caltivate@hanmail.net

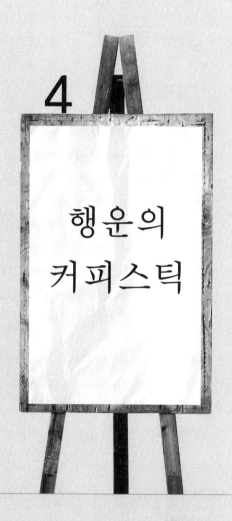

4

행운의
커피스틱

모시옷

국태주

요즘엔 밤 더위가 심해서 잠을 설친다. 아침 뉴스에서는 어젯밤이 금년 첫 번째 열대야였다고 알린다. '그래서 그렇게 더웠구나!'

지난해 여름밤 견디기 어려운 더위로 선풍기를 틀어놓고 이틀 밤을 자다가 개도 안 걸린다는 여름 감기로 고생했었다. 그 후로는 아무리 더워도 잘 때는 틀지 않겠다고 작심했는데 어젯밤에는 할 수 없이 타이머로 시간을 설정해 놓고 잤다. 또 아프면 어쩌나 걱정이 되었지만 무사해서 좋았다. 기력이 떨어져서 더위를 심하게 느낀 줄 알았는데 건강상태가 좋게 유지되는 것 같아 마음이 놓였다.

오늘은 흐린 날인데도 더위가 기승을 부린다. 가만히 앉아 있어도 목덜미와 가슴팍에 송골송골 땀이 맺힌다. 에어컨이 있어도 여름철 전력사용 시책에 협조하고파 선풍기를 이용한다.

글을 쓰다가 점심 식사 땐 개량 삼베바지에 모시 셔츠를 입었다. 그런데도 땀이 흐른다. '흐린 날씨인데 왜 이렇게 후덥지근하게 덥지?' 벌써 등엔 땀이 흐르나 보다. 식당 주인아주머니가 내 옷차림을 보더니 "지금도 이런 옷을 입는 분이 있네요, 보는 내가 시원한데 아저씨는 얼마나 시원하실까." 다른 손님들한테까지 동의를 구하며 찬사가 대단하다.

개량 삼베바지는 백화점에서 구입했고 모시셔츠 두 벌은 아내가 남긴 유품이다. 재봉에 프로는 아니지만 취미로 자신의 옷뿐만 아니라 아이들 옷들도 만들어 입혔다. 서울 친정 갈 때면 자신의 옷과 아이들 옷을 사와선 그대로 입혀도 좋으련만 박음질한 곳이라도 마음에 들지 않으면 뜯어고쳐 입혔다. 성격 탓이려니 느끼면서도 그것은 아내의 낙이었던 것 같다.

당시 딸들의 교육은 고등학교까지 보내고 양재학원을 마친 후 결혼시키는 것이 보통 부모들의 마음이었다. 아내도 학원 졸업을 했으나 결혼해서 좋아했던 취미를 놓아버린 것이 아쉬웠는지 양장점을 하겠다기에 승낙했다. 그러나 운이 맞지 않았는지 곧 문을 닫아 버렸다.

모시 남방셔츠는 이십 년 전에 만든 것이지만 요즘 백화점에서 구입한 것은 색조도 좋고 디자인도 멋져서 남방셔츠에 비하면 여러 면에서 뒤떨어져 입고 싶은 생각이 나지 않았다. 그리고 한 번 입고 나면 풀 먹인 옷이라 주름이 생겨 다시 손질해서 입어야 한다. 더 잘해서 입으려면 다시 빨아 풀물에 적신 후 말리고 다리미질을 해야 하니 아내가 없는 지금엔 직장에 다니는 딸에게 부탁하는 것도 좀 어려운 일이다. 아내가 나름으로 정성 들여 지어준 옷이지만 이십여 년을 농속에 사장시켜 놓고선 백화점에서 구입한 멋진 옷을 입고 다녀야 직성이 풀렸었다.

작년 여름 형제들의 모임 때 누이들이 여름엔 모시옷이 제일 좋은데 왜 입지 않고 통풍도 덜된 옷을 입느냐고 입으라고 재촉했다. 값으로 쳐도 백화점 옷 못잖게 비싸고 귀한 옷인데 버려둔다고 야단이었다.

햇볕이 쨍쨍한 날 모시셔츠에 삼베바지를 입고 나갔더니 시선을 보내며 지나가는 사람도 있었고 식당 아주머니처럼 좋아 보인다고 부러움으로 말하는 사람도 더러 있었다. 멋없다고 홀대했던 옷들을 입어보니 무더움을 날려버린 모시옷과 삼베옷의 진가를 알 수 있었다.

우선 가볍고 시원해서 엄지손가락을 세울만하다. 모시옷으로 들어온 바람은 쾌적함과 시원함을 온몸에 넣어주고 순간적으로 더워진 옷 속의 체열을 빼내 달아나니 시원할 수밖에 없다.

쉽게 구겨지기 때문에 입기까지는 편한함을 추구하는 현대인에게는 여러 번 손질이 가는 것이 번거롭지만 여름철 이글거리는 더위를 식혀주는 옷이면 그것으로 최상의 옷이 아닌가, 지금은 외출할 때마다 모시셔츠를 즐겨 입으면서 우리 조상들의 슬기에 감사드리며 찬탄을 보낸다.

남자 모시 남방셔츠는 너무 단조로워 멋이 없다고 한다. 그런데 곱게 물들여지은 치마저고리를 입은 여인들을 보면 아름다움 전에 고상하고 품위 있게 보여 자꾸 시선이 끌린다. 모시옷 차림의 여인들을 보면 보통집 여자가 아니고 어느 대갓집 귀부인으로 보인다.

지난여름 호텔에서 친구의 팔순잔치가 있었다. 하객 중 50대 초반의 여인 옷차림이 모시옷이었다. 옅은 옥색 저고리에 연분홍 꽃잎과 초록 잎을 수놓은 고름이 빼어나게 예뻤고 같은 무늬로 소매회장까지 수로 꾸몄었다. 거기에 쪽빛 치마를 받쳐 입으니 아름다운 선녀 같았다. 40대 여인도 있었다. 옅은 연둣빛 저고리에 붉은 꽃과 초록 잎이 수 놓인 옷고름이 아리땁고 선홍빛 소매회장에는 엇갈린 연두 잎을 수놓았다. 선홍색 치마에 노리개까지 갖추었으니 두 여인은 연회를 화사하게 장식해주는 꽃송이들로 보였다. '참 곱고 아름답다' 아무리 찬사를 보내도 모자람이 없을 것 같았다. '모시옷이 저토록 시원스럽고 예쁘게 보이다니' 모시옷에 대해서 처음으로 받아본 감동이었다. 지금도 나의 눈을 황홀케 했던 두 여인의 모습이 눈에 삼삼하다.

모시옷은 우리 민족만이 입어왔던 우리 고유의 옷이다. 소매 안에 보이는 우윳빛깔의 팔은 우리 여인들만이 입어야만 표출되는 매력이다. 백인이나 흑인 여자가 모시 저고리를 입고 소매 안의 팔을 보인다면 우리 여인들의 매력이 나타날까 생각해 본다.

올이 가늘고 주로 여인들의 옷을 짓는데 쓰는 하얀 모시는 충남 한산에서 생산되며 남자 옷을 지을 때 쓰이는 모시 베는 '생모시'라 해서 전남고흥지방에서 생산되는 것으로 알고 있다. 그곳에서 내가 살 때에는 옷에는 관심이 없었고 모시밭에 바람이 지나가면 모시 잎 뒷면이 은빛이라서 은빛물결이 좋았을 뿐이었다. 간혹 모시떡 선물을 받으면 떡을 좋아해서 맛있게 먹었던 기억이 난다.

이번 여름철처럼 더울 때 모시옷이 없으면 못살 것인데 이런 좋은 옷을 해 입었던 우리 조상의 지혜에 찬사를 거듭 보내면서 우리 직물 문화에 이바지한 것은 명확하니 모시 베 예찬을 하고 싶다.

■ 국태주 ■

2011년 『한국수필』 등단. 수필집 『삶의 종착역은 행복이다』 외 다수. 작가회 표창 1회 수상.
taejookook@hanmail.net

넝마주이

김선희

지하철을 타러 가는 동안 내 꼴이 얼마나 우습던지, 하도 웃어서 눈물이 다 났다. 지금 내 모습이 40여 년 전, 마을에서 심심찮게 보이던 넝마주이와 별반 다를 게 없기 때문이다. 등산화뿐만 아니라 바짓가랑이마저 진흙투성이에, 찢어져 너덜대는 마대자루에서 물건이 삐져나올까 봐 한 손으로 움켜쥐고 한 손은 자루 입구를 붙잡아 어정쩡한 자세다. 동행한 언니는 봄기운에 녹은 질 펙한 땅에서 발레하듯 가랑이가 앞뒤로 쫙 벌어지며 미끄러져 똥 싼 바지 차림이다. 눈물을 찔끔거리며 웃는 내 모습이 웃겨서 언니도 웃고 나도 웃고, 웃음이 그치질 않아 걸음마저 멈추고 계단 난간을 잡고 또 그렇게 한참을 웃었다.

톨스토이의 휴머니즘 실천에 심취했던 미당 선생도 한때 마포다리 밑에서 넝마주이를 했다던데, 이때 또 그 생각이 나는 건 뭘까. 겉멋이 잔뜩 흐르는 19살 청년이 멀쩡한 옷을 입고 넝마꾼들과 종로와 정동 길을 헤집고 다니는 걸 상상하니 또 배시시 웃음이 났다.

임진각에서 임진강 민간인 출입통제구역 철책을 따라 세 시간을 걸으니 율곡 습지공원에 도착했다. 동행했던 사람들이 제 갈 길로 가고, 출발지점에 세워놓은 차를 가지러 간 일행을 기다리는 내 눈에 연 열매가 들어왔다. 한때는 유채가 또 한때는 코스모스가 넘실대던 공원은 재정비를 한다며 여기저기 파헤쳐져서 을씨년스럽다. 2월을 막 넘기며 봄을 기다리는 풍경은 스산하기만 한데 그나마

연꽃 가득하던 연못이 지난 흔적을 얼음 속에 가두고 있었다.

처음에는 그냥 몇 개만 꺾으려고 했다. 아이들과 생태체험을 할 때 촉감 놀이 교구로 쓰거나 만들기를 하면 좋겠다는 생각이 번뜩 들었기 때문이다. 얼음 위를 살살 걸어가 보니, 구멍 송송 뚫린 연밥에는 덜 여문 연자가 들어있기도 하고 연자가 떨어져 큰 구멍만 있기도 했다. 구멍이 미처 자라지 못한 것들을 흔들어 보니, 그 안에서 연자들이 흔들리는 소리가 마라카스 연주하는 듯 차그락 차그락 싱그러운 소리가 났다.

그때부터다. 매주 생태 수업으로 만나는 탈북 아이들, 한 달에 한 번 만나는 유치원 꼬맹이들, 교과 연계수업으로 만나는 초등학교 아이들…, 잡아당긴 고구마 줄기에 줄줄이 고구마 따라 나오듯 함께 하고픈 아이들이 떠올랐다. '빨리 저걸 따서 아이들 만나면 재미있는 놀이를 해야지' 생각하자 많이 따야겠다는 욕심이 함께 따라왔다. 혹시 걸으면서 쓰레기라도 담으려고 준비해 두었던 비닐봉지에 연밥을 담았는데 몇 개 들어가지 않아 벌써 넘쳤다. 욕심은 꽃샘추위도 잊게 해 잠바를 벗어 자루처럼 만들어 신나게 담았다. 그것도 금세 넘쳤다. 때마침 차를 가지러 갔던 일행이 돌아와서, 안 그랬으면 쉽게 그치지 못할 욕심을 간신히 접을 수 있었다.

연못에서 주차장으로 가는 공터엔 겨울을 이겨내고 새잎을 몇 개 단 냉이들이 땅에 납작 엎드려 있다. 자주색 잎으로 무장하고 긴 겨울 씩씩하게 버텨낸 냉이를 세 번만 먹으면 감기도 안 걸린다는 언니의 말에 주저앉아 일을 벌이고 싶었지만, 그러기엔 연밥을 둘 곳이 마땅치 않아 오늘은 더 이상 욕심부리지 않기로 한다. 언 땅이 녹아 질척질척 등산화를 잡아끄는 바람에 넘어지지 않으려고 안간힘을 쓰며 간신히 그곳을 탈출하였다. 연밥을 한 아름 안은 나는 부자가 된 듯 기분이 좋다. 차를 가지러 갔던 언니도 같은 일을 하는 사람이라 필요할 것 같아 "선물이야." 하며 비닐봉지를 선뜻 건넸다.

우리 몰골을 본 언니 목소리는 걱정스러운데 얼굴은 웃겨 죽겠다는 표정이다. 집까지 데려다주고 싶은데 다른 일정이 있다며 문산역에 우리를 내려주며 못내 미안해한다. 우리는 차 뒷좌석에 있던 마대자루와 큰 비닐봉지를 하나씩 얻어서 옮겨 담고 지하철을 타러 가는 길이다.

하는 일의 특성상 자연물을 보면 연상 작용이 일어나 가끔 오늘 같은 일이 벌어진다. 혼자서도 곧잘 그러지만, 오늘같이 동료가 있는 날에는 정도가 좀 지나치다 싶을 때가 있기도 하다. 집 안 구석구석엔 이렇게 준비해 놓은 자연물들이 상자에 차곡차곡 쌓여 자리를 늘려가고 있다. 농사도 그렇지만, 제때 준비해 놓지 않으면 정작 필요할 때 아이들한테 맘껏 해줄 수 없기 때문이다. 넝마주이가 된 들 뭐 그리 대수랴. 오늘 준비한 것으로 생태활동을 하며 행복해할 아이들과 또 함께 행복할 내 시간들이 저만치 기다리고 있는데.

■ 김선희 ■

2006년 『한국수필』 신인상 수상. 2014년 경기도문학상 수상 등단. 한국문인협회·한국수필작가회·파주문학회 회원. 작품집 『보석 步石』, 『천사를 위하여』, 『독서논술 낙서처럼 즐겁다』 외 다수
kimsunny0202@hanmail.net

먼 곳에서의 자유로움

박복선

　　가끔은 동경과 기대를 안고 아주 먼 곳에 가고 싶다. 아무도 나를 알아보는 사람 없는 곳에서 혼자 있고 싶을 때가 있다. 그런데 오늘 나는 영국의 한 도시에서 내 영혼 속에 있는 이 갈망을 채웠다. '스위스 코티지'라는 역 근처 스타벅스에 혼자 앉아 글을 쓰고 있다. 앞에는 머리가 허연 영국의 노신사가 노트북을 가지고 무엇인가 열심히 그만의 일을 한다. 창밖에는 2월의 찬바람이 부는데도 젊은 여자가 플라스틱 통에 담긴 과일을 먹고 있다. 이 나라 사람들은 여기저기 먹을 것을 들고 다니며 먹는다. 마치 자유로운 영혼들처럼….

　　거리도 사람도 이국적이다. 여행은 불확실한 미래의 한 부분을 채워준다. 또 고여있는 마음의 물꼬도 열어준다. 이것은 나의 삶의 방식이다. 자기 몸만 한 큰 개를 데리고 가는 젊은 여자들이 보인다. 벌써 네 명 째다. 이상하게 친근감이 간다. 창밖으로 보이는 영국의 한 작은 마을은 그림 같다. 모든 건물이 다 야트막하고 튼튼하며 적어도 백 년은 더 되어 보인다. 아주 정갈하고 거의가 이삼 층에 집 앞에는 작지만 잔디가 있다. 어젯저녁에 내가 있는 민박집에서 보니까 노부부가 도란도란 차를 마시고 있는 모습이 평화로워 보였다. 부러움 속에서 오랜만에 느끼는 자유로움이다. 자유는 이렇게 편안하고 여유롭고 존재하고 싶은 욕구를 채우는 일이다.

　　이런 번개 같은 여행이 있을까? 1월 31일 금요일 오후에 비행기를 예약하고 2

월 1일 영국에 도착했다. 그리고 나는 런던 1존 끝자락 스위스코티지 역 근처에서 커피를 마시고 있다. 딸아이가 인턴십으로 영국에 네 달간 오게 되었는데 숙소가 정해지지 않았다. 학교와 유학원을 믿고 있었는데 문제가 생긴 것이다. 그래도 다른 사람한테 소개받아 놓은 민박집이 있어서 그 집을 숙소로 정하려고 내가 따라나섰다. 계획에 없던 일이어서 얼마나 정신없이 왔는지 모른다. 와서 보니 그곳은 여행객이 잠시 머무는 게스트 하우스였다. 다행히 장기 투숙하는 방이 있어서 그 방으로 결정하고 혼자 골목골목 걸어 다녔다. 이렇게 낯선 곳을 혼자서 다녀본 것은 이번이 처음이다. 비행기 값 생각에 숙소에 머물러 있기 아깝기도 해서 발걸음을 여기저기 옮겨본다. 가끔은 이렇게 계획에 없는 일이 삶에 일어난다. 학교 측에 화도 나고 사과하는 유학원에도 불만이 있지만 마음을 편하게 먹고 얻은 여유다.

누군가 젊은이의 지적 활동의 출발은 물음표라고 했던 기억이 난다. 물음표는 요술지팡이처럼 보인다고 했다. 이 세상에 정설이란 없다. 중요한 것은 꼬리에 꼬리를 물고 나타나는 지적 호기심 그것이 물음표라고 했다. 나는 여행이 한 인간의 끝없는 갈망을 채우는 쉼표라고 생각한다. 너무나 바쁜 일상에서, 등이 휘는 것 같이 삶이 피곤할 때, 가슴에 치밀어 오르는 그 무엇이 목구멍을 넘어올 때 잠시 꽉 짜여진 일상을 접고 떠나는 것이다. 그곳이 새롭고 먼 곳이면 더 좋고 자주 간 곳이어도 상관없다. 오랜 기간 계획을 짜서 가도 좋고 이번처럼 오늘 예약하고 내일 떠나도 좋다. 먼 곳에 가서 이방인처럼 자유로움을 느낄 수 있으면 그냥 좋다.

■ 박복선 ■

『한국수필』 신인상(1999). 논술지도 16년(중학생, 고등학생). 한국수필가협회·한국수필작가회 회원. 수필집 『이해하며 산다는 것은』 외. bbs60@hanmail.net

친구의 뒤뜰

박경우

신화야, 잘 지내지? 너의 꽃들도.

이곳은 긴 장마로 비 오는 날이 많아 아침저녁으론 아직 바람이 시원하단다. 붙잡아 두고 싶을 만큼 아까운 그 바람 때문에, 어둠이 채 가시기도 전에 일어나 창문을 활짝 열어 놓곤 해. 아침잠이 많은 내가 말이지. 때론 퍼붓듯 쏟아지는 빗줄기를 바라보며 마음까지 씻겨 내리는 듯한 후련함을 맛보기도 하지.

난 카카오톡 하는 걸 별로 좋아하지 않았는데, 네가 멀리서 카카오톡으로 소식을 전해온 날 생각이 바뀌었지. 우리가 소식을 주고받은 지도 5년이 넘었지, 아마. 그 긴 시간을 가뿐히 메워주었으니 고마울 수밖에. 이번에도 포도송이가 탐스럽게 달린 사진이랑 너희 부부사진, 그리고 녹색 이파리 위로 하얗게 핀 박꽃 사진 받고 얼마나 기뻤는지 몰라. 그 사진들을 보는데, '아! 예쁘게 사네' 하는 생각이 들면서 눈물이 핑 돌더라. 시집 보낸 딸이 잘사는 걸 보고 안도하는 친정 엄마 마음이랄까, 뭐 그런 거. 우습지? 너희는 늘 그런 모습으로 살았을 텐데. 너희 부부 사진, 아주 편안하고 좋아 보였어. 그런 너희 모습에 박꽃의 애잔함까지 겹쳐지면서 그만 울컥 했나 봐. 박꽃이 그렇더라구. 옛날 시골집 생각도 나게 하고….

이파리 사이로 살포시 고개 내민 새하얀 꽃. 별을 닮은 다섯 장 꽃잎이 비칠 듯 얇아 볼수록 처연했어. 조롱박 꽃이어서 더 작고 여린 것 같아. 그 작은 꽃이 많은 걸 떠오르게 했지. 아득한 지난날, 다시 살 수 없어 그리운 날들을. 신화야, 생각나지? 내가 살았던 시골집. 대문을 들어서면 왼쪽에 뒷간이 있고, 그 초가지붕 위로 박을 올렸잖아. 달밤이면 하얗게 빛나던 꽃. 지금도 눈에 선해. 그런데 넌 박꽃이 밤에 활짝 핀다는 건 몰랐나 봐. 아침 일찍 사진을 찍어야지 좀 지나면 시든다고 한 걸 보면. 다음엔 밤에 한 번 보렴. 그러면 지금껏 보지 못했던 박꽃의 신비한 모습을 보게 될 거야.

초등학교 5학년 때, 넌 우리 학교로 전학을 왔지. 처음에 어떻게 친해졌는지는 기억이 잘 안 나네. 그저 네가 우리 집에 자주 왔고, 그건 네가 살던 곳보다 우리 동네를 더 좋아해서였을 거라는 뭐 그 정도밖에. 우리 동네가 더 시골스러웠잖아. 산딸기도 따 먹고 그랬지 왜. 네가 결혼해서 미국으로 갈 때까지 우린 아주 친하게 지냈지. 너도 알지? 우리 엄마도 널 좋아했다는 걸. 우리 엄마가 좀 까다로운 분이셨니. 그래도 너는 심지가 굳다며 좋아하셨단다.

6년 전이던가, 우리 부부가 미국 여행 중에 너희 집에 들렀던 게. 그때 라빈 아빠가 아침 일찍 뒤뜰에서 탐스런 살구를 따 주었지. 생각하면 지금도 침이 고일 만큼 맛있었어. 며칠 전엔 네가 그때보다 꽃을 더 많이 심었다며 도라지꽃, 나팔꽃, 한련화를 찍어 보냈지. "고향 생각나서 도라지도 심고 나팔꽃도 심었어. 살구도 한창인데… 가까이 살면 얼마나 좋을까, 많이 보고 싶다." 면서. 그걸 보며 왜 또 그리 목이 메던지.

네가 뒤뜰에 가꾸고 있는 꽃들은 모두 우리 시골집에 있던 꽃이네. 여기 사는 나도 잊고 사는 정겨운 꽃들을 넌 그 먼 땅에서 가꾸고 사는구나. 조롱박까지 심었을 줄은 몰랐어. 난 네가 고국을 그리워하고, 고국의 꽃들을 찾아 가꾸고 사는 모습이 참 좋아. 어릴 때 마음 그대로인 것 같아서. 여길 떠나 산 지 벌써 수십 년인데….

나도 아파트가 아닌 주택에서, 보기만 해도 옛 생각에 가슴이 저려오는, 그런 꽃들을 가꾸며 살고 싶어. 하지만 쉽지 않은 일이니 우선 내년 봄엔 발코니에서라도 가꿔볼까 해. 그럼 꼭 네게 보여줄게. 아마 채송화, 분꽃도 보게 될 거야. 부추꽃도.

눈물겹게 보고 싶은 친구야.

그럼, 오늘은 이만 안녕. 너희 꽃들도 안녕.

■ 박경우 ■

2012년 『한국수필』로 등단. 한국수필가협회 · 한국수필작가회 · 한결문학회 동인. 공저 『나는 인생의 작가다』, 『눈부신 계절에』. pkw715@naver.com

소 끄는 소녀

이 림

　굽이굽이 들쭉날쭉 산부리에 산새 소리가 찾아든다. "너희가 풍류를 아느냐?" 하면 연적이 생길 게 분명하지만, 돌돌돌돌 흐르는 시냇물에 조각조각, 두리 뭉글 흘러드는 구름이 냇가로 들어가 인사를 주고받듯, 흘러가는 모습을 보고 있으면 풍류를 아는 듯하기도 하고, 뜬구름을 보는 듯하기도 하다. 한 열흘 정도 내린 비에 푸르스름하게 핀 이끼는 소 굽이 미끄덩미끄덩하게 미끄러질 듯 보이지만, 가까스로 중심을 잡는다. 길 한복판에 납작 드러누운 풀은 폭신폭신 발걸음을 부드럽게 한다. 흙에 볏짚을 으깨서 바른 담벼락에 핀 꽃들은 해를 보고 기우는지, 꽃잎의 무게를 이기지 못해 걸어가고 있는 나에게로 쏟아지는 것처럼 안길 듯 바람에 흔들린다. 저 멀리 걸었다 숨었다 나무에 가렸다 가까워졌다 어슴푸레 보이며 소 끌고 오는 사람이 친구인 듯하였지만, 잘생긴 모습이 견우라는 생각이 드는 낯선 청년은 나를 향해 미소 지으며 지나친다. 빨개진 얼굴로 시냇물에 비추어서 머리를 다시 가다듬고 있는, 옛 시절 소녀는 누가 봐도 예쁜 듯하다. 서쪽 해가 마을을 시원하게 해거름으로 만들고 있고, 몇 날 며칠 내린 비에 초록이 더 짙어지고, 붉은 꽃에 내린 비가 홍비가 되어 내리고, 푸르른 녹음에 내리는 푸른 비, 뿌연 비가 하얀 비로 되어 조도가 깨끗해지고, 계곡 물은 더 맑아졌다.

　똘랑 콸콸 돌에 걸려 흐르는 물소리를 들으며 친구와 만난다. 소를 풀어 놓으니, 사람들의 발자취가 없는 구석구석까지 한가롭게 노닐고 있다. 어젯밤 별빛이 한가득 누리에 쏟아져 반짝반짝 비치는 깨끗한 풀과 풀벌레의 음악 소리에 소도 꼬리를 살레 살레 흔들며 박자를 맞춘다. 혹시나, 소도둑에게 소를 떼일까 봐 소 울음소리에 귀의 촉을 세우면서, 맑은 계곡 물에 먹을 감기로 한다. 머리도 맑아지고, 마음도 깨끗하게 하고, 환골탈태를 바라며, 상념을 씻어낸다. 이 시간은 멋대로, 마음대로, 수다도 떨어보고, 노래도 불러보고, 춤도 춰보고 자리를 깔고 누워도 보고, 그림도 그려보고, 나뭇가지로 박자도 맞춰 보고, 옆 산으로 메아리를 흘려보낸다.

멀리 점점이 논에서 일하던 사람들도 집으로 움직이고, 언덕에서 노닐던 소들도 이끌리면, 굴뚝 연기가 마을의 산과 지붕에 걸려서 구름 속의 도원처럼 변하여, 소녀들은 소를 끌고 집으로 향한다. 함초롬히 피어 있는 산꽃들이 웅성웅성 소곤소곤 수다스런 소리를 내며 휑~ 산바람의 부채질에 날아간다. 뒤를 이어 마른 흙 쪽에서 흙먼지를 희뿌옇게 힘껏 부채질로 날려 보내니, 이내 깨끗해졌다.

산에서 나무껍질을 벗겨 만든 채찍으로 애꿎은 소등만 후려갈기니, 넋 놓고 걷던 소가 놀라 경중경중 내 팔의 소 줄을 잡아당겨 줄이 팽팽해져 덩달아 내 걸음이 소걸음에 끌려간다. 소등을 더 세게 후려 갈 긴 듯하다. 먼지가 들어가니 자동적으로 한쪽 눈에서 눈물이 흘러 씻겨내고, 소는 채찍에 맞아서 같이 놀라 눈물이 흐른다. 경중경중 빠른 걸음이 얄궂었는가. 지나가는 할머니가 혼잣말을 한다. "소처럼 일한다고 해서 슬퍼하거나 화내지 말거라. 지나고 나니 빠르게 지나가는 인생이 뜬구름 같더라." 할머니의 신세 한탄으로만 들리던 시절이었다. 그저, 소 먹이러 가는 산길에는 꽃이 예쁘고, 산개미들이 먹이를 짊어지고 가는 개미길이 신기했으며, 맑은 계곡 물 속의 물고기들의 움직임과 물가에 핀 꽃들이 선명하고 예뻐서 기쁜 마음이었다. 지금에서야 물가에 핀 꽃을 보면, 한 떨기 애처로운 꽃으로 표현되어, 글 속으로 옮겨 비유할 수 있으려나? 단지 사람들의 발자취가 없는 곳에서도 보이기 위해서 피는 꽃이 아닌, 시절이 되면 절로 피어나와 꽃 시절이 짧기에, 고마운 존재로 남고, 보는 사람들을 기쁘게 한다, 라는 그 정도의 생각만 스친다.

풍류를 논하려면 나이가 많고 이룬 것이 있어야 한다고, 연적들은 지금도 논쟁하고 있고, 앞으로도 논쟁은 살아가는 동안 만들어지고, 사라지고, 또 만들어지고 하겠지만, 기쁨과 담을 쌓지 않고 살아가는 것이 또한 인연을 위해서 좋다는 생각이 든다. 싱글벙글 꽃이 피면 너도나도 싱글벙글 꽃 시절의 꽃놀이 갈 생각으로 맛난 고깃집과 볼거리를 인터넷으로 검색해 보며, 설레는 마음에 웃음 짓는다.

━ ■ ■ 이 림 ━━━━━━━━━

본명 이말림. 『한국수필』 등단. tkarhd33@naver.com

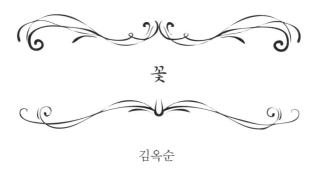

꽃

김옥순

연분홍 드레스를 입은 듯 꽃들의 모습이 화사하다. 그중에 길가 쪽에 맵시 좋은 꽃봉오리 하나가 눈에 들어온다. 사랑에 취한 듯 미소 머금은 연꽃이 고혹적이다. 행여 누가 볼까 살피면서 꽃을 꺾어 품에 안고 왔다.

딱 하루였다. 화병 속의 꽃은 하루 만에 고운 모습과 빛깔이 누렇게 변했다. 이승과 저승의 구릉을 오가듯 꽃 한 송이로 인해 기쁨과 서글픔의 혼돈이 왔다. 떨어진 꽃잎을 모아 불을 지폈다. 뽀얗게 피어오르는 연기 사이로 그의 모습이 그려진다.

남편이 떠난 지 여섯 해가 되었다. 세상의 인연을 다 내려놓고 그가 떠난 날 뜨거운 불가마 앞에서 모든 것이 정리된 줄 알았다. 차안에서 피안으로 안내하는 장의사의 얼굴에 표정이 없다.

"망자 떠나십니다. 인사 올리세요"

꽃으로 맺은 인연, 서른 해를 함께 했던 우리는 불 앞에서 그렇게 헤어졌다. 불가마 속으로 빨려 들어가던 그 장면이 시든 꽃잎을 태우는 동안 왜 그리 가슴 따갑게 떠오르는지. 먼저가 있으면 곧 뒤따라가겠다고 울부짖던 나는, 아직 이승의 삶에 묶여 서성이고 있다.

꺾인 꽃은 자유롭지 못했다. 가정이라는 꽃병 속에 물을 부어주면 그 물로 살면서 한 번도 울 밖으로 나다닌 적이 없었다. 아내로 또 아이의 엄마로 맡은 소임을 충실하게 지켰지만 내 안의 나는 담 너머 세상이 궁금했다. 틈만 나면 깨금발로 바깥을 기웃거렸다. 깨진 사발만 보고 살았는지 여자와 사기그릇은 밖으로 돌리면 금이 간다는 주장을 하는 남편이었다. 그건 사랑이 아니라 족쇄였다. 차라리 그의 존재가 없으면 좋겠다는 생각까지도 했다. 이제는 자유로워졌건만, 그 구속이 사랑인 줄 알고 나니 그리움이 온몸을 휘감는다.

어디로 가야 할까. 목적 없는 이정표에 나를 맡긴다. 설마 잊었거니 했는데 아직 떠나보내지 못했나 보다. 어제도, 오늘도 닮은 사람을 찾아 헤매다가 소스라치게 놀라 돌아보니 내가 그를 붙들고 있다. 검은 머리 파뿌리 되도록 함께 살자 했던 혼인서약을 파기한 죄라면서 옭아매고 있다. 그 언약은 하늘에서도 풀렸다는데 왜 거머쥐고 있는지 모르겠다.

매달 말일이면 이승과 저승의 소통이 이루어진다. "딩동" 스마트폰의 알림은 유족연금이 들어왔다는 메시지이다. 하늘 은행에서 나에게 보내오는 돈이다. 남편이 주는 돈만큼 편한 것이 있으랴. 내가 마음 편하게 쓸 수 있는 이십만 원은 다른 사람의 이백만 원보다 크다. 고맙다는 말을 하며 손에 든 전화기에 꾸벅 절을 한다.

잠을 잘 때도 그의 트렁크 팬티를 입는다. 가끔 집에 오는 동생이 뜨악한 눈으로 바라본다. 왜 그렇게 사느냐고 묻지만 궁색한 대답을 하고야 만다. 편해서 그냥 편해서 이렇게 산다고 했지만, 그가 내 곁에 머물러 있기를 바라는 마음에서다.

남편이 아끼던 물건을 침대 머리맡에 두고 한 번씩 눈길을 준다. 언제라도 들고 나갈 준비가 된 가방이다. 금속으로 된 가방에는 카메라와 렌즈가 오밀조밀 주머니에 담겨있다. 그는 척척 자동으로 찍히는 디지털카메라보다 아날로그를 좋아했다. 상황에 맞는 렌즈로 세상을 들여다보고 초점을 맞추며, 피사체를 조절하는 눈으로 세상에 머물다간 사람이다. 돌아오면 렌즈를 닦으며 장비를 정리하던 그의 흔적을 차마 지울 수 없어 그러안고 산다.

산사山寺에서 만난 스님이 이제는 인연의 끈을 놓으라고 했다. 타고 남은 잿더미 속에 숨어있을 추억의 조각들이 전부 공空이고 허상이라 한다. 그의 카메라도, 검도를 즐겼던 그의 목검도 또 불 속으로 던지란 말인가. 움켜진 내 모습과 놓아야 하는 갈등이 천칭天秤 위에서 간당거린다.

단 하루 피었다가 시들어버린 꽃에 향내가 없다. 퇴색한 꽃잎이 내 모습이 아닐까 생각하니 허무하기 짝이 없다. 한 송이 꽃에 매료되어 웃고 울던 어리석음이 한 줌의 재로 남았을 뿐이다. 부질없는 욕심에 매달려 집착했던 나, 아무것도 아니었다. 실체 없는 허상을 동경하면서 살아온 삶 그만 내려놓을까 한다. 그의 넋도 이제 보내 주리라. 비록 불의 인연으로 한 줌의 재가 되었을지라도, 소멸이 아닌 소박한 한 송이 꽃으로 다시 피어나기를 소망한다.

■ 김옥순 ■

『한국수필』 등단(2012). 한국수필가협회 · 한국수필작가회 · 대구문인협회 · 대구수필가협회 회원. 경북일보 문학대전 수상. agada8867@hanmail.net

지갑 분실

김권섭

    인생은 살아갈수록 점점 약해지고 변해 간다. 새까맣게 휘날리던 검은 머리카락도 어느새 사라지고 흰 눈 같은 머리칼이 차지한다. 내 인생도 계절 중 늦은 가을이 정녕 왔다. 파란 빛깔이 누런색으로 변해가니 말이다. 인간의 영고榮枯는 나뭇잎 같으니 새 나뭇잎을 생산하기 위해 낙엽은 떨어진다.

    장녀가 신라 고도를 3박 4일 구경시켜 준다고 하여 공용버스터미널에 버스표를 사러 가는 날이다. 아무리 속으로 좋을지라도 딸에게 조금의 사양도 하지 않고 '얼씨구나 좋다' 하고 들뜬 마음으로 표를 사러 갔다. 중학교 때 수학여행을 경주로 갔는데 나는 가지 못했다. 동네 친구들은 다 갔는데 나만 못 가서 늘 그리운 곳이다. 딸이 '5월은 여행객이 많다'고 하여 표를 예매하러 갔다. 그런데 왕복 예매를 원했으나 경주에서 여수 오는 표는 판매하지 않는다. 원하는 대로 표를 다 구매하지 못해 아쉬웠다. 귀가하기 위해 택시를 타고 지갑에서 요금을 꺼내고 지갑을 호주머니에 넣는다는 것이 그만 택시 자리에 놓고 내렸다. 대문 앞에 막 도착하여 열쇠를 꺼내는 순간에 지갑이 없음을 확인했다. 내리자마자 택시가 가는 쪽을 향하여 뛰어갔지만, 닭 쫓던 개 지붕 쳐다보는 격이었다. 어찌나 아깝고 서운하던지 넋이 반은 나간 것 같고, 그 순간 입안에 침이 바짝 마르고 말까지 어눌해진다. 사람이 참으로 순간에 달려있구나! 생각했다.

    지갑 속에는 주민등록증을 비롯하여 정확하지는 않지만 약 10여만 원 내외의 돈이 들어 있었다. 잃어버린 지갑은 그간 내가 사는 동네 롯데마트에 가면 갖고 싶어서 지갑을 볼 때마다 수없이 마른 침을 꼴깍 삼켰던 것이다. 마트에 오고 가면서 여러 번 가격표만 보고 눈요기를 했었다. 내 예상과는 다르게 가격이 비싸 살까 말까 굼지럭거리다 겨우 큰마음 먹고 최근에 샀다. 사고 보니 지갑이 정말 맘에 들었다. 호주머니에 지갑이 들어 있는 동안에는 무슨 여의주나 되는 듯 매만졌다. 이런 지갑에 대한 사랑땜도 채 가시지 않았는데 잃어버리게 되었다. 내 수중에서 너무 짧게 머물다 갔다. 지갑과 너무 짧은 만남이었다. '차라리 내게 지갑이 오지 않았다면 이런 아픔이 없었을 것을'하는 생각이 들었다. 그러니 글을 쓰는 지금도 분실한 지갑이 눈에 늘 선하다.

택시회사, 농협, 경찰에 신고했다. 경찰은 '본인이 와서 정황을 자세히 가르쳐 달라'고 하여 파출소에 갔다. 농협은 아예 문을 닫았다. 그런데 분실신고 전화는 받는다. 동사무소는 직원이 있는데도 민원 사무를 보지 않고 '월요일에 오라'고 한다. 민원 사무도 보지 않으면서 무엇 때문에 있는지 원망스러웠다. '도둑이나 지키려는 듯' 혼자 사무실을 지키고 있었으니 말이다.

내 생애 분실은 이번까지 세 번 있었다. 한 번은 안과의원에서 지갑을 잃었으나 이튿날 간호사가 고스란히 돌려줬다. 두 번째는 동료들과 베트남에 가서 마사지를 받으러 갔는데 얼굴을 온통 큰 수건으로 가린다. 이곳 마사지는 으레 '이렇게 하는구나.' 했는데 마사지하는 동안에 호주머니 속 지갑에서 1달러짜리는 그대로 놔두고 10달러 지폐와 카드만 가져갔다. 1달러짜리는 봉사료 주라고 남겨 놓고 갔구나(?)하고 속으로 생각했다. 그러나 외국 하늘 아래서 눈이 캄캄했다. 그런데 이번에는 지갑을 통째로 잃어버렸다.

세상을 살 만큼 살았으니 돌다리도 두들겨 보고 건너야 했는데 나는 그렇지 못했으니 부끄럽기 짝이 없다. 공자님은 『논어』, 「위정爲政」에서 70은 "마음이 하고자 하는 대로 하더라도 절대로 법도를 넘지 않았다從心所慾不踰矩" 라고 했다. 그런데 나는 심사숙고하지 못해 실수를 했으니 어찌할꼬!

지금 내게 있는 것, 지금 나와 함께 하는 사람에 대하여 소중함과 감사함을 잊지 말아야겠다. 소중한 것은 언제 떠날지 모를 일이며 감사할 일은 언제 다시 올 줄 모른다. 세상에는 완벽하고 완전한 것은 있을 수 없다. 결국 세상에 나는 나 하나밖에 없는 것이다.

이튿날 주민등록증을 발급받으러 동사무소에 갔다. 지난번에는 지문을 엄지 손가락을 스탬프에 묻혀 손가락이 지저분했는데 이번에는 지문인식기에 손가락만 대고 깨끗이 끝낸다. 세상은 살아갈수록 편리한 방향으로 변화되고 발전된다. 더 좋은 것을 얻으려고 가진 것을 잃었음이 분명하다. 썩은 흙에서 지초芝草가 돋고, 썩은 풀 더미에서 반딧불이 생겨나니 말이다. 세상에 올 때 빈 몸으로 왔으니 갈 때도 빈 몸으로 가는 것, 이 몸도 언젠가는 빈손으로 돌아갈 것이다. 내 몸마저 놓고 떠나갈 것이다. 남은 세월 꽃 같은 인품의 향기를 지니고 넉넉한 마음으로 살아야 할 것 같다.

━ 김권섭 ━

『한국수필』 등단(2012. 207호). (사)한국수필가협회·한국수필작가회·동부수필 회원. 수필집 『원두막』, 철학서 『덕론연구』. kwonseop@hanmail.net.

머드축제 출사기

이춘만

몽산포에서 하루를 묵은 뒤, 임성중학교 해양캠프 퇴소식을 마치고 서둘러 성락원을 나섰다. 작품 사진을 찍으러 보령머드축제 현장으로 가는 길이다. 뙤약볕에 이글거리는 서해안 고속도로를 40여 분 달렸다. 몇 년 전, 찬바람이 불던 때에 내국인뿐만 아니라 외국의 청춘 남녀들이 더 좋아한다는 보령머드축제장을 지나친 적이 있어서 그리 낯설지는 않았다.

오늘은 머드축제장에서 많은 사진을 찍기 위해 마음먹고 온 터라, 긴 팔 셔츠며 차양모자며 준비를 단단히 하고 경음악이 우렁차게 울리는 세계 각국 사람들이 모이는 국제 머드축제장으로 향했다. 넓은 주차장은 관광버스와 승용차로 꽉차 빈틈이 없다. 관광버스에서 내리는 단체 외국인들 등에 'MUD FESTIVAL'이라 찍힌 노란 티셔츠와 흰 바지 유니폼이 눈길을 끈다. 축제장으로 가는 행렬은 내국인보다 외국인 남녀가 더 많이 눈에 띈다.

서둘러 행사장으로 들어섰다. 머드를 몸에 바른 비키니족 남녀로 인산인해다. 대형 고무튜브 머드 안의 각종 놀이 현장은 웃음천국이다. 머드 에어바운스 체험, 머드슈퍼슬라이드, 대형 머드 탕, 머드 교도소, 머드 키즈랜드 등등 여러 가지 놀이기구를 이용하는 사람들이 무척 즐거워하기 때문이었다.

통로 몇몇 곳에는 머드 액체를 담은 그릇과 거울이 준비되어 있었다. 너 나 할 것 없이 그릇 주변에 빙 둘러선 비키니족들이 거울을 보며 큰 붓으로 머드를 찍어 얼굴과 팔 등에 바르며, 또 서로를 발라주기도 하며 웃음꽃을 피웠다.

안쪽 머드 미니축구장에서는 머드를 뒤집어쓴 남녀 20여 명이 비치볼 차기에 열을 올린다. 바닥의 질퍽한 머드 액을 휙휙 발로 차며 밀고 밀리기를 거듭하다 넘어지고 엎어지고 나뒹군다. 우르르 쏠리는가 싶더니 무더기로 미끄러지기도 한다. 온몸이 머드로 범벅이 되어 얼굴까지 시꺼먼데, 뽀얀 이를 드러내며 웃는 모습을 놓칠세라 연신 셔터를 눌렀다. 모두가 즐겁다. 경기하는 이들이나 구경하는 이들이 한마음이다.

작품 촬영을 하는듯한 사진작가들은 명장면을 놓칠세라 좋은 위치를 선점하려는 경쟁이 치열했다. 그들 틈에 끼어 몇 컷 찍은 뒤, 내 옆의 작가에게 초보자임을 알리며 좋은 사진 찍는 법을 물으니 친절하게 몇 가지 요령을 일러준다.

첫째, 태양의 위치를 살펴 측광, 사광의 빛으로 찍으라. 인물사진 노출, F값은 5.6을 놓아라. 셔터 속도는 주제 인물 뒤를 잡아야 하므로 조이고 푸는 것에 특히 주의를 기울이라 했다.

둘째, 인물사진 한 장면을 촬영할 때, 목표 지점에서 미리 세팅하고 기다리라. 그래야 순간순간을 놓치지 않는다. 한 자리에서 한 장면만 찍는 게 좋다. 이쪽저쪽을 다 욕심내 찍다 보면 너무나 순간적이라 양쪽 중요 장면을 모두 놓치고 엉뚱한 것만 찍게 된다고 한다.

그는 공모전에 출품할 사진은, 머드축제의 특성을 살려 내국인보다 외국인을 찍은 것이라야 입선 가능성이 높다고 귀띔하는 친절도 잊지 않았다. 그 작가의 경험담을 생각하며 넓은 행사장을 분주히 돌았다.

주최 측 홍보 사진팀은 피사체, 즉 인물 가까이에서 근접 촬영하는 데 비하여 일반 사진작가들은 멀리 펜스 밖에서 셔터를 눌러대느라 중요 장면을 찍기에는 어려움이 많았다. 이해는 하지만 차별에 대한 서운함은 가시지 않는다.

10여 미터 높이의 머드 슈퍼슬라이드 꼭대기에서 두 남녀가 미끄러져 내려오며 지르는 괴성과 이를 보는 참가자들의 폭소의 얼굴에 포커스를 맞추며 대형 머드 탕으로 향했다. 머드에 흠뻑 젖은 젊은 외국인과 한국의 젊은이들이 벌인 닭싸움 단체전 경기 장면에 정신이 쏠렸다.

경계 펜스에 바짝 붙어 유독 머드를 많이 뒤집어쓴 외국 여성을 따르며 초점을 맞춰 셔터를 누르는 중에 안쪽 경기장에서 순간적으로 튀는 머드에 벼락을 맞은 것이다. 윗저고리엔 약간 튀었고 바지는 온통 머드 무늬로 변해 버렸다. 카메라에도 머드가 몇 점 튀었다. 급하게 카메라만이라도 물수건으로 닦아야 했다. 구경하던 본부석에서 물티슈를 몇 장 건네준다. 내리쬐는 뙤약볕이라 머드 물기가 금방 마른다. 불볕더위에 노출된 카메라도 불덩어리 같았다. 정밀기기라서 마른 후 머드 가루가 줌 렌즈 움직일 때 딸려 들어갈까 염려되어 닦고 또 닦았다.

이곳 보령머드축제장은 꼭 외국에 와 있는 듯, 외국 풍경 같았다. 내·외국인 가릴 것 없이 모인 모두가 젊은이들이고 나이 든 분은 어쩌다 만날 정도였다. 젊음이 있어서 패기가 넘쳤다. 희망이 보였다. 미래의 주인공들이 모든 것을 내려놓고 오늘을 맘껏 즐겼다. 저들이 내일을 설계하는 새로운 힘, 새 활력소를 듬뿍 담아갈 것을 믿는다. 오늘 촬영한 사진들이 어떻게 나올까를 상상하며 상경 길에 올랐다.

━━ 이춘만 ━━━━━━━━━━━━━━━━━━━━━━━━━━━
2010년 『한국수필』 등단. 사)한국문인협회·국제펜클럽 한국본부 회원. 저서 『성지순례집』(2011 베뢰아 국제대학원대학교 성지순례) 엮음. 포스트모던 작품상 수상. spring6302@hanmail.net

꽃의 아름다운 한 수

오세리현

　우리 집에는 스스로 자라는 신기한 토마토 나무가 있다. 그 이야기 나누다가 딸아이가 식물연구에 대한 좋은 자료가 있다면서 컴퓨터를 켰다. 세상에는 얼마나 많은 현화식물이 있는지 알고 있느냐는 질문으로 시작한 '꽃의 아름다운 한 수The beautiful tricks of flowers'라는 제목의 식물학자의 네트워크 강연을 흥미롭게 보았다.

　남향인 거실 문밖에는 작은 테라스가 있다. 그곳에는 긴 사각형의 분홍색 제라늄 화분 세 개가 의좋은 형제처럼 나란히 자라고 있다. 꽃에 채소 씻은 물을 뿌려주면 좋은 비타민을 먹은 것처럼 금방 싱싱하게 살아난다. 꽃들이 만개하면 꿈을 가꾸는 소년같이 생명력이 넘치며 시들어 퇴색되어가는 꽃송이는 병고로 쓰러져 가는 가까운 이들을 생각나게 한다. 인생은 들에 핀 풀꽃처럼 잠시 왔다 가는 것이라는 성현의 말씀이 가슴으로 느껴진다.

　모처럼 비가 내린 후 활짝 핀 제라늄 사이로 심지도 않은 토마토 줄기가 여기저기 올라오더니 노란 꽃이 피었다. 제라늄 꽃은 비좁은 화분에서 피고지고를 수없이 반복했다. 그 사이에서 잉태한 토마토 씨는 도대체 어디서 온 것일까. 처음 농원에서 토마토 씨가 흙 속에 묻혀 따라왔던 것일까. 아니다. 아마도 내가 샐러드용 방울토마토를 씻을 때 토마토 씨가 그 물에 떨어졌다가 화분에 뿌려진 것 같다.

지난주에는 토마토 넝쿨에 오선지 음표처럼 송글송글 매달린 초록빛 유리알 방울들을 발견했다. 햇볕이 잘 들어서인지 녹색 방울은 새색시 연지처럼 발그레해지더니 차츰 빨간색으로 변했다. 모든 생명체가 갖고 있는 번식본능으로 토마토나무도 많은 에너지를 쏟았을 생각에 먹음직한 토마토에 손이 쉽게 가지 않는다. 정물화 속의 빨간 토마토처럼 그냥 바라봐야 할 것 같다.

사계절 기온 차가 거의 없는 캘리포니아는 연중 다채로운 꽃들이 유한된 생명을 이어가듯 번갈아 피고 진다. 땅에서 물과 햇볕만으로 만든 형형색색 오묘한 색의 조화, 민들레꽃, 라벤더꽃, 안개꽃, 해바라기꽃 등 제각각 다른 크기, 모양의 꽃을 피우는 식물의 생태가 신묘하다. 제철을 따라 분수를 지키고 자연의 질서에 순응하며 피어나는 꽃들에게서 순명하는 삶의 지혜를 배운다.

지금까지 알려진 바로 지구상에는 25만 종의 꽃 피는 식물이 있다고 한다. 식물은 번식을 위해 꽃을 피운다. 그 방법 중에 식물이 유전자를 널리 보내 다른 유전자와 섞임으로 주위 환경을 공략하는 것이 진화라고 한다. 꽃가루를 통해 이뤄지는 유전자 전달방법이 흥미로웠다. 식물과 곤충의 공생관계, 상생이 이채로웠다. 대부분의 나무는 공기를 통해 꽃가루를 전달하지만 꽃은 자신의 원하는 바를 곤충에게 시키는데 곤충이 직접 배달하니 화분을 많이 생산하지 않아도 되기 때문에 나무보다 더 지능적이라는 것에 수긍이 갔다. 화분이 가야 할 곳으로 정확히 옮겨주는 곤충은 노동의 대가로 식물에게 꿀을 받는다고 한다.

어떤 꽃무늬는 우리가 보기에 예쁜 것만이 아니라 곤충에게도 매력적으로 보인다고 한다. 내가 서재에서 키우던 흑요석(옵시디안)은 마치 날개가 달린 동물로 보여 곤충을 유인하는 영특한 꽃이라고 한다. 식물이 종족 번식을 위해 탈바꿈하며 고단수의 속임수를 갖고 있음이 놀라웠다. 어떠한 목적을 향해 우리의 모습도 겉 다르고 속 다르지 않은가. 뭇 사람들의 시선을 의식하며 명품으로 치장하면 곧 성공한 인생인 것처럼 착각하며 살아가기도 한다. 또한 파리들은 썩은 고기 냄새가 나는 헬리코디세로스라는 식물을 좋아한다고 한다. 쉬파리가 이 냄새를 맡으면 참지 못해 꽃 안으로 깊숙이 들어간다고 한다. 쉬파리는 이 꽃이 죽은 시체라고 생각하며 꽃 속에 알을 낳고 나오는데 실제로 알들이 먹을 음식이 존재하지 않아 알은 그냥 죽고 쉬파리에 묻은 화분은 다음 식물에 수분되니 대박이라고 표현했다. 자신의 죽을 운명이 다가온다는 것을 깨닫지 못하고 세상 속 허황된 일에 미혹되어 파국에 이르는 우리 인간의 불타는 탐욕이 꽃의 한 수에 넘어가는 곤충과 다를 바 없다는 생각이 들었다.

우리는 생일 등 기념일에 축하의 의미를 담아 꽃을 건넨다. 경사뿐 아니라 조의에도 위로의 뜻을 새겨 꽃을 보낸다. 식물의 수분처럼 결혼도 하나의 생명체에서 다른 생명체로 유전적 형질을 전달하는 것인데 꽃의 번식과 무엇이 다르랴. 요즘 세대는 결혼 상대로 서로의 조건을 손익계산서처럼 여기며 진정한 사랑의 가치를 상실한 것 같아 쓸쓸하다. 예술품은 물론이거니와 우리는 누구나 유명할 명(名)자가 들어간 단어를 좋아한다. 명품인생을 살고자 하는 욕망으로 우리도 꽃과 같은 아름다운 한 수에 빠져 사는 것은 아닐까.

■■ 오세리현 ■■■■■■■■■■■■■■■■■■■■■■■■■■■■■■■■■■■■■■■

『한국수필』 등단. 한국수필가협회 · 한국수필작가회 회원 · 국제PEN한국본부 미주서부지역위원회 회원. 수필집 『바람 불어 좋은 날』, 동인지 『꽃을 따라온 벌』, 『골목길 쉼 돌에 앉아』 외 다수.
sherrieoh@daum.net

아이슬란드 김밥

최건차

네덜란드에서 있었던 딸의 결혼식에 김밥의 인기가 대단했었다. 헤이그 왕립음악학교 유학 중에 이루어진 혼사여서 아내와 나 작은아들만 참석하게 되었다. 여왕이 예배를 드린다는 웅장하고 고풍스러운 교회에서 교민들과 재학생들의 축제로 결혼식을 치르게 되었다. 혼사를 성사시키고 결혼식 주례를 맡아주신 이 목사님과 자신들의 일처럼 성의를 다하는 분들께 어떻게 감사를 해야 할지 말문이 제대로 열리지 않았다. 예식이 한참 진행되는 말미에 양가의 대표가 인사를 하게 되었다. 신부의 아버지인 나는 5분 정도 감사의 말을 했는데 신랑의 아버지는 20분이 넘도록 말을 이어 갔다. 결혼 전, 경은이가 아이슬란드에 초청되어 갔을 때 김밥을 만들어주어 흥미롭게 먹었다는 이야기까지 해 감동을 자아냈다.

예식을 마치고 하객들이 교회 식당으로 자리를 옮겼다. 우리 집에서 다 준비해야 하는 것을 이준열사기념교회 교인들이 김밥을 주메뉴로 불고기, 잡채, 전, 떡 등의 음식과 폐백까지 잘 준비해 놨다. 이웃 암스테르담과 로테르담 그리고 파리에서 달려온 하객들은 외국유학생들과 어울려 타국생활의 외로움을 달래려는 모습들이어서 가슴이 뭉클했다. 특히 신랑 가족의 북유럽인 하객들과 여러 나라에서 온 학생들은 신랑신부가 양가의 부모님께 폐백드리는 풍습과 다양하고 맛있는 음식에 매료되어 원더풀을 연발하며 한국인들의 情적인 문화를 부러

위했다.

　신랑 아버지가 김밥에 대한 예찬을 진지하게 한 때문에 모두들 김밥을 찾아 먹으려 들었다. 준비된 분량이 모자랄까 봐 한편에서 더 만들어 내는 통에 외국인들은 즉석에서 김밥 만드는 것을 보면서 받아먹으려고 줄을 서서 기다리기까지 했다. 헤이그에서 한국 유학생 국제결혼식이 처음이라 교민들과 외국유학생들에게 모델이 될 케이스를 이루려는 분위기였다. 교민들은 이때를 위해서라는 듯이 김밥을 맛깔나게 만들어내면서 상냥하고 민첩하게 서빙을 했다. 아이슬란드에서 온 신랑 가족들과 노르웨이, 덴마크와 영국에서 온 친족들은 신부 측의 준비와 환대에 감격하여 눈시울을 적시면서 김밥을 챙겨 먹는다. 나 역시 감정을 억제할 수가 없어 흐르는 눈물에 젖은 김밥을 먹으며 사돈네 가족들과 기쁨을 같이하게 되었다.

　딸은 일찍 생모를 잃었다. 어머니 생전에 김밥을 만들어가지고 오빠들과 소풍을 다녔던 때를 그리면서 헤이그교회에서 김밥 만드는 일을 자청해서 잘해냈던 것이다. 이 목사님 내외분께서는 경은이가 자기 가족과 같다면서 김밥도 잘 만들고 교회에서 맡은 일을 잘해주어서 고맙고 든든한 일꾼이라고 했다. 두 아들과 고명딸에게 슬픔과 고통을 안겨주었던 못난 아버지였기에 마음이 저려 말문이 막혔다.

　딸은 남편이 될 청년의 가족들에게 김밥을 만들어 주면서 아이슬란드에 뿌리를 내릴 작정을 했던 것 같다. 큰 물고기만을 잡아먹는 바이킹들에겐 검은 종잇장 같은 해초에 싸서 먹는 생소한 음식이 화젯거리였다고 한다.

　만찬 때 신랑집 가족들은 김밥에 익숙하다는 표정들이었다. 경은이를 통해 한국을 좋아하면서 승용차, 세탁기, TV를 우리 제품으로 바꾸었다고 하니 정성을 들인 김밥의 효력인가 싶다. 딸은 김밥을 즐겨 먹었던 아버지와 어머니가 만들어준 김밥을 먹고 유아시절을 보냈다. 새어머니를 만난 후에도 고등학교를 졸업할 때까지 도시락은 늘 정성으로 싸준 김밥이었다. 아이슬란드에는 외국관광객들이 즐겨 찾는 인기 핫도그 집이 있다고 한다. 김밥을 핫도그처럼 만드는 한국 식당을 우리 가족 중에서나 누군가가 레이캬비크에 내었으면 하는 마음이다.

순둥이로 자랐던 딸이 몰래 외국에 간 걸 알고 괘씸하면서도 걱정거리였는데, 가정과 인품에 신앙이 좋은 음악도의 적극적인 청혼으로 결혼을 하고 학업도 마치게 되어 마음이 풀렸다. 우리 남한 만 북유럽의 섬나라, 인구 30만 정도의 아이슬란드를 잘 몰랐었다. 이제는 사돈의 나라가 되는 바람에 관심이 많아졌고 수도 레이캬비크에서 외손자 마티아스와 에드바르드가 바이킹의 후예로 한참 자라고, 사위 비르키리는 음악교사 겸 뮤지션으로 활동하고 있다. 재즈 클래식을 전공한 딸은 아이들이 웬만큼 자라는 동안 아이슬란드어를 공부하고 있다.

김밥은 상을 차리지 않고 별다른 반찬이 없어도 간단하게 먹을 수 있어서 좋다. 나는 어렸을 적 어머니가 금방 지어준 더운밥을 김에 싸 참기름양념간장을 쳐서 먹는 것을 최고의 별미로 여겼다. 어떨 때는 묵은 배추김치를 썰지 않고 잎을 펴 밥을 싸 먹으면서 김밥 먹는 기분을 내곤 했다. 겉을 싸는 마른 김과 쌀도 좋아야 하지만 밥 속에 들어가는 여러 가지 식재들이 더 중요하다. 외모보다 속사람이 제대로 되어야 하듯이 김밥도 속에 무엇이 어떻게 들어가느냐에 따라 맛과 영양가가 결정되기 때문이다. 김이 풍성한 요즘, 속이 꽉 차고 맛과 영양가 좋은 김밥처럼 딸이 아름답고 알차게 살아가기를 기원하면서 김을 보내주고 있다.

■■ 최건차 ■■■■■■■■■■■■■■■■■■■■■■■■■■■■■■■■

2005년 『한국수필』 신인상 당선. 『창조문예』 등단. 한국수필가협회 · 한국수필작가회 회원. 작품집 『진실의 입』 외. ckc1074@daum.net

헤세와의 조우

신수옥

　내 10대의 마지막과 20대의 초반을 설레게 했던 헤르만 헤세, 까마득히 먼 곳에 두고 그리워만 하던 그를 전쟁기념관 전시실에서 다시 만났다. 세월은 어쩌면 그리도 빠르게 지나갔을까. 되돌아갈 수 없는 젊디젊었던 시간 속에서 만났던 그를 떠올리려니 흘러간 세월이 너무 길게 굽이쳐 아득히 느낌만 되살아 날뿐이다.

　헤세의 작품이라면 가리지 않고 읽었던 기억. 그것은 알을 깨고 나오려던 시간의 줄탁^{啐啄}이 아니었을까. 그가 톡톡 건드려줄 때면 나를 둘러싼 세계를 뚫고 나오려 얼마나 애를 썼던가. 사회적인 제약과 나약하게 키워졌던 여자로서의 삶을 거부할 날갯짓을 배우지 못한 것에 혼자 가슴 치며 눈물을 삼키던 날들, 헤세는 나의 피난처였다.

　다시 만난 헤세는 문학가가 아닌 미술가였다. 젊은 시절엔 맹목적인 짝사랑으로 그의 다른 면은 전혀 볼 생각도 하지 않았던 나를 탓하고 싶지는 않다. 문학이건 그림이건, 소설이건 시건, 그건 모두 예술 안에서 서로 엮여 있는 것들이니까. 디지털의 힘을 빌려 영상으로 되살아난 그의 그림들은 따뜻하고 평안하고 평화롭다. 저 아름다운 자연 속에 하나님은 헤세를 살게 하셨고 헤세는 하나님의 뜻에 열렬히 화답했다.

　시간은 40년을 거슬러 오르는데 겨우 찰나만을 필요로 한다. 그의 그림 앞에,

그의 책들 앞에, 그의 사진들 앞에 서자 나는 곧 스무 살, 하얀 도화지로 되돌아간다. 다시 그리고 다시 색칠하고 다시 내가 원하는 그림을 그리고 싶다.

　내가 살아온 시간들이 후회스러워서가 아니다. 내 나름대로 성실히 살아왔으나 야생의 벌판이 아닌 잘 정돈된 사육장에서 지내온 세월이 과연 내가 원하는 것이었을까 하는 생각으로 만약, 야생마 그대로의 모습으로 저 벌판을 달리며 살아올 수 있었다면 지금 나는 어떤 모습이었을까를 생각해본다. 평화롭고 결고운 매일은 아니더라도 자유와 거친 숨결에 살아있다는 싱싱한 느낌이 가슴 벅차게 하는 날들 아니었을까.

　이제 와서 책들의 제목을 하나씩 볼 때면 아! 하는 탄성이 나오는 것은 그 순간마다 내 젊음이 함께 했던 시간들이 급히 돌아와 내 곁에 서기 때문이리라.

　지금 내 나이의 눈빛으로 사색에 잠긴 헤세에게 나는 손을 내밀었고 그는 옛날과 다름없이 부드럽게 손을 잡아주었다. 내가 한 인간으로 눈 뜨면서 영혼의 첫 열매를 맺어갈 무렵 빛나고 아름다운 사유를 할 수 있도록 이끌어주었던 그의 손이 아직 따뜻하다. 이제 열매를 거둘 시간이 아닌가. 황혼보다도 더 붉고 아름다운 내 삶의 열매를 그의 도움을 받아 더욱 풍성하고 깊은 사유로 덧입히고 싶다.

　누군가에게 편안함을 주는 에바 부인의 모습이 내 안에 있는지는 모르겠다. 삶이 무엇인가 알고 싶어 싯다르타 주변을 맴돌았으나 얼마나 깨우쳤는지도 모르겠다. 철저한 나르치스도 철저한 골드문트도 되지 못한 채 젊음 특유의 혼돈 속을 헤맸던 적도 많았다. 일일이 기억나지는 않으나 그의 시를 읽으며 혼자만의 세계에 빠져들어 설레며 가슴 아파하며 흐르는 눈물로 남몰래 소매를 적시던 시간들이 아직도 내 안에 곱게 쌓여있다.

　헤세! 길고 긴 인생길에서 한 번도 잊은 적 없던 그를 다시 만났던 날은 시월이 막 문을 여는, 슬프도록 아름답고 청명한 하늘이 푸른빛의 절정을 보여주던 날이었다. 하늘을 향한 심호흡. 앞으로 남은 길을 다시 스무 살의 마음으로 걸으라는 속삭임과 함께 그가 오래도록 손을 흔들어주었다.

■ 신수옥 ■■■■■■■■■■■■■■■■■■■■■■■■■■■■■■■■■

2013년 4월 『한국수필』 등단. 사)한국문인협회 · 사)한국수필가협회 · 한국수필작가회 · 솔샘문학회 회원.
2014년 수필집 『보석을 캐는 시간』(북나비), 『목요일 아침』(공) 외. sueokshin@gmail.com

잠결의 행복

공주무

잠이 깨소금 맛으로 쏟아진다. 일에 지칠수록 염치없이 돌풍처럼 몰려오는 반갑잖은 불청객이다. 일상에 시도 때도 없이 내 안에 침투하여 내 몸을 뺏고, 내 영혼을 뺏고, 내 시간을 뺏으려고 곧잘 바둥거린다. 숫제 평생 날마다 꼭 한 번씩 포옹하며 잠결을 달래기에 자못 신경이 쓰인다.

매일 몇 시간씩 잠을 잔다. 날마다 어두운 밤이 있기에 이참에 징검잠이 찾아오는 것일까. 나는 하루라도 잠을 자지 않으면 머리가 멍멍하고 현기증이 나서 몸이 마음대로 가누어지지 않는다. 잠은 매일 세 끼 식사를 하듯, 수시로 교양을 쌓듯, 건강을 위하여 꼭 취해야 하는 제3의 양식이다. 우리 몸은 일정하게 잠을 자주지 않으면 살아갈 수 없다. 그래서 잠을 못 자게 하는 것이 가장 지능적인 고문인 성싶다.

잠자는 동안은 몸과 마음의 활동이 쉬는 상태가 된다. 생명의 불꽃이 꺼지지 않는 최소한의 생리작용을 자율신경으로 자동제어하고 있다. 우주의 운행 이치가 적용되는 걸까. 몸과 마음이 편히 쉬는 최선의 휴식이다. 잠을 충분히 자고 일어나면 정신이 맑고 몸이 가뿐하며 피로가 싹 가시고, 새로운 힘이 나를 가볍게 날린다. 가장 효율적인 휴식이다. 이때 의식이 세상을 놓아버리니 해탈의 경지가 아닌가. 무아경을 넘어 최대 최고의 행복한 순간이지 싶다. 수면은 무심무위의 갈피 속으로 갖가지 상념들을 재워 놓는다. 결코 마취나 환각 상태가 아니다.

삶을 아름답게 하는 건널목이다.

'세월이 약이다.' 라는 속담이 생각난다. 속을 태우는 근심거리를 세월의 폭풍에 실어 홍수처럼 고단한 마음을 쓸고 지나가면 그동안 쌓였던 울분과 분노, 원한의 그림자도 서서히 희미해지고 아득해져 허공으로 사라진다. 거기에 덮쳐 한잠 푹 자고 세월이 아련하면 마음이 평소의 근심 걱정을 잠재우고, 뇌 신경의 무한한 여백이 새로운 꿈과 희망을 안으려 기다리고 있다. 잠은 정신을 깨끗하게 하는 마음의 자양분이다. 거기에다 꿈들이 심심찮게 내 삶을 풍성하게 하지 않는가.

단잠과 징검잠으로 부족한 듯 선잠이나 등걸잠에 홀리기도 하지만, 만족스러운 잠결의 행복에는 부족한가 보다. 그래서 뭇 생명체들이 별난 겨울잠을 자는 것 같다. 몇 개월씩 자는 긴 잠이다. 지독히 추운 겨울의 뒤안길 보금자리에서 조용히 만사를 제쳐놓고 기도와 묵상에 몰입하며 자연에 순응한다. 잠시 저승에 가 있는 것처럼 세상과의 소통을 단절하고, 오직 자신의 내면세계에 행복한 내공을 쌓으며 자기 수양으로 삶을 발견하는 진중한 시공이다. 이 얼마나 발전된 훌륭한 지혜인가. 겨울잠은 최고의 축복이다. 이렇게 축복받은 동물이 이만큼 많은 줄 몰랐다. 포유류에서 곰 너구리 오소리 다람쥐, 파충류에서 뱀 거북이 도마뱀, 양서류에서 개구리 두꺼비 도롱뇽, 그리고 쏙독새 미꾸라지 달팽이 개미. 이들은 사시사철 거의 먹고 자기만 하는 판다만큼 행복한 생명들이다. 사람도 겨울잠을 자면 얼마나 행복할까.

동물에만 겨울잠이 있는 것이 아니다. 나무들도 겨울잠을 잔다. 봄 여름 가을 따라 그 화려했던 치장과 화장에 식상했던 모양이다. 빨강 주황 노랑의 잎꽃들을 신나게 흩날리고는 겨울 노래를 부른다. 그리고 비움과 여유의 마음으로 잠결의 행복을 안고 겨울잠에 취한다. 이렇게 겨울의 기도하는 모습에서 나는 어떤 신비스러움을 느낀다.

차가운 눈과 칼바람 속에 홀랑 벗은 나무들은 마음 다잡고 수련하는 듯 혹독한 추위를 견뎌내고 뼈대 세워 겨울잠의 목리문을 속속들이 만들어 낸다. 겨울잠의 실록이다. 그 속에는 온갖 사건들이 거짓 없이 행복한 추억으로 잘 새겨져 있다. 그 목리 무늬는 꿋꿋하고 단단하고 당당하다. '선의의 거짓말도 하지 말아야 한다.'는 독일 철학자 임마누엘 칸트의 주장도, 도산 안창호 선생의 '죽더라도 거짓이 없어야 한다. 농담으로라도 거짓말을 말라!'는 훈계도 그는 완벽하게 철저히 잘 지킨다. 선의든 악의든 어떤 경우에도 거짓말을 하지 않고 정직하다. 결과에 관계없는 진실의 화신이다. 선의의 거짓말은 가식의 허울을 쓴 허례허언으로 다가와 결국은 거짓말로 자명해지고 거짓 자료가 되기 때문이다. 외곬의 화끈한 아집에 그 행복을 실었다. 그래서 나무는 동물보다 훨씬 오래 사는가 보다. 깨끗하고 울창한 숲이 부럽다. 이뿐만이 아니다. 식물의 종자와 포자, 나뭇가지의 겨울눈도 춘화라는 겨울잠을 자야 싹과 움이 튼다. 우주의 섭리가 경이롭다. 어떤 시사를 주려는 것일까.

나는 날마다 무심으로 잠결의 행복을 누리면서 살아가는 삶이 정말 즐겁다.

■ 공주무 ■

2013년 『한국수필』 등단. 한국수필가협회 회원. gongjm724@naver.com

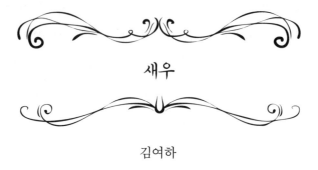

새우

김여하

우리 고향에서는 새우를 '새우'라고 부른 적이 없다. '새비' 아니면 '징기미'라 칭했다. 지금도 경상도, 전라도의 일부, 함경도에서는 그렇게 부른다. 하긴 새비면 어떻고 징기미면 무슨 상관이랴. 맛만 좋고 영양만 높으면 되지. 그리고 그때 우리가 먹는 음식물에 대하여 단백질이 어떻고 미네랄이 어떤가를 따질 겨를이 있었는가. 그냥 먹고 배만 부르면 그만이었지. 소나무 껍질도 오감하다고 먹던 세월에.

민물고기 가운데 덩치가 제일 작은 물고기 중 하나는 아마 새우가 아닐까 한다. 길이도 수놈 2.5cm, 암놈 3cm가량밖에 안 된다. 어리며 양반도 아닌 주제에 수염까지 나고 허리마저 휘어서 팔순쯤 된 노인 행세를 하려고 든다. 게다가 다리가 열 개나 되고 앞뒤로 자유자재로 움직인다. 그렇다고 지느러미가 있나, 비늘이 있나, 한 번씩 갈아입는(탈피) 갑옷을 입은 꼴이 아주 재미있는 모습이다. 어디를 가도 다른 물고기처럼 점잖게 헤엄쳐 다니지 않고 톡톡 튀어 다닌다. 그나마 늘 허리를 굽히고 다니니까 겸손해 보이긴 하지만.

봄날, 밭둑에 아지랑이가 아른아른 피어오른다. 손에 잡힐 듯 바라보이는 가까운 마을에는 집집마다 복사꽃, 살구꽃이 연분홍 구름으로 피어올랐다. 초등학교 고학년이었던 우리는 일요일 아침 해 뜰 무렵 삼삼오오 떼를 지어 저수지 못 둑을 올랐다. 저수지에는 이른 아침의 햇살을 받아 물안개가 뽀얗게 아롱댄다.

모든 물고기는 일출이나 일몰 경에 가장 잘 잡힌다. 온도가 상대적으로 높고 깊은 물 속에서 잠을 잔 후 아침이면 먹이를 찾아 수초가 많은 물가로 나오기 때문이다. 수초에는 붕어들이 좋아하는 새우들이 떼 지어 붙어있다. 덕분에 붕어나 잉어낚시 미끼로 새우가 많이 쓰였다.

우리는 손에 새우 잡는 기구인 발(방언)과 양동이 하나씩을 들었다. 기구래 봤자 약지손가락 절반 굵기인 철사를 함지박 크기만큼 둥글게 원을 만든 후 낡은 모기장을 둘러서 기웠다. 못 가장자리 비교적 얕은 곳에 도착하면 발 속에다가 된장 한 숟갈씩 넣어 물풀이 많은 물에 담근다. 새우들의 미끼이다. 새우들은 과자 부스러기도 먹지만 된장이라면 사족을 못 쓴다. 그래서 된장 냄새를 맡고 떼 지어 밀려오는 것이다. 겨울 동안 깊은 물 속에 잠수해 있던 새우들은 날씨가 따뜻해지자 모두 물가의 수초 더미로 몰려나온다는 것을 경험으로 안다.

흔하면 제값을 못 받는다. 하지만 자세히 생각하면 흔한 것이 바로 우리에게 아주 소중한 것이다. 왕왕 우리가 그것을 망각할 뿐.

민물새우를 한자로 土蝦(토하)라고 하는데 젓갈로 많이 담아 먹으며 토하젓이라고 부른다. 돼지고기와 궁합이 맞아 같이 먹으면 효과가 배가 된다.

해 질 무렵까지 기다리다가 발을 걷으면 발마다 큰 그릇으로 몇 그릇씩 잡혔다. 양동이에 털어 넣은 후 휘파람을 불며 개선장군인 양 노을을 등지고 돌아온다. 엄마에게 무슨 상장이라도 탄 듯이 내밀면 뛸 듯이 좋아하시며 그날 저녁 반찬으로 끓여주셨다. 겨우내 김치 쪼가리와 된장만 먹다가 고기라니!

모든 갑각류는 이끼나 죽은 생물의 시체를 먹고산다. 또 끓이거나 구우면 색깔이 빨갛게 변한다는 공통점을 가지고 있다. 민물가재나 참게도 예외는 아니었다. 그런 데다가 뒷맛이 시원하고 살이 연하며 요리법이 간편했다. 무를 나박 썰어 깔고 한소끔 끓인 후 새우와 청양고추를 어슷 썰어 또 한 번 지지면 금방 익었다. 새우는 붕어나 메기 매운탕 등 다른 매운탕 아무 데나 넣어도 감초처럼 맛을 더

해 주었다. 또 시래기와 함께 지져 먹어도 별미였다.

　새우는 농약이나 오·폐수에 유난히 약하다. 그런 데다가 천적인 붕어나 개구리들 물새 떼들의 괴롭힘이 이들의 생존권을 뺏어가고 있다. 그래서 시골에서도 그 흔하던 새우 보기가 힘들어졌다.

　입춘이 지나자 남쪽으로부터 동백을 필두로 꽃소식이 들려오기 시작한다. 곧 설이 지나면 봄이 올 것이다. 고향의 못에는 지금도 새우가 날까. 이들을 반 사발쯤 잡아서 풋고추 숭숭 썰어 넣고 빨갛게 끓여 먹고 싶다. 거기에 시골에 남아 살고 있는 고향 친구와 막걸리 한 잔을 나누면 금상첨화이고.

■ 김여하 ■

2015년 『한국수필』 등단. 2015.10~ 대구매일신문 수필 연재. 한국수필가협회·한국수필작가회·시와미학·문학보리회 회원. 수필집 『밥』. aribogi@hanmail.net

고사목枯死木

권유경

느티나무 한 그루가 죽었다. 푸른 오월의 신록을 마음껏 즐겨 보지도 못하고 피다만 잎사귀가 가지 끝에 매달렸다. 겨울이 끝났음을 맨 먼저 전하려 파릇한 잎사귀를 쏭쏭 피워내더니 마른 나무줄기에서 낙엽으로 지지도 못했다.

꽃의 화려함에 비할까. 어지러울 듯 향기로운 꽃향기는 열흘을 넘기지 못하는데 나뭇잎은 늦은 가을 낙엽 지는 날까지 풋풋한 향으로 푸른 꿈을 꾸게 하지 않는가. 여름 낮 3층 창가까지 다가와 짙푸른 잎사귀를 흔들며 더위를 식혀 준 나무였다. 수령 20년이면 나무 나이로써는 어린지 청장년인지 모르겠지만 더 높이 오래오래 자라리라 믿었다. 올해도 봄볕에 싹을 틔우기에 얼마나 기뻤던지. 그런데 시름시름 앓다가 끝내 마른 나무가 되고 말았다.

누군가가 자신의 편의를 위해 수명을 단축 시킨 것이다. 그래도 그렇지. 나무가 무슨 죄를 지었다고. 짙푸른 나무들 사이에서 죽은 나뭇가지가 바람에 흔들린다. 나무가 죽어 가는데 일조한 그녀의 아들이 녹취록을 만들고 싶어 했다. 그녀가 세상을 떠나기 전에 바로 잡아야 할 일이 생겼기 때문이다. 녹음 파일이 재생되었다.

그녀는 아들이 집문서를 잘 보관하는지 물었다. 아들 말에 의하면 그녀의 집이 이종사촌 명의로 넘어갔단다. 집이 없으면 기초 생활 수급자가 되어 매월 생계비 지원을 받을 수 있으니 그리하였노라는 게 그녀의 대답이다. 아들 신세를 지지 않고 살 수 있단다. 내가 앉은 창가에 바짝 닿은 마른 나뭇가지가 그녀에게 일어날 일을 속삭여 주는 듯한 착각에 빠졌다. 나무도 그녀도 어딘지 모르게 슬픈 듯 초연한 듯했다. 그녀는 가늘고 느린 숨을 몰아쉬며 조카 명의니 안심하란다. 집은 그녀의 것이고 나중엔 아들 몫이란다. 그녀 여동생의 친절과 달콤한 몇 마디가 그녀를 몽매함에 빠트렸다. 여동생은 자신의 아들에게 불과 1년도 안 되어 집 한 채를 마련해 준 셈이었다. 가정부 식당 종업원 등으로 전전하며 기식하다시피 하여 산 집이었고 반평생을 그녀가 몸담아 온 집이었다. 사건의 전말을 밝힐 녹음 파일은 재생을 계속했다.

올 들어 그녀는 여든네 살이다. 체중은 38kg. 남은 한 방울의 수증기가 마른 잎사귀를 타고 흐른다 해도 낙엽이나 진배없을 터. 그녀의 목울대가 가늘게 울렸다. "걱정 말어." 마른 침을 삼키는 소리가 들렸다. 남편으로부터 버림받고 사망 처리까지 되어 살기도 했던 그녀. 자식을 잊은 척 산 세월이 평생의 한이었다.

너댓살 때 버린 아들은 이제 예순을 훌쩍 넘겼다. 아들의 목소리는 짙푸른 나뭇가지가 하늘로 뚫고 솟아오를 듯 힘찼다. 그런 아들인데도 아들이 원한다면 그녀가 걸치던 넝마라도 벗어 줄 것 같았다. 그러나 세월의 강이 너무 깊어졌던 것일까. 아들도 그녀 여동생도 잿밥에만 관심이 있었다. 그녀의 기억이 희미해지는 것을 기회로 여겼다. 그녀의 마음 씀이나 삶의 모습이 너무 변했단다. 평생 한푼 두푼 허리춤에 싸맸던 금일봉을 남김없이 아들에게 건네는가 하면 집을 조카 명의로 바꿔버리기도 했다. 아들과 여동생에게 마음의 빚이 있었던 걸까. 허리춤의 전대를 풀어 아들에게 건넨 후 여동생을 따라 나선 모양이다.

최근 들어 그녀는 낮과 밤의 변화에도 반응을 보이지 않는다는 소문이다. 누군가의 해침을 당한 나무가 살아남기를 포기할 수밖에 없었던 것처럼 그녀도 그런 걸까. 그녀의 알츠하이머 증세가 빠르게 진행되는 듯하다. 그녀의 조카가 서

둘러 그녀의 집을 매물로 내놓았다. 아들 신세를 지지 않겠다던 그녀는 여동생의 단칸방에 기숙하고 있다. 여동생의 가족들은 그녀에게 입 안의 혀처럼 굴며 아들의 금일봉에도 반환 소송을 했다. 그녀를 보살펴 주는 대가란다. 그 일들에 대해 그녀는 아들 편을 드는가 하면 어느 때는 여동생 가족의 손을 들어 준다. 그녀의 몸과 목소리를 확보한 쪽이 판결에 유리하단다. 그녀를 모시겠노라 후견인 자격을 두고 재판 중이기도 하다. 그녀가 목소리를 낼 수 있는 동안 모셔 주는 척할 것이다. 그때까지만 아들과 여동생의 가족들이 그녀 곁에 있어 줄 것이다.

올봄에 시름시름 앓던 나무처럼 그녀도 의식을 놓아 간다. 그녀가 벗어버린 굴레를 이제 아들과 여동생 가족들이 다투어 쓰려 한다. 내 창가의 마른 나무는 흉물스럽게 여겨지는 때면 베어질 것이다. 그녀도 그들의 기억 속에서 사라지리라. 그녀가 이 세상에 있었음을 기억이나 할까. 나무는 아직 3층 내 사무실 창가에 서 있고 나는 나무가 다시 푸르러질 꿈을 꾸어 본다. 어쩌면 나는 그녀가 고통 없는 곳에서 영원히 푸르기를 바라는 것도 같다.

■ 천유경 ■
2014년 『한국수필』 등단. 한국수필가협회·한국수필작가회·솔샘문학회 회원. ukkroad@naver.com

답장

김은애

봄비가 온다. 코끝을 스치는 흙냄새가 아련하게 잠든 학창시절의 기억을 깨운다. 집안의 기둥인 오빠만 교육시키면 된다고 생각하는 어머니에게 나는 늘 밉상스런 아이였다. 문과반이라 하교 시간이 늦어 집안 살림을 돕지 못했기 때문이다. 상과를 보내 은행이라도 다니게 할 걸 그랬다며 아쉬워하는 엄마의 눈치를 보느라 공부에 매진하기도 어려웠고 여러 가지 사정으로 진학을 하지 못했다.

친하게 지냈던 친구들이 여대생이 되어 서울로 지방으로 떠나갈 즈음이었다. 언제 보게 될지 모른다면서 그들은 사진을 찍고 주소를 적느라 법석을 떨었지만 나는 겨울 들판에 시들어 누운 풀처럼 죽어지냈다. 땅속으로 녹아드는 잔설과 함께 그만 사라지고 싶었다.

진학에 실패해 함께 시간을 보냈던 친구가 있었는데 아는 것이 많고 감수성이 뛰어난 그녀와 매일 둑길을 걷는 것이 유일한 낙이었다. 국어 선생님에 대한 이야기를 나눌 때가 가장 즐거웠다. 선생님이 처음 우리 학교에 오셨을 때 그분의 영향력은 대단했다. 외모가 훤칠하고 멋져서가 아니었다. 수업에 들어가기 전에 던져 주시던 유머 한 자락에 우리들은 자지러지게 웃었고 폭넓은 지식은 물론 넉넉한 인품을 지닌 선생님의 인기는 높아만 갔다.

어느 날 선생님이 부인 자랑을 하셨다. 사랑하는 아내와 아침마다 포옹을 하고 출근을 한다는 것이다. 정말이니까 구경을 와도 좋다고 하셨다. 선생님 댁 근처에 사는 친구들이 그 모습을 확인했는지 입을 삐죽이며 떠들어댔다. 우리들의 들뜬 호기심은 그 일로 인해서 가라앉았고 곧 수업에 집중할 수 있었다. 국어 수업을 통해 문학의 맛을 알게 된 나는 어느덧 관심 있는 시인의 시를 찾아 읽을 만큼 시를 좋아하게 되었다. 내가 처음으로 뭔가가 되고 싶다고 느끼게 된 사건이 하나 있었다.

라일락 꽃향기가 교정에 가득한 5월의 어느 날이었다. 단발머리에 새하얀 춘추복을 입은 우리들 앞에 때 이른 반팔셔츠를 상큼하게 입고 선생님이 들어오셨다. 아무 말씀도 없이 칠판에 시 한 편을 적었다.

파도야 어쩌란 말이냐/ 임은 물같이 까딱없는데
파도야 어쩌란 말이냐/ 날 어쩌란 말이냐

여기까지 쓰고 나서 질문을 하셨다. "이 시의 제목이 뭔지 아는 사람?" 대부분의 학생들이 '파도'라고 대답하는 가운데 나는 조그맣게 '그리움'이라고 읊조렸다. 그 소리를 들으셨는지 갑자기 눈을 크게 뜨고 지금 대답한 사람이 누구냐며 두리번거리셨다. 옆에 있던 짝꿍이 내 이름을 말했을 때 부끄러워서 고개를 들지 못했다. 교과서에 없는 시를 알고 있다고 칭찬해 주는 선생님의 말씀 한마디에 나는 가슴이 벅찼다.

둑길을 함께 걷던 친구와 다짐을 했다. 우리도 나중에 선생님처럼 좋은 국어 선생님이 되어 다시 만나자고. 얼마 뒤 그 애가 제안을 했다. 서울에 있는 입시학원에 가서 함께 공부하자는 거였다. 내 부모님께는 감히 물어보지도 못했다. 넓고 큰 세계를 향해 발걸음을 내딛는 친구들이 한없이 부럽기만 하였다. 그 친구가 떠나던 날 밤, 창문이 훤해질 때까지 뒤척였던 기억이 난다.

조붓한 둑길을 내 앞에 놓인 길인 양 여기며 걸었다. 앞날에 대한 두려움이 엄습했다. 문득 국어 선생님의 얼굴이 떠올랐다. 막막한 심정을 편지에 적어 보냈다. 그리고 여러 날이 지났는데도 선생님의 답장은 오지 않았다.

후두둑 소리에 우체부인가 싶어 밖으로 뛰어나갔다. 흙냄새를 물씬 풍기며 봄비가 오고 있었다. 그때, "편지요!" 하면서 대문 틈 사이로 우체부가 노란 봉투를 내밀었다. 선생님의 성함이 뚜렷하게 적힌 편지를 가슴에 품고 들어와 숨을 죽이며 읽었다.

'답장이 늦어 미안하다. 인격의 완성에는 여러 가지 길이 있다고 믿는다. 모로 가도 서울만 가면 된다고 하지 않니. 실망하지 말기 바란다. 모든 일에 성실과 애정을 쏟다 보면 흔히 말하는 행복을 찾을 수 있을게다. 취직을 하더라도 쉬지 않고 노력하기 바란다. 너의 건승을 빈다.'

선생님의 말씀대로 살려고 애썼다. 몇 해 전 국어교육을 전공해서 교사자격증을 갖게 되었다. 크고 작은 성취를 맛볼 때마다 내게 희망을 안겨준 선생님의 답장을 떠올린다. 편지를 다시 꺼내 읽어 보았다. 고마워서 눈물이 난다.

나는 아직도 그분께 내 인생의 답장을 쓰며 살고 있다.

■ 김은애 ■
2014년 『한국수필』 등단. 2010년 월간 『모던포엠』 신인상. kimae56@hanmail.net

어머니의 미역국

하택례

우리의 삶은 무거운 것일까? 가벼운 것일까? 그 어느 곳에도 그늘이 깃들지 않은 양지는 존재하지 않는다는 것을 늘 느끼며 산다. 살기 어렵고 힘들 때마다 어머니를 그리워하며 미역국을 먹는다.

매년 입시철이 되면 더욱더 생각난다. 남편을 잃고 가진 것 없이 육 남매를 어깨에 짊어진 가장이셨다. 자기를 희생해야 한다는 어떠한 뚜렷한 자각에서 누구로부터 희생을 강요당한 것도 아니었다. 가르치면서 견디어야 했던 세월이 깊은 눈매에서 가슴 응어리로 맺혀진 삶이다. 어떠한 상황에서도 흔들리지 않은 삶은 곧 자식의 삶의 태도를 결정짓게 하셨다.

우리 가족이 태산같이 믿고 의지했던 아버지는 중학교 이학년 때 우리 곁을 떠나고 말았다. 공기와 물과 같은 사랑으로 세상에 그 무엇과도 바꿀 수 없는 소중한 가족을 두고 자신의 의지와는 상관없이 이별을 했다. 지금이라면 얼마든지 고칠 수 있는 폐에 물이 차는 늑막염이다. 아프지만 가장이라는 책임감에 일을 계속하여 죽는 순간까지 약 하나 쓰지 못하고 돌아가셨다.

오빠 둘은 고등학교에 동생 하나는 초등학교에 다니고 있었고 막내는 어린아이였다. 당장 먹을 것이 없어서 학교에 다닐 형편이 아니다. 끼니도 해결하기 힘든 일이다. 밥은 굶더라도 다니던 학교는 마쳐야 한다며 당신의 배우지 못함을 자식들까지 대물림하면 안 된다고 했다. 가슴에 맺힌 한을 낮에는 고된 장사로 밤에는 바느질로 육 남매를 먹이고 입히고 가르치셨다.

어머니는 도매시장에서 생선을 큰 함지박에 가득 사와 집집마다 다니면서 해가 뜨기 전에 장사를 했다. 어렵게 오빠는 고등학교, 나는 중학교를 졸업했다. 어머니는 더 공부를 하고 싶으면 스스로 해결하라고 했다. 하늘을 보며 답답한 현실을 한탄했다. 오빠는 서울로 갔다. 돈을 벌든 공부를 하든 남자니까 해보겠다는 마음으로 다짐하면서 돈을 조금 가지고 집을 떠났다. 오빠는 나에게 돈 벌어서 고등학교에 보내준다며 동생 잘 보고 어머니 도와주라면서 떠났다.

철이 없던 나는 진학을 하겠다고 졸랐다. 오빠한테 드는 학비가 없으니까 진학해도 된다는 계산이 되었다. 늘 배우고 싶은 욕망과 열정이 어릴 적부터 많아서 단식투쟁을 했다. 내 속에 감추어진 배고픔을 얼굴만 보고도 아시는 어머니였다. 지금도 생각만으로 가슴이 멘다.

한 가족으로 살아가면서 핏줄의 정보다는 하루하루 생활에서 마주치는 일들로 인해 마음 깊은 사랑의 소리를 듣지 못하고 어머니에게 모진 말로 상처를 드렸다. 입학시험 날 아침이다. 시험만 보라고 하시며 장학생으로 되면 보내주시겠다고 했다. 아버지 돌아가시고 밥상 한번 제대로 차려 먹어보지 못 했다. 미역국에 하얀 쌀밥을 주셨다. 생일날도 챙겨주지 않으시고 아버지 생신 때만 먹었는데 오늘이 돌아가신 아버지 생신인 줄 알았다.

아들을 상급학교 진학시키시고 딸까지 학교 보내기 버거워 입학시험 날 미끄러지기 바라며 미역국을 주셨다. 그 가슴 아린 상황 속에서도 어머니의 몫을 감당하신 어머니였다. 마음을 안 것은 한참 후였다. 떨어져서 못 가면 원망은 하지 않을 거라고 생각하신 것 같다. 동생들을 돌보며 살림하라고 하셨지만 나는 장학생으로 합격했다. 합격통지서 받던 날 눈시울 적시던 어머니 얼굴이 눈앞에 선하다. 미끄러져 떨어지길 원하셨던 고단한 삶을 미역국 속에 넣어 끓이면서 얼마나 가슴이 아프셨을까.

자식을 키워봐야 부모 마음을 안다고 했다. 나는 자식들 배고프지 않게, 배우고 싶은 것을 원하는 대로 해주려고 노력했다. 힘들었지만 한 가정을 일으켰다. 자식들은 나같이 고생하며 살기 원치 않으므로 할 수 있는 일 나쁜 짓 말고는 다 했다. 돌아서서는 울면서 앞에서는 웃는 모습으로 절약하며 부지런히 살았다.

살다가 고통을 만나게 될 때 부모로서 책임을 회피한다면 어찌 어머니로 살겠는가? 가슴 한편 햇볕에 두드려 맞은 퍼런 감자처럼 아려온다. 미역국은 내 삶의 모유로서 에너지를 축적하는 영혼의 과자이다. 지혜와 깨달음으로 살아갈 수 있는 힘과 용기를 얻을 수 있는 생약이 되었다. 삶이 고통을 만나게 될 때 새로운 마디를 여는 마음으로 미역국을 끓인다. 살아 숨 쉬는 김이 되어 내 가슴 깊숙이 젖어든다.

■■ 하택례 ■
2014년 『한국수필』 등단. 2013년 『착각의 시학』 시 등단. 시집 『별빛으로 만난 행복』, 공저 『작은 창문』, 수필집 공저 『수필의 향기』 외 다수. sonmwh@hanmail.net

다시 듣는 삶의 목소리

선채규

세월이 권태롭게 흘러간다. 내 인생에 아예 불행한 시절이 없었던 것처럼 가난과 궁핍은 오래전 내 기억에서 사라져 갔고 부족한 것 없이 양손에 풍요로움을 안고 살면서도 가끔은 뭔가 구멍이 뻥 뚫린 것처럼 가슴이 텅 빈 것 같기도 하고 거미줄처럼 머릿속이 뒤엉킬 때가 있다. 뭐랄까, 더 이상 이룰 것이 없는 모호한 방향감각은 보릿고개 시절, 가난한 한 소년의 모습이 흑백영화의 필름처럼 문득문득 떠오른다.

헐벗고 배고픔에 시달렸던 그 시절엔 너나 할 것 없이 사는 게 힘들고 어려웠다. 먹을 것이 없어 풀뿌리와 칡뿌리 등으로 죽을 쑤어 연명하거나 그것도 부족해서 기아(飢餓)가 발생했던 연대였다. 집 굴뚝에서 연기가 피어오르지 않으면 저 집은 오늘도 밥을 굶는구나 하고 눈시울을 적셔가며 서로가 서로를 걱정하며 안타까운 마음을 전하곤 하였다.

언젠가 손님이 찾아왔을 때였다. 어머니는 손님을 대접한다는 마음으로 잡곡밥 위에 쌀밥과 계란찜을 하였다. 엄마의 치맛자락을 잡고 따라다니던 철부지 어린아이는 엄마에게 그 쌀밥을 달라고 침을 흘리며 떼쓰듯 막무가내로 졸랐다.

"애야 조금만 기다려라, 손님이 남기시면 줄게."

아이는 엄마의 말을 믿고 잡곡밥을 먹지 않고 쌀밥 먹기만을 기다렸다. 생각할수록 배는 더욱 고팠지만 쌀밥을 먹을 수 있다는 희망찬 기대는 그 어떤 인내도 참을 수 있을 것만 같았다.

엄마는 밥상을 들고 손님방으로 들어갔다. '차린 건 없지만 많이 드세요' 겸손이 몸에 밴 엄마의 목소리, '별말씀을요, 잘 먹겠습니다' 굵직한 톤의 점잖은 목소리가 오가고 엄마는 방문을 사푼히 닫고 나왔다. 아이는 방안의 풍경이 궁금해 너무나 견딜 수가 없었다. 앞선 마음을 참지 못하고 손가락에 침을 바르고 방문의 창호지에 구멍을 뚫고 방안을 들여다봤다. 소망은 오로지 하나, 쌀밥이 남겨지기만을 간절히, 아니 애타게 기다리며 숟가락이 오가는 것에 눈을 고정시켰다. 한순간, 아이의 동공이 흔들렸다. 그리곤 갑자기 슬픈 일이라도 당한 듯 눈물이 뒤범벅이 된 채 섧게 섧게 울었다. 아이의 울음소리에 놀란 어머니가 부엌에서 뛰어나왔다.

"얘야! 왜 그러니?"

"엄마, 밥을 물에 다 말아버렸다."

아이는 슬픔을 참을 수 없었던지 울부짖듯 더 큰 소리로 울었다. 어머니는 아이의 입을 두 손으로 얼른 감싸 안고 대문 밖으로 나왔다. 민망함을 들킨 사람처럼 당황한 기색이 역력했다. 그럴수록 아이는 대성통곡을 했고 어머니의 가슴은 낡아빠진 헝겊쪼가리처럼 갈기갈기 찢어졌다.

물질 만능의 시대, 시간과 공간을 초월한 별다른 세상에 살다 보니 배고픔에 목마르던 기억이 남의 나라 전설처럼 느껴진다. 현대사회는 곳곳이 넘침으로 얼룩져 가는데 정신적 빈곤은 채워지지 않는다. 가정에서나 음식점에서도 먹는 것보다 남은 음식 쓰레기가 넘치고 넘친다. 이웃 간에 인정을 나눌 줄 모르는 것도 어쩌면 넘침에 겨워 부족함을 모르기 때문이 아닐까.

그 시절은 날씬하고 마른 사람은 못 먹고 못사는 사람이라 여겼다. 남자는 모름지기 배도 불쑥 나오고 대머리가 홀렁 벗겨져야 뭐라도 한자리해 먹을 상이라 했다. 여자도 통통하고 엉덩이가 맷방석만큼 넓적해야 자식 잘 낳고 부잣집 맏며느릿감이라고 선호했다.

동네마다 이북에서 내려온 피난민도 많았고 전쟁의 상흔으로 남겨진 상이군인들, 한센인(나병) 등등 대문을 기웃거리며 구걸하는 사람이 많았다. 보릿고개로 민심은 흉흉하고 사람들은 고향을 떠나 서울로, 서울로 먹을거리를 찾아 모여들었다. 집도 절도 없이 무작정 상경한 사람들은 하루 세끼 밥만 먹여주면 무보수로 일을 해도 만족스러워했다.

지금, 우리의 불행은 모자람에 있는 것이 아닌 듯싶다. 아니 오히려 넘침에 있는 것인지도. 그만큼 모든 게 비대해졌다. 체중이 많이 나가는 걸 걱정하여 바쁜 시간을 쪼개고 돈까지 들여가며 다이어트에 온 정성을 쏟는다. 날씬한 게 대세인 요즘, 남녀 불문하고 몸 가꾸기에 저마다 열을 올린다.

언제부터 우리가 이렇게 배부르고 흥청망청 살았단 말인가. 쑥 캐 먹고 나무껍질 벗겨 먹던 그 시절. 돌아보면 처량하고 가슴 아린 추억이다. 그때를 생각해 조금 더 아끼고 절약하는 검소한 생활이 필요하지 않을까. 지금 이 시간에도 지구촌 어디인가는 우리가 겪었던 것처럼 가난과 기아로 허덕이는 나라가 있다. 그래도 그때는 물질적으로 가난한 시대였지만, 인정은 겨울의 난롯불처럼 따뜻했었다. 넘치고 채울수록 정신적 가난은 짙어가는 것 같아 마음이 씁쓸해진다.

■ 선채규 ■
2014년 『한국수필』 등단. 한국수필가협회·한국수필작가회 회원. cksun45@hanmail.net

내 마음의 수호천사

박계화

산모와 태아를 위한 축복미사에서 신부님께 선물로 받은 배냇저고리가 아기의 수의가 되다니. 열 달 동안 딸의 태중에서 엄마 아빠 사랑 속에 고이 자란 아기가 심장이 멎은 채로 세상 밖으로 나왔다. 아기는 왜 생명의 꽃을 피우지 못했을까. 이 아기는 우리 가정에 어떤 의미를 주고 간 것일까.

딸의 시댁, 친정 가족과 가까운 지인들이 모인 둘째 손녀 예빈이의 돌잔치 자리. 아장아장 걸어 들어오는 예빈이를 따라 살랑대는 하늬바람이 뒤따라든다. 돌 전에 발자국을 뗀 예빈을 안아 든 딸 내외가 깜짝 소식을 전한다.

"셋째 아기 임신했어요. 태명은 '안녕'입니다. 내년 2월에 출산이에요."

"와, 셋째라니 대견하네. 하나도 안 낳으려 드는 세상인데."

안녕이를 위한 축복의 기원이 밝은 햇살 아래 쏟아져 내린다. 막달 들어 해산을 앞둔 딸이 남산만 한 배를 하고 손자들과 함께 우리 집으로 피안을 왔다. 사위가 지방 출장을 가서 혼자 두 아이를 돌보기 벅찼음이리라. 손자 손녀의 귀여운 재롱 속에 모든 시름을 잊고 딸의 부른 배를 쓰다듬어 본다. 출산의 기다림으로 초조한 딸에게 맛있는 음식과 정성으로 보살펴준다.

가솔들을 모두 데리고 간 사위가 다음 날 아침 다급한 목소리로 전화한다. "어머님, 태중 안녕이의 심장이 멎어있답니다. 빨리 병원으로 와주세요."

놀란 가슴을 안고 분만대기실로 들어선다. 유도분만 촉진제를 링거로 맞고 있는 딸의 망연자실한 모습을 보니 가슴이 미어진다. 매월 정기검진하고 막달엔 매주 검진으로 잘 자라고 있다던 태아의 심장이 갑자기 멎다니. 믿을 수가 없다. 의사는 이런 사례가 가끔 있긴 하지만 원인은 알 수 없단다. 가끔 있는 사례가 어찌 우리 가정에선 모녀간에 겪는단 말인가.

35년 전 정신적 충격으로 몸부림쳤던 내 사산 경험이 되살아난다. 쌍둥이 자매인 나와 동생은 묘하게도 같은 날 사내아기를 낳았다. 쌍둥이 자매가 한날 아기를 낳으면 한쪽이 안 좋다는 소문을 입증이라도 하듯 내 아기는 낳자마자 원인도 모르게 하늘나라로 떠나갔다. 원망과 상실감으로 절망의 늪에서 허우적거렸지만, 이 딸을 낳으면서 삶은 다시 기쁨으로 바뀌어갔다.

사산인지 모른 채 제왕절개수술로 아기를 분만했던 나와 달리 딸은 생명 탄생의 희망도 없이 극심한 산통을 겪어야 한다. 진통이 길면 어찌할까. '주님, 이왕 아기를 데려가실 양이면 빠른 출산의 은총을 내려주세요.'

다행히 딸은 진통 두 시간 만에 분만실로 옮겨진다. 문밖에서 극심한 딸의 진통소리를 들으며 가슴이 미어지는 아픔을 함께 겪는다. 한 번 더 힘을 주라는 의사의 외침에 이어 순간의 정적이 흐른다. 아기의 울음소리는 없다.

"낳았어요." 의사의 목소리와 딸의 흐느낌만이 무거운 침묵을 깬다.

산후 처치를 끝낸 딸이 탯줄로 이어 한 몸이던 제 자식을 보고자 한다. 얼굴까지 덮었던 하얀 보자기가 벗겨진다. 둘째 예빈을 꼭 닮은 예쁜 여아. 태명 안녕이이다. 눈만 감았지 하얀 피부의 아기는 라파엘의 그림 '천지창조'의 아기천사 모습 그대로이다. 만져 봐도 좋다는 간호사의 허락을 받은 딸은 눈, 코, 입, 열 손가락, 발가락에 일일이 입을 맞추며 안녕이와 이별을 고한다. 화장장으로 가기 위해 배냇저고리에 다시 싸여진 아기.

'18:43, 2.75kg, 여아, 사산아' 글씨가 가슴에 아픔으로 아로새겨진다.

딸의 회복을 위해 일상을 접고 딸네 집으로 들어왔다. 암울한 기운이 감돌며 웃음을 잃은 채 모두가 깊은 침묵에 빠져있다. 손자 현빈과 예빈이도 39도가 넘는 독감으로 고생한다. 아이들을 들쳐 업고 병원에 다녀오니 젖을 주저앉히려 약을 먹고 복대로 가슴을 옥죄는 고통 속의 딸과 마주친다. 빨아줄 아기가 없음에도 젖이 도는 젖몸살은 겪어보지 않은 이는 그 고통을 모른다. 딸의 두 손을 잡고 처음으로 내 사산 경험을 이야기한다. 눈물로 촉촉이 젖은 채 슬픈 영혼을 떠올리며 숨겨왔던 내 고통에 동병상련의 마음으로 동참해 주는 딸. 우리 모녀는 서로 부둥켜안고 울음을 터뜨린다.

독감에서 치유된 손자들의 밝은 웃음소리가 집안에 가득하다. 호된 몸살을 앓고 깊은 침잠에서 벗어나 단단히 결속되어가는 딸 내외를 본다. 두 아이가 더 소중하게 느껴진다며 안녕이의 떠나감을 긍정으로 받아들인다.

"낳자마자 떠난 아기는 하늘나라의 천사가 되어 가정을 지켜준대요."

잊고 있었던 내 아기와 안녕이가 우리 가정을 지켜주는 수호천사라 하신다. 입춘이 지났는데 잿빛 하늘에 하얀 눈이 펄펄 내리고 있다. 창을 두드리듯 가까이 다가오는 눈꽃송이를 잡으려 예빈이 손을 내젓는다. 아기의 눈에는 아기천사의 모습이 보이는가 보다. 비로소 내 얼굴에도 웃음꽃이 핀다.

"수호천사, 안녕!"

■ 박계화 ■

2015년 『한국수필』 등단. 한국문인협회 평생교육원 '수필창작' 수료. 한국수필가협회·한국수필작가회 회원. 수필집 공저 『두 배로 행복하기』. park-keiwha@hanmail.net

진도 동백꽃 아리랑

장석규

　4월 초, 진도에서는 동백꽃 잔치가 한창 벌어지고 있었다. 옹기종기 모여 앉은 마을 어귀나 길가엔 빨간 동백꽃이 짙푸른 이파리 틈새를 비집고 나와 봄볕을 즐기는 듯하였다. 천년 고찰 쌍계사와 운림산방을 품에 안은 첨찰산의 상록수림 산책로에도 동백나무들이 뿌려놓은 꽃들로 분분하였다.

　떨어진 지 얼마 안 된 꽃들이 이미 스러져 가는 꽃들 틈에서 유난하다. 상록수 숲의 옅은 어둠을 밝히는 역할이라도 맡았나 보다. 동백꽃 한 송이를 주워 손바닥에 올려놓았다. 무게를 가늠해 보니 제법 묵직한 느낌이 든다. 꽃잎도 두툼하다. 이제 막 떨어진 건지 싱싱하다. 고고한 자태를 영원히 간직할 듯하다. 지고 나서도 이처럼 생생한 꽃이 또 있을까. 땅에 떨어져서 다시 피어나고, 그걸 바라보는 내 마음에 또 피어난다. 지고 나서도 태연한 동백꽃, 오히려 처연하다. 피비린내처럼 비릿한 냄새가 맡아지면서 선혈이 낭자한 전쟁터가 떠오른다.

　진도 동백꽃에는 고려를 끝까지 지켜내려고 했던 삼별초 군과 진도민들이 흘렸던 피가 물들어 있는 게 아닐까. 진도는 삼별초의 넋이 깃든 고장이다. 삼별초의 숨결이 곳곳에서 느껴진다. 삼별초의 왕으로 추대되었던 왕온의 묘가 있고, 삼별초를 진도로 이끌고 왔던 배중손의 사당이 있다. 여몽연합군을 맞아 싸웠던 용장성과 남도진성에서는 아직도 그들의 함성이 들려오는 듯하고, 삼별초 기념공원이 조성되어 찾는 이들의 가슴을 뜨겁게 해준다.

1270년, 고려가 몽고에 항복할 때 그동안 앞장서서 항전하던 삼별초는 왕온王溫을 새로운 왕으로 옹립하고 독립국을 자처하면서 진도로 이동하였다. 삼별초는 용장성과 남도진성을 쌓고 여몽연합군에 대항했으나 중과부적이었다. 여몽연합군이 여러 척의 전함을 동원해 1271년 5월 15일 진도를 총공격하자 삼별초는 패퇴하고 말았다. 곳곳 마을과 산야는 불에 타고 여기저기에는 삼별초 군의 시체가 뒹굴었다. 살아남은 자들은 제주도 등지로 뿔뿔이 흩어졌다. 서로의 생사조차 모르고, 삼별초에 가담했다는 이유로 1만여 명이 넘는 사람들이 몽고로 잡혀가기도 하였다. 진도에서 이루고자 했던 삼별초의 꿈은 그렇게 300일 만에 허망하게 무너져 내렸다.

진도의 높고 낮은 산과 구릉, 벌판은 바다와 어울려 구슬을 엮고 있었다. 과연 보배의 섬이라 할 만하였다. 사람들은 아름다운 자연을 그림으로 그리고 노래 불렀다. 발길 닿는 곳, 귀를 기울이지 않아도 노랫가락이 들려온다. '진도아리랑' 소리였다.

(전략)
아리 아리랑 쓰리 쓰리랑 아라리가 났네
아리랑 응응응 아라리가 났네
만경창파 둥둥 뜬 저 배야
저기 잠깐 닻 주거라 말 물어보자

아리 아리랑 쓰리 쓰리랑 아라리가 났네
아리랑 응응응 아라리가 났네.

노랫소리가 유장하다. 구성지다. 삼별초 군과 진도민들이 좌절하며 눈물 흘리던 애달픈 사연이 바로 엊그제 일처럼 느껴진다. '바위에 달걀 치기'인 것을 알면서도 죽음을 무릅쓰고 항전했던 그들 앞에 숙연해진다. 죽은 동료들 시신도 수습하지 못 하고 바다에 배 띄워 제주도로 쫓겨 가는 그들이 처했던 위태로움에 가위눌리는 걸까. 목이 아프고 가슴이 답답해지기도 한다. 물론 100여 년밖에 안 된 진도아리랑이 700년도 더 지난 삼별초와 직접적인 관계는 없을 터다. 하지만 진도아리랑이 오랜 기간 구전되어 오던 것을 정리한 민요가 아닌가. 삼별초가 패퇴할 때 서로 생사조차 모르거나 몽고에 끌려간 자가 수도 없이 많았다 하지 않든가. 그들의 사랑과 이별, 애환의 절절한 정한이 진도아리랑 사설과 가락에 서렸으리라.

진도아리랑 울려 퍼지는 섬마을 곳곳에서 함성이 들려온다. 길바닥에 주저앉은 동백꽃들의 외침인가. 삼별초 군과 진도민들이 구국을 결단하는 소리, 여몽 연합군을 맞아 항전하다가 스러져가면서 내는 핏빛 아우성은 아닌가. 사념에 젖어 길을 걷는데 동백꽃이 툭 하고 발 앞에 떨어진다. 꽃잎들이 움츠리고 있다. 피다 말고 떨어진 빨간 꽃, 샛노란 꽃술들이 눈길을 붙잡는다. 일제히 팔을 번쩍 치켜들고 소리치는 듯하다. '아리랑 타령'이라도 부르겠다는 건가. 745년 전 삼별초와 그들을 도와 함께 싸웠던 진도 주민들의 넋이 길손의 가슴에 되살아나고 있다.

■■ 장석규 ■■■■■■■■■■■■■■■■■■■■■■■■■■■■■■■■■■■■■■

2015년 『한국수필』 등단. 에세이집 『벼랑 끝에 서 있는 나무는 외롭지 않다』(예영커뮤니케이션).
jangsk999@hanmail.net

부엔 까미노 Buen Camino

강수창

길 위에 걷는다는 것은 어디가 시작이고 어디가 끝인가! 길은 글자 그대로 길다고 해서 붙여진 이름인가! 사전적 의미로는 "어떤 곳에서 다른 곳으로 이동할 수 있도록 땅 위에 낸 일정한 너비의 공간"이다. 가야 할 목표는 있어도 종점은 알 수 없다. 하지만 인생의 길은 종점이 있을 것이다.

캐나다의 웨스트코스트 트레일, 존 무어 트레일과 함께 세계 3대 걷기 길로 손꼽히는 스페인의 산티아고 순례길을 걸었다.

부엔 까미노, 순례길에는 검은색, 황색, 백색 등 세계 인종 전시장을 보는 듯하다. 지구촌 각지에서 모여든 다양한 피부를 가진 사람들이 마치 일개미들의 행진처럼 열심히 걷는다. 앞서거나 뒤서거나 하면서 던지는 한마디 인사말은 부엔 까미노! 올라!* 서로의 마음을 소통하는 언어다. 여기엔 이념도 정파도 갈등도 없다. 사회의 계급이나 신분의 서열도 없다. 신과 인간이 구분되는 평등만 존재한다. 첫날 마을 앞 성당 입구에서 말을 못하는 장애인이 성금 목록을 내밀며 온정을 구했다. 이름과 코리아라는 서명을 하고 조그만 정성을 전했다. 적은 돈이지만 감사해 하는 소녀의 밝은 미소가 눈에 아른거린다. 내 발걸음도 한결 가볍고 홀가분하다.

노랑 화살표시 방향으로 걷는다. 산길, 들길, 아스팔트길, 모랫길, 흙길을 계속 걸었다. 산티아고까지 얼마 남았다는 숫자와 노란 화살표시 그리고 조개껍질을 형상화한 빗살무늬가 새겨진 표지석이 자주 눈에 들어온다. 표지석은 예수님이 인류를 위해 바른길을 갈 수 있도록 인도한다는 확신을 갖게 한다. 화살 표시가 없으면 어디로 갈지 몰라 방황할 수 있다. 인간도 가야 할 방향 표지를 발견하지 못하면 안전한 곳, 바른 곳으로 갈 수 있는 길을 잃고 말 것이다. 고독과 싸우며 묵묵히 걷는 순례길은 혼자 걷기 힘든 무거운 인생길과 다름이 없다. 발에 물집이 생기고 비마저 내리기 시작한다. 이 세상은 항상 맑은 날만 있는 것은 아니다.

둘째 날에 생긴 발의 물집은 빗물과 범벅이 되어 천근만근의 무게로 다가왔다. 신발 속에 감추어진 물집은 누구나 겪는 아픔이다. 이것은 곧 몸이 지쳐있다는 신호이다. 속도를 늦추거나 중단할 수도 있다. 고통을 통해서 얼마나 힘든 여정인지도 알게 된다. 하루의 여정을 마치고 나면 시작할 때와는 또 다른 내가 되어 있음을 발견하게 된다. 고난의 연속이지만 지속적으로 전진해야만 한다는 삶의 길을 배우게 된다. 발아래 숨은 내면적 가치라고 믿는 물집을 한 움큼 안고 절뚝거리면서도 미소를 잃지 않는다. 물집이 곧 나의 인내심을 요구하는 시험대일 것이다. 아픔을 참고 견디면서 새살이 돋을 때까지 많은 것을 느끼게 한다.

73 – 5 day.

콤포스텔라 대성당 순례자 협회에서 순례증명서를 받았다. 나도 해내었구나 하는 성취감으로 그동안의 힘들었던 기억들이 한순간에 사라졌다. 절뚝거리던 물집 잡힌 내 발도, 비 오는 날이라 물에 빠진 생쥐 꼴인 몰골도, 할 수 있었다는 기쁨 속에 묻혀 버렸다. 오히려 허탈했다. 내 생애 언제 또 이런 기회가 올 수 있을까! 담당관이 인적사항을 요구하는 서류가 있었다. 나이를 표시하는 난이 있어 '73 – 5 day'를 기재했다. 이것이 무엇을 뜻하는지 담당관이 어리둥절하였다. 만 73세에서 5일이 부족하다는 뜻이라고 설명했다. 재미있는 표현이라고 한바탕 웃음바다가 되었다. 후반기에 접어든 내 인생은 무엇으로 웃을 수 있을까 조용히 생각해 본다.

부엔 까미노!

울라!

내 귀에는 아직도 그 소리가 쟁쟁하다.

---

* 부엔 까미노(Buen camino): 스페인어로 "좋은 길 걸으세요."
* 울라(Hola): 스페인어로 "안녕하세요."

■■ 강수창 ■■■■■■■■■■■■■■■■■■■■■■■■■■■■■■■■■■

2015 『한국수필』 등단. choonkg@hanmail.net

오빠와 참새

노태숙

소란한 소리에 눈을 뜬다.

몰려오는 참새들 때문에 언제나 잠을 깬다. 할 말이 많은지 기어코 내 몸을 일으키고 잠잠해 지는 것 같다. 누가 잡아가지도 않으련만 핼끗핼끗 사방을 얄궂게 두리번거린다. 눈칫밥만 먹고 살았나 표정 짓기도 아리송하다. 그래도 저들로 인해 아침이 활기차게 열리니 좋은 소식이 올 것 같다.

내 유년 시절 중고교 학생이던 오빠는 참새잡이와 낚시를 했다. 동생들에게 참새구이와 물고기를 먹이기 위한 것임을 알게 된 건 세월이 흐른 뒤였다. 오빠 주머니에는 늘 새총이 있었다. '오빠는 왜 공부는 안 하고 새만 잡을까' 하고 의아하게 생각했다. 그물을 밀짚모자에 묶어 먹이로 유인하고, 눈이 쌓이면 들판에 덫을 놓고 알약을 뿌렸다. 나무나 전깃줄에 앉은 참새를 보면, 주머니에 구겨 넣었던 지게 모양의 꺼먼 고무줄 달린 참새 총을 잽싸게 겨냥했다. 한 손으로 고무줄을 잡아당기고 한 손으로는 번개같이 쏜다. 오빠의 찡그린 한쪽 눈이 참새를 향해 옆으로 쏘아보는 순간이면, 영락없이 팽개치듯 추락하는 참새. 오빠는 명사수였다. 책가방에 수북이 잡아왔던 참새는 일찌감치 속살만 남긴 채 털과 내장은 텃밭 재구덩이에 던져졌다. 목젖이 보이게 입을 벌려 오빠가 구워서 발라 먹여주는 참새를 오물거리며 잘도 먹었다. 나와 한 이불 속에서 함께 홍역을 앓던 다섯 살 여동생이 일주일 앓다가 급히 저세상으로 갔다. 동생이 떠난 후, 오빼는 공부보다는 막내가 된 내 입에 참새 구워주는 일이 우선이었던 것 같다. 고기라야 한 마리 발라놓아도 밥 한 숟갈 양이다. 몸이 작고 가벼우니 뼈도 못 추리고 사람의 목구멍으로 넘어가는 게 참새의 가여운 운명이다. 마른 수수깡같이 뼈만 남은 내 목구멍으로 아마 수백 마리쯤은 슬피 넘어갔으리라.

오래된 일이다. 제 조상들을 수백 마리나 해 치웠다고 눈치챈 참새들의 울부짖음인가. 아침이면 머물다 가는 나그네 된 참새. 황망히 떠나는 그로 인해 삶의 이별을 잠시 맛보는 시간이다. 보내는 일은 이별이 아니라 나누는 일이라고 내 마음을 도닥여 준다. 이 집 저 집 문안 올리니 그 또한 참새 사랑 아닌가. 이번에는 비둘기가 마당에 몇 마리 내려앉는다. 내 허전한 마음을 읽은 참새들이 비둘기를 대신 보냈나 보다. 거볍게 촐랑촐랑 톡톡 튀며 가지 사이를 쫑긋거리는 참새와 정이 들었다. 눈비 오는 날 나뭇가지가 비이면 마음 썰렁하다. 어디서 추위에 떨지는 않나, 얼어 죽지는 않았을까. 드는 이는 몰라도 나는 이는 안다고 했던가, 한낱 미약한 존재라도 눈가에 아른거린다.

생각 많은 듯 머리를 갸우뚱 조아리며 제 딴에는 쥐어짜는 모습이 귀엽기만 하다. 손에 한 마리라도 앉으면 고이 안아 어루만져 주련만 어림없단다. 생떼로 잠을 깨우던 녀석들은 현관문만 열면 혼비백산해서 포르르 날아간다. 어둠이 가시면 눈을 배시시 비벼 뜨고, 창공을 차고 오르는 참새. 천정도, 벽도, 따로 외출 준비도 없다. 비록 맵시 없는 갈색 깃털의 단벌 신사지만 새끼들 건사하고 건강히 살아간다. 비워도 다시 채워지는 욕심을 참새 뼈처럼 또 비워본다. 귀족다운 펭귄의 연미복 의상은 없어도 그 삶은 '자유인' 같다. 얼음 위에 기름덩이 몸을 옹송그린 발톱으로 궁상맞게 걷는 모습도 없고, 부리린 눈과 넓은 날개의 위용을 자랑하는 독수리의 갈기 세운 깃털도 없다.

인기척에 포르르 날아가는 모습에 연민의 정이 느껴진다. 한낱 꽃잎 된 날개 달고 훨훨 비상하는 참 자유인다운 삶의 만끽이 창공에 깃발 되어 나부낀다. 나도 자유의 날개를 달고 날아가는 연습을 한다. 이제는 참새구이용이 아닌 자연의 친구로 기다린다. 빈 그릇에 쌀 몇 줌 담아서 창가에 둔다. 홍역과 중병 앓고 사지死地에서 뼈만 남은 채 살아난 동생을 살리려고 동분서주하던 오빠! 참새와 물고기로 영양 보충해 주려 학업도 뒷전이던 오빠에게 감사한다. 생전 부모처럼 잘 섬겨야겠다. 오빠의 나뭇가지 총의 돌팔매질이 생각난다. 총 솜씨 묘기에 추락한 참새의 가녀린 날갯죽지가 환영되어 눈에 아른거리는 아침이다.

■ **노태숙** ■

한국수필가협회 · 한국수필작가회 회원. 성악인, 색소포너. ts-noh@hanmail.net

메멘토 모리

이혜라

해골. 영락없는 인간의 해골이다.

좌슈아 츄리 국립공원Joshua Tree National Park에서 커다란 해골 바위Skull Rock와 조우했을 때 잠시 숨이 멈추는 듯한 충격을 받았다. 이곳, 자연 속에서 해골을 만나다니! 그 어떤 위대한 예술가도 모방할 수 없는, 바로 창조주의 조형예술이 아닌가. 몇 번을 다녀간 곳인데 이제야 이 바위의 존재가 가슴에 와 닿는 것은, 몇 년 사이 가까운 사람들의 죽음을 당하면서. 삶과 죽음이 함께 있음을 인식하고 있었기 때문일까.

건너편 바위에 앉아 한참을 그 해골 바위를 응시하는데 옷깃을 여미게 하는 강한 에너지가 감돌고 있었다. 그래서일까? 주위의 온갖 모양의 바위 위에서 사진을 찍는 사람은 많은데 해골 바위만은 위가 아닌 그 아래서 찍고 있었다.

일억 년의 세월에도 침묵하는 해골 바위를 마주하니 절로 입 다물고 명상에 잠기게 된다. 깊게 파인 눈, 코, 입의 어둠 속을 들여다보는데 17세기 네덜란드의 바니타스Vanitas 정물화가 떠올랐다. 미술 평론집에서 볼 때마다 감명을 받았던 그림. 오랜 전쟁과 흑사병의 참혹함을 겪은 당시의 네덜란드인들은 상하기 쉬운 굴, 치즈, 꽃 등과 사람의 해골을 그린 그림을 걸어놓고, 인생의 허무, 바니타스 (덧없음)과 메멘토 모리(죽음을 기억하라)를 삶 속에 환기 시켰다고 한다.

이제 알았다. 몇 주 전부터 자꾸만 사막이 날 불렀던 이유를. '산다는 것은 무엇일까?'라는 질문 하나에 매달려 그 많은 시간을 낭비하는 우매한 나에게 '인생의 덧없음'을 깨닫고 매 순간 '죽음을 기억하라'는 가르침을 주기 위해서라는 것을. 그 순간 받은 진한 감동을 나는 표현할 길을 모르겠다. 굳이 설명해야 한다면, 분명 거기에 '아우라'가 있었고 나는 그 '아우라'를 느꼈다고 할 수밖에 없다.

전기에 감전된 듯이 그곳을 떠나지 못하는데, 조금씩 자연의 숨소리가 들려왔다. 수많은 거대한 바위가, 사막의 마른 나뭇잎이, 발아래 죽은 듯 누워있던 은빛 모래가 살아 움직이는 생명체로 다가왔다.

아, 몇 년 전에 작고하신 내 어머니의 숨소리도 들려왔다. 꿈에라도 한 번 만나보고 싶은 나의 어머니가 자연 속에 살아 계심을 느끼자 벅차오르는 감격에 절로 눈물이 흘러내렸다. '눈물은 우리의 눈이 가진 특별한 언어'라고 누군가가 말했다. 그랬다. 나는 '울음'이라는 언어로 이미 자연의 일부분이 된 어머니와 소통할 수 있었으며, 실로 오랜만에 사랑을 받고 위로를 받는 기분이었다. 나는 그때 분명히 느꼈다. 사람이 죽으면 다 자연으로 돌아간다는 것을. 생각이 거기에 미치자, 발밑의 모래알 하나도 예사롭게 보이지 않았으며, 사막의 햇빛만큼 뜨거운 환희가 내 마음 구석구석으로 파고들었다. 잠시 피안의 세계를 맛보는 듯했다.

하루 종일 자연을 만끽하고 집으로 돌아오는 길, 나는 또 한 번 벅찬 감응에 전율했다. 저녁노을! 마지막 빛을 토해내는 태양의 몸부림! 우주라는 캠퍼스에 아무런 기교도 없이 그냥 뿌려놓은 듯한 물감의 유희. 우리네 인생의 마지막 순간이 이토록 아름다울 수 있다면…. 너무나 아름답기에 슬픈 것. 목젖까지 치밀어 오르는 슬픔을 삼키려 입술을 깨물었다.

적지 않은 세월을 살아오면서 수많은 석양을 보았지만, 이토록 화려한 색채를 본 적이 있었던가? 아니다. 화려하다고만 할 수 없는 '장엄함' 그 자체가 아닌가. 만약 그 시간, 그 순간 내가 운전대를 잡고 있었다면, 시시각각 변하는 저녁노을을 따라가다가 그 노을 속으로 영영 함몰하지 않았을까 싶다.

어느 한 찰나, 하루의 몫을 다한 태양이 지평선에서 사라지자 어둠이 프리웨이 아래로 안개처럼 덮쳐왔다. 점점 짙어가는 검은 빛 시야 속으로 아우라를 맛본 황홀했던 마음이 서서히 녹아들었다.

사막을 벗어나고 희미한 도시의 불빛이 보이기 시작하자 나는 라디오에서 흐르는 음악 소리에 귀를 기울였다. 그런데 정작 음악 소리는 들리지 않고 자동차 타이어 굴러가는 둔탁한 소리가 귓전을 파고들었다. 한참을 반복되는 그 소리를 듣고 있자니 고대 로마 시대 개선장군을 태운 마차 바퀴 소리가 연상 되었다. 그 소리는 승리에 취한 기고만장한 장군을 태운 마차에 노예가 숨어서 "메멘토 모리"라고 외치며, 영광이 절정에 이를 때 죽음을 생각하라는 뜻을 전했다는 일화를 생각나게 했다. 이 얼마나 멋진 옛사람의 사고인가.

그렇다. 살아가는 매 순간 '죽음'을 기억한다면 온갖 쓸데없는 상념에서 벗어나 삶의 본질만을 추구하며 후회 없는 삶을 살 수 있지 않을까.

집에 도착하여 자동차의 엔진이 멈출 때까지 '메멘토 모리'는 자동차 바퀴 굴러가는 소리만큼이나 수없이 내 머릿속에 각인 되었다.

단 하루 동안의 여행이 마치 천 년을 지나온 것 같은 아득한 마음으로 잠자리에 드는데, 하늘 향해 기도하는 좌슈아 츄리처럼 나는 창조주 앞에 엎드리고 말았다.

■■ 이혜라 ■■■■■■■■■■■■■■■■■■■■■■■■■■■■■■■■■■■■

2013년 『한국수필』 등단. 동인지 『작은 꽃』. hyerakimlee@yahoo.com

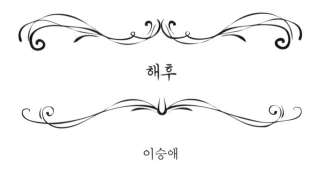

해후

이승애

　　드디어 어머니의 진열장을 새집으로 모셔왔다. 옛집에서 먼지를
뒤집어쓰고 있던 것을 큰맘 먹고 가져온 것이다. 진열장은 세월의 무게를 이기
지 못해 합판으로 댄 뒷부분은 낡아 너덜거렸고 잦은 이사로 긁히고 상처가 나
서 초췌한 모습을 감출 수가 없다. 불구의 진열장이 말없이 들어서던 날 어머니
는 마치 혈육이라도 만난 듯 반기셨다. 삐거덕거리는 진열장을 쓰다듬는 어머니
의 손이 가늘게 떨렸다.

　　어머니의 제2의 인생은 진열장과 시작되었다고 해도 과언이 아니다. 6·25 전
쟁으로 부모형제를 잃고 어렵게 자리 잡은 곳은 대구였다. 집안의 생명줄 같았
던 아버지의 의사 면허증은 휴짓조각이 되었고 어머니의 지적 자산도 인정되지
않았다. 그러다 아버지께서 대학 강사 자리를 얻게 되었고 어머닌 약국을 하게
되었다.

　　어머니께선 피난민의 설움과 힘겹고 고통스러운 삶을 이겨내려는 듯 가장 좋
은 자재로 여덟 개의 진열장을 짜고 그에 맞춰 필요한 물품을 들여놓으셨다. 진
열장 가득 채워진 약은 불티나게 팔렸고 부모형제를 잃고 슬픔에 잠겼던 어머니
도 서서히 안정을 찾아가셨다.

　　어머니께서 군이 좋은 자재로 진열장을 만드신 이유는 무엇일까? 단순히 약
을 팔기 위한 매대라면 고급자재가 아니라도 상관없었을 것이다. 어머닌 견고한

진열장을 짜면서 상실한 생의 의미를 다시 찾고 싶으셨는지도 모른다. 남부러울 것 없이 살아온 삶이 한순간에 무너지고 낯선 땅 불모지에서 새롭게 개척하는 것이 쉽지는 않았으리라. 진열장은 약을 진열하기 위한 약장의 역할을 넘어 희망의 깃대는 아니었을까. 척박하고 고단했던 생의 불모지에 희망의 불을 지펴준 일등공신이었지 싶다. 약국은 단순히 약을 파는 곳이 아니라 가난하고 병든 이들을 살리는 재생의 온실인 동시에 우리 가족의 생계수단이었다. 약국을 접고 충청도로 오면서 몇 개의 진열장만 갖고 오셨지만, 잦은 이사로 망가져 겨우 하나만 남게 되었다. 약장으로 사용되던 진열장에는 아버지께서 사용하시던 의료기기와 의료용품, 몇 권의 가족 앨범, 어머니께서 특별히 아끼시는 그릇들이 진열되었다.

근사하여 집안의 품위를 더하거나 멋지게 하지는 않았지만 한 집안의 가보를 간직한 아주 중요한 가구였다. 어머니는 진열장 문을 열 때마다 경건해지셨다. 비록 꿈을 이루지 못하고 화려했던 삶과는 멀어졌지만, 진열장을 통해 당당했던 그 시절을 반추하셨다.

정말 가져오기를 잘했구나. 어머니와 진열장과의 해후를 보면서 나는 내가 한 일에 감동하였다. 나는 죄스러운 마음이라도 씻어내듯이 깨끗이 닦아 거실 한쪽에 놓아드렸다. 간혹 우리 집을 다녀간 몇 사람이 탐을 내기도 하였다. 그러나 어림도 없는 일이었다.

어머닌 아직도 그 소중했던 인연의 끈을 놓으려 하시지 않는다. 하루에도 몇 번씩 만져보고 감개무량해 하시는 어머니를 본다. 피붙이 하나 없는 낯선 땅에서 제2의 인생을 개척하며 함께 한 진열장의 의미를 지울 수 없으신 게다.

사람들은 낡거나 쓸모가 없어지면 쉽게 폐기해 버린다. 시시각각으로 변하는 디자인과 편리한 기능을 찾다 보니 사용하던 물건의 가치 따위는 안중에도 없다. 나도 곧잘 내 체취가 배어있는 물건들을 보존하기보다는 거추장스럽다고 버리는 경우가 허다하다. 그러다 보니 정작 지켜야 할 소중한 것을 잃을 때가 있다.

얼마 전 아주 오랫동안 연락을 끊고 살던 친구가 찾아왔다. 친구의 행색은 남루했고 얼굴에선 슬픔의 비가 내렸다. 나는 사랑의 우산을 활짝 펴들고 친구의 고통이 잦아들기를 기다렸다. 며칠 후 친구는 떠나갔고 그 후 연락이 다시 끊어졌다. 나는 결국 친구의 상처를 싸맸던 우정이 일회용 밴드처럼 버려지고 말았다. 이 시대는 물건이나 사람이나 일회용이 되어가고 있다. 자신의 필요와 성공을 위해선 어떤 수단과 방법을 가리지 않는다. 서로 손을 잡는가 싶다가도 이용가치가 없어지면 쉽게 놓아버린다. 갑을론을 원칙으로 삼는가 하면 금수저, 흙수저 논리에 인간의 값이 매겨지기도 한다.

어머니의 진열장 앞에 서서 다시 한 번 그 의미를 새겨본다. 어머니의 삶이 파노라마처럼 스친다. 진열장은 가구를 넘어 우리 가족사의 한 부분이며, 긁히고 상처 난 모습 속에 끈끈한 정이 배어 있다. 비록 실생활에서 활용 가치가 다소 낮아지고 효용성이 떨어졌다 해도 우리 가족과 여정을 함께하였으니 지켜주어야 하지 않겠는가.

■■ 이승애 ■■

『한국수필』 등단. 한국수필가협회·한국수필작가회·충북수필문학회 회원. 청주교육대학교 평생교육원 수필창작교실 수강. 수필집 『아버지의 손』, 『신호등』. agatha3333@hanmail.net

산과 호수의 여정

임하초

까만 씨앗이 어둔 흙 속에 무던히 있다가 빗물이 흘러가느라 생긴 작은 길을 따라 위로 올라온 것은 빛의 부름이 있었기 때문이다. 빛의 온기로 부름을 하지 않았다면 씨앗은 여전히 그대로 있었을 것이다. 빛의 온기는 사랑이다. 사랑은 새로운 것을 하게 하거나, 현실을 변하게 하는 것이다. 사람이 만남에서 사랑을 하면 현실은 변화되고 새로운 것이 시작된다. 사랑하는 사이, 그중에 사랑하는 남녀는 부부가 되어 우주 탄생의 비밀을 가질 수 있다. 둘이 하나가 되는 순간은 누구라도 신의 속성인 '사랑'이라는 전제하에 시작되고 그 결실은 창조물이 눈에 보여 신의 성품에 참여하는 것이다. 사람의 탄생은 음식을 만들거나 가구를 완성하는 것과는 차원이 다르다. 부부가 사용하기 위해 만들어진 것이 아니라 아기의 탄생은 부부의 사랑을 숙성시키고 인품을 연결하는 사랑의 물체다.

그렇다고 부부가 사랑으로 하나가 되었다는 사실은 현실적이지 않다. 부부의 사랑을 성숙시켜야 하는 대상을 만들어 냈다는 것이지 부부가 하나가 되었다는 것은 살아볼수록 인정하기 어렵다. 부부가 하나였다면 한쪽이 죽었을 때 다 죽었다고 해야 한다. 사실은 하나가 죽으면 남은 사람은 다른 사랑을 하며 그러다 또 각자 다른 사랑을 한다.

부부가 되어 백 년을 함께 살아도 하나가 될 수 없다. 삼십 년을 함께 살지만 닮아가거나 같아지는 것은 별로 없다. 오히려 신비로움이 깨지고 인정하기 싫은 습관을 인정하며 내 것을 포기해야 한다. 어제의 생각이 오늘 다른데 어제처럼 나를 대하는 것에 화가 날 때도 있다. 어제대로 대하기보다 오늘 새로 생긴 맘을 이해해 주기를 바라는 것이 부부이다.

부부의 다름이란 산과 호수만큼 다르다. 백 년을 함께 맞닿아 있어도 산과 호수는 닮아갈 수 없다. 산에서 쏟아져 들어 온 나뭇잎을 삼켜 삭힌다 한들 호수는 나무를 내지 못하고, 호수의 물이 산 심장으로 빨려 들어가도 산은 호수를 이해할 수 없는 것과 같다. 산에서 온 탁수濁水가 호수가 될 때는 이미 변하여 맑은 물이 되었고, 호수가 산영을 머금고 있어 산을 이해할 만하다는 건 산 생각일 뿐이다. 부부란 산과 호수처럼 다름을 알고 사는 것이다. 산영을 품고 있는 호수의 일렁거리는 모습처럼 사람의 변화가 그러하다.

사람은 본래 변화되도록 되어 있는 것을 스스로 알고 있다. 일 년 전 다르고, 어제의 생각과 몸이 변한 것을 일부러 모른 척 할 뿐이다. 사람의 변화란 아침마다 다르고 저녁 되어 또 다른 것처럼 부부도 다름을 인정하는 것이 맞다. 부부란 편한 사람이다 보니 다른 차이를 쉽게 표현하게 되어 다툼이 일어날 수도 있다. 어떤 사람이든 다름이 불편하다고 표현하면 좋아할 사람이 어디 있는가. 부부는 상대가 좋아하는 것이 무엇인지를 잘 파악했다가 아침이면 대화로 다시 알아봐야 한다. 어제 아침에 커피를 마셨지만 오늘 아침은 따뜻한 우유를 마시고 싶은 날일 수도 있다. 몸과 생각의 변화가 생긴 것이다. 몸의 변화는 세월과 함께했고, 생각의 변화는 경험으로 달라졌다. 십 년 전보다 연륜이 있어 다행이지만 연륜 속엔 변화가 쌓인 것이고 변화는 늙음을 가지게 되었다.

오랜만에 만난 친구의 얘기로 시간 가는 줄 몰랐다면 그만큼 참아 주고 웃었기 때문이다. 친구의 얘기는 부담감이나 책임질 것이 없어서 듣고 웃을 수 있지만 부부의 대화에는 부담이 있다. 친구도 불편함이 있다면 만나지 못하는데 부부라면 위경에서 돌아보며, 먼저 안쓰러움을 가져야 한다. 아니 공들여 오늘 만든 음식도 새로운 것으로 이해해야 한다. 작년에 쓴 모자가 별로였지만 올해엔 중후한 맵시로 보일 수도 있는 것처럼 말이다. 부부란 산과 호수만큼 다름을 이해하는 것이다. 산은 호수를 사모하여 자신의 모든 것을 호수에 잠기게 하였고, 호수는 신의 성품에 참여하기 위해 하늘과 바람마저 품느라 휘파람을 내고 있다. 호수 없는 곳에 산이 존재할 수도 있으나 산과 호수가 맞닿아 있는 풍광만큼 어울리는 것은 없다. 부부란 산과 호수 같은 여정이지만 빛과 온기가 있어 아름답다.

━━ 임하초 ━━

2011년 한국수필가협회 · 2015년 한국수필작가회 · 2015년 국제펜클럽 회원. 2014년부터 현재까지 주일신문에 수필 다수 게재. hacho3232@hanmail.net

삼각치마 살랑대는 낙엽

김무웅

　　낙엽은 가을을 쓸쓸하게 만든다. 낙엽이 거리를 휩쓸고 지나면 울적한 마음이 뒤따르는 것은 어쩔 수가 없다. 낙엽이 쌓인 길을 걸을 때마다 발밑에 신경이 쓰이고 푸르렀던 녹음의 잔해를 밟는 안쓰러움이 인다. 2015년 가을은 가물고 비바람도 적어서 단풍이 일찍 떠나지 않고 가을의 정취를 오래 우리에게 보여주었다. 가을이 되면 해마다 시인과 가수는 풍부한 감성으로 우리의 마음을 숙연하게 하기도 한다. 자연은 섭리대로 순환하고 있겠지만 낙엽을 보내는 마음에는 쓸쓸함이 조용히 바람에 쓸린다.

　　한동안 길가와 주택단지에 많이 심어 놓은 은행나무들이 이젠 자랄 대로 자라서 노란 가을색을 우리에게 한껏 선사한다. 바빠서 정신없이 지내다가도 문득 도로 위에 깔린 노란 은행잎을 보고 감탄하지 않을 수가 없다. 노랗게 뒤덮인 아스팔트 위를 한 폭의 사진으로 담기 위하여 사람들은 카메라를 가지고 나온다. 포도 위를 뒤덮고 누운 은행잎들이 햇빛을 받아 쥐고 노란색을 한 움큼 반사광으로 발산한다. 수북이 쌓인 더미 위에서 바람이 불 때마다 은행잎은 삼각치마를 살랑대고 구르며 재주를 부린다. 동네 개구쟁이들은 뒤뚱거리며 구르는 잎사귀를 잡으려 뛰어 본다. 갓 낙하한 잎들은 아직도 윤기를 반짝이고 서로 의지하며 포개어 눕는다. 올해에도 은행잎을 떠나보낸 것이 엊그제처럼 눈에 선하다. 이별이 아쉬워서 책갈피에 꽂아두고 겨울을 나던 어릴 때의 기억이 생각나서 미소가 저절로 입가에 번진다. 노란 잎이 깔린 포도를 다시 보려면 이제 한 해를 족히 기다려야 한다.

빨간 단풍잎도 산천을 물들이는 가을의 또 다른 색이다. 단풍나무의 빨간 잎은 봄부터 조금씩 붉어지다가 가을에는 절정에 이른다. 단풍나무에는 여러 종류가 있어서 진한 것, 연한 것, 노랑을 속에 많이 품은 것, 처음부터 빨갛게 잎이 나는 것 등 여러 가지가 있다. 나는 단풍잎이라면 하나같이 관심이 많아서 눈을 떼지 못한다. 늦가을 밤새 내리는 서리를 맞고 변해가는 단풍의 모습을 나는 눈을 들어 바로 보지 못 하는 버릇이 생겼다. 처음에는 노랗다가 나중에는 빨개지는 품종을 나는 단풍잎 중에서도 제일이라고 생각한다. 여름에서 가을로 넘어가는 환절기 중에는 나무 하나에서 초록과 노랑과 빨강이 한데 어우러지는 시기가 있어서, 나는 그때를 놓치지 않으려고 자주 눈여겨본다. 이 색색의 단풍잎들이 제각기 아름다움을 뽐내고 있을 때를 나는 단풍의 절정기라고 여기고 찬사를 아끼지 않는다.

색채도 햇볕이 드는 위치에 따라서 혹은 바람이 치는 방향에 따라서 변색의 정도가 달라지기도 하는데, 추위가 위세를 늦추고 햇볕이 드는 날이 많아지면, 단풍나무는 온통 빨간 옷으로 갈아입고 우리의 눈을 즐겁게 해준다. 단풍나무를 한곳에 줄지어 심어놓은 가로수 길이 곳곳에 많아서 감상하기에도 편리하다. 늦게까지 매달린 단풍 잎사귀는 두께가 얇어지고, 햇빛이 건너편에서 마주 비추기라도 하면 투명하고 빨간색이 처절하기까지 하다. 나는 이 광경을 제일 좋아하며 가을이 주는 선물이라고 여기고 시간을 들여서 감상한다.

그러나 가을철도 잠깐, 결국에는 추위에 굴복하고 자기 손과 같은 나뭇잎을 떨구며 벌거숭이로 변해가는 나목을 본다. 어떤 해는 일찍 내린 눈이 힘겹게 매달려 있는 단풍잎 위에 올라앉아서 최후의 항복을 받아낸다. 이때가 되면 나는 단풍잎에서 눈을 돌린다. 더 이상 지켜보고 있을 수가 없어서이다. 이별은 언제나 인사말보다 한층 더 애석할 수밖에 없다.

새로운 만남을 위하여 순환하는 낙엽은 진정 성숙한 존재인지도 모른다. 자연의 섭리는 어김없으며 사람처럼 작은 정에 연연해 하지도 않는다. 땅에 떨어진 낙엽은 첩첩이 쌓이고 부식하는 세월 속에서 버섯들이 자라나고 다람쥐가 번성한다. 낙엽은 자기에게 주어진 임무에 충실해서 제 몸으로 밑거름이 되고 숲 속 생태계를 번성시킨다. 나는 산에 오를 때마다 낙엽을 바라보며 부식하는 낙엽 더미 속에서 피어오르는 온기를 잊지 않는다.

이 온기 속에서 지중생물들이 자라고 여러 산새들과 짐승들이 먹이를 찾는다. 어느 날은 장끼가 까투리를 데리고 발로 파헤쳤을 터이고 또 어느 날은 사슴이 은밀하고 따뜻한 낙엽 위에서 고단한 몸을 뉘었을 것이다. 대지는 모든 살아 있는 것들의 어머니이고 낙엽은 그 어머니가 덮어주는 이불이다. 어머니의 품속과 따뜻한 이불 속에서 우리가 자라 오늘에 이르렀다. 한시라도 잊을 수가 없었던 그 기억의 힘으로 우리가 이 어려운 세상사를 무사히 헤쳐 나가고 있는지도 모른다. 우리도 언젠가는 흙으로 돌아가게 되는 운명이기에 오늘따라 저 낙엽이 더욱 폭신하게 느껴지고 있는가 보다.

김무웅

2015년 『한국수필』 등단. muwangkim@daum.net

고교동창들과의 시베리아 여행

최장호

　　이른 아침 모차르트의 경쾌한 혼 협주곡을 들으며 잠자리에서 일어났다. 집사람이 컴퓨터로 음악을 불러 나를 깨운 것이다. 구정 날 해외여행을 떠나기는 오늘이 처음이다. 이 겨울에 북풍한설의 진원지, 시베리아지역 여행을 떠난다.

　고교동창 4명과 한 동창의 부인 등 우리 팀 5명은 인솔자를 따라 일행 20여 명과 함께 시베리아를 만나기 위해 하바로프스크를 향하여 러시아 국적기에 몸과 짐을 실었다. 비행기는 국제선을 운항함에도 아주 특별하였다. 기내 어디에도 TV를 볼 수 있는 모니터가 없었다. 이어폰도 없고 이어폰 코드를 꽂을 수 있는 쩍도 없었다. 추운 시베리아지역으로 비행함에도 좌석마다 놓이는 담요 한 장조차 없었다. 물론 신문도 찾아볼 수 없고 기내 면세품도 팔지 않았다. 내 생전 이런 비행기는 처음 타 보았다. 아무리 저가항공이라 하더라도 명색이 국제선인데 너무하다 생각되었다. 그러나 3시간 정도의 비행임에도 뜻밖에 따끈따끈한 기내 도시락이 제공되었다. 이 도시락이 냉기에 얼어붙은 내 마음을 녹여주었다. 전나무처럼 쭉쭉 뻗은 러시아 승무원들은 유창한 영어로 우리에게 고기와 생선 중 무엇을 먹겠느냐고 물으며 도시락을 나누어 주었다. 시베리아 푸른 바이칼호수는 이미 그들의 두 눈 속에 있었다. 나는 깊고 푸른 그들의 두 눈을 바이칼호수 바라보듯 눈치채지 못하도록 신경 쓰며 쳐다보았다. 그러나 어쩌다 서로 눈이 마주치면 여전사 같은 그들도 나처럼 싱긋 웃어 주었다.

하바로프스크는 시차 상 우리나라보다 2시간 빨랐다. 그곳에서 짐을 찾아 이르쿠츠크행 국내선 비행기로 갈아탔다. 몸이 피곤하여 나는 여승무원에게 따뜻한 차 한 잔을 부탁하였다. 레몬향이 은은한 홍차 한 잔을 마시니 장시간 비행에 지친 내 몸이 차분히 가라앉으며 몸에서 꽃이 피어나는 듯하였다. 4시간 비행 후 한밤중에 비행기에서 내려다본 이르쿠츠크는 제법 휘황찬란하였다. 우리 일행은 앙가라 강을 마주 보는 현대식 앙가라호텔에 짐을 풀었다.

시베리아에서의 첫날밤, 장시간 비행의 피로에도 불구하고 모두 우리 2인 방에 모였다. 그리고 포도주와 보드카를 마시며 우리들의 고교 시절에 대한 얘기며 다른 동창들의 근황에 대한 얘기 등으로 밤 깊어 가는 줄 모르고 환담하였다. 이미 고인이 된 동창들에 대한 얘기를 할 때엔 병들어 눕기 전에 부지런히 여행 다니자는 말까지 나왔다. 중고등학교 동창 친구들이 모이니 나이를 잊고 체면도 있고 중고등학생으로 돌아가 시끄러웠다. 마치 고교 수학여행 온 듯한 착각에 빠지기도 하였다. 혼자 여행하는 것보다 격의 없는 고교동창들과 함께 여행하니 즐거움은 배가되고 어려움은 절반으로 줄었다. 아리스토텔레스가 인간은 사회적 동물이라고 한 말이 상기되었다.

이른 아침에 눈을 뜨니 흰 눈이 펑펑 쏟아지고 있었다. 우리 일행은 눈발을 걱정하며 바이칼 호수 원주민 브럇트 민속마을을 향하여 버스를 타고 출발하였다.

시베리아는 대평원이었다. 군데군데 자작나무숲이 보이고 간간이 방목하는 목장이 보였다. 가축으로는 말이 많이 사육되고 말고기는 식용으로 인기가 있었다. 특히 말고기 육포가 유명하였다. 흑마는 신성시한다고 하였다. 우리 동창 일행은 차창 넘어 자작나무숲과 말 사육장을 바라보며 고교 시절에 보았던 이 지역과 관련된 영화, 〈대장 브리바〉와 〈코삭크〉 그리고 미국 배우 율브린너와 토니 커티스 등에 대한 얘기를 나누며 추억을 더듬었다. 이 지역출신 율브린너의 성공스토리도 가미되었다. 고교동창들과의 여행은 추억여행이고 고교 수학여행의 리바이벌여행이다. 고등학교를 졸업한 지 반세기가 지났지만 동창 서너 명이 모이니 고교 시절이 되살아났다. 〈타임머신〉을 타고 다시 그 시절에 여행하는 듯한 착각에 사로잡히곤 하였다. 아련한 추억 속에서의 고교 시절 여행으로.

■ 최장호 ■
『한국수필』, 『현대시문학』 신인상 수상 등단. 한국생활문학회 이사. (사)젊은농촌살리기운동본부 공동대표. 수필집 『캠퍼스의 자화상』, 『시민과 환경』, 『바람구두를 신은 랭보의 꿈』(공저).
wkmfam@naver.com

큰길로 바뀌는 옛 터전에서

김장래

　　사람이 살면서 한번 터 잡은 데서 일생을 마친다면 얼마나 복된 일일까. 그 연유가 어떻든 많은 사람은 고향을 떠나 옛적 삶의 애환을 그리며 살고 있다. 어쩌면 묵은 건 홀홀 털어버리고 새 터전에서 새 삶을 사는 것도 복이라면 복이라 하겠다.

　　얼마 전에 내 고향, 평창읍 '종부'에 다녀왔다. 생전에 떠나리라고는 꿈도 꾸지 않았었는데 어쩌다 나는 그곳을 떠났다. 품속에 품고 반평생 넘게 살아 애틋한 마음을 떨쳐버릴 수 없는 곳, '종부'…. 언제 되돌아갈 날이 오려나.

　　궁상떨지 말자. 지척에 두고도 고향 타령하는 모습이 우스꽝스럽다. 한 시간 거리다. 품 안에서 떼놓은 지 십 년 안쪽이다. 보고프면 한밤중에라도 달려가면 된다. 그렇긴 하다만 어디 품 안에 자식만 하랴.

　　그날 오랜만에 옛 삶터 곳곳을 휘휘 둘러보았다. 꼴 베고 풋나무 하던 뒷동산엔 종합운동장과 문화예술회관이 들어섰다. 그 산자락에 자리 잡았던 우리 옛집은 흔적조차 남아있지 않고, 집 뒤란 약수 샘물은 말라버렸다. 아파트와 연립주택 서넛이 옛 집터를 떡하니 가로막고 섰다. 또래 처녀가 살던 앞집도, 그 옆 이장집도 자취를 감추었다. 이장네가 부치던 논은 감리교회 터로 바뀌고…. 미역 감던 봇도랑도 시멘트 뚜껑으로 덮여 옛 모습이 아니었다.

　　변해야 산다고 하더라만 내 살던 터전만은 옛 모습 그대로이기를 바라는 속된 욕심이 꿈틀댄다. 나만 그런 게 아니겠지. 동류가 있으리라고 생각하며 마음을 달래보지만, 딴판으로 변하는 모습에 마음이 심란하다.

발길을 돌리려는데 들판을 가로질러 휑하게 뚫리는 큰길 공사판이 눈에 들어온다. 평창에서 영월로 오가는 국도 확장공사 현장이다. 뜰을 반 토막 내면서 서너 길 높이로 성토하여 노반을 다지는 공사가 한창이었다. 거기가 어딘가. 우리 식구 삶의 터전이었던 뙈기 논밭이 있던 곳이다.

출입통제 표지를 비켜서 그 공사 현장으로 다가갔다. 길은 있어야 하고, 마음 편하게 다닐 수 있도록 넓고, 곧게 닦아야 함을 누가 모르며 또한 원치 않으랴. 만인이 바라는 바이니 내 삶터가 길바닥으로 뒤바뀐다고 항거할 일은 아니다. 그런다고 혼자 힘으로 막지도 못할 터, 어쩌겠나. 도리가 없다.

하지만 못내 아쉽다. 새로 닦는 큰길을 따라 천천히 걸었다. 구석구석 파 뒤집어놓아 어디가 어딘지 얼른 분간이 안 된다. 이리저리 두루 살펴 옛 터전을 찾아 그 언저리 위에 섰다. 사방을 둘러본다.

서편엔 예나 다름없이 반원을 그리며 제방을 감돌아 평창강이 흐른다. 강물 줄기에서 이는 실바람이 살갑다. 동편을 바라본다. 우리 옛집을 껴안은 뒷동산 '모산'이 '어서 와 내 품에 안기라'며 손짓하는 듯하다. 그러나 옛적 그 모습이 보이지 않는다. 산봉우리 자리에 종합운동장 본부석 지붕이 덩그러니 걸려있다. 등짐 지고 오르내리던 오솔길에 놓인 운동장 진입로가 옛 추억을 내쫓는다.

여기 지금 내가 서 있는 발밑 땅이 아버지가 애지중지 가꾸던 논밭이었다. 나는 유산을 지키지 못했다. 그 사연을 더듬어 무엇하랴만, 이런저런 옛일이 떠오르며 가슴 깊이 서린 감회가 피어오른다. 눈시울이 뜨거워진다. 논밭 합쳐봐야 대엿 마지기 남짓, 넉넉지 않았지만, 우리 집 호구지책의 유일한 생명줄이었다. 아버지의 심장이었다.

농한기가 따로 없었던 아버지의 분주한 발길이 눈에 선하다. 한시도 손을 놓지 않았다. 곰같이 미련스럽기도 하셨지…. 눈이 채 녹지 않은 이른 봄, 등짐으로 거름을 져 나르는 일. 늦가을 된서리 내릴 무렵, '거두미'가 끝나서 좀 쉴 만할 때도 논 속에 묻힌 잔자갈을 캐내는 일에 매달렸던 아버지다. 바짓가랑이엔 늘 흙먼지가 묻어 있었다.

나는 그런 아버지가 싫었다. 농사일 돕는 게 영 마땅찮았다. 학교 다닐 땐 공부한다는 핑계로 늦게 집에 오고, 직장 다닐 땐 평일은 물론 휴일에도 출장 따위 구실로 도망 다니기 일쑤였다. 아버지는 이런 나를 그래도 자식이라고 감싸 안으셨다. 화를 드러내기도 하셨지만 거지반 속으로 삭이셨다.

갓 시집온 아내가 홀로 흘린 눈물 자국이 아른거린다. 배부른 몸으로 '잰노리'(참)를 이고 좁디좁은 논둑길을 뒤뚱거리며 오갔었지. 집에서 논밭까지는 이십여 분이나 족히 걸리는 만만찮은 거리였다. 시아버지는 홀아비였다. 성질이 불같았다. 참이 조금만 늦어도 불호령이 떨어졌다. 야속하지만 그 성화를 다 받아들일 수밖에. 논둑에 쪼그려 앉아 눈물을 글썽거리면서도 바로 돌아서지 못하고 한참이나 시아버지 뒷일을 거들곤 했던 아내, 신랑을 꽤 원망했으리.

많은 세월이 흘렀구나. 아버지는 오래전에 돌아가시고, 우리 맏이가 두 아이의 아비가 되었다. 나와 아내는 '하비', '할미'로 바뀌었고…. 큰길로 바뀌는 이 옛 터전에서 우리들의 발자취 또한 찾을 길 막연하니 이 노릇을 어쩌하나.

내년쯤이면 공사가 끝나 이 큰길로 뭇사람이 지나다니고, 속도를 한껏 뽐내며 씽씽 내달리는 자동차 천국이 되겠지. 한데 그 무리 가운데 누구도 여기 어느 데가 어느 사람의 삶터였는지 알려고 하지 않으리. 나 또한 이 길로 다닐 일이 뜸하겠고, 굳이 찾아가지도 않겠다. 혹여 지나가더라도 머물지는 않으리라.

멍청하게도 사람은 잊힐 추억거리를 만들기 위하여 머리를 굴린다. 하지만 추억은 언젠가 잊힐 것이고, 그러기 전에 버릴 줄도 알아야 한다.

아버지가 소 몰던 소리, 워낭 소리가 아스라이 귓전을 울린다. 이 소리를 가슴에 새기며 새 터전 원주로 발길을 돌렸다.

"워~ 워~ 이러~ 말구로~ 오오 올라서~ 워, 워~ 골로 들어서~ 이러…."

"땡그렁~ 때~앵~ 땡…."

■■■ 김장래 ■■■■■■■■■■■■■■■■■■■■■■■■■■

강원 평창 출생. 2010년 『한국수필』 등단. 하서문학회 회장. 동인지 『하서문학』 4~10집 편찬.
happy700@naver.com

행운의 커피스틱

김해월

핸드백에서 커피스틱을 꺼낸다. 책상에 올려놓고 사진을 찍는다. 커피포트에 물을 끓이고 특별할 때에만 쓰던 잔을 꺼낸다. 커피스틱의 점선을 손에 힘을 주어 자른 후 컵에 쏟아 넣고 끓인 물을 붓는다. 사진도 찍는다. 카톡으로 어제 만났던 친구들에게 사진을 날린다. 오늘도 실컷 웃자는 문자와 함께.

10월의 늦 태풍이 우리 작은 집 옥상에까지 정신 못 차리게 바람을 일으킨다. 바람 따라 뒹구는 낙엽이 내 마음 바탕이 되어 우왕좌왕 안정이 되지 않건만 어제 일을 생각하니 웃음이 절로 나온다.

'카톡 카톡' 친구들이 답을 보내온다. 커피 잔을 들고 옥상으로 나간다. 검붉은 흑장미 두어 송이와 녹색 이파리들이 그려진 화려한 컵. 평소에는 하얀 머그잔에 마시던 커피가 오늘 유독 꽃이 화려한 컵에 담긴 것은 한 개 커피스틱의 의미를 만끽하고 싶어서이다.

일요일, 대학로 소극장에는 관객도 소규모였다. 비어있는 좌석이 많아 배우들이 이 관객을 보고 힘 빠져 어떻게 공연을 할까, 임대료나 제대로 낼 수 있을까 걱정을 하며 기다렸다. 그런데 연극을 시작하기 전에 사회자가 나와 작은 이벤트를 한다. 자기와 가위바위보를 해서 최종까지 이기는 사람에게는 유명브랜드 스타벅스 커피를 선물하겠단다. "한 손을 높이 드세요. 진 사람은 손을 내리는데 한 손 내리고 다른 손 올리면 반칙입니다." 사람들이 까르르 웃는다.

사회자가 '가위, 바위, 보'를 외쳤다. 나를 포함한 관객들 몇 명이 사회자를 이겼다. 또다시 가위, 바위, 보. 어! 또 이겼다. 그렇게 몇 번인가 하다가 나와 한두 명만 남았는데 최종에서 내가 또 이겼다. 지금 나이까지 살아오면서 어떤 요행도 내 몫은 아니었다. 소풍 때 하는 보물찾기에서조차 한 번도 보물을 찾아 선물을 받아 본 적이 없었고 마트에서 하는 상품이벤트에 당첨되어 보려고 사재기까지 하여 열심히 주소를 적어 내 봤지만 추첨되어 본 적이 없었다.

꿈에 돼지나 똥을 보면 운이 따른다는 속설이 있다. 몇 해 전 꿈에 육촌 오빠가 아기 돼지 세 마리를 우리 집으로 안아다 주는 꿈을 꾸었다. 복권을 샀다. 운이 없는 나에게 무슨 횡재가 있겠다고. 그래서 나는 아예 요행수를 바라본 적도 없었다. 딸들과 사위와 강원랜드에 갔을 때도 내가 배팅을 하면 돈만 잃을 것이라는 생각에 사위에게 몇만 원을 주고 해 보라고 했다. 사위는 운이 있는 사람이었다. 베팅한 돈의 10배 이상을 따고 얼른 나왔던 적이 있다. 그런데 오늘은 친구들과 맛있는 공짜 커피를 나눠 마실 수 있겠다는 생각에 행복했다.

사회자가 말한다. "그럼 이제 스타벅스 커피를 선물로 드리도록 하겠습니다. 바로 이겁니다. 마지막까지 이긴 관객님께 선물로 드리겠습니다." 하며 바지 주머니에서 꺼낸 것은 시중에 흔한 M사의 믹스커피스틱 한 개였다. 와르르 웃음이 터져 나왔다. 아마 다른 사람들도 스타벅스의 원두커피 상품권 같은 걸 상상하고 있었던 것 같다. 모든 관객이 마음껏 거침없이 한마음으로 웃었다. 같이 갔던 일행 중 한 명이 "언니 너무 좋아하네." 한다. "응. 이렇게 마음껏 무너지도록 크게 웃을 수 있어 기분이 좋다." 나는 유명브랜드 스타벅스의 커피 상품권이나 한 개의 커피스틱보다도 마음껏 웃을 수 있어 그만 내 온 몸속에 그득하던 세균들이 혼비백산 모두 빠져나가는 느낌이었다.

결혼 전 직장에 다닐 때에는 아침에 출근하면 계란 노른자를 띄운 모닝커피를 시켜서 직원들이 함께 마시고 난 다음에 업무를 시작했었다. 아마도 1970년대 초반의 직장인들은 거의 그렇게 하루를 시작하지 않았나 생각된다. 큰 건물 지하에는 으레 다방이 있었다. 커피 한 잔은 아직 어린 계집애의 허영심을 채워 주는데도 일조했다. 커피 한 스푼에 프림과 설탕을 넣고 휘휘 저어 달달하게 마시는 커피가 하루에 6잔에서 7잔이 되는 때도 있었다. 그런 날 퇴근 무렵에는 가슴이 벌렁벌렁했던 기억이 새롭다. 무슨 보약도 아닌 것을 그렇게나 마셨는지. 커피를 마시는 게 지성인인 것 같은 착각이 그 시대의 흐름이었던 것도 같다. 대중가수 펄 시스터즈는 '커피 한 잔을 시켜놓고 그대 오기를 기다린다'고 노래했는데 이제는 다방에서가 아닌 자판기 커피와 원두커피의 시대가 되었다. 입맛이 시대를 따라 변하여 맛과 향을 음미하며 마시는 원두의 맛도 좋지만 그래도 나는 여전히 예전부터 마시던 다방커피를 좋아한다. 커피 맛으로 치자면 누가 뭐래도 다방커피 또는 아줌마 커피라 불리는 스틱커피가 아닐까. 문득 작은 커피 스틱 한 개가 앞으로의 삶에선 행운을 불러다 줄지도 모른다는 희망을 갖게 한다. 그리고 지금 나는 그 맛있는 커피보다 더 진하게 웃음 바이러스를 감염시킨 행운의 스틱커피를 그 어느 때보다 맛나게 마신다.

= 김해월 =

한국방송통신대학 국어국문과 졸업. 『한국수필』 신인상 등단. 한국수필가협회 · 한국수필작가회 · 솔샘문학회 회원. haewoul@hanmail.net

아버지의 깊은 사랑

김숙영

　아버지의 기제 날이 가까워져 온다. 아버지께서는 호랑이처럼 무서우셨지만, 크리스마스 선물로 빨간 스웨터도 사주신 따뜻한 분이시다.

　추억이 가장 많은 여고 시절에 생뚱맞은 사건이 벌어졌다. 아버지께서 연구사로 계실 때 우리 학교에 오셔서 교감 선생님과 같이 복도를 지나가고 계셨다. 그때를 생각하면 등이 오싹해진다. 일찍 학교에 가 뒤쪽에 앉았던 내 친구들, 누가 먼저라고 할 것도 없이 음식 냄새를 피우며 도시락을 먹었다.

　음식 만드는 일은 모든 어머니의 사랑과 인생이 담겨있다. 내 어머니도 도시락을 준비하시며 행복하셨으리라 생각해 본다. 정성껏 만드신 반찬에다 가족들 몰래 달걀부침을 밥 위에 얹어 주셨던 생각도 난다. 소욕지족少欲知足, 작은 것 일상적인 사소한 일 속에서 행복과 사랑의 씨앗을 심으셨다.

　담임선생님께서 1교시에 수업이 있어 교실에 들어 오셨다. "도시락 꺼내 놓고 뚜껑 열고 두 손 머리 위" 하셨다. 앞뒤 생각하지 않고 일을 벌인 나와 내 친구들은 '걸렸구나!' 하며 눈으로 사인을 보냈다. 결국, 선생님이 들고 계시던 출석부로 한 대씩 맞고 복도로 쫓겨났다. 빈 도시락을 펴놓고 다섯 명이 손을 들고 꿇어 앉았다. 이때 아버지가 지나가셨다. 교감 선생님께서 "이놈들 아침부터 냄새를 피웠구나!" 하시며 웃으셨다. 분명 아버지께서 보셨을 거라고 믿은 나는 죽을 만큼 불안했다. 지금 같으면 크게 꾸중 들을 일은 아닌 것도 같다.

시나브로 도시락이 없어지고 급식시대가 되었다. 맞벌이하는 어머니들에게 점심을 학교에서 제공하는 것은 바쁜 생활에 많은 도움을 주고 있다. 어떤 어린이가 소풍날 '아직도 김밥을 집에서 싸오냐' 하며 친구에게 핀잔을 주었다는 이야기를 들었다. 예전엔 소풍 운동회 날이면 김밥을 많이 준비해서 집안 파티도 했다. 주부들끼리 모여 솜씨 자랑도 하고 사랑 듬뿍 담긴 이야기꽃도 피웠었다. 시대가 바뀌며 학창시절 어머니의 따뜻한 도시락은 사라진다. 제행무상諸行無常을 느끼게 한다.

아버지가 퇴근하셔서 "오늘 일이 있어서 너의 학교에 갔었다." 하셨다. 숨소리도 못 내고 있는데 "네가 공부도 잘하고 착하다고 칭찬하시더라." 하시며 웃으셨다. 나는 친구들과 똑같은 교복을 입고 벌을 받고 있어서 들키지 않았다고 좋아했다. 아버지는 돌아가시는 날까지 그 일을 묻어 주셨다. 본인 자식을 몰라보는 부모는 없다. 그런데 꾸중은커녕 칭찬으로 감싸주시며 사랑을 베풀어 주셨다.

'아버지는 뼈, 어머니는 살'이라는 속담이 있다. 아버지는 자식의 뼈를 만들고 어머니는 자식의 살을 만든다는 이야기다. 아버지께서는 내 몸속 뼈는 물론 인생의 지표가 되는 단단한 뼈도 칭찬으로써 만들어 주신 분이다. 학생들에게는 "눈에 보이는 것에 집착하지 말아라. 꿈을 키워야 한다." 하셨다고 아버지 제자들은 말한다. 자신의 딸인 나도 품 안에 가두어 놓지 않으셨다. "일체유심조一切唯心造, 마음먹기에 달려있다." 하시며 꿈을 주셨다.

요즈음 부모들은 지나친 차오름으로 자녀들에게 많은 스트레스를 주고 있다. 부모의 간섭이 많은 것도 사실이다. 이들을 조화롭게 하는 일은 쉽지는 않다.

아버지는 고등학교 교장으로 정년퇴임을 하셨다. 맏자식인 나는 퇴임식에 오신 분들께 감사의 말씀을 드리다가 눈물이 쏟아졌다. 아버지의 깊은 사랑을 너무 늦게 알았기 때문이다. 아버지의 사랑이 살아가는 데 큰 힘이 되고 지금의 나를 만드셨다고 생각된다. 한평생을 교육자의 길을 가신 아버지가 보고 싶다. 사

랑이 듬뿍 담긴 도시락도 먹고 싶다. 아버지 기제 날을 기다리며 추억의 여고 시
절을 떠올려 본다.

■ 김숙영 ■
2015년 『한국수필』 등단. 우암수필·충북수필 회원. 1998 우수 예술인상(예총 충북지회) 수상, 응모작
다수 입상. 수필집 『사박걸음으로 가오리다』. k103303@hanmail.net

창립 30주년 한국수필작가회 작품집

헤세와의 조우

사단법인 한국수필가협회